삼검루수필

삼검루수필

초판 1쇄 인쇄 | 2018년 4월 10일
초판 1쇄 발행 | 2018년 4월 16일

지은이 | 百劍堂主 · 梁羽生 · 金鏞
옮긴이 | 이승수 · 김성욱 · 황인건 · 오기연 · 김일환 · 곽미라
펴낸이 | 지현구
펴낸곳 | 태학사
등 록 | 제406-2006-00008호
주 소 | 경기도 파주시 광인사길 223
전 화 | 마케팅부 (031) 955-7580~81 편집부 (031) 955-7585~89
전 송 | (031) 955-0910
전자우편 | thaehak4@chol.com
홈페이지 | www.thaehaksa.com

ISBN 978-89-5966-942-4 03810

삼검루수필

三劍樓隨筆

백검당주·양우생·김용 지음

이승수·김성욱·황인건·오기연·김일환·곽미라 편역

태학사

역자 서 – 해제를 겸하여

1.

연구년을 맞이하여 2016년 한 해를 중국의 목단강사범대학(牧丹江師範大學)에서 보내게 되었다. 목단강은 발해의 170년 궁성이었던 상경성(上京城) 터가 남아있는 곳이다. 청나라 초기 이곳은 영고탑(寧古塔)으로 불렸는데, 최악의 유배지로 유명했다. 600년 이상 세상에서 잊혀졌던 상경성 터는 지식인 유배객들에 의해 다시 역사의 수면 위로 떠오르기 시작했다. 소주(蘇州) 출신으로 1659년 유배되어 22년간이나 이곳에 머물렀던 오조건(吳兆騫, 1631~1684)은 여러 차례 상경성 터를 방문하고 기록을 남겨놓았다. 틈날 때마다 상경성 터를 찾아 옛 사연을 더듬어보다가, 350년 전 같은 자리를 서성거렸을 사람에게 관심이 생겨, 그가 남긴 기록을 탐독하기 시작했다.

방학을 맞이해 집으로 돌아왔다. 이해 여름은 유례를 찾기 어려울 정도로 무더웠다. 폭염은 한 달 이상 계속되었고, 간절하게 바라는 비도 좀처럼 내리지 않았다. 작업은 지지부진, 그 자리를 맴돌았다. 그러던 어느 날 흐물흐물 녹아내리는 정신으로 별 기대 없이 인터넷

검색 창에 '오조건'을 넣었는데 뜻 밖에 한 편의 글이 낚였다. 누군가 '곽정과 양과'라는 카페에 김용(金庸)의 글 「고량분(顧梁汾)의 부(賦) 〈속명사(贖命詞)〉」를 번역하여 올렸고, 출전을 『삼검루수필(三劍樓隨筆)』이라 밝혀놓은 것이다. 2004년에 등록되었으니 꽤 오래된 글이다. 찾아보니 과연 그런 책이 있었다. 왠지 구미가 동해, 목단강의 이금매 학생에게 책을 구매해달라고 부탁해놓았다.

9월에 다시 목단강으로 돌아갔다. 첫날 수업을 마쳤는데 금매가 다가와 내가 부탁한 책이라며 봉투를 내놓는다. 책? 무슨 책? 책을 꺼내보고서야 기억이 되살아났다. 숙소에 돌아와 몇 편을 훑어보니 고졸스러운 맛이 꽤 좋았다. 목단강에 머문 기념으로 한국어로 옮겨보면 어떨까 하는 생각이 들었다. 몇 사람에게 넌지시 운을 떼었더니 반응이 즉각 왔다. 며칠 안 되어 황인건(한양대), 김일환, 곽미라(동국대), 김성욱, 오기연(목단강사범대학) 선생이 행동을 함께 하기로 약속했다. 모두 나와는 인연이 깊은, 강호 협객의 기운이 농후한 분들이다. 소소한 일들은 금매가 도와주기로 했다.

2.

『삼검루수필(三劍樓隨筆)』의 저자는, 백검당주(百劍堂主)·양우생(梁羽生)·김용(金鏞) 세 사람이다. 백검당주의 본명은 진범(陳凡, 1915~1997)으로 광동성 출신이다. 언론인으로 1957년 『풍호운룡전

(風虎雲龍傳)』을 발표했다. 양우생의 본명은 진문통(陳文統, 1924~2009)이다. 1954년부터 1983년까지 『백발마녀전(白髮魔女傳)』·『칠검하천산(七劍下天山)』·『평종협영록(萍踪俠影錄)』 등 35편의 무협소설을 창작했으며, 50년대 홍콩 신파무협소설의 개산조로 일컬어진다. 김용의 본명은 사량용(査良鏞, 1924~)이다. 1955년부터 1970년까지 『사조영웅전』·『소오강호』·『천룡팔부』, 『녹정기』 등 15편의 무협소설을 발표했다. 그의 작품은 출판계에서 공전의 인기를 얻었을 뿐만 아니라, 끊임없이 영화와 드라마 등의 장르로 재창작되고 있어, 무협소설의 신기원을 연 것으로 평가받는다.

셋 중에서 국내에 가장 잘 알려진 작가는 단연 김용이다. 그의 소설들은 일찍부터 번역되어 수많은 독자들을 강호로 이끌었고, 소설을 읽지 않았어도 재창작된 영화와 드라마, 만화와 게임 등을 통해 무협의 세계를 드나든 사람들이 무척 많기 때문이다. 김용만큼은 아니지만, 양우생 또한 무협지 애호가들이라면 누구나 여러 차례 만나보아 친숙한 작가이다. 김용과 양우생의 삶과 작품에 대해서는 상당히 많은 연구가 이루어졌다. 이에 비해 백검당주의 정체는 거의 알려진 바 없다. 홍콩과 중국에서도 백검당주가 진범이라는 사실은, 1997년 세상을 뜬 지 며칠 뒤 양우생이 『대공보』에 추도시를 싣고, 여기에 그가 『삼검루수필』의 저자 중 한 명이라는 편집자의 설명이 붙은 뒤에야 명확해졌다. 이런 이유로 지금까지 간행된 세 차례 단행본에도 그는 그저 백검당주로만 표기되었을 뿐이다.

세 사람은 어떤 경위로 『삼검루수필』의 공동 저자가 되었을까? 1956년 10월 세 사람은 홍콩의 각각 다른 지면에 무협소설을 연재하고 있었다. 그때까지 양우생은 3편, 김용은 1편을 이미 발표한 터였다. 이들의 소설은 3, 40년대에 대륙에서 유행했던 무협지와는 그 풍격이 사뭇 달라 신파무협으로 일컬어졌다. (이보다 조금 이른 시기에 대만에서도 비슷한 움직임이 시작되었다.) 이들의 연재 시기가 공교롭게 겹치자, 세간에서는 이들을 일컬어 문단의 삼검객(三劍客, 또는 삼검협(三劍俠))이라 했다. 『대공보』의 한 편집자가 이들에게 산문 연재를 제안했고, 이 제안이 받아들여져 10월 22일 자 신문에 그 사실이 예고되었다. '三劍樓隨筆'은 이때 처음 사용된 것이다.

불과 이틀 뒤에 김용이 제일 먼저 수필을 게재했고, 이어 세 사람이 순서 없이 글을 실었지만, 한 사람의 글이 이틀 연속 게재된 적은 없다. 연재는 1957년 1월 30일 예고 없이 끝났다. 세 사람이 각각 28편의 글을 실었으니, 도합 84편의 산문이 지어진 셈이다. 연재 당시의 높은 인기 덕분에 이 글들은 몇 달 뒤인 5월 홍콩의 문종출판사(文宗出版社)에서 같은 제목으로 간행되었다. 그 과정에서 백검당주의 글 몇 편이 제외되는 등 약간의 변화를 거쳤다. 이 책은 1988년 대만의 풍운시대출판공사(風雲時代出版公司)에서 영인 간행되었고, 1997년에는 상해의 학림출판사(學林出版社)에서 간체자로 다시 출판되었다. 하지만 작가와 작품에 대한 소개나 출판 경위에 대한 설명이 일절 없어, 꽤 널리 읽혔음에도 불구하고 아직까지 수수께끼 같은 책으로 남아있다.

이런 이유 때문인지, 그 자체로 고아한 산문미를 갖추었고, 작가들의 무협소설을 이해하기 위한 좋은 참고자료가 됨에도 불구하고, 『삼검루수필』에 대한 연구는 거의 이루어지지 않았다. 김용과 양우생의 높은 인기에 비추면 다소 의아한 일이다. (백검당주는 1957년 『풍호운룡전』의 연재를 마친 뒤 다시는 무협소설을 창작하지 않았다.) 1999년 대만 원류출판공사(遠流出版公司)에서 간행된 『김용 소설 국제학술회의 논문집(金庸小說國際學術硏討會文集)』에는 재미 중국문학 연구자 마유원(馬幼垣)의 「삼검루수필을 통해 본 50년대 중기 김용·양우생·백검당주의 취지(從《三劍樓隨筆》看金庸, 梁羽生, 百劍堂主在五十年代中期的旨趣)」라는 논문이 실려 있는데, 이후 『삼검루수필』 관련 정보는 대개 여기에 의거한 것이다.

3.

연재의 취지와 글의 성격에 대해서는, 이 책의 서문 격인 「정전(正傳) 앞의 한화(閑話)」(백검당주)에 잘 설명되어 있다. 독자의 이해를 돕기 위해 두 가지만 설명을 덧붙인다.

우리들의 모습을 비춰보니, 각기 붓 한 자루씩을 쥐기는 했어도, '협기(俠氣)'는 실상 그리 대단한 것이 아니었다. 이에 지면의 이름을 정할 때, 우리들의 집 '루(樓)'를 가져오고, '협(俠)'은 뺐다. '검(劍)' 자를 쓴 것은 스스로를 고무하기 위함이다. 신문이 사회 정의를 구현하는 데 있어, 우리들의 이 작은 붓이 미력하나마 보탬이 되기를 바란다.

제목의 의미를 설명한 부분이다. 무협(武俠)의 기원은 『사기열전』의 '유협(遊俠)'이다. '유(游)'는 '유(遊)'와 통한다. 원래의 뜻은 '헤엄치다', '다니다'인데, 여기서는 '노닐다'로 뜻이 넓혀졌고, 뒤에는 '거침이 없다' 즉 '자유롭다'의 뜻까지 지니게 되었다. 장자의 '소요유(逍遙遊)'에서 '유(遊)'는 '어디에도 얽매이지 않는 커다란 정신세계'를 의미한다. '협(俠)'은 '인(亻)'과 '협(夾)'이 만나 이루어진 글자이다. '협(夾)'은 '겨드랑이에 끼다'라는 뜻을 지녔으니, '협(俠)'의 의미는 '어려움에 처한 사람의 겨드랑이를 끼고 부축하는 사람, 즉 약자를 도와주는 사람'이 된다. 두 글자의 의미를 조합하면, 유협(游俠)은 윤리적 정당성을 근거로 강자에 저항하고 약자를 도와주는 인물이 된다. 강자의 윤리(주로 법과 제도)와 자기 윤리가 충돌할 경우, 유협은 손익과 성패를 떠나 강력하게 자기 윤리를 고수한다. 여기에 유협의 특별한 미덕이 있다.

이후 '협(俠)'은 다른 글자들과 어울려 다양하게 사용되어왔으니, 임협(任俠)·협객(俠客)·호협(豪俠)·여협(女俠)·의협(義俠)·검협(劍俠) 등이 그것이다. 무협은 극강의 신체 능력인 무술로 협의를 실천하는 인물인 셈이다. 오늘날 우리가 영화 등에서 종종 보는 검협

(檢俠, 검사협객), 변협(辯俠, 변호사협객), 의협(醫俠, 의사협객), 기협(記俠, 기자협객) 등은 모두 유협의 후손이자 무협의 친족인 셈이다. 그런데 세 사람이 '협(俠)'이라는 글자를 쓰지 않은 것은 감히 그 무게를 감당할 수 없다는 겸손의 뜻이요, 대신 '검(劍)'을 쓴 것은 무협소설의 인물들이 대개 검객이기 때문이며 또 의미상 그것으로 붓[筆]을 대체할 수 있기 때문이다. 집을 뜻하는 '누(樓)'는 전통적으로 '당(堂)', '재(齋)', '헌(軒)' 등과 함께 거기 사는 사람을 환유하여 별호의 일부로 애용된 글자이다. 여기에 언론의 사회적 기능과 무협의 정신적 지향 사이의 공통점을 언급하여, 연재의 취지를 높였다.

수필은 중국 전통 문학 중에서 매우 편리한 양식의 하나이다. 길게 쓸 수도 있고 짧게 써도 된다. 사건을 기술해도 좋고, 사람을 묘사해도 괜찮다. 엄숙한 것은 물소 뿔을 살라 간사한 사람을 비추는 듯하며, 황탄한 것은 여우와 귀신을 이야기하는 듯하다. 세계처럼 거대한 것과 모래알처럼 작은 것 모두 똑같이 붓 가는 대로 끄집어낼 수 있다. 내용은 제한이 없고, 형식에도 구속이 없으니, 오랜 벗과 마주앉아 자유로이 담소를 나누는 것과 같다. 우리도 이제 이 지면에서 거리낌 없이 이야기를 펼칠 것이다.

글의 형식을 설명한 부분이다. 수필(隨筆)과 산문(散文)은 서로를 대체하기도 하고 가끔은 하나로 묶여 사용되기도 한다. 두 용어에 사용된 '수(隨)'와 '산(散)'에는 모두 '자유'라는 뜻이 내포되어 있다. 그 자유는 일체의 규격과 고형의 지배를 받지 않으며, 내용에 있어서도 어떤 제한도 거부함을 의미한다. 오랜 역사를 지닌 중국문학사에서는 전통적으로 문학을 시와 문(文)으로 분류했고, 이 문의 울타리 안에서 문예적인 작품들은 물론 역사와 철리적인 산문도 성장 발전해 왔다. 수필이나 산문 또한 이 범주에 들어있다. 그런데 이 분류는 상층 지식인의 문학을 대상으로 한 것이기 때문에, 이 전통 속 작품들은 대개 문언문의 형식을 지니고 있다.

『삼검루수필』에 들어있는 산문들은 당연히 백화문으로 씌어졌지만, 그 형식과 내용에 있어 상당 부분 고아한 문언문의 요소를 품고 있다. 여기에는 무협소설이 모두 근대 이전의 시대를 배경으로 하기 때문에, 작가들 또한 그 분위기에 매우 친숙했다는 사실도 작용했던 것으로 보인다. 그러면서도 발랄하고 경쾌한 리듬을 잃지 않고 있는데, 이는 매일매일 독자들과 직접 만나는 신문이라는 매체의 특성과 청년 작가들 특유의 싱싱한 감각이 잘 어우러졌기 때문이다. (연재 시작 시기 백검당주는 42세, 김용과 양우생은 33세) 글의 내용은 역사, 문학, 음악과 영화, 풍속, 바둑과 장기, 수학 등으로 매우 다채롭다. 무협소설에 관한 내용은 극히 일부이다.

4.

　번역의 저본은 1997년 상해 학림출판사 간본이다. 아쉽게도 홍콩
과 대만 간행본은 확인하지 못했다. 마유원 선생의 논조로 보아 학림
출판사 본은 1957년 홍콩 본의 내용과 체제를 그대로 가져온 것으로
보인다. 단행본에 실린 글은 모두 80편이다. 김용의 연재 글 28편은
모두 실렸고, 양우생의 글은 26편이다. 백검당주의 글은 서문과 후기
포함 23편을 실었다. 그가 서문과 후기를 맡은 것은 셋 중 가장 연장
자였던 때문으로 보인다. 이밖에 신문 연재에 반응하여 투고된 독자
의 글로 부록으로 실린 것이 세 편이다. 본서에는 이중 63편을 가려
번역한 글을 실었다. 번역된 것은 백검당주의 글이 16편이고, 김용과
양우생은 각각 27편과 20편이다. 시의성이 약하거나 주제가 너무 지
엽적이라고 판단되는 이야기는 제외하였다.

　여섯 사람이 분담하여 초역을 했고, 초역 원고를 가지고 담당을 바
꿔 재역과 삼역을 진행했다. 그 과정에서 오역을 바로잡았고, 직역의
흔적이 남지 않도록 표현과 문장을 다듬었다. 하지만 삼역이 끝난 뒤
에도 역자들의 마음은 착잡했다. 번역만으로는 의미 전달이 불가능
한 어구가 너무 많았고, 무엇보다도 50년대 홍콩의 외국어 고유명사
의 음차표기가 중국이나 대만의 그것과 달라 지시 대상을 파악할 수
없는 부분도 적지 않았다. 저자들이 무심결에 사용한 광동방언의 미
묘한 뉘앙스를 번역하는 것도 머리를 아프게 했다. 여러 편의 글에는

도무지 의미 파악이 안 되는 부분들이 있었는데, 이들은 중국과 대만에서도 의미가 불확실한 상태 그대로 유통되는 것으로 보였다.

하여 보충 설명이 필요하다고 판단되는 부분에 대해서는 주석을 달았다. 문학적 번역만으로 원작의 맛을 살린다는 처음의 취지와는 달리 200여 개의 주석이 달린 형태의 글이 되고 말았다. 정확한 의미 파악을 위해 논문과 소설을 찾아 읽기도 했고, 전문가를 찾아 자문하기도 했다. 여러 단계의 추론을 거쳐 몇몇 고유명사의 지시 대상을 확정했을 순간의 짜릿한 느낌은 잊기 어렵다. 이렇게 다소 학술의 무게가 실리면서, 원작보다 덜 예술적인 글의 형태가 만들어졌다. 아쉬워도 할 수 없다. 정교한 지식의 토대가 아니면 상상력이나 창의력은 이착륙할 수 없다고 믿기 때문이다. 조금 더 멋있고, 한층 더 아름다운 것은 세상의 재사들에게 미루어둔다. 원서에는 80편의 글이 연재 순에 따라 나열되어 있는데, 작업 과정에서 성격이 비슷한 글들을 분류하여 6부로 재구성했음을 밝혀둔다.

번역하는 동안 난해구 때문에 고통스러운 때도 많았지만, 그보다는 두 사람과 두 시대와 두 언어 사이의 강을 오가는 즐거움을 맛볼 수 있어 좋았다. 또한 덕분에 맘 맞는 사람들과 얼굴 보는 인연을 이어가고, 둘러앉아 송편을 빚듯 작고 예쁜 책을 함께 만들어가는 것만으로도 충분히 행복했다. 양념 적은 산중의 절밥, 여백 많은 수묵산수화, 「로마의 휴일」 같은 고전 영화 모양으로, 산문이란 게 원래 담백한 물건이다. 뜨거운 열망이나 차가운 불안도 낮달처럼만 드러나야 하니, 기교가 작동하고 색깔이 짙어지면 천박해지기 때문이다. 산문미, 자아내기도 감상하기도 어려운 것이다. 독자들이 이 글들을 읽으며, 좋아하는 작가의 두뇌 속으로, 50년대 홍콩의 낯익은 거리로, 아니면 중국의 역사와 문학 세계로 짧은 여행을 떠날 수 있기를 기대한다.

세 사람의 작가 중 김용 선생은 아직 우리와 같은 시대를 살고 있다. 일본에는 소설 『화산도』의 작가 김석범(1925~) 선생이 건재하다. 최근 내가 좋아하는 두 분 선생을 차례로 예방하여 차담(茶談)을 나누는 즐거운 상상을 한 적이 있다. 상상이 이루어지지 않더라도, 이 얼마나 기이한 문연(文緣)이란 말인가! 책을 구입하는 것부터 이런저런 소소한 일들을 도와준 목단강의 금매, 느닷없는 질문에 친절하게 답변해준 오병근 교수(한양대 수학교육과), 김승래 회장(대한장기협회) 님에게, 손익을 셈 않고 이 글들을 세상에 알려준 태학사의 지현구 사장님, 그리고 무잡한 원고를 소담한 책으로 만들어준 최형필 님에게 고마운 마음을 전한다. 세 사람이 한 시대를 살며 『삼검루수필』을 지은 것도, 이 책이 우리 여섯 벗의 손으로 번역된 것도 다 시절인연이다. 우리 의지와는 상관없는 일인 것이다.

작업이 마무리되고 출판을 모색하는 즈음에 목단강사범대학의 김성욱 선생이 불의의 사고로 세상을 떠났다. 발해 출신의 조선 사람을 자처하며, 일생 소수자와 이방인 사이를 오갔던 소중한 친구를 잃었다. 소동파는 아우에게 화답한 시에서, 인생을 눈 위에 남은 기러기 발자국으로 비유하고, 노승은 죽어 부도 탑이 새로 생긴 절집의 무너진 벽에서 옛적 형제가 적은 시를 발견하는 풍경을 그리며 삶의 무상감에 젖었는데, 이 책이 괴벽(壞壁)의 묵적(墨跡)이 될 줄 어찌 알았으랴! 함께 '후발해사'를 쓰자던 약속은 허공에 흩어졌고, 우리 사이에는 건널 수 없는 강물이 흐르기 시작했다.

산수유꽃 피는 시절
역자들을 대표하여 이승수 삼가 쓰다

목차

사회와 문화

서화와 음악, 그리고 과학

영화와 연극

바둑과 장기

꿈과 이야기

정전(正傳) 앞의 한화(閑話)

– 백검당주

　신문의 문화면을 맡은 친구가 산문·수필류의 글을 싣기로 결정했다. 애초 생각은 징병제를 실시해서 웬만큼 문필 경력이 있는 친구들 모두에게 각각 합당한 병역의 의무를 부과하려는 것이었다. 하지만 다들 너무 바쁜 탓에 징병은 강제동원[拉夫]의 방법으로 바뀌었고, 결국 양우생, 김용, 그리고 나까지 세 사람이 장정(壯丁)으로 선발됐다.

　다행히 장정에 대한 처우가 항전시기와는 달라서, 줄에 묶여 끌려다니며 거지꼴을 당할 정도는 아니었다.[1] 오히려 원고료가 지급되었고, 필력만 제대로 발휘한다면 문명을 드날릴 기회가 될지도 모를 일이었다. 그래서 '강제동원'은 다시 '자원(自願)'으로 바뀌었다. 이에 편집자는 환영해 마지않으면서도 한마디를 덧붙였다.

　"독자의 인기를 끌고 못 끌고는 모두 자네들 초식[招數]에 달렸네."

---

　1 원문의 '三子送終飯'을 직역하면 '세 아들이 차려주는 제삿밥'이 되겠으나, 여기서는 '(길에서 굶어죽은 거지에게) 깔개[席子], 막대기[杠子], 새끼줄[繩子]이 차려주는 제삿밥'이라는 뜻으로, 최저 수준의 생활조건을 가리킨다.

그가 '초식'이라고 표현한 것은, 우리 세 사람 모두 본업에 종사하는 한편으로 무협소설을 쓰고 있기 때문이다. 양우생 식으로 말하자면, 우리는 '신파' 무협소설 작가이다.[2] 당초 편집자는 우리들에게 지면 하나씩을 따로따로 맡아 연재해 달라고 했다. 그런데 '세 검협(劍俠)이 나란히 말에 올라 나서면 서로 든든하지 않겠냐'는 김용의 말에, 우리들은 그 자리에서 좋다고 했다. 그러고 나서 우리들의 모습을 비춰보니, 각기 붓 한 자루씩을 쥐기는 했어도, '협기(俠氣)'는 실상 그리 대단한 것이 아니었다. 이에 지면의 이름을 정할 때, 우리들의 집 '루(樓)'를 가져오고, '협(俠)'은 뺐다. '검(劍)' 자를 쓴 것은 스스로를 고무하기 위함이다. 신문이 사회 정의를 구현하는 데 있어, 우리들의 이 작은 붓이 미력하나마 보탬이 되기를 바란다.

수필은 중국 전통 문학 중에서 매우 편리한 양식의 하나이다. 길게 쓸 수도 있고 짧게 써도 된다. 사건을 기술해도 좋고, 사람을 묘사해도 괜찮다. 엄숙한 것은 물소 뿔을 살라 간사한 사람을 비추는 듯하며,[3] 황탄한 것은 여우와 귀신을 이야기하는 듯하다. 세계처럼 거대

---

2 '신파' 무협소설: 중화인민공화국이 수립된 1949년을 전후로 하여 흔히 무협소설의 신구파를 나누어 부른다. 또한 주로 대륙에 근거를 두었던 작가들을 구파, 홍콩과 대만에서 활동한 작가들을 신파로 일컫는다.

3 물소 뿔을 살라 간인을 비추는 듯: 『진서(晉書)』 온교전(溫嶠傳)에 "교(嶠)가 무창(武昌)을 돌아 우저기(牛渚磯)에 이르니 물이 매우 깊은데, 사람들이 그 속에는 괴물이 많다고 하였다. 그가 물소 뿔에 불을 붙여 비추니 곧 물속의 괴물이 나와서 불을 끄는데, 수레를 타기도 했고 붉은 옷을 입은 것도 있었다. 그날 밤 꿈에 괴물이 '그대와 나는 유명(幽明)이 다른데, 무슨 마음으로 비추었는가?' 하였는데, 진(鎭)에 이르러서

한 것과 모래알처럼 작은 것 모두 똑같이 붓 가는 대로 끄집어낼 수 있다. 내용은 제한이 없고, 형식에도 구속이 없으니, 오랜 벗과 마주 앉아 자유로이 담소를 나누는 것과 같다. 우리도 이제 이 지면에서 거리낌 없이 이야기를 펼칠 것이다. 우리의 글이 독자들에게 환영받기를, 아니 그보다 먼저 독자들의 미움이나 받지 않기를 바란다.

이 글이 서두에 해당하기는 하나, '정전(正傳) 앞의 한화(閑話)'라고만 해둔다.

얼마 안 되어 죽었다." 하였다. 여기서 '일[事務]을 밝게 살피고 잘 보이지 않는 것[幽微]을 분명하게 살피다'라는 뜻이 나왔다.

역사와 인물

홍콩의 혁명 유적, 건형행(乾亨行)과 양구운(楊衢雲)

– 백검당주

육단림(陸丹林, 1896~1972)은 「홍콩에서의 중산(中山, 손문) 선생」
이라는 글에서, 당시 흥중회(興中會)의 본부가 홍콩 스탠턴 스트리트
[史丹頓街, Staunton St.] 13호에 있었으며, 건형행(乾亨行)⁴이라는 편
액이 걸려있었다고 했다. 이 구절이 흥미를 끌었기에, 나는 바로 그
주소를 찾아 가보았다.

스탠턴 스트리트는 케인 로드(Caine Rd.) 가운데서 경찰서 쪽으로
내려오다 보면 왼쪽에 동서로 놓여있는 길이다. (사람들은 '비구니길'
이라고 부른다.) 1호 문패의 집은 올드 베일리 스트리트(Old Bailey
St.)로부터 불쑥 솟아있고, 13호는 태평산을 향해 일렬로 놓여 있었
다. 이 거리의 집들은 모두 낡은 목조 누각이었다. 2, 3층의 외부 베
란다는 매우 좁았으며, 쇠 난간에는 녹이 슬어 있었다. 나로서는 을

---

4 '건(乾)'은 '하늘의 덕'을, '형(亨)'은 모든 일이 순조롭게 풀린다는 '형통(亨通)'을,
'행(行)'은 '하늘의 명을 받들어 행한다는 봉행천명(奉行天命)'을 의미한다고 한다. 『주
역』에서 "하늘의 덕은 천명을 받들어 행하면 하는 일이 형통한다 乾元, 奉行天命, 其道
乃亨"는 뜻을 가져온 것으로 알려져 있다.

미년(1895년, 청일 전쟁 패배 2년 뒤)부터 오늘까지 이 거리의 문패가 바뀌었는가 여부를 확인할 길이 없으니, 지금의 13호가 그 시절의 13호인지는 알 수가 없다.

현재 스탠턴 스트리트 13호의 집은 크지 않은데, 옆면이 대략 18~20개 정도의 꽃무늬 벽돌이 들어갈 정도의 너비밖에 안 된다. 그날 내가 저녁을 먹고 가서 보았더니, 그 집의 아래 층 문미에는 가로로 커다랗게 '영선암(永善庵)'이라 쓴 편액이 걸려 있었다. 창 사이의 철망에는 작은 액자가 걸려 있고, '4대째 문둥병, 피부병 전문 치료, 여의사 진체화 아룀. 四代專醫痲風紅暈血癬, 女醫士陳棣華白' 등의 글씨가 씌어 있었다. 몇 명의 여승이 전등 아래서 마작을 하고 있는데, 사람마다 몰두하여 신경 쓰는 탓에 얼굴이 잔뜩 상기되어 있는지라, 나는 그만 실소를 터뜨리고 말았다. 갑자기 왜 실소가 터졌는지는 나도 설명할 수 없다. 아마 나는 이 건물이 나와 똑같은 마음을 품고 있을 것이라고 믿고 갔는데, 막상 너무나 평범한 일상의 사람들을 보자 문득 거기에 공감되었기 때문으로 보인다. 믿지 못하겠거든 가서 보시는 것도 괜찮겠다.

손중산(1866~1925)이 을미년(1895) 하와이에서 홍콩으로 돌아온 때는 정월 초순이었다. 당시 그는 옛 친구들인 육호동(陸皓東, 1868~1895), 정사량(鄭士良, 1863~1901), 진소백(陳少白, 1869~1934), 양학령(楊鶴齡, 1868~ 1934), 우소환(尤少紈, 尤列, 1865~1936) 등과 함께 흥중회 조직을 키울 생각을 하고 있었다. 이중 손중산과 진·양·우네 사람이 이른바 세상에서 일컫는 '사대구(四大寇)'[5]이다. 당시 홍콩에는 한 보인문사(輔仁文社)가 있었다. 손 선생 등은 그 모임의 회원인 양구운(楊衢雲, 1861~1901), 사찬태(謝贊泰, 1872~1938) 등의 평소 뜻이 흥중회와 들어맞는다고 여겨 조직을 만들 일을 의논하였다. 양구운 등은 모두 찬성하였다. 두 사람 외에 초기에 잇달아 가입한 사람은 황영상(黃泳商)·주소악(周昭嶽)·구봉지(區鳳墀, 1847~1914)·여육지(餘育之)·서선정(徐善亭)·주귀전(朱貴全)·구사(丘四) 등 수십 명에 이른다. 손 선생 등은 스탠턴 스트리트 13호를 세내어 본부로 삼고, 정월 27일 대회를 열어 명칭을 흥중회(興中會)라 하였다. 손 선생이 직접 지은 「흥중회선언(興中會宣言)」은 그때 발표된 것이다. 건형행은 그 뒤 사찰을 받아 8월 8일 철거되었다.

보인문사는 국민들의 지혜를 열어주고 시사를 토론하는 것을 목표로 뜻있는 화교 상인들이 조직한 모임으로, 백자리(百子里) 1호 2층에 사무실이 있었다. 양구운은 복건(福建) 해징현(海澄縣) 사람으로 본명은 비홍(飛鴻)이다. 구운(衢雲)은 그의 별호이다. 그는 만자서원(灣仔書院)의 교사였다가, 초상륜선공사(招商輪船公司)의 홍콩 지사 서기장을 지냈다. 손 선생과 알게 되었을 무렵에는 사선양행선무(沙宣洋行船務)의 부사장이었다. 그때 손 선생은 아려사(雅麗士) 의사학교 2학년에 재학 중이었다. 그들은 수시로 어울렸고, 그 인연으로 뒷

---

5 사대구(四大寇): '네 명의 큰 도적'이란 뜻이다. 이들의 논의 주제가 봉건왕조를 부정하는 것이었으므로, 청조의 입장에서 체제를 위협하는 도적이었던 것이다.

날 힘을 모으게 된 것이다. 을미년(1895) 손 선생 등이 광주에서 거사를 계획할 때, 후방에서의 접응과 재원 조달은 양구운이 책임을 맡았다. 경자년(1900) 가을, 그는 청조에서 파견한 사람에게 암살당한다. 사람들이 그를 '제73열사'라 부르는 이유이다.

　최근 「신만보(新晚報)」 기사에 의하면, 양구운의 무덤은 해피 밸리(Happy Valley, 跑馬地)의 홍콩 공동묘지[紅毛墳場] 안 네 번째 단의 8348호이며, 글자 없는 깨진 비석만 남아 들꽃과 잡목들을 벗하고 있다고 한다. 선열을 추모하는 사람이라면 한번 가서 조문하는 것도 좋을 것이다.

1892년의 사대구(四大寇). 앞줄 왼쪽부터 양학령(楊鶴齡), 손중산(孫中山), 진소백(陳少白), 우열(尤列). 뒤에 선 사람은 관경량(關景良).

당대 최고의 재능, 납란용약의 사(詞)

- 양우생

 납란용약(納蘭容若)⁶의 사(詞)는 '사원(詞苑)'에서 사람들의 눈길을 빼앗는 한 떨기 꽃'이라고 해도 과언이 아니다. 동시대 및 후대의 사가(詞家)들은 그를 매우 높이 평가했다. 진기년(陳其年)⁷은 그를 남당(南唐)의 두 군주인 이중주(李中主),⁸ 이후주(李後主)⁹와 나란히 논했고, 섭진인(聶晉人)¹⁰은 그의 사를 두고 "붓끝에서 꽃이 피어 사방을

---

 6 납란용약(納蘭容若): 청나라 문인 납란성덕(納蘭性德, 1655~1685)이다. 호는 능가산인(楞伽山人), 용약(容若)은 그의 자(字)이다. 21세에 진사가 되어 건청문시위(乾清門侍衛)에 올랐다. 시문에 뛰어났고, 사(詞)를 잘 지었다. 사집(詞集)으로『음수집(飲水集)』이 있다.

 7 진기년(陳其年): 청나라 문인 진유숭(陳維崧, 1625~1682)이다. 호는 가릉(迦陵)이고, 기년(其年)은 그의 자(字)이다. 어려서부터 문장을 잘 지었고, 17세에 제생(諸生)이되었다. 사(詞)에서 일가를 이루어 명성이 자자했다.

 8 이중주(李中主): 남당의 2대 군주 이경(李璟, 916~961)으로, 943년에 즉위했다.『전당시(全唐詩)』에 시 2수와 사(詞) 4수가 있다.

 9 이후주(李後主): 남당의 마지막 군주 이욱(李煜, 937~978). 961년에 아버지 이경이죽자 뒤를 이어 즉위했다. 통치자로서의 자질은 부족했으나 문학적 감수성이 뛰어나후대의 사단(詞壇)에 깊은 영향을 끼쳤다.

 10 섭진인(聶晉人): 청나라 때 여릉(廬陵) 사람 섭선(聶先)이다. 호는 낙독거사(樂讀居士), 진인(晉人)은 그의 자(字)이다. 저서에『명가시초(名家詩抄)』가 있다.

비추니, 한 글자도 옮길 수 없다 筆花四照, 一字動移不得"고 평했다. 왕국유(王國維) 선생은 그의 사가 청대 제일일 뿐만 아니라 송대 이후로도 으뜸이라고 인정했다. 내 생각에 납란용약에 대한 이러한 평어들은 조금도 과한 것이 아니다.

그런데 사람들이 도저히 이해하기 어려운 매우 기이한 점이 한 가지 있다. 납란용약은 왜 『음수집(飮水集)』에 실려 있는 그런 사를 지은 것일까? 슬픈 분위기를 띠고 있는 그의 사들은 괴로이 지난날을 돌이키는 것이 아니면 오늘에 감개하는 내용이라, 열에 아홉은 고통스러운 하소연과 처량한 신음을 담고 있다. 그의 생애를 알지 못하는 사람들은 그가 가난에 시달려 낙심한 문인으로만 알지, 실은 그가 온갖 부귀영화를 누린 재상의 아들인 줄을 어찌 알겠는가! 그는 스물한 살에 진사가 되어 벼슬이 통의대부(通議大夫)에 이르렀고, 1등시위(一等侍衛)의 지위에 있으면서 황제의 총애를 한 몸에 받았다. 또 황제의 순행을 따라 곳곳을 다녔으니, 봉건시대에 그만한 영광을 누린 사람도 흔치 않다.

많은 사람들은 납란용약과 이후주를 견준다. 그러나 이후주가 지은 비탄과 고통의 사는 모두 그가 포로로 잡힌 이후[11]에 지은 것이고,

---

11 이후주가 포로로 잡힌 이후: 974년 송 태조가 남당을 공격하자, 이욱은 궁정 안에서 자살하려 했지만 나약한 심성 탓에 결국 궁 밖으로 나와 항복했다. 이로써 975년에 남당이 멸망했다. 이욱은 송나라의 수도 변경(汴京)으로 옮겨져 포로 생활을 하다가 훗날 사약을 받고 자진했다. 그의 일생은 아무 걱정 없는 궁정에서의 전반부와, 남당이 망하고 송나라의 포로가 되었던 후반부로 나뉜다. 작풍(作風)도 나라가 망하기

포로가 되기 전 이후주의 사는 개인의 환희로 충만해 있었다. 이에 반해 납란용약은 평생 아무런 풍파도 겪은 적이 없다. 시종 귀족 공자의 생활을 잃지 않았거늘, 무엇 때문에 그의 사는 그토록 슬픔과 괴롬으로 가득 차있는 걸까?

내가 보건대, 부귀한 가정에서 자라다 보니 오히려 귀족 생활의 부패에 대해 너무 염증을 느꼈던 것이 아닌가 싶다. 그가 지은 사에 이런 구절이 있다. "번개처럼 사라지고 물처럼 흘러가는 세월, 하늘이 짧은 목숨을 내니, 눈물이 물결처럼 흐른다. 놀며 즐기자 다짐하지만, 결국은 모두 다 무료해지네! 電急流光, 天生薄命, 有淚如潮. 勉爲歡謔, 到底總無聊!" 이로 보건대 환락을 위해서만 애쓰는 생활이 극도의 무료함을 느끼게 한 것이 아닐까.

납란용약의 부친은 이름이 납란명주(納蘭明珠, 1635~1708)로 벼슬이 태부(太傅, 재상에 해당함)에 이르렀으니 가장 높은 지위에 오른 신하라 하겠다. 하지만 그는 비루하고 용렬한 데다 재물을 탐내었으니, 청고절속(淸高絶俗)한 납란용약의 성격과는 정반대였다. 아마 이런 점이 귀족의 혈관에 반역의 피를 흐르게 한 것으로 보인다. 그는 본질적으로 정의감이 강한 독서인이었고, 부친이 하는 일은 모두 눈과 귀에 거슬렸다. 하지만 봉건의 압력 아래에서 그는 아버지에게 반항할 수 없었으니, 이로 인하여 그의 정신에는 번민이 일었다. 이는

전의 화려한 유미적 경향과, 망국 이후의 침울한 주정적 경향으로 대비된다.

『홍루몽(紅樓夢)』의 가보옥(賈寶玉)과도 같다. 봉건의 압력 아래 정신의 해탈을 구할 수가 없었던 그는 사장(詞章)에 이를 녹여 슬프고 괴로운 소리를 지어냈던 것이다.

납란용약은 정감이 매우 풍부했다. 그는 스스로 인간 세상의 부귀한 꽃이 아니라, 천상의 '정에 미친 놈[癡情種]'이라고 했다. 이 점 또한 『홍루몽』의 가보옥과 매우 흡사하다. 어떤 홍학(紅學) 연구자들은 심지어 『홍루몽』의 가보옥이 납란용약의 화신이고, 대관원(大觀園)에서 벌어지는 사건들은 납란용약 집안의 일이라면서, 상세한 색인까지 만들어내기도 했다. 이러한 의견은 물론 갖다 붙인 것에 지나지 않지만, 두 사람의 성격에 공통점이 있는 것은 사실이다.

납란용약은 자신을 '정에 미친 놈'이라 했는데, 사실이 그렇다. 그가 18세에 지은 사에는 이런 구절이 있다. "세상에 떨어져 18년 동안, 꽃잎과 꽃술을 씹으며 비파 줄을 희롱했거늘, 이 넘치는 정을 누구에게 부친단 말인가! 十八年來墮世間, 吹花嚼蕊弄冰弦, 多情情寄阿誰邊!" 당시 그는 아직 혼인하기 전이었으니, 꿈에서 자기를 이해해줄 짝을 찾았던 것인가! 뒤에 그는 혼인했고 정말 마음을 알아주는 사람을 만났다. 두 사람은 매우 사랑했지만, 얼마 안 되어 아내가 죽고 만다. 그는 비통에 빠졌다. 납란용약은 몇 수의 도망사(悼亡詞)를 지었는데, 그 정감이 몹시 진지하여 천고의 절창이라 할 만하다. 『칠검(七劍)』에 인용한 한 수만 보더라도, 그가 어느 정도의 치정(癡情)이었는지를 읽어낼 수 있다.[12] 납란용약은 사 중에서 자주 박명(薄命)을 일컬었는데, 뜻밖에도 이것이 일종의 참언(讖言)이 되었다. 그는 실제로 단명하고 말았으니, 죽었을 때의 나이가 겨우 31세였다.

---

12 납란용약은 병부상서 노흥조(盧興祖)의 딸과 혼인했는데, 당시 신랑과 신부의 나이는 각각 20세, 18세였다. 신혼부부는 금슬이 매우 좋았는데, 3년 뒤에 신부가 세상을 뜨고 말았다. 납란용약의 『음수사(飮水詞)』에는, 「남향자(南鄕子) - 위망부제조(爲亡婦題照)」, 「청삼습(靑衫濕) - 도망(悼亡)」, 「심원춘(沁園春)」, 「금루곡(金縷曲) - 망부제일유감(亡婦祭日有感)」 등 죽은 아내를 슬퍼하고 그리워하는 '도망사(悼亡詞)'가 여러 수 실려 있다. 『칠검』 30회에 인용된 도망사는 「채상자(采桑子) - 새상영설화(塞上咏雪花)」로, 그 내용은 다음과 같다.

흩날리는 모습에 반한 게 아니랍니다   非關癖愛輕模樣
차가운 곳에서 특히 아름다우니   冷處偏佳
남다른 뿌리와 싹이 있어   別有根芽
세상 부귀화가 아니기 때문이지요   不是人間富貴花

사도온(謝道韞) 떠난 뒤 뉘를 아끼리오   謝娘別後誰能惜
하늘 끝자락 떠도나니   飄泊天涯
싸늘한 달빛 서러운 젓대 소리   寒月悲笳
북방의 사막 위로 만 리 서풍 몰아치네   萬裏西風瀚海沙

납란용약의 사 재론

– 양우생

    납란용약의 사(詞)에는 '수(愁)' 자가 많이 사용되었으니, 10수 중 거의 7, 8수에 '愁' 자가 들어있다. 그런데도 구절마다 사용된 '愁'가 모두 신선한 의경(意境)을 지니고 있다. 손에 잡히는 대로 몇 구절 예를 들어보자.

마음은 하나인데　　　　　　　　　　是一般心事

시름은 두 갈래라　　　　　　　　　　兩樣愁情

　　　　　　　　　　　　　　　　　　　　「홍창월(紅窓月)」

시름겨워 하릴없이 도리어 웃고 만다오　　幾爲愁多翻自笑

　　　　「산화자(山花子) - 작야농향분외의(昨夜濃香分外宜)」

난간에 기대보니 모두가 시름 일으키네　　倚欄無緒不能愁

　　　　　　　　　　　　　　　　　　　　「완계사(浣溪沙)」

노래 그친 가을 무덤 시름은 다함 없네　　　　　唱罷秋墳愁未歇

　　　　　　　　　　　　　　　　　　　　「접련화(蝶戀花)」

하나의 물안개 속 시름은 제각각　　　　　　　　一種煙波各自愁

　　　　　　　　　　　　　　　　　　　　「남향자(南鄕子)」

하늘은 시름을 발효시켜 다정을 빚었구나　　　天將愁味釀多情

　　　　　　　　　　　　　　　　　　　　「어중호(於中好)」

시름은 응어리져 쌓여 있건만　　　　　　　　將愁不去

가을빛 하루하루 짙어만 가네　　　　　　　　秋色行難住

　　　　　　　　　　　　　　　　　　　　「청평악(淸平樂)」

　어떤 것은 먼 곳에 대한 그리움을 그렸고, 어떤 것은 죽음에 대한
애도를 그렸고, 어떤 것은 풍경을 묘사하여 정(情)으로 들어갔고, 어
떤 것은 시름 속에 속마음을 부쳤으니, 모두 각각 다르면서도 신선한
연상을 지니고 있다.

　사람들이 납란용약을 소극적이고 퇴폐적인 사인(詞人)으로 오해한
것은, 그가 '愁' 자를 이처럼 능란하게 사용한 때문인지도 모른다. 하
지만 그가 말하는 '愁'는, 앞서 한 번 언급했듯 봉건시대의 압력 아래
서 겪은 고민의 표현이다. 그는 수한(愁恨)을 잘 노래했을 뿐 아니라,

비분 격앙하는 일면도 지니고 있었다. 백검당주의 표현을 빌리자면, "비분강개하는 기운이 옛날 유연(幽燕)의 땅 기질과 흡사한" 면이 있는 것이다.

납란용약은 일찍이 죄를 짓고 멀리 유배 간 벗을 구해주었는데, 그 벗의 이름은 오조건(吳兆騫, 1631~1684)[13]이다. 오조건 또한 이름난 선비인데, 과장안(科場案)으로 혐의를 받고 관외의 영고탑(寧古塔)으로 유배되었다. 납란용약은 아버지에게 부탁하여 그가 풀려 돌아오게 했다. 이 일은 납란용약 평생에 있어 가장 득의로운 일 중의 하나였다. 그의 사에 들어있는 두 구절 "머나먼 변방에서 오계자가 살아 돌아온다면, 그 밖의 모든 일은 어찌 돼도 좋으리라 絶塞生還吳季子, 算眼前此外皆閑事"는 바로 이 일을 말한 것이다.

납란용약은 벗이 돌아오게 되자 매우 기뻤지만, 한편으로는 벗이 당한 일 때문에 몹시 슬퍼하고 격분했다. 그는 오조건을 구해낸 뒤 한 수의 사를 지어, 또 다른 친구인 고량분(顧梁汾, 1637~1714)에게 보냈다. 여기서 그는 자신의 분노를 이렇게 그려냈다.

뜬구름 헛이름에 얽매이지 마시라　　　　莫更著浮名相累[14]

벼슬 버리고 떠돌아도 상관없으리　　　　仕宦何妨如斷梗

─────────

13 아래 나오는 고량분(顧梁汾)과 함께 이 책의 다른 글, 「고량분의 부, 속명사」 참조.

14 원문의 '막(莫)'은 양우생의 글에서는 '취(就)'로 되어 있다. 납란용약의 『음수사』에 의거하여 '莫'으로 고쳤다. 의미상으로도 '莫' 자가 더 적당하다.

개들은 영문도 모르고 따라 짖는 법   只那將聲影供群吠[15]

하늘은 그 사정 물으시려나   天欲問[16]

아니 아니 그만두시라   且休矣[17]

이 몇 구절의 가사에서는 조정의 대관들에 대한 비난이 격렬하니, 그들을 어지러이 짖어대는 한 무리의 개떼에 견주고 있다.

납란용약은 벗과 사귀기를 좋아하였으니, 그의 벗들은 모두 당시의 명사들이었다. 하지만 그는 자신의 세력을 이용하여 벗들의 벼슬길을 도모한 적이 없었고, 벗들의 관운은 신통치 않았다. 한 예로 강신영(姜宸英)[18]이란 친구는 문재와 학문을 겸비했지만, 환로(宦路)에서 반평생 부침을 거듭하다가 높은 자리에 오르지 못한 채 끝내 벼슬

---

15 개 한 마리가 어떤 사물의 그림자를 보고 짖으면, 백 마리의 개가 영문도 모른 채 그 소리를 따라 짖는다는 속담 - 일견폐영(一犬吠影), 백견폐성(百犬吠聲) - 을 원용하여, 사정도 모른 채 일을 처리하거나 아무렇게 말하는 조정의 관료, 또는 여론을 풍자하고 있다.

16 원문의 '욕(欲)'은 양우생의 글에는 '휴(休)'로 되어 있다. 또한 납란용약의 『음수사』에 의거하여 '욕(欲)'으로 고쳤다.

17 원 제목은 「금루곡, 고량분에게 지어 보냄 金縷曲, 簡梁汾」이고, 제목 아래 "당시 그는 오조건의 귀환을 위해 노력하고 있었다 時方爲吳漢槎作歸計"라고 부기되어 있다.

18 강신영(姜宸英, 1628~1699): 자는 서명(西溟), 학자들은 담원선생(湛園先生)이라 불렀으며, 청나라 절강(浙江) 자계(慈溪) 사람이다. 1699년 순천향시부고관(順天鄕試副考官)이 되었지만 죄에 연루되어 투옥되었다가 옥중에서 죽었다. 저서에 『강선생전집』과 『담원미정고(湛園未定稿)』 10권, 『서명문초(西溟文鈔)』 4권, 『진의당일고(眞意堂佚稿)』 1권, 『담원장고(湛園藏稿)』 4권, 『담원제발(湛園題跋)』 1권, 『위간시집(葦間詩集)』 10권 등이 있다.

을 버렸다. 납란용약은 그를 위로하는 사 한 수를 지었다.

인생살이 실의(失意) 많고 여의(如意) 적으니	失意每多如意少
예로부터 몇이나 억울함을 호소했던가	終古幾人稱屈
복이란 재주가 꺾이면서 찾아오는 법	須知道福因才折
명아주대로 엮은 침상에 홀로 누워	獨臥藜床
북두성 바라보자니	看北斗
뒤 높은 성 옥적 소리 피눈물 자아내네	背高城玉笛吹成血[19]

이 몇 구절 가사 속에서, 그는 재능 있는 사람들의 입장에서 원통해 하며 예로부터 인재를 압제했던 정황에 대해 불만을 나타냈다. 이 사에는 또 이런 구절도 있다.

장부는 남 때문에 몸 달지 아니하니	丈夫未肯因人熱
이제 한가로이	且乘閑
오호(五湖)를 맛보시라	五湖料理
한 닢 조각배	扁舟一葉

이는 또 얼마나 고상하면서도 자신만만한가. 그는 벗을 남 때문에

---

19 원 제목은 「금루곡, 서명(西溟)을 위로하다 金縷曲, 慰西溟」이다. 서명(西溟)은 강신영의 자(字)이다.

몸 달지 않는 기개어린 장부로 표현하면서, 자신 또한 드러내 보이고 있는 것이다.

군주정치의 통치하에서, 관료들은 모두 당파를 만들고 사익을 위해 서로를 배척했는데, 납란용약에게 이런 사정은 눈에 거슬렸을 것이다. 하여 그는 고량분에게 보낸 사에서 이렇게 노래했다.

오늘밤은 그대와 실컷 취해야 하리　　　　共君此夜須沉醉

그들은 또 구실 붙여 헐뜯으리니　　　　且由他蛾眉謠諑

예나 지금이나 이렇게들 시샘을 하네　　　　古今同忌

막막한 이 신세 물어 무엇 하리오　　　　身世悠悠何足問

냉소하며 버려두면 그뿐인 것을　　　　冷笑置之而已[20]

'아미요착(蛾眉謠諑)'이란 구절은 굴원(屈原)의 「이소(離騷)」에 나온다. 굴원의 「이소」에는 "여인들 나의 아름다움을 시샘하니, 나를 두고 음탕하다 지껄여대네 衆女嫉餘之蛾眉兮, 謠諑謂餘以爲善淫"라는 두 구절이 있다. 여기서 '여인들'은 남을 헐뜯기 좋아하는 소인배를 가리킨다. 납란용약은 그런 헐뜯음일랑 냉소하고 내버려두면 그만이라고 생각했다. 소인과 하루의 길고 짧음을 다투려 하지 않은 것이다. 이 몇 구의 사는 그의 광달(曠達)과 청오(淸傲)를 잘 드러내고 있다.

20　원제는 「금루곡, 고량분에게 주다 金縷曲, 贈梁汾」.

납란용약의 등장은 중국 사단(詞壇)에 있어 하나의 기적이었다. 그는 재상 아들의 신분으로 대담하게도 귀족의 생활을 버리고 개성의 해방과 정신의 자유를 추구했다. 사람들은 그를 이후주에 견주었지만, 이런 점에 있어서는 이미 이후주를 한 걸음 뛰어넘었다고 생각한다.

발자크는 귀족 생활에 열광했지만, 그의 작품은 귀족을 예리하게 풍자하는 것이었다. 톨스토이는 백작이었지만 농민들 속으로 들어갔다. 부패한 환경은 절대로 양심 있는 작가의 영혼을 옭아매지 못한다.

납란용약의 무예

– 양우생

얼마 전 과기(戈戞, 미상) 선생의 편지를 받았는데, 선생은 납란용약의 무예에 대해 문제를 제기하셨다. 이분은 내가 『칠검하천산』에서 납란용약의 사장(詞章)만 힘주어 기술하고 그의 무예를 드러내지 않은 것을 옥의 티라고 생각하셨다. 과기 선생은 부지런한 독서가로 일찍부터 납란용약의 생애에 관한 많은 자료를 수집하셨는데, 설명에 따르면 납란용약은 일개 서생일 뿐 아니라 뛰어난 무예도 갖추었다는 것이다.

옳은 지적이다. 납란용약은 확실히 무예에도 조예가 깊었다. 관외에 살던 만주족은 본래 수렵으로 생활했고, 입관 초 만주족 귀족 가정에서는 여전히 말 타기와 활쏘기를 매우 중시했으니, 이 두 가지는 귀족 자제가 반드시 배워야 했던 과목이다. 납란용약은 천분(天份)이 매우 높았으니, 곤산(昆山)의 서건학(徐乾學)[21]은 그의 묘지명을 지으

---

21 서건학(徐乾學, 1631~1694): 자는 원일(原一)이고, 호는 건암(健庵)이며, 청나라 강남(江南) 곤산(崑山) 사람이다. 박학다식하여 경학은 물론 사학(史學), 여지(輿地), 예제(禮制) 등에 정통했다. 저서에 『감고집람(鑑古輯覽)』과 『전시루서목(傳是樓書目)』,

면서 "문무에 모두 재능이 있었으니, 어려서부터 말 타기와 활쏘기에 능숙했다"라고 언급했다. 여기에 비춰보면 그는 문무 두 분야에 있어 모두 신동이었다.

납란용약이 17세에, 강희제는 그를 궁중에 들어오게 하여 3등시위(侍衛)로 삼았고, 뒤에는 곧바로 1등시위로 승진시켰다. 강희제가 지방을 순시할 때마다 납란용약을 데리고 다녔으니, 그는 강남(江南)과 막북(漠北)을 두루 돌아보았다. 강희제가 그를 총애한 주요 이유는 당연히 문학적 재능 때문이었지만, 무예에 조예가 없었다면 강희제 또한 그를 1등시위로 삼지는 않았을 것이다.

하지만 이 시위(侍衛)는 보통의 시위와는 같지 않았으니, 궁중에서 그가 맡은 주요 업무는 황제의 독서를 돕는 것이지 황제를 호위하는 일이 아니었다. 짐작건대 납란용약을 몹시 총애했던 강희제가 그를 항상 곁에 두고 싶어 시위라는 관직을 주었던 것 같다. 그의 지위가 다른 시위들과는 같지 않았기 때문에, 나는 『칠검』에서 그의 귀공자 신분만을 묘사하고 시위 신분은 드러내지 않았던 것이다.

납란용약이 무예에 능했던 것만큼은 분명하다. 그러나 그를 소설 속에서 묘사할 때 나는 그 점을 강조할 필요를 느끼지 못했다. 문학 창작에 있어 인물의 묘사에서 요구되는 것은 그의 특징적인 일면을 부각시키는 것이기 때문이다. 만약 부차적인 것을 모두 묘사한다면,

---

『담원집(僧園集)』 등이 있다.

어떤 경우에는 오히려 인물 형상의 완정성을 파괴할 수가 있다. 소설을 쓰는 일은 그림을 그리는 것과 같다. 모래사장에 놀러가 한 폭의 풍경화를 그리려면 눈에 들어오는 아름다운 풍경만을 화폭에 담아야 하는 것처럼, 소설을 쓰는 일에도 취하고 버리는 과정이 요구된다.

왕국유(王國維, 1877~1927) 선생에 따르면 납란용약은 북송 이래 최고의 사인(詞人)이다. 하지만 그의 무예는 결코 최고의 수준이 아니었다. 다시 말해서 그가 비록 무예에도 조예가 있기는 했지만, 무공에 있어서의 성취는 문학적 성취에 비할 바가 못 되었다. 그건 작은 시내를 큰 바다와 비교하는 일이다. 만약 소설 속에서 그를 문무겸전의 재사로 묘사한다면, 한갓 상투적인 소설로 전락해버릴 위험이 있다.

사실 『칠검』에서도 납란이 약골 서생의 모습으로만 나오는 것은 아니다. 그는 계중명(桂仲明)과 모완련(冒浣蓮)의 일장(一掌)을 받아낸 적이 있는데, 계중명의 무공은 『칠검』 안에서 일류라는 사실을 기억해야 한다. '대력응조신공(大力鷹爪神功)'을 배운 그의 기공이 극강이었음에도, 그 일장을 맞은 납란용약은 겨우 몇 발짝 뒷걸음질 쳤을 뿐 끝내 넘어지지 않았다. 나는 이처럼 작은 몇몇 부분에 그의 내공이 만만치 않음을 충분히 드러냈다고 생각한다.

말이 나온 김에, 소설 속 역사인물에 관한 문제를 조금 더 이야기해 보자. 소설 속의 역사인물과 역사가의 붓 끝에서 기록되는 역사인물은 같지 않다. 역사가는 실재했던 사건을 서술해야 하기에, 어떤 사람이 어떤 일을 하지 않았다면 임의로 지어내지 못한다. 하지만 소설 속의 역사인물이라면, 굳이 모든 것을 역사적 사실에 끼워 맞출 필요가 없다. 소설가는 '일어날 법한 사실'을 서술할 수 있다. 예를 들어 정사에서 강희황제는 자기 부친을 죽인 일이 없지만, 소설에서는 그렇게 서술할 수 있다. 제왕가(帝王家)에서 독살 사건이 빈번하게 일어난 점을 감안하면, 그가 부친을 죽인다고 해서 그리 희한할 일은 아니기 때문이다. 그뿐 아니다. 역사상 제왕의 집안에서 골육끼리 죽고 죽인 사실은 헤아리기 힘들 정도로 많다. 양혜여(梁慧如)[22] 선생이 「왕실의 도광검영 宮廷內的刀光劍影」에서 다룬 것이 바로 제왕가에서 벌어진 골육상잔의 사실이었다. 거기에는 모두 근거가 있으니, 절대 임의로 지어낸 것이 아니다.

물론 소설이라고 해도 역사를 왜곡할 수는 없다. 진회(秦檜)를 충신으로 그리거나, 악비(岳飛)를 간신으로 만든다면 당장 엄청난 비난에 직면할 것이다. 다만 진회의 간사한 행동을 묘사할 때, 상상력을 동원해 그의 간악한 얼굴을 더욱 선명하게 그려낼 수는 있다. 이를테면 그가 적국과 어떻게 결탁하는지, 악비를 어떻게 모해하는지 등을 구체적으로 묘사하면서 말이다. 역사가 예술적 장치를 거치고 나면, 역사인물은 더욱 생동하는 모습으로 부조(浮彫)되어야 한다. 이것이

---

22 양혜여(梁慧如): 이 글을 쓴 양우생 자신이 한때 사용했던 필명이다. 양우생은 1950년대 초반 양혜여(梁慧如)란 이름으로 여러 편의 바둑평과 역사소품을 발표했다. 「왕실의 도광검영 宮廷內的刀光劍影」은 1953년 8월 『문회보(文匯報)』에 발표되었다.

바로 역사인물을 다루는 창작에 요구되는 점이다.

영국의 평론가 포이히트방거(L. Feuchtwanqes, 1884~1958)[23]는 셰익스피어의 극작에 대해 다음과 같이 논평했다.

셰익스피어는 종종 사실의 전후 관계를 임의로 뒤바꾼다. 주인공들을 젊게 하기도 하고 늙게 하기도 하며, 심지어는 새로운 사실을 만들어내기도 한다. 그 모두가 꾸며낸 것임에도, 역사가가 고증해낸 이른바 '실재'보다 훨씬 더 생동감이 있다.

그는 이러한 '창작된 역사사실'을 더 '높은 진실(Higher Reality)'이라고 보았는데, 나는 그의 말에 상당히 일리가 있다고 생각한다.

---

23 포이히트방거(L. Feuchtwanqes): 독일의 소설가 · 극작가. 역사소설에 뛰어났으며 반전적 · 혁명적인 작풍으로 유명하다. 나치스를 반대하는 비판적 성격이 강하다. 대표작으로 국제적 반향을 불러일으킨 소설 『유대인 쥐스 Jud Süss』(1925)가 있다. 1933년에 망명하여 모스크바에 거주하다가, 1941년부터는 미국으로 이주하였다. 영국의 평론가라고 한 것은 양우생의 착각으로 보인다.

고량분(顧梁汾)[24]의 부(賦) 「속명사(贖命詞)」[25]

- 김용

양우생 형은 '삼검루수필'에서 연거푸 세 번이나 납란용약에 대해 말하면서, 그가 오조건을 구해준 일을 언급한 바 있다. 이 고사가 워낙 재미있으므로, 좀 더 자세히 얘기해 봐도 좋을 듯하다.

오조건은 강소성(江蘇省) 오강(吳江) 사람으로 어릴 적부터 매우 총명했는데, 그래서인지 다소 멋대로인 데다 교만한 구석이 있었다. 필기소설에는 다음과 같은 기록이 전해진다. 그는 사숙(私塾)에서 공부할 때 탁자 위에 동문들이 벗어 놓은 모자가 보이면, 거기에 대고 오줌을 누곤 했다. 동문들이 선생에게 일러바쳤다. 선생이 꾸짖자, 그는 이렇게 응대했다.

---

24 고량분(顧梁汾, 1637~1714): 이름은 정관(貞觀)이고 양분(梁汾)은 그의 자이다. 강소성 무석(無錫) 출신으로 진유숭(陳維崧), 주이존(朱彝尊)과 함께 '사가삼절(詞家三絶)'로 불렸다. 저서에 『탄지사(彈指詞)』와 『적서암집(積書巖集)』, 『노당시(繡塘詩)』 등이 있다.

25 서문에서 언급한 바, 인터넷 카페에 올라온 이 글의 번역은 이 책의 탄생에 소중한 계기가 되었으며, 이 글의 번역에도 도움이 되었다. 이 글의 출간을 계기로, 처음 이 글을 번역하여 올린 필명 '연파강상사인수(烟波江上使人愁)'님과 연락이 닿기를 기대한다.

"여기에 속된 자들의 머리를 쑤셔 넣느니, 오줌이나 채우는 게 낫습니다!"

선생은 탄식하며 말했다.

"이 아이가 명성은 높겠으나 그로 인해 화를 부르겠구나!"

틀린 말이 아니었다. 봉건왕조 시대에 명성이 높아진다는 것은 화를 부르는 중요한 원인이었다.

또 다른 필기소설은 다른 한 편의 일화를 전한다. 한번은 그가 친구 몇몇과 함께 오강현(吳江縣)의 동문(東門)을 나가다가, 길에서 갑자기 왕둔옹(汪鈍翁)[26]에게 이렇게 말했다.

"강동(江東)에 내가 없으면, 그대 홀로 빼어나겠네. 江東無我, 卿當獨秀."[27]

이는 본래 남조 송나라의 원숙(袁淑)[28]이 한 말인데, 옆에 있던 사람들이 이 일로 그를 질시했다.

오조건이 자유분방하기는 했어도 재기가 많았고, 친구에게는 매우

---

26 왕둔옹(汪鈍翁, 1624~1691): 이름은 완(琬)이고 둔옹(鈍翁)은 호이다. 강소성 장주(長洲) 출신으로 시와 고문에 뛰어났으며, 『둔옹전후유고(鈍翁前後類稿)』 등의 저서가 있다.

27 원숙(袁淑)과 사장(謝莊)이 송나라 문제의 명으로 각각 지은 부(賦) 「홍앵무부(紅鸚鵡賦)」를 평가할 때 원숙이 한 말로, 『송서(宋書)』, 「사장전(謝莊傳)」에 처음 보인다.

28 원숙(袁淑, 408~453): 자는 양원(陽源)이며, 남조 송나라 진군(陳郡) 양하(陽夏) 사람이다. 문집 11권이 있지만 이미 없어졌고, 명나라 사람이 편집한 『원양원집(元陽源集)』이 남아 있다.

열정적이었다. 오매촌(吳梅村)²⁹은 그와 진기년(陳其年), 팽고진(彭古晉) 세 사람을 '장강 동쪽의 세 마리 봉황[江左三鳳凰]'으로 일컬었다. 오조건의 시는 풍격이 강건하고 힘이 있었는데, 당시 사람들의 입에 오르내리던 명구로는 "산은 비고 봄비는 맑기만 한데, 강은 멀어 저물녘 물결 푸르네 山空春雨白, 江迴暮潮青", "호적 소리 속 변방 천리 해는 저물고, 강 구름 기러기라 온 세상 가을 羌笛關山千里暮, 江雲鴻雁萬家秋" 등이 있다. 그의 시집 제목은 『추가집(秋茄集)』이다. 원매(袁枚)는 『수원시화(隨園詩話)』에서 "그가 칠자(七子)³⁰를 배웠으면서도 독창적인 정신이 있다"고 했다.

그가 죄를 얻은 것은 과거장에서의 사건 때문이었다. 순치(順治) 정유년(丁酉年, 1657)에 그는 거인(擧人)이 되기 위해 과거에 응시했고 시험에 합격했다. 그런데 나중에 그날 시험에 부정이 있었음이 발견되어, 황제는 합격한 거인들에게 재시험을 명했다. 그의 학문과 재기는 매우 뛰어났으므로 전혀 문제될 것이 없었지만, 재시험 과정에서의 긴장된 분위기에 심리적으로 큰 영향을 받았던지, 뜻밖에 백지 답안을 내고 말았다. 결국 그는 유형(流刑) 판결을 받고 영고탑(寧古塔)³¹으로 쫓겨나 노역을 살아야 했다. 과거 시험장에서의 이 큰 사건

---

29 오매촌(吳梅村, 1609~1672): 본명은 위업(偉業), 매촌(梅村)은 호이다. 강소성 태창(太倉) 출신으로, 시문에 능해 명말청초 전겸익(錢謙益), 공정자(龔鼎孳)와 함께 강좌삼대가(江左三大家)로 일컬어졌다.

30 칠자(七子): 명대에 전후 두 차례에 걸쳐 고문을 본받을 것을 주장한 전칠자(前七子)와 후칠자(後七子)로, 옛것을 모방하여 창조할 것을 주장하였다.

에는 광범위하게 많은 사람이 연루됐으며, 그에 따라 수많은 사람이 죽임을 당했다. 청나라 사람들이 입관(入關)하기 시작하면서 이 사건을 빌미로 강남인사들을 다수 죽임으로써 위엄을 세우려 했던 까닭이다. 오조건은 완전히 누명을 쓴 것이므로, 그를 동정한 당시의 많은 명사들이 시와 사를 지어 주며 그를 전송했다. 오매촌의 「계자지가(季子之歌)」[32]가 그 중 유명하다.

그의 친구인 무석(無錫)의 고정관(顧貞觀)은 당시 그와 나란히 이름을 떨쳤는데, 그가 유배를 가게 되자 있는 힘을 다해 구해내려 했다. 그러나 20여 년이 지나 순치제가 강희제로 바뀌도록 온갖 노력이 아무 소용도 없었다. 고정관 자신 또한 불행히도 뜻을 얻지 못해, 납란용약의 부친인 태부 납란명주의 집에서 막객(幕客)으로 지내는 형편이었다. 하지만 친한 친구가 변방의 추운 지방에서 고통 받을 것을 생각하며 두 편의 사를 부쳐주었으니, 바로 그 유명한 「금루곡(金縷曲)」[33]이다.

---

31 영고탑(寧古塔): 흑룡강성(黑龍江省) 영안시(寧安市) 일대의 만주어 지명으로, 청나라 초기 유배지로 유명했다.

32 시의 원제는 「비가증오계자(悲歌贈吳季子)」로, 『매촌시집(梅村詩集)』 권8에 실려 있다.

33 「금루곡(金縷曲)」: 곡조명이다. 원래 이름은 「하신랑(賀新郎)」이다. 섭몽(葉夢)이 지은 「하신랑」 중에 "누가 나를 위해 금루를 불러주리 誰爲我唱金縷"라는 구절에서 유래한다. 고정관은 「금루곡」 제목 아래에 "영고탑의 오한사에게 드림. 편지를 사로 대신합니다. 병진년 겨울 꽁꽁 얼어붙은 북경 천불사(千佛寺)에 묵으며 지음."이라고 부기하였다. 『고량분선생시사집』 권8에 실려 있다.

첫 수는 이렇다.

계자는 평안하신가	季子平安否[34]
어서 돌아오시게, 평생의 온갖 일	便歸來平生萬事
어찌 차마 돌아보며	那堪回首
행인 뉘라 위로해주리?	行路悠悠誰慰藉
노모는 가난하고 자식 아직 어린데	母老家貧子幼
기억하는가, 그 시절 한 잔 술을	記不起, 從前杯酒
귀신의 장난이야 익숙하거니	魑魅搏人應見慣
손바닥 뒤집듯이 변덕 부리네	總輸他覆雨翻雲手
얼음과 눈, 사귄 지 오래거니	冰與雪, 周旋久
헤진 옷에 눈물 스미게 마오	淚痕莫滴牛衣透
하늘 끝 골육 정	數天涯, 依然骨肉
세상에 몇이려나	幾家能彀
미인박명 신세야	比似紅顔多命薄
옛일이 아니지만	更不如今還有
변경의 추위만은 견디기 어려우리	只絶塞, 苦寒難受
20년이면 신포서도 승낙을 얻으리니	廿載包胥承一諾[35]

---

34 계자(季子): 춘추시대 오왕(吳王) 수몽(壽夢)의 아들 계찰(季劄), 현자로 이름을 얻었다. 이후에 계자는 '오'씨 성의 사람을 호칭하는 말이 되었다.
35 신포서(申包胥)는 춘추시대 초나라의 충신이다. 초나라 평왕에게 아버지와 형을

오두마각(烏頭馬角)이라도 끝내는 구하리라	盼烏頭馬角 終相救[36]
이 편지 잘 두고	置此劄
마음에 품으시길	君懷袖

왼쪽부터 우정의 주역인 고정관과 오조건, 그리고 이들의 사연을 노래한 납란용약.

다음은 둘째 수이다.

나 역시 떠다닌 지 오래이다가	我亦飄零久
10년 사이 깊은 은혜 입었네	十年來, 深恩負盡

잃은 오자서(伍子胥)가 뒷날 오나라의 군대를 이끌고 들어와 수도를 함락시켰다. 초나라가 멸망의 위기에 처하자, 신포서가 진(秦)나라 조정에서 일주야를 통곡하여 구원병을 얻어 초나라 사직을 지킨 이야기가 『사기』, 「오자서전」에 실려 있다.

36 오두마각(烏頭馬角): 『사기』, 「자객열전(刺客列傳)」에 보임. 전국시대 말 연나라 태자단(太子丹)이 인질로 진에 잡혀있었는데 귀국할 수 있기를 요청하였다. 진왕이 이에 "까마귀 머리가 희어지고 말에 뿔이 난다면 내 허락함세"라고 했다. 태자단이 이 말을 듣고 하늘을 보며 장탄식을 하자, 까마귀 머리가 하얘지고 말에 뿔이 생겼다는 고사.

생사고락 함께 한 스승과 벗들	死生師友
외람되이 이름이 나란했건만	宿昔齊名非忝竊
두릉의 가난한 늙은이 보라	試看杜陵窮瘦[37]
이백의 고난 또한 그대로구나	曾不減, 夜郎僝僽[38]
아내는 죽고 벗과도 헤어졌거니	薄命長辭知己別
이 지경에 이르면 인생 아니 처량한가	問人生, 到此淒涼否
천 가지 만 갈래 한, 형을 위해 갈라보리라	千萬恨, 爲兄剖
형은 신미생 나는 정축생	兄生辛未吾丁醜[39]
한 시절 함께 하며 곧은 기상 꺾여나갔고	共些時, 冰霜摧折
갯버들도 하마 시들었도다	早衰蒲柳
이젠 사부도 즐겨 아니 지으며	詞賦從今須少作
영혼 남겨 그대를 지켜드리리	留取心魂相守
황하 물이 맑도록 수를 누리어	但願得, 河淸人壽
돌아와 그간 시고(詩稿) 급히 번각해	歸日急繙行戍稿
헛된 이름 남길 일 생각하소서	把空名料理傳身後
말은 끝내 다 하지 못하고	言不盡

---

37 두릉(杜陵): 장안성 밖 두보가 거처하였던 곳. 두보는 여기서 스스로 두릉야로 (杜陵野老)라 칭했으며 매우 곤궁한 생활을 했다.

38 원문의 야랑(夜郞)은 지금의 귀주(貴州) 동재현(桐梓縣)의 동쪽. 잔수(僝僽)는 영 락하여 생계가 어려움을 말함. 이백이 한때 이곳에 유배된 적이 있다. 오조건을 고난 속 두보와 이백에 견준 것이다.

39 오조건은 명나라 사종 숭정 4년 신미생이고, 고정관은 숭정 10년 정축생이다. 정관이 이 사를 지을 때 40세였고, 한사는 46세였다.

정관은 머리를 조아립니다   觀頓首

『백우재사화(白雨齋詞話)』에서는 이 두 편의 사를 다음과 같이 평했다. "두 편의 사는 깨끗한 성정이 맺혀 이루어진 것이다. 슬픔은 깊고 위로는 지극하며 재삼 조심하기를 기원하니, 단 한 글자도 폐부에서 흘러나오지 않은 것이 없어 귀신도 울릴 만하다." 또 이렇게 말했다. "두 편의 사는 일상적인 대화를 하듯 조금도 거침이 없어 두 사람의 심정을 하나하나 들여다 볼 수 있으니, 천추의 절조(絶調)라 하겠다."

납란용약은 이 두 수의 사를 보고 감동하여 흐르는 눈물을 참지 못했고, 고금의 친구를 그리워하는 문학작품 중 이릉(李陵)과 소무(蘇武)가 하량(河梁)에서 살아 이별한 사연을 담은 시,[40] 향수(向秀)가 혜강(嵇康)을 그리워하며 지은 「사구부(思舊賦)」[41]가 이와 함께 벗과

---

40 전한 무제(武帝) 때 중랑장(中郎將) 소무는 포로 교환 차 사절단을 이끌고 흉노의 땅에 들어갔다가 사로잡혔다. 흉노의 선우(單于)는 한사코 항복을 거부하는 소무를 '숫양이 새끼를 낳으면 귀국을 허락하겠다'며 북해(北海: 바이칼 호)로 추방했다. 어느 날, 똑같이 포로 신세가 된 이릉 장군이 찾아왔다. 이들은 짧은 만남을 뒤로 하고 헤어졌는데, 이때 이릉이 시를 지었다. "손을 잡고 다리 위에 올라보지만, 저물녘 나그네는 어디로 가나. 오솔길 이리저리 머뭇거리며, 서러워 차마 길을 가지 못하네. 携手上河梁, 游子暮何之. 徘徊蹊路側, 悢悢不得辭." 이 뒤로 '하량(河梁)'은 이별의 장소를 의미하게 되었다.

41 「사구부(思舊賦)」: 향수(向秀)는 진(晉)나라 시기 죽림칠현(竹林七賢)의 한 사람이었다. 이들은 산양(山陽) 땅 혜강(嵇康)의 집에서 모여 놀곤 하였다. 혜강이 죽은 뒤, 향수는 저물녘 산양을 지나다가 젓대 소리를 듣고 문득 옛 친구가 생각나 눈물을 흘리며 「사구부(思舊賦)」를 지었다.

의 이별을 그린 천하의 3대 절창이 된다고 하였다. 그는 이 일이 쉽게 해결되지 않으리라는 것을 알면서도, 10년 안에는 오조건을 구해 돌아가게 하겠노라고 맹세했다. 당시 그도 한 수의 「금루곡」을 지어 고량분에게 주면서 지금 가장 노력해야 할 것은 오조건을 구출하는 일임을 드러냈다. 이 사의 끝머리는 이렇게 말하고 있다.

머나먼 변방에서 오계자가 살아온다면　　絶塞生還吳季子
그 밖의 일들이야 어찌 된들 상관하랴　　算眼前外皆閑事
나를 알아줄 사람은 고량분뿐이리　　　　知我者, 梁汾耳

그리고 얼마 후 적당한 때를 골라 부친에게 방책을 여쭈었다. 어느날 부친 납란명주가 고정관을 초대하고는, 그가 평소에 술을 입에 대지 않는 걸 알면서도 큰 대접에 술을 가득 따라주며 말했다.

"그대가 이 잔을 비우면, 내가 한사(漢槎, 오조건의 자)를 구해주리다."

평소 술을 마시지 않는 고정관은 추호도 망설이지 않고 단숨에 잔을 비워냈다. 납란명주가 웃으며 말했다.

"내 농담한 거요. 그대가 마시지 않는다고 설마 그를 구해주지 않으리까?"

납란명주가 힘을 보태고 친구들이 모두 돈을 모아, 마침내 죄를 속량하여 오조건을 돌아오게 했다. 당시 사람들은 고정관이 지은 두 수의 사를 가리켜 한 사람의 목숨 값을 한 노래라고 하여 '속명사(贖命詞)'라고 했다. 고충(顧忠)이라는 사람이 시를 지어 이 일을 기록했다.

금란(金蘭)의 좋은 친구 없었더라면　　　金蘭倘使無良友

변방 요새에서 늙어 죽고 말았으리　　　關塞終當老健兒

　지금 고량분의 이 두 수의 사를 보면 감정이 깊고 절실하여 실로 사람을 지극히 감동시키니, 반드시 두터운 정감이 있은 후에야 우수한 문학작품이 나오게 됨을 알 수 있다.

곽자의(郭子儀) 이야기

– 김용

진극(晋劇, 산서성 지역의 전통극) 무대를 다룬 기록 영화『타금지(打金枝)』[42]가 한창 상영 중이다. 영화는 당나라 때의 대장군 곽자의(郭子儀, 697~781)의 아들 곽애(郭曖)와 승평공주(昇平公主, 753~810) 사이에 벌어지는 한바탕 시끌벅적한 코미디를 담고 있다. 나는 이 코미디가 다음 두 가지 측면을 다루었다고 본다. 첫째, 부부는 마땅히 평등하고 서로 사랑해야 한다. 둘째, 한 나라의 잘 단결된 정치 군사적인 역량은 우연히 벌어지는 작은 사건으로 무너지지 않는다.

곽자의가 죽었을 때 역사는 그의 일생을 이렇게 평가했다.

천하가 그의 몸을 가지고 평안함과 위태로움을 삼은 것이 거의 30년이었다. 공로가 천하를 덮었어도 주군은 그를 의심하지 않았고, 지위가 신하로서 가장 높았어도 동료들은 그를 질시하지 않았으며, 사치가 극에 다다랐어도 사람들은 그것을 잘못되었다고 하지 않았다. 나이 여든

---

42 타금지(打金枝): 유국권(劉國權)이 감독하고 정과선(丁果仙), 우계영(牛桂英) 등이 주연을 맡은 86분 분량의 기록 영화. 1955년에 개봉했다.

다섯 살에 죽었다. 그가 거느렸거나 그를 보좌했던 인물 가운데 대신에 이르고 명신이 된 사람이 아주 많았다.

이러한 평가는 여러 방면에 두루 빼어났던 한 거인의 형상을 또렷하게 묘사하고 있다. 황제는 그의 공적을 의심하지도 시기하지도 않았고, 동료들은 그가 대신이 되어도 싫어하거나 미워하지 않았으며, 백성들은 그가 지나친 향락을 누리는데도 돌아서지 않았다. 아울러 그는 인재를 발탁하고 양성하는 데 뛰어났으므로, 그의 밑에 있던 간부들 대부분이 나라의 중요한 관원이 되었다. 역사적으로 보건대, 곽자의는 누구나 꿈꾸듯 '나가서는 장군이 되고 들어와서는 재상(宰相)이 되었으며, 부귀와 천수(天壽)를 누렸고, 일곱 아들과 여덟 사위가 모두 조정의 높은 벼슬아치가 되었던' 것이다. 그의 생일에 집안사람들이 절을 올리려고 탁자에 홀(조정에서 황제를 알현할 때 손에 쥐고 있는 패)을 내려놓으면 탁자 다리가 부러질 지경이었다고 하니, 이 가문에 높은 벼슬아치가 얼마나 많았는지를 알 수 있다. 그래서 『타금지(打金枝)』라는 제목이 경극에서는 『부귀수고(富貴壽考)』가 되기도 하고, 『만상홀(滿床笏)』이 되기도 했다.

오늘날의 역사관으로 보면, 곽자의는 찬양받고 존경받아야 할 인물이다. 그는 중화민족이 이민족의 공격을 받았을 때 국가를 지켜냈고, 침략자들이 점령하고 있던 수도를 되찾았으며, 이민족의 약탈로 고통 받던 인민들을 구해내서 한결 안락하고 즐거운 생활을 누리도록 했다. 전쟁을 수행하는 역량에 있어서는 이광필(李光弼, 708~764)과 곽자의가 이름을 나란히 했다. 하지만 일체의 역량을 끌어 모아 나라를 지킨 눈부신 정치적 업적에 있어서는, 이광필은 곽자의에게 전혀 미치지 못한다(이광필은 한족이 아니었다).

곽자의와 이광필이 함께 중급 무관으로 있던 때에, 둘 사이의 감정이 매우 안 좋았다고 한다. 오죽하면 같은 식탁에 앉아 밥을 먹을 때도 서로 힐끗 쳐다보기나 할 뿐, 말 한 마디를 나누지 않았다. 나중에 안록산이 반란을 일으키자, 황제는 곽자의를 삭방절도사(朔方節度使)로 삼고 이광필은 그의 부하가 되도록 명했다. 당시의 절도사라는 지위는 해당 지역의 전투사령관이자 행정장관에 상당할 정도로 권력이 대단했다. 곽자의를 두려워한 이광필은 빌미를 만들어 그를 죽이려고 했다. 그러나 뜻밖에도 곽자의는 이광필을 황제에게 적극 추천하여 그를 하동절도사(河東節度使)로 임명케 하고, 부하 가운데 1만 명의 정예병을 나누어 이광필에게 주기까지 했다. 이처럼 넓은 아량과 정치적 풍격을 보건대, 그는 진정한 거인이었다!

당나라 시인 두목(杜牧)의 글[43]에 이런 내용이 보인다. 곽자의가 절도사가 되자 이광필은 달아나려고 했다. 그러나 아직 결정을 내리지 못하고 있을 때, 황제가 그에게 곽자의의 병력 일부를 이끌고 동쪽을

---

[43] 곽자의와 이광필의 사연은, 두목(杜牧)이 신라 장수 장보고와 정연의 관계를 설명하기 위해 동원한 고사이다. 『두목전집』권6, 「장보고정연전(張保皐鄭年傳)」에 보인다.

정벌할 것을 명하였다. 그는 마음속으로 곽자의가 이번에는 분명 자신을 가만두지 않으리라 생각하고 그에게 말했다. "저는 얼마든지 달게 죽겠습니다. 다만 제 처자식만은 살려주십시오." 곽자의는 급히 그의 손을 잡아끌고 방으로 들어가 마주앉더니, "지금 나라가 크게 어지럽네. 어찌 사사로운 복수를 생각할 때이겠는가?" 하고 말하고 곧바로 병력을 나누어 그에게 주었다. 두 사람은 헤어질 때 손을 굳게 맞잡고 눈물을 흘리며, 나라에 보답할 것을 서로 격려했다.

곽자의는 사람됨이 너그러워 부하 장수와 병사들을 자상하게 대한 반면 이광필은 군령이 엄숙하고 용맹스레 잘 싸웠으니, 두 사람이야말로 군인이 지녀야 할 두 가지 미덕의 표상이라 하겠다. 전투에 임해서는 모름지기 이광필 같아야 한다. 그는 여러 차례 큰 전투에서 실로 멋진 모습을 보여주었다. 그러나 부하들은 이광필을 대할 때는 '두려워했고', 곽자의를 대할 때는 '감사해했다'. 역사책은 부단히, 군사들이 얼마나 간절하게 곽자의가 자신들을 이끌어 주기를 희망했는지 적고 있다. 얼마나 '아들과 동생이 아버지와 형을 바라듯' 하였고, 얼마나 '가뭄에 큰 비를 바라듯' 했으며, 얼마나 '다 함께 북 치고 춤추고 눈물 흘리면서 그가 오면 기뻐하고 늦게 오면 슬퍼했는지' 등을 말이다.

'곽자의가 단기(單騎)로 적군을 물리친 것'은 매우 유명한 이야기다. 이 사건은 분명히 그의 용감함을 보여준다. 하지만 더 중요한 것은 적을 고립시키고 동맹을 만들어낸 그의 식견이다. 대종(代宗) 영태(永泰) 원년(765년, 승평공주는 그해 5월 곽애에게 시집왔다.) 10월, 회흘(回紇: 위구르)과 토번(吐藩: 티베트)이라는 두 개의 큰 이민족 군대가 연합하여 서안(西安) 북쪽의 경양(涇陽)을 공격했는데, 병력이 매우 강력하여 당나라 군대가 미칠 수 없었다. 곽자의는 엄격하게 지키며 싸우지 말라고 명령했다. 그는 회흘과 토번 내부에 갈등이 적지 않음을 알아채고, 경호대장을 회흘로 보냈다. 그러나 회흘 사람들은 그를 믿지 않았다.

"곽공께서는 이미 돌아가셨다고 들었는데, 네가 우리를 속이려 하는가! 정말 그쪽에 계신다면, 우리들이 만나볼 수 있겠는가?"

경호대장이 돌아와 보고하니, 곽자의가 말했다.

"지금은 중과부적의 상황이라 힘으로는 이기기 어렵다. 예전에 내가 회흘과 제법 정을 나누었으니, 내가 나서서 저들을 설득하는 것이 좋겠다."

이에 부하 장수들이 오백 명의 철기병을 뽑아 호위대를 만들었다. 그러나 곽자의가 말했다.

"오히려 방해가 될 뿐이다."

그의 아들 곽희(郭晞, 곽자의의 둘째아들로 전쟁에 능했다. 여섯째 아들인 곽애는 형의 자질에 크게 못 미쳤다)가 깜짝 놀라 그의 말고삐를 잡고 말했다.

"저들은 잔악무도한 무리입니다. 아버지는 나라의 대원수이신데, 어찌 호랑이 아가리로 직접 들어가려 하십니까?"

곽자의가 말했다.

"지금 싸우려 들면 우리 부자가 함께 죽을 것이고, 나라는 혼란에 빠질 것이다. 내가 진심을 담은 말로 다가가 설득해서, 요행히 그들이 우리를 따른다면 이는 사해의 복이 될 것이고, 그렇지 않으면 다만 나 한 사람의 희생으로 백성과 조정 모두 보전될 수 있을 것이다."

곽희가 말고삐를 붙잡고 보내주지 않자, 곽자의는 말채찍을 들어 그의 손을 사납게 후려치며 소리 질렀다.

"비켜라!"

성문을 활짝 열어젖히고 나오며, 사람들에게 큰 소리로 외치게 하였다.

"영공께서 나가신다!"

회흘 사람들이 크게 놀랐고, 대원수는 화살을 메겨 활을 당긴 채 진 앞에 서 있었다. 곽자의는 갑옷을 벗고, 창을 던져 버리더니 천천히 말을 몰아 다가갔다. 회흘의 모든 추장들이 서로 마주 보며 말했다.

"틀림없이 그 분이시다."

그리고 모두 말에서 내려 빙 둘러서서 절을 올렸다. 곽자의 역시 말에서 내려 앞으로 나가 회흘 대원수의 손을 잡고, 그들이 군사를 일으켜 침략한 것을 꾸짖었다. 두 사람이 한 차례 담판을 벌인 뒤, 회흘 원수는 마침내 그에게 설득당하여 함께 토번을 공격하기로 약속했다. 이때 회흘 군대의 양 끝에 있는 부대가 천천히 전진했고, 곽자의의 부하들 또한 그 상황을 보고 급히 앞으로 나가 두 군대가 대치하게 되었다. 곽자의가 손을 흔들어 부하들을 뒤로 물리고, 술을 가져와 회흘의 추장과 함께 마셨다. 회흘 사람들이 그에게 먼저 서약할 것을 청하니, 곽자의가 소리쳤다.

"대당천자 만세! 회흘 칸 만세! 두 나라의 장군과 재상들 모두 만세! 맹약을 배반한 자는 전장에 시신으로 나뒹굴 것이고, 그 가족들은 씨가 마르리라!"

회흘 원수도 똑같이 서약하고, 양쪽 군대가 모두 기뻐하며 일제히 만세를 불렀다. 그 사실을 알게 된 토번 군대는 밤을 달려 도주하였다. 곽자의와 회흘은 군대를 합쳐 추격하여, 두 차례 대승을 거두었다.

당시의 형국은 사실 몹시 위험하고 심상치가 않았다. 대종은 직접 군대를 이끌고 전투에 나섰고, 수도 안에 계엄령이 내려져 있었다. 그때 곽자의가 거둔 외교적 대승에 힘입어, 큰 고비를 넘긴 것이다.

황제와 황후, 그리고 공주

– 김용

『타금지(打金枝)』에 나오는 황제는 당나라 대종(代宗, 779~762 재위)이다. 그의 이름은 이숙(李俶)[44]이고, 숙종(肅宗)의 아들이며, 명황(明皇: 현종)의 손자이다. 극 속의 그는 덕망 높고 점잖은 노인이자 무골호인(無骨好人)으로 나온다. 역사에 기록된 대종의 성격도 이와 비슷해서, 그에 대한 일반의 평가는 매우 좋은 편이다. 그는 신하들을 너그럽고 후하게 대하였고, 사형을 최소화했다. 한 가지 중요한 단점이라면, 지나치게 사치스러운 생활을 누려 백성들에게 매우 큰 부담을 지웠다는 것이다.

대종은 당나라 황실의 중흥에 매우 큰 공헌을 했다. 안록산이 반란을 일으키자, 현종은 다급하게 도망하여 사천(四川) 지역으로 피난했다. 사천 지역은 중원과의 교통이 가로막혀 있으니, 황제가 촉 땅으로 들어간다는 것은 곧 중원 땅을 오랑캐들에게 내주는 것을 의미했다. 그래서 일반 백성들은 현종에게 사천으로 달아나지 말 것을 간절

---

44 이숙(李俶): 처음 이름이 이숙(李俶)이고, 황태자로 옹립되었을 때 이예(李豫)로 바꿨다.

히 요청했다. 하지만 겁이 아주 많았던 현종은 양귀비가 마외파(馬嵬坡)[45]에서 목이 졸려 죽은 뒤에는 촉 땅으로 들어가고자 하는 마음이 한층 간절해져서 어떤 대답도 하지 않았으며, 마침내 태자를 남겨둔 채 떠났다. 태자는 뒤에 영무(靈武)[46]에서 즉위하였으니, 그가 바로 숙종이다. 태자가 달아나 영무에 도착했을 때의 정황은 매우 불쌍했다. 겨우 몇백 명만이 그를 따라 왔으며, 도중에는 패잔병들과 실수로 서로 공격하고 죽이는 한바탕 혼전을 겪었던 것이다. 곽자의가 이끄는 대병력이 원조하면서부터 숙종은 겨우 힘을 갖출 수 있었으니, 곽자의의 큰 공은 이때부터 시작되었던 것이다.

숙종은 뒤에 큰아들 광평왕(廣平王) 이숙을 천하병마원수(天下兵馬元帥)에 임명하고, 곽자의를 부원수로 삼아, 병력을 통솔하여 함락당한 땅을 되찾을 것을 명하였다. 이숙이 원수가 되기는 했지만 황제의 아들이었기에, 모든 실무는 당연히 곽자의에게 일임되었다. 그럼에도 물이 불어나면 배도 높이 뜨게 되듯 수많은 혁혁한 공적들이 이숙에게 돌아가는 것은 어쩔 수 없었다. 그런 까닭에 당시 두보의 장편 시「세병마(洗兵馬)」(왕안석은 이를 두보의 시집 가운데 중요한 작품으로 꼽았다)에도 이렇게 나와 있다. "성왕은 공적 커도 마음은 겸손했고, 곽 재상 깊은 계책 예부터 드물어라. 成王功大心轉小, 郭相

---

45 마외파(馬嵬坡): 섬서성 서안(西安) 서쪽 60km 지점에 있다. 양귀비의 무덤도 여기에 있다.

46 영무(靈武): 옛 명칭은 영주(靈州). 지금의 영하(寧夏) 회족자치구 은천시(銀川市).

謀深古來少." 성왕은 이숙, 곽 재상은 곽자의이다.

숙종이라고 해서 현종에 비해 나을 것이 없었다. 그가 도망갈 때에 장양제(張良娣)라는 후궁이 한 명 있었는데, 그녀가 숙종을 워낙 살뜰히 대하다 보니, 숙종 또한 그녀의 말이라면 무엇이든 들어주곤 했다. 한편 이숙에게는 건녕왕(建寧王) 이담(李倓)이라는 동생이 한 명 있었는데, 형보다도 역량이 더 뛰어났다. 두 형제는 사이가 아주 좋았다. 장양제는 둘째 공자님을 무척 두려워하여, 그가 밤중에 몰래 형을 찾아가 죽이고 스스로 태자가 되려 한다는 유언비어를 퍼트렸다. 이에 숙종은 사태 판단을 못한 채 건녕왕을 죽여버렸고, 훗날 대종은 동생의 억울한 죽음을 생각할 때마다 소리 내어 섧게 울었다. 이런 점을 보면, 그는 외려 할아버지의 풍모를 지녔다고 하겠다. 당 현종 또한 형제간의 정이 독실하기로 이름이 높았으니 말이다.

『타금지』에 등장하는 승평공주의 모친이 바로 심황후로, 여기까지는 별 문제가 없다. 그러나 공주와 곽애가 말다툼을 벌였을 때, 심황후는 이미 큰 혼란 중에 실종되었던 터였다. 저 어린 부부의 말다툼은 대략 대종 대력(大曆) 2년(767) 2월에 발생했다. 바야흐로 그들 부부가 혼인을 한 지 2년 뒤였다. 역사서에 그 사정이 자세하다.

한번은 곽애가 승평공주와 말다툼을 벌이게 되었다. 곽애가 말했다. "너는 네 아버지가 천자라고 그렇게 우쭐대는 거냐? 우리 아버지는 천자가 되고 싶은 생각이 없어서 하지 않으신 것이다. 그게 무슨 대단한 일이라고." 공주가 크게 화가 나서 마차를 타고 궁에 달려 들어가 부친에게 직접 고하였다. 대종이 말했다.

"이 일은 네가 잘 몰랐던 것이다. 그것은 확실한 사실이다. 그가 진실로 천자가 되고자 했다면, 설마 천하가 네 가문의 것이 되었겠느냐?"

이렇게 딸을 잘 타일러 시댁으로 돌려보냈다. 곽자의가 뒤에 이 사실을 알고는 아들을 묶어 앞세워 조정에 들어가 죄를 청하였다. 대종이 말했다.

"속담에 바보천치나 귀머거리가 아니면 시아버지가 될 수 없다고 하였소. 아이들이 규방 안에서 벌인 일이오. 그대가 아이들 일에 간섭해서 무엇 하겠소?"

곽자의는 집에 돌아와 곤장을 잡고 아들의 엉덩이를 한바탕 두들겼다.

황제의 권위가 무엇보다 컸던 시대에 이처럼 재미있는 사건이 벌어진 것은, 분명 깰 대로 깨어 있는 황제였기에 가능한 일이었다. 역사서의 기록과 연극 사이에 약간의 차이가 있기는 하지만, 기본적인 골격은 대체로 일치한다.

저 심황후가 겪은 실제 사실은 극 속에서처럼 행복한 것이 못 되었다. 안록산이 처음 동도(東都: 낙양)로 쳐들어왔을 때 심황후(그때는 광평왕비)는 미처 탈출하지 못했고, 부부는 낙양을 수복한 이후에야 겨우 만날 수 있었다. 몇 년이 지나 사사명이 다시 낙양을 공격하여 함락시켰을 때에도 심황후는 여전히 탈출하지 못했고, 이로부터 황후는 행방불명이 되었다. 나중에 대종의 아들 덕종(德宗)이 제위를 이어받아 모친을 찾는 일에 박차를 가하였다. 당시 고력사(高力士)의 양녀 하나가 낙양에 살고 있었는데, 궁중의 일에 밝았던 그녀는 주변의 강요로 심태후를 사칭했다. 이러한 사정이 폭로된 다음에도 덕종은 아무도 책망하지 않았으니, 한번 벌을 주면 이후로는 누구도 감히 태후의 일을 말하지 못할까 저어했기 때문이다. 그는 말했다.

"진짜 어머니를 찾을 수만 있다면, 나는 백 번도 속을 것이다."

그러나 심황후는 끝내 찾을 수 없었다. 덕종 사후로도 그녀를 찾으려는 시도는 계속됐는데, 순종(順宗) 영정(永貞) 원년(805)에 이르러서야 그녀가 이미 세상을 떠났을 것으로 추정하여 작업을 중지했다.

황후마저 행방불명이 된 것을 보면, 천하가 크게 어지러웠음을 알 수 있다. 그럼에도 극 속에서는 당시를 태평성세로 묘사하고 있으니, 이런 점은 실제 사실과 부합하지 않는다. 나는 이 희극이 굉장히 재미있으면서도 적지 않은 의의를 가지고 있다고 본다. 그러나 시대적 배경만큼은 이민족이 침략하여 국가가 몹시 위급한 때로 묘사했어야 한다. 그때라면 대종이 곽자의를 절실히 필요로 했을 것이고, 당연히 자녀들의 일로 그에게 죄를 물을 수도 없었을 것이다. 회흘과 토번의 연합군이 침입해서 곽자의가 단기로 적을 물리친 일이 겨우 2년 전에 발생한 터였다. 그러한 상황에서 임금과 신하 사이의 단결을 강조했더라면, 그 의의가 더욱 크고 무거웠을 것이다. 심황후가 이미 실종되었는데도 극중에 심황후가 나오는 것은 그나마 그럴 수 있는 일이다.

역사에서 승평공주는 순종하기는 하지만 식견은 없는 여인으로 나온다. 곽애는 그녀에 비해 일찍 죽었다. 덕종이 황제가 되었을 때 귀족들에게 수차를 이용한 방앗간 영업을 금지시켜 농민들의 관개에 영향을 미치지 못하게 하였다. 승평공주는 두 개의 큰 방앗간을 가지고 있었는데, 그녀는 통례를 깨고 그만두려 하지 않다가, 황제가 허락하지 않자 그제야 그만두었다. 그녀의 딸은 헌종(憲宗)에게 시집갔으니, 바로 현명하고 지혜롭기로 이름난 곽황후이다. 곽황후의 오빠 곽소(郭釗)는 뒷날 대사농(大司農: 재정장관)이 되었는데, 역시 분수에 만족하며 본분을 지켰다. 승평공주와 곽애 사이에 태어난 딸이 오히려 더 나았던 것이다.

곽황후의 아들 목종(穆宗)이 죽자, 환관들이 곽황후(이때에는 이미 곽태후)에게 수렴청정을 요청했다. 곽태후가 말했다.

"앞서 무측천(武測天)이 어떠했던가? 큰 문제를 일으키지 않았던가? 나는 대를 이어 충의를 지켜 왔으니, 무씨와는 크게 다르다. 이는 결코 안 될 일이다."

이 일은 끝내 실현이 되지 않았으니, 종전의 역사가들은 그녀가 중요한 도리를 잘 알고 있었다고 크게 칭찬했다. 그러나 그녀가 집정을 거부함으로써 제위를 이은 경종(敬宗)은 마구(馬球)와 씨름에 미친 사람이었다. 매일 같이 신하들과 마구 경기와 씨름을 하였고, 밤중에 나와 여우 사냥이나 하니, 정치가 엉망진창이 되었다.

곽자의 가문의 사람들은 대장, 황후, 고관대작을 막론하고 시종일관 조심하고 근신하여 분에 넘치게 권력을 탐하지 않았기에 처음과 끝이 모두 좋았다. 곽애와 승평공주의 저 말다툼은 그들 가족의 전통에서 단 한 번의 예외라고 해도 좋을 것이다.

마원(馬援)과 광무제의 만남

- 김용

마원(馬援, B.C.14~A.D.49)이 어렸을 때 집은 몹시 가난했지만, 그는 언제나 친구들에게 이렇게 말했다.

"대장부의 기개는 곤궁할수록 더욱 견고해지고, 나이를 먹을수록 더욱 강해져야 한다." ('늙을수록 더 강해진대[老當益壯]'는 성어가 여기서 나왔다.)

훗날 그는 서북방에서 유목 생활로 돈을 벌게 되자 탄식하며 말했다.

"무릇 산업을 경영할 때 중요한 것은 다른 사람을 구제하는 일이다. 그러지 않으면 돈이나 지키는 오랑캐[守錢虜]가 될 뿐이다. ('수전로(守錢虜)' 또는 '수전노(守錢奴)'라는 이름이 여기에서 나왔다.) 그리고 그는 벌어들인 돈을 모두 가난한 친구들에게 나눠주었다. 이후 감숙(甘肅) 지방의 군벌 외효(隗囂, ?~3)가 인재 모시기를 좋아한다는 말을 듣고, 그에게로 가서 의탁했다. 외효는 그를 매우 신임하여 모든 일을 함께 상의했다.

이때는 천하가 크게 어지러워 군웅(群雄)이 함께 봉기하니, 한(漢)의 광무제(光武帝) 유수(劉秀, B.C.5~A.D.57)는 낙양에서 황제가 되었고, 공손술(公孫述, ?~36)은 사천(四川)에서 황제가 되었다. 외효는 마원을 파견하여, 두 황제가 도대체 어떤 사람들인가를 꼼꼼히 살피게 했다. 마원은 공손술과는 동향으로 줄곧 사이가 매우 좋았기 때문에, 그가 오랜 친구를 만나면 분명 다정하게 맞아주어 서로 손을 맞잡고 옛일을 이야기하게 될 것으로 생각했다. 그러나 공손술은 뜻밖에도 잔뜩 거드름을 피우면서, 옛 친구가 왔다는 소리를 듣고도 전(殿) 위에 높이 올라 앉아 근위병을 양쪽으로 줄지어 세워놓더니, 마원을 다가오게 하여 공손하게 맞절을 나누고는 손님에게나 할 법한 인사말을 건네는 것이었다. 일련의 의식이 끝난 뒤에는 마원더러 귀빈 숙소에 가서 쉬라 하고, 다시 명하여 마원의 대례복과 대례모를 만들게 했다. 그리고 종묘 안에서 큰 모임을 열어서는, 문무백관을 소집하여 공식적인 대면식을 거행했다. 이때 공손술은 의장대까지 성대하게 늘어놓은 채 몹시 으스대며 모임에 참석했는데, 마원을 대하는 그의 예의는 매우 주도면밀했다. 그는 마원을 완전히 존경해 마지않는 귀빈으로 대우했고, 의식을 끝낸 뒤에는 마원더러 그곳에 남아 관리가 되어 달라고 했다. 후작으로 봉하겠다 하고 대원수가 되어 달라 하는 것이었다. 마원을 따라온 사람들은 이 황제가 이렇게나 존중해 주는 것을 보고는 모두 머물기를 원했지만, 마원은 도리어 그들을 일깨우며 말했다.

"천하 군웅의 쟁투가 한창 치열한데, 공손술은 인재가 왔다는 말을 듣고도 황망히 서둘러 나와 영접하지 않았다. 그리고는 도리어 쓸데 없는 예절을 크게 행하여 우리를 꼭두각시로 만들어 버렸으니, 천하의 재능 있는 선비들이 이 친구에게 오래도록 쓰일 수가 없겠구나!"

마원은 공손술과 작별하고 돌아와 외효에게 말했다.

"공손술은 우물 안 개구리에 불과합니다. ('정저지와(井底之蛙)'가 여기서 나왔다.) 낙양 쪽에 마음을 쏟는 편이 낫겠습니다."

외효가 이 말을 듣고 마원을 낙양으로 보냈다. 마원이 도착해서 환관을 따라 들어가 보니, 유수(劉秀)는 선덕전(宣德殿) 남쪽 회랑 아래에 나와 앉아 있었다. 편안한 모자를 쓰고 간소하게 차려입은 유수가 빙긋 웃으며 일어나 마원을 맞이했다.

"그대는 황제를 둘이나 만나본 사람인데, 내 차림새가 이토록 형편없으니 실로 부끄럽기 짝이 없구려."

마원이 예를 행하고 말했다.

"지금 세상에는 비단 군주가 신하를 선택할 뿐 아니라 신하도 군주를 선택해야 합니다. 저와 공손술은 동향 사람으로 젊어서부터 사이가 아주 좋았습니다. 그런데도 제가 사천에 도착했을 때 그는 어전 좌우에 무장한 호위병을 줄지어 세워 두고서야 저를 들어오도록 명했습니다. 저는 지금 먼 곳에서 와서 아직 자리에 앉지도 않았는데, 폐하께서는 제가 자객이거나 간첩이면 어쩌시려고 이렇게 편히 대하십니까?"

유수가 웃으며 말했다.

"그대는 자객(刺客)이 아니라 그저 유세객[說客]인 듯하오만."

마원은 이 황제의 태도가 온화한데다 재치 또한 있는 것을 보고, 마음속으로 극진한 존경심이 들어 말했다.

"현재 천하는 크게 혼란스럽습니다. 왕이라 칭하고 황제라 칭하는 사람들이 얼마나 많은지 모릅니다. 그런데 오늘 폐하를 뵈니 그 드넓은 도량이 마치 한 고조(高祖)와 같습니다. 폐하야말로 진정한 황제이심을 이제야 알았습니다. (마음이 트이고 도량이 넓다는 뜻의 '회곽대도(恢廓大度)'라는 사자성어는 여기서 나온 것이다.)

마원이 감숙으로 돌아온 후에 외효가 그에게 낙양의 정황을 물었다. 마원이 대답했다.

"제가 낙양에 도착한 뒤로 황제께서는 수십 차례나 저를 접견하셨고, 매번 만날 때마다 해질 무렵부터 날이 밝아올 때까지 계속 이야기를 나누었습니다. 그분의 재능과 식견은 실로 비교할만한 사람이 없습니다. 또한 매우 솔직하시어 아무 거리낌 없이 다 말씀하시니, 그 기탄없는 성격이 마치 한 고조와도 같습니다. 박학다식한 학문과 날카로운 정치적 안목으로 말하자면 정말이지 이전까지의 황제들은 그분께 미치지 못합니다."

외효가 다시 물었다.

"그대가 볼 때 그와 한 고조를 비교하면 누가 더 강한가?"

마원이 말했다.

"그가 미치지 못합니다. 고조는 자유롭고 여유로운 것을 좋아했는데, 지금 이 황제께서는 각별히 법을 지키고자 하여 무슨 일에든 규범과 준칙을 철저히 따지십니다. 또한 그분은 술 마시는 것을 좋아하지 않으십니다."

외효는 그가 유수를 크게 떠받드는 소리를 듣고는 언짢아하며 말했다.

"그대 말대로라면, 그가 한 고조보다 더 강하다는 소리 아닌가!"

훗날 마원은 과연 유수에게로 귀순했다. 외효는 수차례 왔다 갔다 하더니, 끝내는 유수에게 멸망당하고 말았다. 유수는 감숙 지역을 얻은 뒤에 다시 공손술을 전멸시켰다. "농(隴) 땅(감숙)을 얻고 촉(蜀) 땅(사천)을 바라본다(욕심낸다)[得隴望蜀]"는 성어는, 유수가 외효를 치기 위해 출전한 대장군 잠팽(岑彭)에게 써 준 편지에서 나온 것이다.

오늘날의 상황은 물론 예전 제왕들이 천하를 다투던 시절과는 전혀 다르다. 다만 최고 지도자가 풍모와 식견을 갖춘다면 사람들이 한눈에 알아보고 존경과 복종을 다하게 되니, 이 점은 예나 지금이나 마찬가지일 것이다.

마원과 이징왕(二徵王)

- 김용

　　이징왕(二徵王)은 한나라 광무제가 주도한 대국주의(大國主義)의 희생자이고, 중국 침략군에게 살해당한 베트남 민족의 여성 영웅들이다.

　　'이징왕'이란 자매 두 사람을 가리키는데, 언니의 이름은 쯩짝[徵側, Trưng Trắc]이고 동생은 쯩니[徵貳, Trưng Nhị]이며, 두 사람은 당시의 교지(交趾) 미링(麊冷) 현(지금의 하노이 일대) 사람들로, 그녀들의 부친은 그곳의 우두머리였다. 쯩짝의 남편은 티 싸익[詩索]이며, 쯩니의 결혼 여부는 알 수 없다. 교지(交趾)는 서한(西漢)이 세운 군(郡)으로, 베트남 북부와 광서(廣西)의 남부 지역 일부를 포괄한다. 그렇다면 왜 '교지'라고 불린 걸까? 고서에는 여러 가지의 설이 전해진다. 이 지방 사람들이 잠을 잘 때 머리를 밖으로 향하고 다리를 안쪽에 두어 위아래가 뒤바뀌었으므로 '교지'라는 설이 있고, 그들의 엄지발가락이 잔뜩 벌어져 있어서 두 발로 서면 엄지발가락이 서로 엇갈리므로 '교지'가 됐다는 설도 있다. 또 일설에는 '지(趾)는 곧 지(阯)'라고도 한다. 한나라 광무제가 북쪽에는 삭방(朔方)을 두고 남쪽에는 교지(交阯)를 두었는데, 이는 곧 '자손에게 복이 되는 터젠[阯]을 건네준대[交]'는 의미라는 것이다. 내가 추측건대, 현지인들이 그곳을 부르는 명칭을 음역한 것이 '교지'가 아닐까 싶다. 고서에 보이는 해석들은 아마도 모두 견강부회일 듯하다.

코끼리를 타고 전장에 나가는 쯩짝과 쯩니 자매.

한나라가 이곳을 정복한 뒤에, 황제는 교지태수(交阯太守)를 파견해 다스렸다. 『후한서』의 「남만열전(南蠻列傳)」에는 "중국이 그 보물을 탐하고, 점차 침범하여 업신여기니, 몇 년에 한 번씩 반란이 일어났다"고 하였다. 여기서 우리는 다음 몇 가지를 분명히 알 수 있다. 이곳은 물산이 풍부했고, 중국 사람들은 그 재물을 탐하여 그들을 속이고 멸시하고 착취했다. 현지인들은 참으려야 참을 수 없게 되면 몇 년에 한 번씩은 폭발하여 봉기했다. 『자치통감』(권43)에는 이징왕의 봉기와 관련해서 "쯩짝은 매우 용맹했는데, 교지태수 소정(蘇定)이 법으로 그를 얽어매니, 쯩짝이 몹시 분노했다"고만 되어 있다. 이는 광무제 건무(建武) 15년(서기 39년)의 일이다. 이른바 '법으로 얽어맸다'고 했으니, 분명 한족 사람들의 법률로 그들을 우롱했을 것이다. 이듬해 봄 2월에 이르러 쯩짝과 그녀의 동생 쯩니가 봉기했고, 남방의 여러 소수민족도 모두 일어나 호응했다. 구진(九眞, 현재 하노이 남쪽 지역), 일남(日南, 지금의 후에 지역), 합포(合浦, 광동 서남부에 인접한 베트남 지역) 등지의 65개 성이 모두 그녀들에게 점령당했다. 쯩짝은 스스로 왕위에 올랐고, 미랭현을 수도로 삼았다. 한나라에서 파견한 관원들 일부는 앞 다투어 달아났고, 일부는 몇몇의 성지(城池)를 굳게 지키며 감히 나오지 못했다.

젊은 두 여성이 이끈 봉기가 이 정도의 규모와 세력을 이룬 것은, 1900여 년 이전에는 실로 공전(空前)의 사건이었으며, 오늘날에 이르기까지도 세계사적으로 그 유례를 찾아볼 수가 없다. 다만 애석하게도 역사에 전하는 기록이 너무 적어, 우리는 이 두 자매의 생김새, 개성과 언행 등을 거의 알 길이 없다.

이징왕이 봉기한 2년 동안, 한나라에서는 그녀들을 잡을 방법이 없었다. 건무 17년 말에 이르러서야 한나라 광무제는 대부대를 진격시키기로 결정했다. 그는 소규모 군대로는 반란군을 정복할 수 없을 것으로 판단하고, 충분한 준비 작업에 돌입했다. 호남(湖南)에서 곧

장 베트남 북부에 이를 수 있도록 수레를 만들고, 배를 건조하고, 교량을 건설하고, 길을 뚫고, 군량과 건초를 비축했다. 당시 가장 유능했던 군인 마원을 복파장군(伏波將軍)에 임명하고, 부락후(扶樂侯) 유융(劉隆)을 부장으로 삼아, 대부대를 남하시켰다. 마원은 건무 18년 4월에 바닷길로 이동하여 베트남에 상륙했다. 지금의 하노이 부근부터 후에에 이르기까지 쯩짝과 크게 싸웠다. 이때 한나라 군대는 강성했고, 패배한 이징왕은 산속으로 도망쳤다가 이듬해 정월에 마원의 군대에게 살해되었다. (『수경주(水經注)』에는 "쯩짝이 금계구(金溪究)로 도망쳐 들어가 3년 만에 붙잡았다."고 되어 있으니, 시간에 오류가 있다.)

마원이 교지를 치러갈 때 일이 위태롭게 될 것을 알고 가족들과 생이별을 했는데, 결과적으로는 다행히 승리하고 돌아올 수 있었다. 맹기(孟冀)라는 사람이 그를 영접하면서, 고생했다는 말로 위로했다. 그러자 마원이 의기양양해 하며 말했다.

"남아는 응당 전장에서 죽어야 하고, 시신이 말가죽에 싸여 돌아와 묻혀야 하니, 어찌 침상에서 자다가 아녀자의 품에서 임종을 맞으리오." (말가죽으로 시신을 싼다는 뜻의 고사성어 '마혁과시(馬革裹屍)'가 여기서 유래했다.)

마원은 재능이 참 많은 사람으로, 특히 군사적 견해에 있어서는 황제와 의기투합하기도 했다. 이야기를 풀어내는 솜씨가 빼어나서, 그가 이야기를 시작하면 왕자에서부터 평범한 백성들에 이르기까지 모두가 귀 기울여 들었다고 한다. 그는 또한 유머 감각이 뛰어나 늘 황제와 농담을 주고받았고, 황제는 그를 매우 아꼈다. 그는 전장에서 언제나 승리를 거뒀을 뿐 아니라 종종 경제적인 문제로 건의를 하기도 했는데(가령 오수전(五銖錢)을 다시 쓰자는), 황제가 이를 받아들이고 나면 사회 경제에 제법 도움이 됐다. 그의 안목은 예리했고 판단은 늘 정확했으며, 본래 자기 몸을 지킬 만한 능력 정도는 가지고 있었다. 그러나 자신이 침략 전쟁 가운데 죽음을 맞고, 죽은 뒤에는 황제에게 봉작을 뺏기고, 처자식들이 그의 장례를 감히 제대로 치르지도 못하고, 친구들이 감히 조문하지도 못하게 될 줄이야 어찌 알았겠는가? 도대체 어쩌다가 이 지경에 이르렀을까? 이는 그가 베트남을 공격한 일과 관련이 있다.

이징왕을 살해하고 7년이 지난 뒤에 마원은 또 상서(湘西) 완릉(浣陵) 일대의 묘족(苗族)을 치러 갔는데, 물살이 급해(이는 심종문(沈從文, 1902~1988)의 소설 『변성(邊城)』에서 취취(翠翠)를 사랑하게 된 형이 배가 뒤집혀 물에 빠져 죽은 청룡탄(靑龍灘) 부근이다) 배를 띄울 수 없었고, 날씨 또한 덥다 보니 군대에 전염병이 돌았다. 마원도 이때 병에 걸려 죽고 말았다. 황제는 부마인 양송(梁松)을 파견하여 조사를 진행하도록 했다. 마원과 원한이 있었던 양송은 그에 대한 험담을 잔뜩 늘어놓았고, 이를 들은 황제는 대노했다.

본래 마원이 베트남에 있을 때에 만 리 밖에 떨어져 있던 조카들에게 편지를 보내, 그들이 당시의 유명한 호협(豪俠)이었던 두계량(杜

季良)을 흉내 내는 것을 크게 반대한 일이 있다. ('호랑이를 그리려고 했는데 그만 개와 비슷해졌대[畵虎不成反類狗]'는 고사성어가 이 편지에 나옴.) 그런데 양송은 두계량과 친한 친구였던 것이다. 황제가 이 일을 알고 나서, 양송을 불러 크게 꾸짖었다.

마원의 비극적인 최후에는 또 다른 이유가 있다. 베트남에 있을 때 그는 율무를 즐겨 먹는 것으로 풍토병[47]을 피했는데, 개선하면서 수레 가득 율무를 싣고 돌아왔다. 그가 죽은 뒤에 누군가 황제에게 '그가 수레 가득 가져온 것은 아름다운 보석과 무소의 뿔이었다'고 무고했다. 황제는 이 때문에 더욱 성질을 억누를 수 없었던 것이다.

---

47 풍토병: 원문은 '장기(瘴氣)'로 중국 서남부 지대의 축축하고 더운 땅에서 생기는 독한 기운.

폭포수 설법의 현장법사

 - 양우생

　신문에서 달라이 라마, 판첸 라마가 인도로 갔다는 소식을 보고는 갑자기 기괴한 연상이 들었다. 당나라 때 서쪽(인도)으로 구법 여행을 떠난 현장법사가 생각난 것이다. 현장은 바로 당나라 삼장(三藏, 602~664)으로 즉, 『서유기(西遊記)』에서 '서천'으로 경전을 가지러 떠난 '당나라 승려'이다. 이번에 비행기를 타고 인도에 간 달라이 라마, 판첸 라마는 티베트에서 뉴델리까지 단 몇 시간 만에 바로 도착했다. 현장법사가 인도에 갈 때에는 2년을 넘게 걸어가면서 무수한 위험을 겪었건만!

　그 당시 현장법사의 서행노선은 서안에서 출발하여 보계(寶鷄), 난주(蘭州)를 거쳐 다시 옥문관(玉門關)을 나와 서강(西疆)으로 들어가 천산(天山)과 히말라야산, 흑령(黑嶺) 등 유명한 큰 산맥을 넘어 마침내 인도에 들어가는 것이었다. 그가 천산산맥의 칸텡그리산(騰格里山), 팔달령(八達嶺)을 타고 넘을 때, 산 위에 마른 땅이 조금도 없어서 낮에는 어쩔 수 없이 공중에 솥을 매달아 밥을 짓고, 저녁에는 얼음 위에서 잠을 잤다고 한다. 이런 식으로 7일 밤낮을 보내고, 이 높은 산에서 겨우 빠져 나올 수 있었다. 호송을 맡은 이들 중 일부는 산속에서 동사하였고, 어떤 이들은 고통을 버티지 못하고 도주하여 결국 몇 명만이 남게 되었다. 『서유기』에 나오는 81난(難), 즉 여든 한 번의 난관은 신화이지만 현장법사가 실제로 겪었던 험난한 과정이었으며, 역시 충분히 사람들의 말문이 막히게 할만하다. 그가 다시 살아나 중국과 인도의 교통이 이렇게나 편리한 것을 본다면 분명히 아주 기뻐할 것이다.

현장법사는 큰 고통을 감수하고 커다란 공을 세웠다. 1951년 인도 친선중국방문단이 북경에 왔을 때, 방문단을 인솔하고 온 단장 판딧 선더랄[潘迪特·森德拉爾, Pandit Sunder Lall][48]은 담화를 발표하며 특별히 현장법사를 거론하였다. 인도 고대사 중 많은 부분이 바로 그가 쓴 여행기에 근거해 씌어졌으며, 종이를 만드는 기술이 인도에 전해진 것도 또한 현장법사의 인도 방문 이후 중국과 인도의 문화교류가 촉진되었기에 가능했다는 것이다.

현장법사는 인도에서 17년을 유학하였다. 많은 흥미로운 이야기들이 있는데, 그 중 나란타(那爛陀) 사원에서 경전의 도리를 강연한 것과 곡녀성(曲女城, 인도 북부의 카나우지)에서 열린 '무차대회'에 참

---

48 인도는 1950년 4월 1일에 비사회주의 국가로는 처음으로 중국과 수교를 맺었으며, 1951년에는 인도가 파견한 첫 번째 친선방문단이 중국을 찾았다. 방문단 단장 판딧 선더랄은 인도로 돌아간 뒤 전국 각지를 돌며 자신이 중국에서 보고 들은 바를 소개했고, 곧이어 인중친선협회를 설립했다.

여한 일이 가장 유명하다. 이 두 가지 일은 인도의 자유토론 학술 분위기에 지대한 영향을 미쳤다.

나란타사(那爛陀寺)는 기원전 1세기에 건립된 인도의 크고 웅장하고 아름다운 사원으로 당시 인도문화의 중심이었다. 사원의 주지는 계현법사(戒賢法師, 시라바드라)인데 이미 백여 살이 넘어 있었다. 우리나라의 허운노화상(虛雲老和尚)[49]처럼 덕망 높은 불학의 권위자였다.

현장법사는 나란타 사원에 도착해 계현법사를 스승으로 모셨다. 계현법사는 본래 너무 연로하여 다년간 경전을 강론하지 않았다. 그러나 이번에는 특별히 현장을 위해 『유가론』을 강론했는데 15개월이 지나 겨우 강론을 끝낼 수 있었다. 원래 매우 박학했던 현장은 경전 강론을 들은 이후 다시 5년 간 마음을 집중하고 깊이 연구하여 불교 대승의 매우 깊은 뜻을 철저히 깨닫게 되었다. 그래서 계현법사에게 작별을 고하고 인도 각지를 유학하며 여러 학자, 학파들의 학설을 모두 배웠다. 6년이 지나 다시 나란타 사원에 돌아오니 계현법사가 그에게 주지 강석을 맡겼다. 당시 계현법사의 큰 제자는 사자광(師子光)이었는데 현장이 강연을 담당하는 것에 불복하였다. 현장이 곧 『회종론(會宗論)』 3천 송(頌)을 지어 사원 내의 승려들에게 전해 읽게 하자, 스승인 계현법사도 그것을 보고 충심으로 기쁘게 심복하고

---

49 허운노화상(虛雲老和尚, ?~1959): 복건성 천주(泉州) 출신의 선종(禪宗) 고승으로 오가(五家)의 법통을 계승하였다.

는 그만 못함을 자탄하였다. 사자광은 그제야 자신이 현장에 비해 아직 한참 부족하다는 것을 알고는 결국 조용히 떠났다.

현장은 나란타 사원에서 경전의 도리를 강연하였다. 인도 불교 각 파의 저명한 인물들이 잇달아 와서 그와 토론하였다. 현장은 대승 불교의 이론을 통째로 깨달았을 뿐만 아니라 72개 소승 종파의 이론도 잘 알았다. 인도의 고승으로 그와 이야기를 나누어 본 이들은 탄복을 금치 못했다. 당시 인도의 승려들에게는 일종의 기풍이 있었으니, 진리의 변론을 매우 중시했고 심지어 목숨을 걸고 내기를 할 정도였다. 몹시 방자하고 오만한 어떤 브라만이 현장과 겨루기를 원했다. 그는 40여 조의 이론을 써서 나란타 사원 입구에 걸어두고 말했다.

"누구든 한 조목이라도 깨뜨릴 수 있다면 내 머리를 달게 내어 놓는 것으로 사죄하겠다!"

현장은 계현법사 등 고승들에게 증인을 청하고는 대에 올라 그 브라만과 논쟁을 시작했다. 최후의 변론에 도달해서 당해낼 수 없었던 그 브라만이 잘못을 인정하며 항복했다.

"제 목을 가져가십시오!"

현장은 웃으며 말하였다.

"승려는 살인을 하지 않습니다. 내가 그대의 머리를 가져가 무얼 하겠소!"

후에 그 브라만은 현장과 동행하며 그의 하인이 되기를 원했다.

현장의 명성은 전 인도에 퍼졌다. 당시 인도의 이름난 왕이었던 계일왕(戒日王, 하르샤바르다나)은 특별히 현장에게 수도 곡녀성에서 한 차례 큰 법회를 열도록 하고, 각국의 학자와 유명인에게 알려 현장의 설법을 듣게 했다. 그 결과 각 지역의 인사들이 천리를 멀다 하지 않고 왔는데 대략 18개국의 왕과 3천여 명의 승려들, 2천여 명의 브라만 외도(外道), 그리고 나란타 사원의 승려 천여 명 등 회의에 참가한 사람은 모두 학문에 조예가 있고 수양이 깊은 사람이었다. 인도 역사상 처음으로 문화계의 유명인사가 모두 모인 큰 집회였으니, 이 법회를 '무차대회'라고 불렀다. 현장은 '논주'가 되어 18일 동안 경전을 강의하며 사람마다 설복시켜 누구도 반대 의견을 내놓지 않았다. 강의가 모두 끝난 후 18개국의 국왕이 현장법사를 청해 중국식 깃발[華幢]이 설치된 큰 코끼리에 올라타게 하고 한 바퀴를 순행하도록 했다. 각국의 국왕들이 그곳에 있는 군중들을 향해 큰 소리로 외쳤다.

"중국의 법사가 대승의 이론을 세워 여러 이견을 깼고, 18일 동안 감히 논하는 자가 없었다. 대중들은 알지어다!"

그곳에 있던 모든 사람들이 열렬히 환호하며 분향하고 꽃을 뿌렸다. 이로부터 현장법사는 인도 제일의 학자로 공인받았다.

현장은 인도에서 17년간 유학을 한 후 불교 경전 520질, 657부를 들고 중국으로 돌아왔다. 이는 동한(東漢) 이래 처음으로 불경이 대량으로 수입된 것이었다. 현장은 돌아온 후 서안(西安)의 홍복사(弘福寺)에 머무르며 종신토록 번역 작업에 종사하였다. '경'과 '론'을 번

역한 것이 모두 74부 1,335권이니 그는 또한 중국의 위대한 번역가로
도 칭해졌다. 이러한 성과가 지금까지 이르렀으며 여전히 그를 뛰어
넘을 사람은 없다.

협사(俠士) 부청주(傅青主)

- 백검당주

양우생은 부청주(傅靑主)[50]를 『칠검』의 등장인물로 설정하였는데, 무술이 매우 뛰어난 인물로 그렸다. 나는 근래 책을 읽다가 부청주 관련 자료를 보았는데, 그는 문사였을 뿐이었다. 하지만 비록 그가 무인은 아니었어도 협사(俠士)가 되기에는 부족함이 없었다. 이제 그를 소개하려 한다.

부청주의 이름은 산(山)이고, 초명은 정신(鼎臣)이다. 자는 청죽(靑竹)이었는데 뒤에 '청주(靑主)'로 바꾸었다. 본적은 산서성 흔주(忻州)이며, 태원(太原)에서 성장했다. 명 만력 35년(1607)에 태어났고, 명나라가 망한 뒤에는 숨어살며 거사(居士) 또는 도인(道人)이라 자칭했다. 도사의 황관(黃冠)을 썼지만 나랏일은 잊지 않았다. 산중에서 지은 「풍문으로 섭윤창(葉潤蒼)[51] 선생의 의거를 듣다 風聞葉潤蒼先

---

50 부청주(傅靑主, 1607~1684): 명말청초의 산서 태원(太原) 사람으로 노자와 장자의 후예임을 자처했으며, 의술에도 밝아 당대에 의성(醫聖)으로 일컬어졌다. 청나라의 입관 이후 벼슬에 나아가지 않아, 고염무(顧炎武)는 그의 지절을 높이 평가했다. 양계초는 그를 고염무, 황종희(黃宗羲), 왕부지(王夫之), 이옹(李顒), 안원일(顔元一)과 함께 청초의 여섯 스승六大師으로 평가했다.

生擧義」란 시가 전한다.

쇠 등뼈에 구리 간장 창 놓지 아니하니	鐵脊銅肝杖不糜
산동 땅엔 아직까지 호남아가 있었도다	山東留得好男兒
재물 흩어 하늘의 복 녹봉으로 삼았는데	橐裝倡散天禎俸
뿔피리 소리 높자 해와 달도 슬퍼하네	敲角高鳴日月悲
몇 마디에 천 사람이 호표처럼 몰려오고	咳唾千夫來虎豹
만 리에 풍운 일매 큰곰처럼 흐느꼈지	風雲萬里泣熊羆
산속에서 무의 노래 부르지는 못하고	山中不誦無衣賦[52]
먼 데서나마 도사는 의기에 절을 하오	遙伏黃冠拜義旗

머리에는 황관을 썼지만 의로운 기치 아래 경복하였으니, 그의 입
산은 일종의 위장이었음을 알 수 있다.

부청주는 산속으로 들어갔지만, 청조 지배층의 눈길에서 벗어날
방법은 없었다. 그는 순치 11년(1654, 48세)에 체포되어 태원의 감옥
에 갇혔고 형벌까지 받았다. 하지만 꿋꿋이 버티며 굴복하지 않았다.
아흐레나 단식하면서 시문을 지어 심경을 드러내었는데, 이러한 구

---

51 섭윤창(葉潤蒼): 산동성 복주(濮州) 사람으로 순치 초년 산동에서 유원(楡園)이
일으킨 반청 농민운동에 참여했다.
52 무의 노래: 『시경』 진풍(秦風) 「무의(無衣)」를 말한다. 기꺼이 같은 옷을 입고
전장에 나가리라는 진(秦) 나라 사람들의 용맹한 기질을 읊은 노래인데, 대놓고 거사
를 칭송할 수 없는 처지임을 말한 것이다.

절도 있다.

| 가을밤 등불 하나 청량하거니 | 秋夜一燈涼 |
| 감옥 안 그야말로 도량이어라 | 圄祠眞道場 |

　그는 고통스러운 감옥을 참된 수도의 장으로 생각하며 시련을 견뎌냈으니, 이는 문천상(文天祥)의 "팽형(烹刑)도 달기가 엿과 같으니, 애써 구했지만 얻지 못했네 鼎鑊甘如飴, 求之不可得"(「정기가(正氣歌)」)와 마찬가지로 사람을 울컥하게 한다.

　강희 17년(1678)에 박학홍사과(博學鴻詞科, 청나라 때 실시한 제과 (制科)의 하나)가 열렸다. 부청주는 추천되었지만 엄중하게 거절했다. 이듬해 청조 통치자는 고을 수령을 보내 그를 데려갔다. 형식은 초빙이지만 실제는 납치에 가까웠다. 그는 몸에 병이 있어 갈 수 없다고 했지만, 수령은 사람들을 시켜 강제로 일으켜 데려갔다. 그의 두 어린 손자가 따라 나서 길에서 시중을 들었다. 선생은 북경에서 30리 떨어진 곳에 이르자 목숨을 걸고 성 안으로 들어가지 않으려 했다. 한 무리의 고관 귀족이 맞으러 왔지만, 그는 침상 위에서 눈을 뜨지 않은 채 맞지도 않고 배웅도 하지 않았다. 아예 얼굴을 안 본 것이다.

　그들은 황제에게 이 사실을 보고했고, 결국은 그를 산으로 돌려보낼 수밖에 없었다. 보낼 때는 외려 특별히 중서사인(中書舍人)으로 품계를 올려 예우하는 뜻을 보였다. 그럼에도 그는 사례하기는커녕, 자기가 쓰고 있는 관을 바꿀 수 없다고 버텼다. 얼마 안 있어 상국(相國) 풍부(馮溥, 1609~1692)가 특별히 그를 찾아와 말했다.

"선생께서는 내키시지 않겠지만, 저 대신 가서 한 번 사은해주십시오!"

하지만 그는 완강하게 거부했다. 풍상국은 할 수 없어 그의 병이 중하니 사람들을 시켜 그를 부축하게 하여 데려갔다. 궁궐 오문(午門: 자금성의 정문)에 이르렀을 때 그의 눈에는 비분의 눈물이 가득했다. 풍상국은 직접 그를 부축하고 내려가 그에게 예를 행하라고 했지만, 그는 아예 바닥에 주저앉아버렸다. 그들도 어쩔 수 없어 말했다.

"됐습니다, 됐어요, 사은한 걸로 합시다!"

그의 지절(志節)이 이와 같았다.

그는 학문을 하면서도 비판의 방법을 사용하여, 냉정하고 객관적인 태도로 판별하고 섭렵해야 한다고 주장했다. 그는 이렇게 말한 적이 있다.

한 쌍의 맑은 눈동자는 지금 사람에게 속아서 안 될 뿐 아니라 옛 사람에게 속아서도 안 된다. 옛 사람의 사적을 보면, 전부 옳은 것도 있고 전부 그른 것도 있다. 처음엔 옳았지만 뒤에 그르게 된 사람도 있고, 그 반대인 경우도 있다. 옳은 듯하지만 그른 것도, 그 반대인 것도 있다. 10개, 100개의 옳은 것 중에 하나 그른 것도 있고, 그 반대인 경우도 있다. 이들이 앞에 분명하면 나는 그 옳은 것을 취하고 그른 것을 버린다. 자기를 고집하는 군자가 있으면, 미워하는 마음에 그의 옳은 점도 그른 것으로 간주하고, 자신을 따르는 군자는 사랑하여 그의 나쁜 점을 진흙 칠하여 좋은 점으로 꾸며놓곤 하니, 그 천변만상을 이루 다 가려낼 수 없다. 하지만 나의 마음은 사사로운 감정에 휘둘리지 않아 광명하고 통달하니, 때와 일에 따라 닿는 대로 분명하게 알 수 있다.

이렇게 말한 적도 있다.

책을 읽을 때는 한번 툭 트이면서 한 번 크게 나아가야지, 주석에서 자잘한 지식이나 찾는다면, 옛날 종이에 족집게 질이나 하는 것[鑽故紙]이요, 종이나 좀먹는 좀벌레[蠹魚]라 하겠다.

이렇게 그는 앞선 사람들의 견해에 구애받지 말고 스스로 생각할 것을 주장하였다.

부청주는 시와 문장, 학문, 서예와 회화에 두루 능했다. 특히 그는 서화에서 높은 지절을 표현하여 후대의 기림을 받았다. 그에 대한 이러한 평가가 있다. "부청주의 글씨는 그의 그림만 못하고, 그림은 학문만 못하며, 학문은 사람만 못하다." 그의 인품에 착안하여 정곡을 찌른 말이다. 부청주는 서법을 논할 때에도 예술가의 인격과 작품의 일치를 중시했다. "나는 조자앙(趙子昂)을 정말 좋아하지 않는다. 인간이 마음에 들지 않으니 글씨도 싫어진다. …… 살살거리며 아양 떠는 모습은 천박한 태도이다." 조맹부(趙孟頫, 1254~1322)의 글씨는 그 인간과 똑같다고 말한다. "마음씨가 무너지니 손길도 따라갔다." 서법을 논하면서 또 말했다.

글씨를 배우는 법은, 차라리 졸박할지언정 교묘하지 말고, 못 생겼을지언정 아양 부리지 말아야 한다. 거칠거칠할지언정 너무 매끄러우면 안 되고, 다소 삐뚤삐뚤해도 괜찮으니 규격에 얽매이면 안 된다. 學書之法, 寧拙毋巧, 寧醜毋媚, 寧支離毋輕滑, 寧眞率毋安排.

선생의 인격을 체현한 말이다.

욱달부(郁達夫)의 일면모

– 백검당주

나는 옛 시를 유독 좋아하는데, 최근의 사람으로는 특히 욱달부(郁達夫, 1896~1945)의 시를 좋아한다. 그의 시는 풍치가 뛰어날뿐더러 뜻이 깊고 아름다워 다른 이가 따를 바가 못 된다. 그래서 그와 관련된 글은 눈에 띄기만 해도 먼저 반갑다. 며칠 전 서점에서 온재천(溫梓川, 1911~1986)이 엮은 『욱달부남유기(郁達夫南遊記)』(1956)를 발견하고 바로 사서 읽었다.

책에 수록된 대부분은 욱달부가 남양에 머물 때 신문에 발표한 글들로, 그 제목은 다음과 같다.

「복건성 여행에서의 빗소리」
「피낭에서의 사흘 밤」
「기차가 탈선한 이야기」
「몇 가지 문제」
「초고를 읽고 나서」
「말라카 여행기」

「문예에서의 손실」

「작가 생활을 유지하기 위해 생각한 이야기」

「올해의 3.29 광주 무장봉기 기념일」

「문인(文人)」

「새상풍광(塞上風光)의 연출」

「전각가 장사인(張斯仁) 선생」

「번역 관련 몇 가지 일에 대하여」

「에밀 졸라 탄생 100주년 기념」

「시인 양소(楊騷), 남방에 오다」

「윈스턴 처칠」

「Hamilton Wright Mabie(1846~1916) 씨의 유머 몇 가지」

「산문(散文)에 대하여」

「나의 애독 단편소설」

「며칠 안 남은 연말 풍경」

「시인의 소식을 찾아서」

「표아화상(瓢兒和尙)」

모두 22편에 3편의 부록으로 되어 있다. 부록은 「욱달부가 부인 왕영하에게 보낸 편지」(다른 사람의 관련 글이지 진짜 편지가 아님), 「말레이시아에서의 욱달부」, 「달부 선생께 헌정하는 글」이다.

욱달부가 남양에 있을 때는 1938년 말인데, 몇 편은 그 이전에 쓴 글이다. 예를 들면, 「복건성 여행에서의 빗소리」는 1936년 6월 15일, 「나의 애독 단편소설」은 1935년 7월 17일에 씌어졌다. 「며칠 안 남은 연말 풍경」은 1935년 1월 8일에 초고가 나왔고, 「시인의 소식을 찾아서」는 1927년 2월 20일, 「표아화상」은 1932년 12월에 지었다. 위 다섯 편 중 「나의 애독 단편소설」을 빼고, 편자가 "위 글은 전도(錢甸) 군의 거처에서 얻었으니, 전(錢) 군이 예전에 『소문장(小文章)』을 편집할 때의 미간행 원고"라고 밝혀놓았다. 그 나머지 글들이 어떻게 욱달부의 남유(南遊)와 관련이 있는지는 분명하지 않다. 「표아화상」은 중화국(中華局)에서 출판한 잡지 『신중화(新中華)』에 실렸다가, 뒤에 다시 다른 작가의 소설과 묶여 한 책으로 출간되었으며, 책 이름은 이 글의 제목을 사용했던 것으로 기억된다.

이 책에는 욱달부의 짧은 글들이 수록되어 있어, 『욱달부전집』의 부족한 부분을 보완할 수 있다. 욱달부의 문학과 삶에 관심을 가지는 사람들에게 유익할 것이다. 특별히 지적해야 할 것은 일반인들은 욱달부를 '퇴폐문인'으로 취급하지만, 이는 그의 일면에 대한 평가에 지나지 않는다. 이 책 『남유기』의 많은 글들은 욱달부가 얼마나 애국적이었고 의협심이 있는 사람이었는지를 보여준다. 항일전쟁에 대한 관심과 승리에 대한 신념, 비굴한 자들에 대한 혐오, 친구들과 청년들의 열정이 숨김없이 넘치도록 드러난다. 이 글들을 통해 욱달부의 됨됨이와 성격을 한층 잘 알 수 있다.

욱달부는 1940년 3월에 이렇게 썼다.

"항전에서 우리의 승리는 기정사실로 조금도 의심할 바가 아니다. 승리의 쟁취는 시간문제이다." "승리의 서광은 눈앞에 다가오고 있다."(「올해의 3.29 광주 무장봉기 기념일」)

같은 해 5월에는 이렇게 썼다.

"지금 유럽의 전쟁에서 일시적으로 영국과 프랑스가 순탄치 않지만, 결국 승리는 정의와 인도주의를 주장하는 쪽에 있을 것이다. 나치 미친놈이 유럽을 정복할 수 없듯이, 왜놈들은 결코 중국을 이길 수 없다."(「에밀 졸라 탄생 100주년 기념」)

그는 에밀 졸라에 대해 쓰면서도, 중국의 항일과 유럽의 나치 항쟁에 대한 언급을 잊지 않았다. 졸라를 기념하면서는, 그 작가의 "미래의 광명에 대한 노력과 추구, 정의와 인도에 대한 필사적인 주장"을 특기했다. 「문인」에서는 장자평(張資平)과 주작인(周作人)의 부역(附逆)[53]에 관해 이야기하면서 "문화계에 이런 인간이 나온 것은 천년이 지나도록 씻을 수 없는 중국인의 수치이며, 춘추필법(春秋筆法)으로 말하면 그들의 죄는 매수된 토비나 정객보다 한 등급 더 높다"라고 했다. 또 이렇게도 말했다.

"나의 경우를 보면, 노모는 고향에서 순국하고, 가형은 외딴섬에서

---

53 장자평(張資平, 1893~1959)과 주작인(周作人, 1885~1967)은 모두 일본에서 유학했고, 중국에 돌아와 신문학운동에 참여했다. 중일전쟁(1937~1945) 중 장자평은 일본의 괴뢰정부인 왕정위정권(汪精衛政權, 1940~1945)에서, 주작인은 북경에서 일본의 통치에 협력하여, 종전 후 반역죄로 처벌받았다.

순직했다.[54] 그들은 문인이 아니므로, 신문 칼럼에 비분강개한 글을 써서 남들을 공격한 적이 없다. 하지만 나는 이들을 진정한 문인으로 보고 싶으며, 그들이야말로 나의 본보기이자 정신의 지도자이다."

그가 특별히 전각가 장사인(張斯仁)을 소개한 것은 항일 전쟁의 최고조기에 그가 남양 각지에서 수천 개의 도장을 파서 전부 군자금 조성에 보탰기 때문이다. 그는 이렇게 말했다.

"전각을 하는 이와 인장을 쓰는 사람의 인격에 바탕이 있어야만 도장 하나에 의의가 생기고 또 그 각인을 전할 수 있는 것이다. 이는 중국의 서예와 마찬가지다. 예를 들어 악비(岳飛)가 쓴 글자와 사용한 인장은 지금까지 전해져 우리의 국보가 되었다. 가령 진회(秦檜)의 글씨나 인장이 남아있다고 한들, 누가 그걸 사서 간직하겠는가!"

이는 욱달부의 세계관과 사람됨을 보기에 충분하니, 그 절조의 출처를 눈여겨볼 필요가 있다. 그는 인간을 사랑하였으며, 나라를 위해서는 죽음도 마다하지 않았던 사람이다. 그의 이런 면을 본 뒤에라야 그에 대한 평가가 합당할 것이며, 그가 결국 남양에서 순국한 사실도 이해할 수 있을 것이다.

몇 년 전, 정자유(鄭子瑜, 1916~) 선생이 『달부시사집(達夫詩詞集)』을

---

54 원주: 욱달부의 맏형 욱화(郁華, 1884~1939)의 자는 만타(曼陀)이고, 화가 욱풍(郁風, 1916~2007)이 그의 딸이다. 1939년 11월 23일, 왜놈 특무 첩자의 저격으로 상해의 집 앞에서 죽었다.

편집한 적이 있는데, 여기 수록되지 않은 시들을 『욱달부남유기』에서 발견하였다. 나처럼 그의 시를 좋아하는 독자들을 위해 손 가는 대로 적어둔다.

「승기산 꼭대기에 올라 登升旗山絶頂」[55]

멋진 산은 반나마 구름에 가려있고	好山多半被雲遮
북쪽을 바라보니 중원 길 아득해라	北望中原路正賖
깃발 오른 높은 곳 날씨는 온후하니	高處旗升風日淡
남방엔 겨울 지나자 가을꽃 보이누나	南天多盡見秋花
그 시절 여산 유람 기억해보니	匡廬曾記昔年游
맹호연 배를 타고 명산 만났지	挂席名山孟氏舟
뉘라서 숨 가쁘게 남쪽 오던 날	誰分倉皇南渡日
영주에 와 닿을 줄 짐작했던가	一瓢猶得住瀛洲

---

55 승기산(升旗山): 말레이시아의 피낭 힐(Penang Hill)이다. 언덕 높은 곳에 영국 국기가 걸려있어 붙여진 이름이다. 첫째 수 3구의 '旗升'은 이를 표현한 것이다. 둘째 수의 1, 2구는 맹호연의 「저물녘 심양강 포구에 배를 대고 멀리 여산을 바라보다 晚泊潯陽望廬山」에서 가져온 것이다. 시의 내용은 이러하다. "돛 달고 온 게 몇 천 리런가, 명산 아직 만나지 못했노라. 심양성 밖에 배를 대고서, 여산 향로봉을 처음 보았네. 掛席幾千里, 名山都未逢. 泊舟潯陽郭, 始見爐峰." 4구의 영주(瀛洲)는 신선이 산다는 삼신산 중의 하나이다. 피낭 힐을 신선의 거처로 표현한 것이다.

「복주 고산에 올라 登福州鼓山」⁵⁶

정자 위에 뉘 내 성을 써놓았나	誰書吾姓揭亭顏
들보와 처마 날아갈 듯 기세가 훌륭해라	棟宇飛騰氣勢完
골짝 입구 갈바람에 살쩍 스치며	谷口秋風吹鬢髮
떠오르는 해 보며 난간에 오르노라	海東朝日上欄杆

「싱가포르에서 광훈 선생이 주신 시에 화운하다 星洲和廣勛先生賜贈
之作」

상해에서 노닐던 10년을 떠올리니	十載春申憶舊遊
강관의 노래들이 이별 시름 울렸었지	江關詞賦動離愁
다섯 번 탄식 양홍 뜻을 뉘 알려나	五噫誰會梁鴻意
거울 보며 안타까이 머리를 쓰다듬네	對鏡摩挲惜此頭⁵⁷

---

56 고산(鼓山): 복주시(福州市) 동쪽 교외에 솟은 해발 969m의 산이다. 산 정상에
북 모양의 바위가 있어 고산이라고 한다. 원래 글에는 제목 뒤에 "본디 두 수인데,
정자요 선생은 하나만 수록했다"는 부기가 있다.

57 1구의 춘신(春申)은 상해의 별칭이다. 상해를 관통하는 황포강(黃浦江)의 옛 이
름이었던 춘신강(春申江)에서 유래한다. 2구의 강관(江關)은 본디 구당관(瞿塘關)을 지
칭하지만, 여기서는 황포강의 포구를 가리키는 것으로 보인다. 근대 이전 포구는 이별
의 장소로, 이를 배경으로 수많은 이별 노래들이 지어졌다. 3구의 오희(五噫)는 후한의
학자 양홍(梁鴻)이 지은 「오희가(五噫歌)」에서 가져온 것이다. 양홍은 수도 낙양 거리
를 지나다가, 귀족들의 호화로운 삶과는 전혀 다른 백성들의 고통스러운 삶을 목격하
고 이 노래를 지었다.

어떻게 한 자 굽혀 여덟 자를 펴리오　　　　尺枉何由再直尋

유신의 슬픈 생각 시절에 사무치네　　　　蘭成哀思及時深

미인과 향초 읊은 한가한 마음 노래　　　　美人香草閑情賦

이소에 담긴 굴원 송옥 마음 아니랴　　　　豈是離騷屈宋心[58]

만수천산 지나며 늙어간 관휴러니　　　　萬水千山老貫休

집 가득 꽃 향기라 무엇을 구하리오　　　　滿堂花醉我何求

오래도록 봉화 연기 삼오에 자욱하니　　　　烽烟曠劫三吳遍

바다 위 뗏목 타고 사수시 부르노라　　　　滄海乘桴咏四愁[59]

---

58 1구는 『맹자』에 나오는 진대(陳代)와 맹자의 대화에서 가져온 것이다. 진대가 융통성 있게 한 자를 굽혀 여덟 자를 펼 것을 건의하자, 맹자는 구차한 자기 합리화에 지나지 않는다며 단호하게 거부했다. 2구의 난성(蘭成)은 남북조 시대 북조 주(周)의 시인 유신(庾信)의 어릴 적 자(字)이다. 그의 부로는 「애강남부(哀江南賦)」가 가장 유명하다. 이 시에서 그는 양(梁) 나라의 흥망과 자신의 신세에 대해 차례로 서술했으며, 고국에 대한 깊은 사랑을 가득 담아냈다. 굴원과 송옥은 고대 이소(離騷)의 대가이다. 이들의 이소에서 향초(난)는 세상에 물들지 않은 깨끗한 마음을, 미인(美人)은 애타게 그리지만 자기 마음을 몰라주는 군주를 의미한다.

59 관휴(貫休)는 당나라 때의 시승(詩僧)이다. 그가 항주(杭州) 영은사(靈隱寺)에 있으면서 지은 시에 "집 가득 꽃향기에 3천 손님 취하고, 한 자루 칼 서릿발에 열네 고을 서늘하다 滿堂花醉三千客, 一劍霜寒十四州"란 구절이 있다. 1, 2구의 시상은 여기서 가져온 것이다. 3구의 삼오(三吳)는 장강 하류 강남에 있는 세 고을 오군(吳郡)과 오흥군(吳興郡)과 단양군(丹陽郡)을 가리킨다. 당시 일본의 침략으로 피해가 심했던 곳이다. 4구의 사수시(四愁詩)는 한나라의 장형(張衡)이 지은 것이다. 동한 말기 크게 어지러워진 천하를 구할 뜻을 품었으나 참언에 막혀 쓰이지 못하는 심정을 이 시에 담아냈다. 승부(乘桴)는 공자의 말, "도가 행해지지 않으니, 뗏목을 타고 바다로 나가리라 道不行, 乘桴浮于海"에서 가져온 것이다. 공자의 탄식에, 자신의 실제 처지를 부친 것이다.

늙은 농부 강가에서 외상술 마시고는   野老江頭酒任賒

장화를 배워볼까 취한 김에 생각했지   醉來試卜學張華

요리처럼 묻히려고 끝내 마음 먹었네   終期埋近要離家

미친놈 누구인들 가족 아니 그리리오   那有狂夫不憶家[60]

　욱달부의 작품을 좋아하는 사람이면 이 책을 사 보겠지만, 하나는 짚고 넘어가야한다. 이 책에는 구두점이 잘못 찍힌 곳이 많을 뿐만 아니라, 심지어는 한 줄이 다음 면으로 잘못 편집된 경우도 있다. 다소 조잡하다는 느낌이 없지 않아, 이 책을 얻고 나서 한편으로 기쁘면서도 한편으로는 유감이다.

60　2구의 장화(張華)는 서진(西晉) 시대의 학자이자 관료로, 『박물지(博物志)』를 지었다. 『박물지』는 간략한 백과전서이니, 저술을 해볼까 생각했다는 뜻이다. 3구의 요리(要离)는 춘추시대 오나라의 자객이다. 기원전 513년 자기 팔을 끊고 아내를 죽이면서까지 왕자 경기(慶忌)를 죽여, 오나라의 혼란을 막았다. 일이 이루어진 뒤 오왕은 그의 평소 뜻에 따라, 오자서로 하여금 홍산(鴻山) 전제(專諸)의 무덤 옆에 묻어주게 했다. 전제 또한 이보다 2년 전에 자신을 알아준 오자서를 위해 자기 목숨을 바쳐 오왕 요(僚)를 죽임으로써 합려(闔閭)를 왕위에 오르게 한 인물이다. 이 구절은, 목숨 바쳐 사업을 이루고, 뜻을 같이 하는 사람 옆에 묻히고 싶다는 뜻이다.

사회와 문화

히피족, 태양족, 14K당

　– 백검당주

　얼마 전 신문에서 본 바로는, 미국 영화 「아비무(阿飛舞)」[1]가 런던에서 상영됐을 때 극장 안에 일대 혼란이 벌어졌다고 한다. 히피족들이 영화를 보다가 극장 안에 음악이 울려 퍼지자 히피 춤을 추기 시작하더니, 결국은 부상자까지 발생했다는 것이다. 경찰이 도착해 다수의 히피를 체포하고 나서야 극장은 질서를 되찾았다고 한다. 이 영화가 홍콩에서 상영될 때, 대체 어찌된 영문인지 궁금해서 한번 보러 간 적이 있다.

　참으로 시시껄렁한 영화였다. 아마 할리우드에서도 C급 이하에나 들지 않았을까 싶다. 제작이 워낙 조악한데다 진부했다. 연기는 더 말할 나위도 없으며, 대중에게 익숙한 스타는 단 한 사람도 등장하지 않았다. 짐작건대 할리우드에서 이 영화를 만들 때에도 별다른 기대를 갖지는 않았을 성싶다. 영화 줄거리는 아주 간단하다. 장사가 신통치 못했던 어떤 나이트클럽의 사장이, 평범한 댄스 뮤직으로는 더

---

　1 「아비무(阿飛舞)」: 이 영화의 원제는 'Rock Around the Clock'이다. Fred F. Sears가 감독했고, Bill Haley가 주연을 맡았다.

이상 춤꾼들을 끌어들일 수 없겠다고 판단한 나머지 밴드를 해산해 버렸다. 그런데 얼마 후 히피 춤을 추는 남녀 한 쌍을 발견해서 그들을 홍보하고, 마침내 큰 인기를 끌게 된다.

굳이 영화를 보지 않아도 알겠지만, 그 안에는 단조로운 리듬의 댄스 음악과 머리끝에서 발끝까지를 쉴 새 없이 흔들어대는 춤이 삽입되어 있다. 단지 그뿐이다. 나팔수는 나팔을 불다가 땅바닥에서 뒹굴고, 첼리스트가 첼로에 올라타면 다른 누군가가 또 그의 몸 위로 올라탄다. 플로어의 사람들은 정신없이 몸을 흔들며 날뛰었다. 파트너를 머리 위로 높이 들어 넘기거나 파트너의 가랑이 사이를 지나가는 식이다 보니, 그저 혐오감이 들 뿐이었다.

화면을 보는 동안, 일본의 '태양족' 문제가 떠올랐다. 최근 일본을 방문한 왕운생(王蕓生)[2] 선생의 말에 따르면, 그들이 일본에 있는 동안 신문에 큰 이슈가 된 것이 두 가지 있었는데, 하나가 러·일 회담이요 다른 하나가 바로 '태양족' 문제였더란다. 이 문제가 외교 사안과 함께 일본인의 주요 관심사가 된 것을 보면, 그것이 얼마나 중요한 사회적 이슈였는지를 알 수 있다. 왕 선생에 따르면, '태양족'은 24세의 젊은 대학생이 쓴 소설 「태양의 계절」[3]에서 유래했다고 한다.

---

2 왕운생(王蕓生, 1901~1980): 천진(天津) 출신으로 본명은 덕붕(德鵬), 중국의 유명한 신문인이었다.

3 「태양의 계절」: 「太陽の季節」. 국내에는 우익 정치가로 알려진 이시하라 신타로(石原慎太郎) 전 도쿄 도지사의 데뷔작이다.

소설은 육욕만을 열렬히 추구하는 청년들의 이야기를 묘사한 것인데, 출판 이후에 뜻밖에도 베스트셀러가 되었고 나중에는 영화화까지 되어 수많은 젊은이들이 앞 다퉈 관람하기에 이르렀다. 짧은 커트 머리에 꽃무늬 셔츠, 걷어 올린 반소매와 좁은 바짓가랑이, 검정 구두 차림의 수많은 청년들이 사회 곳곳에 나타났다. 그들은 아무데서나 부녀자를 쫓아다니고 함부로 문란한 짓을 저지르면서 '태양족'이라고 자칭했다. 동경만 해도 그 숫자가 30만 명에 달해 치안에 굉장한 문제가 되었다고 한다. 미국 영화 「폭력교실」(예전 홍콩에서도 상영됐으며 글렌 포드 Glen Ford, 앤 프랜시스 Anne Francis, 루이스 칼헌 Louis Calhern 등이 주연을 맡음)[4] 또한 일본의 청년들 사이에 선풍을 일으킨 바 있다. 왕 선생에게서 이러한 정황을 전해 듣다 보니, 홍콩에도 진작부터 '태양족'이 있었고 다른 점이라면 구두 색깔이 꼭 검정만은 아닌 정도겠다는 생각이 들었다.

홍콩의 '히피족'이나 일본의 '태양족'은 모두가 제2차 세계대전 이후의 산물이며, 미국의 퇴폐문화와 자본주의 사회 청년들의 고민이 결합되어 만들어 낸 사생아이다. 일본에서는 전쟁 후에도 미국 군대

---

4 「폭력교실」: 이 영화의 원제는 'Blackboard Jungle'이고, 백검당주는 『삼검루수필』에서 이 영화의 중국어판 제목인 流氓學生을 썼다. 중국어 제목을 직역하면 '불량학생' 정도이다. 1955년에 제작된 영화 「Blackboard Jungle」은 1959년 한국에도 소개된 바 있다. 처음에는 '폭력교실'이라는 제목을 붙이려 했으나, '학생이 선생을 때리고 강간하려 하는가 하면 온갖 흉기가 등장하는 패륜의 극치'라는 등의 이유로 다섯 차례에 걸쳐 보류 판정을 받다가, 3년 뒤인 1962년에 가서야 문제의 장면을 삭제하고 '블랙보드 장글'이라는 제목을 붙인 채 상영되기에 이른다.

가 오랫동안 점령했던 탓에 퇴폐문화가 영화, 신문, 잡지 등을 통해 다시금 유입되었으며, 홍콩에도 이러한 매개체로서의 영화, 신문, 잡지 등이 대량으로 존재하고 있다. 또 다른 공통점은 일본의 '태양족'이나 홍콩의 '히피족'이 모두 처음에는 비교적 부유한 가정의 자녀들에서 나타났다는 사실이다. 그들은 의식주에 대한 걱정이 없었고, 오로지 먹고 마시는 향락에만 빠져들었다. 그들의 부모는 자식들이 정치에 관심을 갖는 것을 달가워하지 않았거니와 그들 자신 또한 정치에 별다른 흥미를 못 느꼈으므로, 머릿속은 단순하고, 이성적인 인식이나 도덕관념 따위는 모호한 상태에서 오로지 향락만을 추구할 수밖에 없었다. 게다가 나이는 바야흐로 청춘이다 보니 생리적으로 충동적인 면이 있어 결과적으로 제멋대로 방탕하게 된 것이다. 이러한 영향이 금세 확산되어 일반 청년에게까지 미치게 되었다.

이제 히피족이 차를 훔쳤다든가 사람을 해치고 금품을 강탈했다는 등의 소식은 홍콩에서는 진작부터 뉴스거리도 못 되고 있다. '히피족' 문제가 이 정도까지 발전하다 보니 누군가는 범죄 집단에 이용당하기도 하고, 심지어 일부 '히피족'은 그 자체로 범죄 집단의 외부 조직이 되기도 했다. 가령 정치적 성격을 띤 범죄 집단인 '14K당'[5]이 '히피

---

5 14K당: 1960, 70년대 홍콩에서 규모가 가장 컸던 삼합회 조직이다. '14K'라는 명칭에 대해서는 '14K 금이 보통의 금에 비해 굳고 단단하므로 조직의 강력함을 비유한 것'이라거나 '갈계황(葛啓煌)이 처음 조직을 결성했던 거리의 번지수에서 유래된 것'이라는 등 다양한 해석이 전해지고 있다.

족' 조직을 이용한 바 있다. 이렇듯 '히피족'의 문제는 더 이상 일개 청년 문제나 일반적인 사회 문제가 아니며, 어느새 조금씩 정치적인 문제로 발전되어 가고 있다. '히피족' 자신은 정치에 관심을 갖지 않지만, 바로 그러한 무관심 때문에 나쁜 사람들에 의해 정치적으로 이용당하고 있는 것이다.

홍콩 해적판 도서의 괴현상

- 양우생

김용과 나는 모두 일찍이 독자에게서 편지로 욕을 들은 적이 있다. 욕을 먹자니 이만저만 억울한 게 아니었다. 그들은 거리에서 『서검(書劍)』, 『벽혈검(碧血劍)』, 『칠검』 등의 복사본 책을 보고는 우리가 그걸 간행한 것으로 잘못 알고 크게 불만을 느꼈던 것이다. 독자 한 분은 김용을 이렇게 나무랐다.

"아무리 돈이 좋다지만, 명성은 어쩔 거요!"

또 다른 분은 나를 꾸짖었다.

"이 따위로 찍어서 몇 푼짜리 종이 쪼가리를 팔아먹다니, 수준이 이게 뭐요!"

그리고 그는 이렇게 보충해 말했다.

"문제는 '몇 푼짜리'를 팔았다는 데만 있는 게 아니라, 종이 질도 나쁜데다 인쇄까지 엉망이라 정말이지 봐줄 수가 없다는 거요!"

진작부터 생겨났던 홍콩의 복사본 도서 바람이 최근 들어서는 무척 거세졌던 것이다! 사실 '복사본'이라고 말한다면 그건 벌써 '뒤떨어진' 수법이다. 요즘 해적판 인쇄를 하는 자들의 수법은 "정본이 나오기 전에 우리가 먼저 내고, 정본이 나오면 우리는 앞질러간다!"는 식이다. 백검당주의『풍호운룡전』을 예로 들면 제1권의 정판본이 아직까지 인쇄중인데, 거리에는 벌써 다른 한 가지 판본이 나타났다. 나의『새외기협전(塞外奇俠傳)』상권은 원고를 이제 막 출판사에 넘겼는데, 해적본이 나온 지는 벌써 한 달도 더 됐다. 김용의『벽혈검』정판본은 제3권까지 출판됐고 나의『칠검』은 제2권까지 출판됐지만, 거리에는 벌써 제7권이 보인다!

복사본의 신속함은 실로 사람을 경악하게 한다. 백검당주의『풍호운룡전』이 신문 지상에 46회까지 발표됐을 때, 내가 해적 본을 사다가 비교해보니 이미 43회까지 인쇄되어 있었다. 듣자하니 그들은 매일 신문을 오려다가 조판을 넘겨 설렁설렁 교정을 보기도 하고, 혹은 아예 교정조차 없이 3만에서 많게는 4만 글자나 되는 걸 모아 즉시 인쇄하고 제본한 다음 후다닥 시장에 내놓는다고 한다. 그러니 작가라는 사람이 그들과 '경주'를 하려 해봐야 불가능한 것이다. 웬만큼 멀쩡한 작가라면 누구나 자신의 책이 제대로 인쇄되기를 바라지, 그와 같이 저급한 종이 쪼가리를 찍어내려 하지는 않는다.

현재 거리에 보이는 복사본 책들은 일반적으로 한 권당 4호(毫)에 팔리며 각 권당 40쪽으로 돼 있다. 그밖에 8호(毫)에 파는 '판본'이 있는가 하면 정본 책과 가격이 같은 것도 있다. 한 권에 8호(毫)짜리 '판본'은 대부분이 '머리 꼭대기본(爬頭本)'이다. '머리 꼭대기본'이란 무엇인가? 김용의『서검』을 가지고 얘기해 보자. 삼'육'도서공사(三育

圖書公司)에서 출판한 정판본은 각 권에 약 7만 5천 글자가 들어가 있고 정가는 1원(元) 4각(角)이다. 이 책이 제6권까지 출판됐을 때 거리에서 갑자기 '삼유'도서공사(三有圖書公司)가 출판했다는 『서검』제7권이 발견됐다. 글자 수에는 큰 차이가 없었지만 인쇄한 활자의 크기가 작고 배열이 촘촘해서 정본에 비하면 책의 두께가 훨씬 얇았다. 이런 '판본'을 보면 가짜를 진짜로 속여 팔려는 속셈이 빤하다. 그런 것들이 정판본의 머리 꼭대기에까지 기어오르려 하므로 '머리 꼭대기본'이라고 일컫는 것이다. 김용이 기가 막혀 하는 것은, 해적판 제7권의 끄트머리에 부러 큰 활자체를 써 가며 '제8권의 대단원을 봐 주십사' 하고 표시해 놓았더라는 것이다. 이는 '내가 다음번에도 당신 손을 좀 빌리겠노라' 하고 선언하는 꼴이다.

정본 책과 가격이 같은 것은 그야말로 명실상부한 '복사본 책'이다. 이런 복사본 책은 다시 두 종류로 나뉜다. 한 가지는 정판본을 전기(電氣) 판본으로 만들어 인쇄하는 것으로, 글자의 흔적이 비교적 흐릿하다. 『서검』의 복사본 가운데 하나도 이러한 '전기판본'이다. 다른 한 가지는 글자를 심어 인쇄하는 방식으로, 『칠검』 제2권의 경우 완전히 똑같은 복사본 책이 발견됐다. 이런 복사본 책들은 홍콩의 큰 서국에서는 판매할 수가 없으므로, 대부분 해외로 나가 독자들을 기만하고 있다.

판본에 대해 말했으니, 다음은 복사본에 나타나는 괴현상을 얘기해 보자.

태국의 어떤 서점에서 무협소설(우리 세 사람 것은 아님) 한 부를 해적판으로 찍었다. 상권을 찍고 났는데 목이 좋지가 않았던지 천여 권이 팔리지 않고 재고로 남았더란다. 그때 정판본은 아직 출판되어 나오지 않은 상태였다. 해적판을 인쇄한 자가, 판권을 사서 정본 책을 출판하려고 준비 중이던 출판사에 편지 한 통을 썼다.

"댁에서 하권을 조판할 때 시작 쪽수는 내가 만든 판본 상권 쪽수에 이어서 인쇄하세요. 그러면 우리 서로 누이 좋고 매부 좋은 일 아니겠소. 나는 내 상권을 가져다 당신네 하권과 바꾸면 더 이상 복사할 필요가 없겠고, 당신은 인쇄량을 줄여도 될 테니 말이오."

물론 이러한 '건의'는 거절당했다.

듣기로는 복사본 장사치들 사이에도 은밀한 '조합'이라는 것이 있어서, 누군가 어떤 책을 복사하려면 먼저 달려가 '등록'을 해야 한단다. '먼저 온 사람이 임자'이므로, 어떤 책을 누군가 미리 '등록'해 놓으면 다른 사람은 복사를 할 수가 없다. 그러나 나중에는 이러한 '강호의 도의'마저 깨져버리고, 너나없이 앞 다투어 멋대로 복사를 해댔다. 그러다 보니 좀 팔린다 싶은 책이면 책마다 수없이 많은 '판본'들이 나오게 됐다.

앞 다퉈 함부로 복사를 해대다 보니 '자기네끼리 잡아먹는' 경우까지 발생했다. 이런 예가 있다. 파금(巴金)의 『집[家]』, 『봄[春]』, 『가을[秋]』이 당초 복사업자 아무개에게 확정되어 넘어갔다. 그런데 나중에 누군가가 도의를 저버리고 날름 복사를 해버리는 바람에 '같이 죽자'는 식의 가격 경쟁이 벌어졌고, 정가 1원(元)이던 것이 최저 4각(角)까지 뚝 떨어졌다! 그렇게 두꺼운 책 한 권을 단돈 4각에 팔다보니, 복사본 책조차 손해를 봐야 했다. 복사본 업자들은 어째서 그렇게 손해마저 감수하는 걸까? 다름 아니라 같이 죽자고 싸워 '나가 떨어지는' 꼴을 보려는 것이다. 자본주의의 '약육강식' 논리대로 너만 쓰러뜨리고 나면 내가 혼자 다 해 먹겠다는 수법이다.

누군가 내게 이렇게 물을지 모르겠다. 복사본 업자들이 이토록 창궐하는데, 권익에 손해를 당하는 사람들은(작가와 출판사) 어째서 추궁하지 않는 것인가? 홍콩 법규에 따르면 복사본은 분명 법률에 저촉되는 것이다. 그러나 '현장에서 체포'해야만 고발이 가능하며(이른바 '현장체포'란 가령 그가 막 복사를 하고 있을 때, 제본을 하고 있을 때, 식자(植字)를 하고 있을 때 등), 설령 체포를 했다 하더라도 일반적으로는 벌금이 그리 많지 않다. 어떤 대형 서점은 사람들에게 영어사전을 복사해 주다가 체포된 뒤에 벌금으로 겨우 4백 원(元)을 내고 사태를 마무리했다고 한다. 그러니 그가 돌아서자마자 다시 복사를 한들, 뭘 어쩔 수 있겠는가?

여기까지 써놓고 나니, 외국의 복사본 장사꾼에 관한 재미있는 일 하나가 생각난다. 『채털리 부인의 사랑』이라는 소설은 복사본이 아주 많았다. 한번은 이 소설의 작가가 어떤 복사업자로부터 편지 한 통을 받았는데, 안에는 수표 한 장이 동봉돼 있었다. 그리고 편지에는

"이건 내가 당신 책으로부터 챙긴 이익의 천분의 일입니다. 당신에게 보내니 그럭저럭 보상 삼아 받아 두세요."

라고 적혀 있었다. 작가는 기가 막혀 죽을 노릇이었다. 사실 그 장사꾼은 그나마 '나은' 편이다. 『칠검』을 복사한 어떤 책 뒤표지에는 '판권소유, 복제불허'라는 여덟 자가 떡하니 큰 글씨로 인쇄돼 있다! 내가 사람됨이 그나마 '트였기에' 망정이지, 그렇지 않았더라면 그를 그냥 두었겠는가!

오래된 『대공보(大公報)』의 한평(閑評)

- 백검당주

내 수중에 45년 전의 『대공보』를 합본한 책 한 권이 있는데, 중국 신문 출판문화사에 있어 골동품 같은 귀한 자료이다. 지금으로부터 45년 전, 즉 1911년은 중국 역사에서 획기적인 의의를 지닌 1년이다. 이 해 신해년은 청나라 선통(宣統) 3년으로, 청나라 정부가 뒤집어졌기 때문이다. 이 오래된 책을 펼쳐 거의 반세기 이전의 소식과 여러 기사를 보는 것은 꽤나 흥미로운 일이다.

이 책의 합본과 요즘 신문 합본은 크게 다르다. 그것은 광택용지 [光面紙]에 인쇄한 것으로 그 안의 기사는 모두 4호 글자이다. 하여 모든 글자가 요즘 신문에서 칼럼 표제에 사용하는 글자만큼이나 커서 보기에 눈이 피곤하지 않다. 인쇄도 단면만을 사용하여, 매 장을 접어 양면으로 만들었다. 옆에는 신문 제호, 간행 호수와 면수가 있으니, 보통의 끈으로 장정한 책과 비슷하다. 세로 길이는 10인치가 넘으니 늘상 보는 통서(通書)6와 똑같다. 당시에는 매일 큰 종이 세

---

6 통서(通書): 일상생활에 필요한 잡다한 기술이나 지식 등을 손쉽게 찾아볼 수 있는 축약본 백과사전. 잡다한 내용을 두루 싣고 있으면서도 흔히 통속적인 문체로

장으로 간행했는데, 매 장은 6쪽 12면이다. 신문 머리의 가격표를 보면 본 항구의 신문 가격은 매달 작은 은화 6각(角)이었고, 한 부는 두 푼씩이었다. 아마 당시에는 직접 판매하지는 않았던 모양이다. 신문 이름 아래 "구독하실 분은 대금을 먼저 지불하십시오. 그러지 않으면 발송하지 않습니다"라는 문구가 있다. 여기서 말한 '본 항구'란 천진(天津)이다. 『대공보』의 간행 장소는 '일본 조계(租界) 욱가(旭街) 사면종(四面鐘)7 맞은편'으로, 이곳이 바로 『대공보』의 발상지이다. 회사를 북경으로 옮기기 전까지 『대공보』의 간행 장소는 모두 이곳이었다.

내가 가지고 있는 『대공보』 합본은 다른 사료 가치도 지니고 있다. 표지 위에 영렴지(英斂之, 1867~1926)가 쓴 제자(題字)가 있기 때문이다. 영렴지는 본명이 영화(英華)로 만주인인데, 『대공보』 창간 주역의 한 사람이다.

이 책을 뒤적이면서 흥미로웠던 것은 그 안의 '한평(閑評)'이다. 「한평」의 글들은 몹시 간결하면서도 예리하고 발랄하며, 때로는 유머러스하기까지 하다. 침놓듯 시폐를 지적하고 정부와 관료들을 풍자 조롱하는데, 글은 맛깔나고 입론은 정교하고 예리하다. 그 당시에도 잡문이라는 게 있었다면, 이야말로 매우 훌륭한 잡문이다. 홍콩

이루어져 있어 '통서'라고 부른다.

7 사면종(四面鐘): 1902년 중국 천진시 화평구 욱가에 세워진 서양식 종루가 있는 건축물.

『대공보』의 요즘 지면에도 이런 글이 있다면 독자들의 인기를 끌 것이다. 지금 나는 '글도둑[文抄公]'이 되어 두 편의 글을 아래 초록하고 표점을 찍어 독자들에게 맛보이고자 한다. 당시 신문에는 표점 부호는 물론이요 구두점도 찍지 않았던 것 같다. 「한평」에는 제목도 없었으니, 하루에 한 편 이상이면 「한평 1」, 「한평 2」의 방식으로 구별하였다. 이 또한 그 특색중 하나이다.

아래는 선통 3년(1911) 3월 2일의 「한평 1」이다.

영국이 편마(片馬)를 점거한 것[8]이 하나의 두려움이요, 러시아가 몽골 강역을 다투는 것이 하나의 두려움이요, 포르투갈이 마카오를 차지한 것이 하나의 두려움이요, 프랑스가 운남(雲南)을 침략한 것이 하나의 두려움이며, 일본이 동북 3성을 경영하는 것이 또 하나의 두려움이다. 큰아들이 황제의 사신[欽使]에 충원된 것이 하나의 기쁨이고, 막내아들이 장가간 것이 하나의 기쁨이고, 딸이 시집간 것이 하나의 기쁨이고, 둘째 아들이 첩을 들인 게 하나의 기쁨이고, 조정 가득한 문무백관이 일제히 와서 술잔을 올리며 만수무강을 비는 게 하나의 기쁨이다. 두려움과 기쁨이 수시로 달라지는 이 늙은이의 마음은 물 긷는 열다섯개의 두레박 중 일곱 개는 올라가고 여덟 개는 내려가는 것과 같아서,

---

8 1910년 영국은 2천 명의 병력을 파견하여 운남성의 미얀마 접경 지역인 편마(片馬) 지역을 공격하여 점령했다. 편마는 지금의 운남성 노수시(瀘水市)에 소속된 편마진(片馬鎭) 일대이다.

좋은 건지 나쁜 건지 종잡을 수가 없다. 하지만 이 노인의 심리를 헤아리면 결국 두려움은 가짜고 기쁨이 진짜이니, 두려움은 자기 몸 조금도 아프지 않은 대수롭지 않은 것이요, 기쁨은 살과 맘으로 느끼는 것이기 때문이다.[9]

나는 이 짧은 글을 읽고는 탄복을 금치 못했으니, 그는 백 수십 자 짧디 짧은 글 속에서 '이 늙은이'를 통쾌하게 조롱했고, 폐부 깊숙이까지 그 허물을 들춰냈기 때문이다. 나라와 개인, 두려움과 기쁨을 반복 사용하면서 점층적으로 나아갔으니 필법이 지극히 노련하다. 앞머리 단에서는 '점거한[據]', '다투는[爭]', '차지한[占]', '침략한[侵]', '경영하는[經營]' 등, 사용한 글자가 모두 다르면서도 글자마다 짐작이 가니, 작자의 가슴 속에 풍부한 어휘가 있어야만 이런 경지에 이를 수 있다.

아래는 같은 해 3월 3일의 「한평 2」이다.

재삼 재사 태어나는 신내각, 오늘 발표까지 성대하게 전해졌네. 태평 세상 바라는 보통 사람들의 생각에는, 종전의 부류들은 어제 죽고 이후

---

9 "英據片馬一懼, 俄爭蒙疆一懼, 葡占澳門一懼, 法侵滇南一懼, 日本經營東三省又一懼. 長公子充欽使一喜, 少公子娶婦一喜, 女公子出閣一喜, 次公子納妾一喜, 滿朝文武齊來上壽又一喜. 此老胸中忽而懼, 忽而喜, 正如十五個吊桶, 七個上八個下, 不知是好過還是難過. 然而揣度此老心理, 究竟懼是假的, 喜是真的, 懼的是無關痛癢的, 喜的是窩心著肉的."

의 부류들이 오늘 태어난 것이네. 책임지지 못하는 묵은 군기대신들 읍하며 전송하고, 크게 책임지는 새 내각을 환영하누나. 오늘이 어떤 날인가, 참으로 천년의 한 때로다!¹⁰

하지만 내각 제도를 뜯어고친들, 내각의 인물이야 옛 군기 외에는 아무도 없으니, 하희(夏姬)가 신공(申公)에게 시집간 격¹¹이라. 이름이야 한 쌍의 신랑신부이지만, 실은 한 쌍의 고물일지니, 풍악을 울리고 하객이 그득한들 즐거울 게 무어 있으랴!¹²

작자의 필봉이 날카로워 자자구구마다 소리가 낭랑하니, 한 호흡으로 읽어 내려가면 가슴속이 한 번에 툭 트인다. "책임지지 '않는[不]' '묵은[舊]' 군기(軍機)"와 "책임을 '크게[大]' 지는 '새[新]' 내각", "한 쌍의 신랑신부"와 "두 개의 낡은 고물", "하늘에 울리는 풍악"과 "문에 가득

---

10 "屢屢試産之新內閣, 盛傳於今日發表. 一般望治之徒, 以爲從前種種譬如昨日死, 以後種種譬如今日生; 揖送不負責任之舊軍機, 歡迎大負責任之新內閣; 今日何日, 誠千載一時哉!"

11 하희(夏姬)가 신공(申公)에게 시집간 격: 하희(夏姬)는 정(鄭) 나라 출신 미인이다. 하희가 처음 진(陳) 나라 대부 어숙(禦叔)의 아내가 되었으나 행실이 부정하였다. 초 장왕이 진나라를 쳐서 이기고 하희를 맞아들이려 하다가 대부(大夫)로 있던 신공무신(申公巫臣)이 간함에 따라 맞아들이지 못하고, 양로(襄老)에게 내려주었다. 하희는 양로가 죽은 뒤에 정나라로 돌아갔는데, 신공 무신이 제나라에 사신으로 가다가 정나라에 이르러 하희를 데리고 진(晉) 나라로 달아났다.(『춘추좌씨전』 성공 2년)

12 "然吾料內閣制度雖改頭換面, 而內閣中之人物, 除舊軍機外必無餘子, 正如夏姬嫁申公, 名爲一對新人, 實則雙雙舊貨, 雖鼓樂喧天, 盈門賀客, 夫亦何樂之有!"

한 하객들" 등은 그 대우가 정연하여 뜻과 소리가 절로 튀어나와 생
동하니 참으로 묘필이다!

월하노인사(月下老人祠)의 점괘

– 김용

항주(杭州)의 월하노인사(月下老人祠)[13]는 백운암(白雲庵) 옆에 있다. 사당은 매우 작지만 운치를 아는 선비나 연인들이 꼭 들르는 곳이다. 그런데 안타깝게도 전쟁 시기 폭격에 의해 모두 파괴되어 빈 터만 남게 되었고, 종전 후에 새로 지었어도 그 분위기는 이전과 크게 달라졌다. 항주는 지금 한창 원림(園林)을 건설하고 있다. 내 생각에, 천하 남녀의 혼연(姻緣)을 주관하는 이 사당은 정교하게 복원할 필요가 있다.

월하노인의 고사는 『속유괴록(續幽怪錄)』[14]에 나온다. 당나라 때 위고(韋固)라는 사람이 하루는 송성(宋城, 지금의 하남성 상구시에 위치한 옛 송나라 고성)을 지나려는데, 어떤 노인이 달빛 아래서 책

---

13 월하노인사(月下老人祠): 중국 절강성 항주시에 있는 사당. '월노사(月老祠)' 또는 '홍희당(鴻禧堂)'이라고도 부른다. 항주의 월노사는 지금도 일반인의 참배를 받는다.

14 『속유괴록(續幽怪錄)』: 당(唐)나라 이복언(李復言)이 지은 문어체 전기소설. 『속현괴록(續玄怪錄)』이라고도 한다. 원본은 전해지지 않고 『태평광기(太平廣記)』에 30여 편이 수록돼 있다. 또한 『속유괴록』이라는 이름으로 남송판(南宋板) 4권 본이 남아 있으나, 수록된 편수는 『속현괴록』보다 적다.

을 뒤적이고 있었다. 노인은 천하 남녀의 혼인 인연은 모두 자기 장부에 기록되어 있노라고 했다. 그의 주머니에는 무수한 붉은 실이 들어있는데, 이 실로 남녀의 다리를 매어주면, 만 리를 떨어져 있든 머리를 맞대고 다투는 원수사이든 모두 부부로 맺어진다는 것이었다. 여기서 '적승계족(赤繩系足)'의 고사가 나왔다.

서양인들은 우리에 비하면 꽤나 거친 방법을 사용했다. 그들에게는 개구쟁이 꼬마 큐피드가 있는데(그는 심지어 어떤 때는 맹목적이다), 그가 사람들을 향해 마구잡이로 활을 쏘면, 그 화살에 맞은 한 쌍의 남녀는 어쩔 도리 없이 사랑에 빠지게 된다. 두 이야기를 비교해보면, 월하노인은 붉은 실로 사람들을 부드럽게 엮어주며 근거로 삼을 만한 장부까지 갖췄으니 확실히 한결 점잖다. 월하노인의 고사가 전국에 널리 퍼져 있음에도 천하의 혼인을 관장하는 이 노인을 위한 사당이 항주 말고 다른 곳에는 아주 드무니, 실로 기이한 현상이다.

예전에는 이곳에서 젊은 연인들을 흔히 볼 수 있었다. 서양식 옷을 입고는 있었지만 저마다 사당 안에서는 경건하게 무릎을 꿇고 절을 하며 점괘를 구했으니, 자기들 두 사람의 애정이 영원히 아름답게 이어질지를 점쳐본 것이다.

항주 월하노인의 점괘는 아마 전국 어떤 사당의 것보다 훌륭할 것이다. 우아할 뿐만 아니라 유머까지 갖추었고, 모두 경전이나 유명한 시문에서 가려 뽑은 것들이다. 그중 55조를 유곡원(俞曲園)[15]이 모았고, 그의 문인들이 44조를 더해 모두 99조가 되었다고 한다. 옛날 우리 집에도 초본(抄本) 한 권이 있었는데, 집안의 어떤 어른이 베껴 오신 것인지는 모르겠다. 99조 전부는 아니지만 나는 아직도 그중 일부를 기억하고 있다.

"구욱구욱 물수리, 물가에서 울고 있네. 얌전한 아가씨는 군자의 좋은 짝이라 關關雎鳩, 在河之洲, 窈窕淑女, 君子好逑"와 같은 구절인데, 이는 이치상 지극히 당연한 소리다. 이밖에도 길조의 점괘로는 이런 것들이 있다. "늙도록 헤어지지 않고, 영원토록 함께 하리라. 바라건대 천하의 정인들이여, 모두 가정을 꾸리시길! 永老無別離, 萬古常團聚. 願天下有情人, 都成眷屬", "노을과 외론 오리 나란히 날고, 가을 물과 하늘은 한빛이로다 落霞與孤鶩齊飛, 秋水共長天一色", "여섯 자[尺] 외론 몸을 기댈 수 있고, 나라의 운명을 맡길 수 있다 可以托六尺之孤, 可以寄百裏之命."(본래 『논어』에 나오는 증자(曾子)의 말이지만, 여기서는 '남성이 매우 미더우니 시집가도 된다'는 뜻이다) 이런 점괘를 얻으면 형언할 수 없는 환희에 젖게 된다.

"동쪽 집 담장을 넘어 처자를 끌어내면 아내를 얻고, 끌어내지 않으면 아내를 얻지 못한다 逾東家牆而摟其處子則得妻, 不摟則不得妻"

---

15 유곡원(俞曲園, 1821~1907): 본명은 유월(俞樾), 자는 음보(蔭甫)이고, 자호가 곡원거사(曲園居士)로 절강 덕청성(德淸城) 사람이다. 진사(進士) 출신으로 한림원편수(翰林院編修), 하남학정(河南學政) 등을 지냈다. 저서로 『소부매한화(小浮梅閑話)』, 『우태선관필기(右台仙館筆記)』, 『다향실잡초(茶香室雜鈔)』 등이 있다.

는 말이 원래 『맹자』(「고자(告子) 하」)에서는 '그래서는 안 된다'는 반어의 의미로 쓰였지만, 여기서는 남성더러 망설이지 말고 사랑을 좇으라고 부추기는 뜻으로 변했다. 『시경』 「용풍(庸風)·상중(桑中)」 의 세 구절, "뽕밭에서 만나기로 하였답니다, 상관에서 맞아주고, 기 수 가에서 배웅했어요 期我乎桑中, 要我乎上官, 送我乎淇之上矣"는 본래 대담한 연애를 표현한 것으로 유명한 작품이다. 이른바 '복수(濮水) 강가 뽕 숲 사이[桑間濮上]' 남녀 간의 은밀한 약속이, 점괘에서는 이 또한 정인들에게 용기 내어 연애하라는 응원이 되었다. "구하면 얻고, 버려두면 잃으리 求則得之, 舍則失之"(『맹자』)나 "하늘에 부끄럽지 않고, 사람도 겁낼 것 없다 不愧於天, 不畏於人" 같은 두 점괘도 격려의 성격이 매우 짙다. 좇아가라, 잡아라, 두려울 게 무어냐?

또한 권고와 지시를 내포한 점괘들도 있다. "덕은 근본이요, 재물은 말단 德者本也, 財者末也"(『대학』) 같은 점괘는 돈 때문에 결혼해서는 안 된다는 권계의 뜻을 담고 있다. "집은 작고 초라하지만, 나의 덕으로 향기 그윽해 斯是陋室, 惟吾德馨"(「누실명(陋室銘)」)는 가난해도 인품이 훌륭하니 시집가도 좋다는 뜻이다. "축타(祝鮀)[16]의 언변이 없고 송조(宋朝)[17]의 미모만 있다 不有祝鮀之佞, 而有宋朝之美"

---

16 축타(祝鮀): 위(衛) 나라의 대부로 자는 자어(子魚). 종묘에서 제사를 지낼 때 축문을 맡아 읽었으므로 축타(祝鮀)라고 했다. 소릉(昭陵)에서 제후들이 회합하여 채(蔡)나라를 위(衛)나라보다 위에 두려고 하자, 말재주가 뛰어난 그가 위나라 시조 강숙(康叔)을 내세워 위나라를 상위에 두도록 했다. 공자가 그의 이러한 능력을 높이 평가했다.

(『논어』, 「옹야」)를 『논어』의 원래 해석에 비추어 보면, 이 남자는 달콤한 말솜씨로 다른 사람의 환심을 사고 외모도 말쑥하지만, 절대로 이런 바람둥이를 믿어선 안 된다고 경계하는 말이다. "딸을 시집보낼 만하다 可妻也"(『논어』, 「공야장」)는 말 또한 『논어』에 나온다. 공자는 공야장(公冶長)이 감옥에 있지만 억울하게 누명을 쓴 것이라며, 자기 딸을 그에게 시집보낸 적이 있다.

"옛것을 고쳐 쓰는 게 어떤가, 꼭 새로 지을 필요가 있을까? 仍舊貫, 如之何? 何必改作?"(『논어』, 「선진」)는 민자건(閔子騫)이 한 말인데, 여기선 이리저리 재지 말고 옛 정인으로 밀고 가라는 뜻이다. 또 다른 점괘 하나는 공자의 말을 인용했는데, 마침 정반대의 뜻으로 쓰였다. "후생가외(後生可畏)이니, 뒤에 올 사람이 지금 사람만 못하리라 어찌 단정하리오 後生可畏, 焉知來者之不如今也?" 좋은 사람은 얼마든지 있으니, 앞으로 만날 사람이 지금 사람만 못하리란 법이 어디 있을까? 이 사람은 버려도 그만이다. 이는 대개 실연당한 사람을 위로하는 표현이다. "그러니 아무리 좋아도 그 단점을 알아야 하고, 마음에 안 들어도 장점을 볼 줄 알아야 한다. 故好而知其惡, 惡而知其美者."(『대학』) 사랑하는 사람이 있더라도 그의 결점을 살펴야 하고, 아무리 미운 사람이라도 장점을 떠올려 보라는 뜻이다. "후대(厚待)할

---

17 송조(宋朝): 송나라의 공자로 조(朝)는 그의 이름이다. 그는 위(衛) 나라 대부로 있을 때 양공(襄公)의 부인 선강(宣姜) 및 영공(靈公)의 부인 남자(南子)와 사통한 적이 있다.

사람에겐 쌀쌀맞고, 밉살맞은 사람에겐 친절하다. 其所厚者薄, 其所
薄者厚."(『대학』) 그녀가 다른 친구에게는 다정히 대하고 당신에겐
쌀쌀맞아도, 사실 그녀가 마음속으로 정말 좋아하는 사람은 당신이
라는 말이다. "누구를 좇아 구하리오? 사람들이 괴이함을 좋아함이
심하구나! 其孰從而求之? 甚矣, 人之好怪也."(한유,「원도(原道)」) 이
녀석의 어디가 좋아서 그토록 푹 빠졌더란 말이냐? 에그, 이런 못난
이를 좋아하다니!

　어떤 점괘들은 꽤나 비극적이다. "누가 씀바귀를 쓰다 했나요, 냉
이처럼 달기만 한 것을. 당신 새로 장가를 가니, 형제처럼 다정하겠지!
誰謂荼苦, 其甘如薺. 宴爾新婚, 如兄如弟!"(『시경』,「패풍(邶風), 곡풍
(穀風)」) 이는 여관영(餘冠英, 1906~1995)의 해석에 따르면, "누가 씀
바귀를 쓰다고 말했나요, 내 아픔에 비기면 달기만 한데. 그대들은
신혼이라 아교처럼 옻처럼 꼭 붙어있으니, 친오빠 친누이도 그만 못
하리"라는 뜻이다. 이런 점괘도 있다. "이 사람이 병에 걸리다니, 이
사람이 이런 몹쓸 병에 걸리다니. 斯人也, 而有斯疾也, 斯人也, 而有
斯疾也." 공자가 제자 염백우(冉伯牛)를 탄식했던 그런 역병에 걸릴
것은 아니지만, 요컨대 그에게 큰 탈이 나리라는 말이다.

　"(담장을 넘어 사사로이 만나면) 부모와 나라 사람들이 손가락질할
것이다. (踰牆相從), 則父母國人皆賤之."(『맹자』) "두 대에 걸쳐 한 몸
뿐이라, 몸과 그림자 외롭고 쓸쓸해. 兩世一身, 形單影只."(한유,
「제십이랑문(祭十二郞文)」) "땅이 꺼져라 한숨 내쉼은, 사람을 잘못

만나 불행해서라. 條其歟矣, 遇人之不淑矣."(『시경』, 「왕풍(王風)·중곡유옹(中穀有蓷)」) 이러한 것들은 모두 사람들을 낙담케 하는 점괘들이다.

"우수수 대바람 소리, 우리 님 금패가 울리는가! 달빛 아래 꽃 그림자 옮겨가니, 우리 옥인께서 오셨는가! 風弄竹聲, 只道金佩響! 月移花影, 疑是玉人來!"는 『서상기(西廂記)』에서 장생이 한밤중에 애타게 앵앵을 기다리다가 도리어 앵앵에게서 일장 훈계를 듣고 머쓱해하는 장면을 말한 것이다. 또 "고요한 밤 얼음은 차고 고기는 물지 않으니, 달빛만 가득 싣고 빈 배 저어 오누나 夜靜冰寒魚不餌, 滿船空載月明歸"는 『비파기(琵琶記)』에서 채백개(蔡伯喈)가 부모님을 돌보지 않고 굶겨 죽여 사람들에게 비난 받은 상황에서 따왔다. 이런 점괘를 얻은 사람들은 자기 혼자서만 짝사랑에 빠져있는 건 아닌지 돌아보게 된다. 무엇보다도 노총각이 받아들고 웃지도 울지도 못할 점괘란 이런 것이다. "어쩌면 10년, 아니면 7, 8년, 혹은 5, 6년이나 3, 4년 걸릴 수도. 或十年, 或七八年, 或五六年, 或三四年."(『서경』, 「주서(周書), 무일(無逸)」)

또한 통쾌하지 아니한가, 『대공보』의 한평

– 백검당주

지난번에 「오래된 『대공보(大公報)』의 한평(閑評)」을 썼는데, 몇 몇 벗들이 읽고는 그 「한평」이야말로 최고의 촌철살인이라고 인정했다. 어떤 벗들은 그것을 수류탄 같은 문자라고 했다. 분량은 짧지만 파괴력이 몹시 크기 때문이다. 모두들 몇 편 더 소개해도 좋겠다고 말해주었다. 이에 40년 전(辛亥, 1911) 『대공보』를 뒤적여보다가, 당시의 엉터리 관료사회를 언급한 몇 편을 찾아냈다. 서술된 정황은 기가 막히고 암담했으며, 평론의 필봉은 매섭고 신랄하여 힘이 넘치는지라, 읽으면서 나도 모르게 무릎을 치고 폭소를 터뜨렸다.

아래 소개하는 「한평」은 방역(防疫)과 아편 금지령 해제에 관한 것이다.

봉천성에 역병이 유행하는데 아편 금지령을 해제할 것이라고 한다. 독으로 독을 공격하고, 연귀(煙鬼)로 역귀(疫鬼)를 물리치는 것이니 참으로 묘한 발상이다.[18]

---

18 "奉省因疫氣流行, 將開煙禁. 以毒攻毒, 以鬼逐鬼, 的是妙想."

왼쪽에도 악귀요 오른쪽에도 악귀이니, 두 놈이 서로 보고 웃는다면 마음에 거리낌이 없을 것이다. 한 놈은 가슴 아래 살고, 한 놈은 명치 위에 산다. 역귀가 아직 떠나지 않았는데 연귀(煙鬼: 연기 귀신, 즉 아편)가 또 왔고, 연귀가 벌써 왔는데 역귀는 더 많아져, 빛나는 배도(陪都) 심양이 귀신의 나라가 되었다. 그 성의 관리들은 매일 악귀들과 어울리고 있으니, 장차 무슨 법으로 이들을 처리할꼬?[19]

어떤 사람은 곽란(霍亂: 콜레라, 토사곽란)을 호역(虎疫)이라 하고, 아편 흡연[鴉片煙]을 '호랑이 때리기[打老虎]'[20]라 부른다. 40년 전 독으로 독을 공격했으니, 호랑이(虎)로 호랑이(虎)를 칠 수도 있었을 것이다. 하지만 '호랑이 때리기'란 말의 내력은 알 수가 없다. 40년 전 아편 금지를 해제하여 역병을 막으려 했던 일과 관계가 있는 건지도 모르겠다.

아래 글은 향락에 빠져 국가와 백성을 돌보지 않는 관리들을 꾸짖은 것인데 자못 통쾌하다.

---

19 "但左也是個鬼, 右也是個鬼, 假使二豎子相視而笑, 莫逆於心, 一居膏之下, 一居肓之上, 則疫鬼未去, 煙鬼又來, 煙鬼既來, 疫鬼更多, 赫赫陪都, 變成鬼方之國, 吾不知該省官吏日日與鬼爲伍, 又將何法以處此?"

20 호랑이 때리기[打老虎]: 1951~1952년에 고위 공직자와 부패 자본가 숙청을 목표로 진행된 운동. 삼반(三反) 오반(五反) 운동이라고도 하는데, 공무원의 3해(害)인 '오직(汚職), 낭비(浪費), 관료주의(官僚主義)'와 자본가 계급의 5독(毒)인 '뇌물, 탈세, 국가재산의 횡령, 원료를 속이는 것. 국가의 경제정보의 절취(竊取)'에 반대하는 운동이다.

오늘날 변방의 일은 가시밭이고 외환도 심각하다. 위로는 나라의 대계가, 아래로는 백성들의 삶이 극도로 피폐하다. 지금은 나라의 존망이 위급한 때이지, 가무를 일삼는 태평시절이 아니다. 그런데 이 도시의 관리들은 음주와 가무에 젖어있어, 오늘도 이공(李公)의 사당이요, 내일도 이공의 사당이구나.[21] 예상우의곡(霓裳羽衣曲)[22] 한 곡조에 독주가 천 잔일세. 이 어찌 태평성세를 꾸미고 있는 것이 아니겠는가! 그렇지 않고서야 이렇게도 신명이 도도할 수 있는가![23]

천진이 이 같으니 다른 성들을 알 만하고, 다른 성들이 이 같으니 북경도 알 수 있다. 통쾌하구나 관리들이여! 흥취 높도다 관리들이여![24]

나는 우리나라 관료들의 높은 체면이 부럽기만 하다! 나는 또 우리 관료들의 양심 없음을 개탄한다![25]

---

21 이공의 사당(李公祠)은 이홍장(李鴻章, 1823~1901)의 사당을 뜻한다. 이홍장 사후 청나라 정부에서는 그의 출생지와 생전 임지 10곳에 사당을 지어 주었다. 그가 주도한 양무(洋務)운동의 본거지인 천진에도 사당이 세워졌다. 시급한 민생 업무는 버려두고 이홍장 사당이나 짓는 정부를 비판한 것이다.

22 예상우의곡(霓裳羽衣曲): 당나라 하서절도사(河西節度使) 양경술(楊敬述)이 지은 악곡. 원래 브라만의 곡으로 서량(西涼)에서 전했는데, 양경술이 이 곡을 현종(玄宗)에게 바쳤고, 현종이 가사를 윤색(潤色)했다고 한다. 현종은 이 악곡을 매우 좋아하다가 안록산(安祿山)의 난을 당했다.

23 "今日者, 邊事棘矣! 外患深矣! 上而國計, 下而民生, 亦疲憊至於極矣! 此誠危急存亡之秋, 非歌舞升平之日也. 乃觀本埠官場, 猶然恒舞酣歌, 盤樂飮酒, 今日李公祠, 明日李公祠, 霓裳一曲, 醇酒千杯. 豈將借以粉飾太平耶? 不然, 何興高采烈如此也?"

24 "天津如此, 各省可知; 各省如此, 京師可知. 快哉官場! 趣哉官場!"

위의 "북경도 알 만하다"는 말에는 또 다른 근거가 있다. 며칠이 지나 북경의 관료들에 대한 아래의 「한평」이 실렸는데, 여긴 아예 이름과 성까지 드러나 있다.

북경 아무개의 집에서는 연일 유명 배우를 불러들여 마음에 드는 각종 공연을 펼친다. 기보의 아무개 총독 또한 연일 유명 배우를 관서에 불러들여 마음에 드는 각종 공연을 펼친다.[26]

담흠배(譚鑫培, 1847~1917, 경극 배우)와 양소루(楊小樓, 1878~1938, 경극 배우)에 한자운(韓紫雲)까지, 아침부터 저녁까지 춤추고 노래하니 그 환락 끝이 없도다.[27]

유홍승(劉鴻升, 1874~1921, 배우)과 하취보(何翠寶, 1890~?)에 아리따운 세 아가씨, 아침부터 저녁까지 춤추고 노래하니 그 환락 끝이 없도다.[28]

으리으리 왕의 집에 번쩍이는 관청이라, 사면초가 속에 있는 줄 알지

---

25 "吾於此而羨我國之官場最有體面! 吾於此而又歎我國之官場太無心肝!"
26 "北京某邸連日召名優進邸演唱各種得意戲, 畿輔某督亦連日召名優進署演唱各種得意戲."
27 "譚鑫培也, 楊小樓, 韓紫雲也, 朝歌暮舞, 其樂無極."
28 "劉鴻升也, 何翠寶也, 三娥也, 朝歌夜舞, 其樂亦無極."

못하니, 풍경에 도취한 수양제의 뜻이런가!29

아아! 안과 밖이 같은 마음이니, 혼연일체 빙옥이로다!30

당시에는 역병만 있었던 게 아니라 재앙도 있었지만 권력자들은 재원을 마련하지 못하고 관직을 팔아 돈을 끌어내려 했다. 「한평」은 이 문제도 넘어가지 않았다.

어제『강완재민도(江皖災民圖)』31에 그려진 이재민들의 형상을 보니, 산 자는 길가에 처박혀 있고, 죽은 자는 도랑을 메우고 있으니, 마음이 아프고 눈이 쓰려 차마 말을 할 수가 없다.32

옛날 정협(鄭俠, 1041~1119)이 「유민도(流民圖)」를 그려 신종에게 바치자, 신종은 슬픈 표정을 지으며 자책하는 조서를 내리고 악정을 그쳤는데,33 지금 이 그림은 누가 황제에게 올릴 수 있을 것인가?34

---

29 "巍巍相王, 赫赫制府, 不謂於楚歌四面中, 有隋煬帝汲汲顧景之意?"

30 "嗚呼! 內外同心歟, 冰玉雙渾歟!"

31 『강완재민도(江皖災民圖)』: 1908년 왕백남(王伯南)이 봉양(鳳陽), 박주(亳州) 등의 수해 지역을 찾아 이재민을 찍은 사진집. 1911년 화양의진회(華洋義振會)에서 간행되었다.

32 "昨見江皖災民圖所呈饑民形狀, 生者倒路側, 死者塡溝壑, 傷心慘目, 殆不忍言."

33 옛날 정협이~악정을 그쳤는데: 송나라 신종(神宗) 희녕(熙寧) 7년(1074) 가뭄으로 비가 오지 않아 유민들이 길을 메웠다. 정협이 이를 그림으로 그려 바치면서 신법

들자니 북경의 왕공과 귀인들이 매일 쓰는 사치와 향락의 비용이 몇천 몇만이라 한다! 조금이라도 낭비하는 돈을 절약하여 굶주린 백성들을 구제하는 데 사용한다면, 그 복이 끝이 있으랴?[35]

혹자는, 조정에서 의연금(義捐金)으로 기민들의 살 길을 마련한다고 한다. 그런데 오늘에 이르기까지 부자들은 모두 관리가 되었고, 관리가 되고 싶은 이들은 돈이 없어 걱정이니, 돈을 내고도 벼슬을 얻지 못한 자는 겨우 유승간(劉承幹, 1881~1963, 중국의 장서가) 등 열 한 사람뿐인가?[36]

그렇다면 이 열 한 명은 대대로 이어지는 관리 집안은 아닐 것이다. 그러므로 자선을 행하려 하였으니, 현귀하게 되기를 바라는 사람이 분명하다![37]

아마 그 당시엔 관직을 사고파는 게 이상한 일이 아니었고, 매우

(新法)의 폐지를 주청했고, 다음날 신법의 대부분이 폐지되었다.

34 "昔鄭俠繪流民圖獻之神宗, 神宗爲之動容, 下責己詔, 且罷秕政. 今此圖未識有人能上達天聽否?"

35 "吾聞京師王公貴人, 日事遊樂, 聲色犬馬之需, 不知幾千百萬! 使肯稍節濫用之錢, 以作賑饑之用, 其造福寧有涯耶?"

36 "或曰: 朝廷已開賑捐, 爲饑民籌生計矣. 不知時至今日, 凡有錢者皆已入官, 凡有官熱者又苦於無錢, 不見前日報效而得優獎者, 僅劉承幹等十一人乎?"

37 "然即此十一人, 亦未必非世家官族也. 故欲行慈善之事, 仍必望之貴顯之人!"

많은 사람들이 그러한 연줄을 찾아 헤맸을 것이다. 그래서 또 이런 「한평」이 실렸다.

아무개 부도통(副都統)은 아무개 복진(福晉)[38]에게 많은 뇌물을 써서 얻은 것이고, 아무개 학교 총감독(總監督)은 아무개 부인에게 무릎 꿇어 얻은 것이고, 아무개 방백의 관직 값[鬻缺賣差]은 아무개 첩[姨太太]의 입에서 정해진 것이고, 아무개 시랑(侍郎)이 권세를 믿고 뇌물을 먹는 것은 너덧 미인의 도움을 받은 것이다. 수염 난 사내들이 수건 쓴 부녀자들만 못하니, 위 몇몇 사례를 볼 때 중국의 여권이 신장되지 않았다고 말하면 누가 믿겠는가![39]

아래 글은 광동성에 관한 것이다. 이런 기인과 기이한 일과 기이한 평론이 있으니, 밥을 내뿜지 않을 수 없는 것이다.

광동의 수령 유(劉) 아무개는 한 달에 세 번 자는데, 한 번 잠들면 닷새나 깨지 않는다. 사람들이 매우 기이하게 여겼다. 유 아무개 또한 이 일로 해임되었다.[40]

---

38 복진(福晉): 청나라 황실의 친왕(親王)과 군왕(郡王)의 처에게 붙이는 봉호.

39 "某副都統由厚賂某福晉而得; 某校總監督由跪求某少奶而穩; 某方伯之鬻缺賣差, 定價於某姨太太之口; 某侍郎之招權納賄, 得力於三五美姬之手; 須眉男子而不如巾幗婦人, 觀以上數事而猶謂中國之女權不振, 夫誰信哉!"

40 "廣東劉令一月三睡, 一睡五天. 人皆奇之; 而劉亦因此撤任."

내 생각에 이건 이상한 일도 아니다. 보통 사람은 낮에 일하고 밤에 쉬니, 누군들 깨어있는 시간과 잠자는 시간이 반반이 아니겠는가? 유 아무개가 남과 다른 점은 소매가 아니라 도매에 있는 것이니, 그 시간은 똑같다. 다만 한스러운 것은 그가 깨어있는 보름 동안 흡연에 힘써 공사를 돌아보지 않은 데 있을 뿐이다.[41]

하지만 오늘날 관리들 중 어느 누가 새벽부터 밤늦도록 공사를 팽개쳐 두고 취한 듯 꿈꾸는 듯 보내지 않는단 말인가? 그렇다면 이 관리들이 가짜로 깨어있는 것보다는 유 아무개의 진짜로 잠자는 것이 차라리 낫다.[42]

이 사람의 이 글이요, 이 글에 이 사람이니, 또한 통쾌하지 아니한가!

---

41 "吾以爲此不足奇. 凡人晝作夜息, 孰非睡時居其半, 醒時居其半? 劉令異人之處, 在以'躉'而不以'零', 其時間固猶是也. 所可恨者, 彼醒時之十五天, 且夕以吸煙爲務, 置公事於不顧耳."

42 "雖然, 今之官吏, 其起早眠遲、汲汲不遑者, 孰不如夢如醉, 置公事於不顧哉? 然則若此輩之假醒, 反不如劉令之眞睡."

민가(民歌)에 담긴 풍자

- 김용

　백검당주는 앞선 수필에서 민가(民歌)의 애정 소재에 대해 언급한 적이 있다. 확실히 민가집(民歌集)을 보면 열에 아홉 수 이상은 사랑을 노래한 작품이다. 항전시기에 나는 호남성 상서(湘西)에서 2년을 보냈는데, 그곳은 심종문(沈從文)의 소설 『변성(邊城)』에 등장하는 취취(翠翠)의 고향이다. 이 지역 사람들은 한족과 묘족을 막론하고 모두 노래를 잘 불러, 입만 열면 노래가 나오는 가수 아닌 사람이 거의 없었다. 그들에게 있어 노래는 언어의 일부나 다름없다.

　겨울 저녁이면 나는 그들과 함께 커다란 나무 그루터기를 사이에 두고 둘러 앉아, 숯불 속에 뒤적뒤적 고구마를 구워 먹으면서 그들이 매기고 받는 노래를 들었다. 나는 연필로 그 노랫말들을 하나하나 적어 내려갔는데, 두꺼운 공책 세 권 분량에 모두 천여 수나 되었다. 이중의 대다수는 사랑 노래였고, 당시의 정치를 저주하는 내용을 담은 노래도 꽤 있었다. 하지만 활자로 간행되는 보통 민가집에서는 그런 노래들을 찾기가 힘들다. 권력의 비위를 거스를까 두려워했기 때문이다. 지금은 각종 사서(史書)와 필기(筆記)를 통해서나 이따금씩 그런 노래들을 찾아볼 수 있는데, 그 수가 적지 않다.

『사기(史記)』,「외척세가(外戚世家)」에는 한 수의 민요가 실려 있다. "아들이라 기뻐 말고, 딸이라고 슬퍼 마라, 위자부(衛子夫)의 천하제패 그댄 보지 못했는가? 生男無喜, 生女無怒, 獨不見衛子夫霸天下?" 위자부는 한 무제의 황후로, 그녀 친척들의 위세가 한 시대에 서슬이 퍼렸으니, 그녀를 보는 사람들의 시선이 곱지 않아 이런 노래가 지어진 것이다. 훗날 당나라 백거이(白居易)는「장한가(長恨歌)」에서 "그로 인해 천하의 부모들 마음, 아들보다 딸 낳길 고대했다네 遂令天下父母心, 不重生男重生女"라고 하여 양귀비(楊貴妃) 일가의 위세를 말했으니, 당시 백성들도 비슷한 방법으로 조롱했던 것이다.

역사서를 보면 무능한 관리를 비꼬는 노래가 시대마다 있었으니, 다음과 같은 예가 보인다.

무엇 땜에 효도하고 공경을 하나? 재물만 많으면 광영인 것을! 무엇 땜에 예의를 닦을 것인가? 글만 알면 벼슬에 나아가는 걸! 무엇 땜에 몸가짐을 삼갈 것인가? 용맹하면 관직이 떨어질 텐데! 何以孝悌爲? 財多而光榮. 何以禮義爲? 史書而仕宦. 何以謹愼爲? 勇猛而臨官.(『예문유취(藝文類聚)』권54)

이것은 한 무제 시절의 민가이다.

수재(秀才)를 천거했는데 글을 모르고, 효렴(孝廉)인줄 알았더니 아버지와 따로 산다네. 소박한 청백리는 혼탁하기 진흙 같으며, 귀족 가문 장수는 비겁하기 닭과 같구나. 擧秀才, 不知書. 察孝廉, 父別居. 寒素淸白, 濁如泥; 高第良將, 怯如雞.(『포박자(抱樸子)』, 「심거편(審擧篇)」)

이 노래는 한나라 말기 천거 제도의 모순을 말하고 있다. 당시 수재라고 천거된 자들은 글자조차 제대로 알지 못했고, 효렴으로 천거된 자들은 부모 봉양도 할 줄 몰랐다. 청빈으로 일컬어진 사람이 실제로는 부패하기 짝이 없었으며, 벌열가 출신의 장수는 지독한 겁쟁이였다.

옛 사람은 출세하기 위해 열심히 경전을 외웠는데, 요즘엔 관리가 되기 위해 재산부터 불리는구나. 古人欲達, 勤誦經. 今世圖官, 勉治生.(『포박자』 등)

이 또한 한나라 말기의 노래인데, 담긴 뜻이 자못 해학적이다. 재물을 불리기만 하면 벼슬자리에 나아갈 수 있더라는 말이다.

세 사람의 각로(閣老)는 풀칠한 종이, 여섯 명의 상서(尙書)는 진흙 인형. 紙糊三閣老, 泥塑六尚書.

이는 『명사(明史)』(「열전」 권56)에 실린 것으로, 성화(成化) 연간 중앙정부의 무능을 묘사한 민가이다.

명나라 가정(嘉靖) 연간에 이르러 정치는 더욱 부패했고, 북경성 도처에 「십가소(十可笑)」노래가 유행했다. '십가소'란 '열 가지 가소로운 일'이란 뜻인데 다음과 같다. "의례를 담당하는 광록시(光祿寺)의 다탕(茶湯), 황실의 의료기관인 태의원(太醫院)의 약방문, 제사를 맡은 신락관(神樂觀)의 기도, 무기를 만들고 관리하는 무고사(武庫司)의 창과 칼, 궁궐과 성곽 등의 수리 등을 관장하는 영선사(營繕司)의 작업 현장, 소외계층 구제를 위해 만든 양제원(養濟院)의 구호품, 궁중음악을 주관하는 교방사(敎坊司)의 여인들, 감찰과 탄핵 기관인 도찰원(都察院)의 법률, 국립대학에 해당하는 국자감(國子監)의 학당(學堂), 서책을 관리하고 문서를 편찬하는 한림원(翰林院)의 문장(文章)."

기원의 기녀들더러 우습다면야 별 상관이 없겠지만, 무기를 총괄하는 부서의 칼과 창이나 교육 담당 부서의 학당(學堂)이 가소롭다고 하면 그 자체로 여간 큰 문제가 아니다. 당시 이 노래를 접하고 발칵 뒤집힌 조정에서는 비밀감찰 기관인 동창(東廠, 명대의 유명한 특수임무 기관으로 동창의 옛터는 현재 과학원으로 바뀜)에 엄중한 조사를 지시했고, 마침내 노래를 전한 석요(席瑤) 등 10여 인을 잡아들였다. 국정을 담당하던 장계(張桂)는 이들을 참형에 처하려 했으나, 너무 가혹한 처벌이라고 여긴 형부상서 호세녕(胡世寧)이 벌을 경감하여 태형을 가한 뒤 군역에 보충시켰다(『견포집(堅瓟集)』에 보임).

엄숭(嚴嵩)이 명대의 간신임은 누구나 잘 알 것이다. 당시에도 그를 조롱하고 풍자하는 민가가 있었다. "가소로운 엄개계(嚴介溪, 개계(介溪)는 엄숭의 자(字)), 금은보화 산처럼 쌓아놓은 채, 제멋대로 사람을 죽이는구나. 차가운 눈으로 게를 본 적 있으니, 너의 횡행 언제까지 가는가 보자. 可笑嚴介溪, 金銀如山積, 刀鋸信手施. 嘗將冷眼觀螃蟹, 看你橫行到幾時." 오늘날에도 우리는 게를 얘기할 때면 으레 '너의 횡행 언제까지 가는가 보자 看你橫行到幾時'는 구절을 떠올리곤 한다. 이런 노래도 전해온다.

지현(知縣)은 빗자루요, 태수(太守)는 삼태기며, 포정(布政)은 자루 아가리라, 모두 서울 가서 털어내누나. 知縣是掃帚, 太守是畚斗, 布政是叉袋口, 都將去京裏抖.(『탁영경필기(濯纓京筆記)』에 보임)

대소 관리들이 목숨 걸고 백성들의 재물을 수탈해서는 서울로 가져가 고관에게 뇌물로 바치는 상황을 비유한 것이다. 또 이런 노래도 있다.

사명(使命)을 받들고 오면 하늘과 땅이 화들짝 놀라고, 사명을 받들고 돌아갈 땐 하늘과 땅 모두 어두워진다. 관리들은 천지에 기뻐하지만, 백성들은 천지에 통곡을 한다. 奉使來時, 驚天動地, 奉使去時, 烏天黑地,

官吏都歡天喜地, 百姓卻啼天哭地.(『철경록(輟耕錄)』에 보임)

원대(元代)에 백성들을 침탈하는 지방관을 풍자한 것이다. 이밖에
도 이런 풍의 노래는 매우 많다.

근대에 와서도 이와 유사한 민가들이 매우 많았으니, 독자들께서
는 생각나는 대로 몇 수씩 읊조리고 계시리라. 이처럼 정치를 풍자하
는 민가들은 대개가 침통한 어조를 띠고 있지만, 그 가운데도 얼마간
의 해학을 담고 있는 것이 하나의 특징이다.

백면서생의 위선은 싫어요

– 백검당주

7, 8년 전, 유조길(劉兆吉, 1913~2001)이 편찬한『서남채풍록(西南采風錄)』을 얻었는데, 중국 서남(西南) 쪽 여러 지역의 민가(民歌)가 수집되어 있어 무척 기뻤다. 그 책에 문일다(聞一多, 1899~1946) 선생의 서언(序言)이 있어 읽어보니 자못 마음이 상쾌했다. 문 선생은 이렇게 말했다.

도시 거리에서 한 무리의 촌사람들이 눈앞을 스쳐 가면 당신은 미련하고 우둔하며 초라하다는 인상을 받겠지만, 그들의 마음속마다 한 자락의 자부심이 도사리고 있는 줄은 알지 못할 것이다. 그들 가운데 사내의 동경(憧憬)이란 이런 것이다.

쾌도는 아니 갈면 녹이 나고요   快刀不磨生黃鏽
가슴 펴지 않으면 등허리 굽네.   胸膛不挺背腰駝

아낙들 마음속 깊은 곳의 생각은 이러하다.

잘난 척 서생들은 미움 받기 쉽지만　　　　　斯文滔滔討人厭

농사꾼 거친 사내, 사랑에 목숨 걸지　　　　　莊稼粗漢愛死人

이 몸의 신랑감은 들판의 사나이지　　　　　郞是莊家老粗漢

희멀건 위선자들 절대로 아니라오　　　　　不是白臉假斯文

그들이라고 물질적으로 풍요로운 삶을 바라지 않는 건 아니겠으나, 좀도둑질 같은 지저분한 짓은 거들떠보지도 않는 바이다.

야채를 먹는다면 배추 대가리 먹고　　　　　吃菜要吃白菜頭

형님으로 모신다면 대도적 우두머리지　　　　跟哥要跟大賊頭

잠들면 한밤중에 강철 검이 울리고　　　　　睡到半夜鋼刀響

누이 오빠 모두 다 비단옷 입는다오　　　　　妹穿綾羅哥穿綢

도시의 어떤 인물이 이런 기백이 있어, 이와 같이 생각하고 이렇게 말을 할까?

살아도 너뿐이요 죽어도 너 하나니　　　　　生要戀來死要戀

남편 눈 시퍼래도 겁날 게 무엇이랴　　　　　不怕生夫在眼前

관리가 나타나면 부모님 보듯 하고　　　　　見官猶如見父母

감옥에 앉았어도 꽃밭인 듯 편안하리　　　　坐牢猶如座花園

어느 집 아가씬들 내게 시집 아니 올까　　　　哪家姑娘不嫁我

4대문 걸어 닫고 불이라도 지르리라.　　　　關起四門放火燒

　문 선생이 묻는다. "이게 원시적이고 야만적이라고?" 그런 후에 또 스스로 답했다. "맞아, 지금 우리에게 필요한 게 바로 이런 거지!" 그의 말투에는 일말의 모호함도 없다. 문 선생 생각에, 우리가 너무 오래도록 문명에만 젖어 있던 탓에 정신적으로 고자가 된지라, 이처럼 거칠고 사나운 기백의 처방이 필요했던 것이다. 문 선생이 이 글을 쓴 때는 항일전쟁 초기로, 망국의 위기에 처한 우리 민족을 울부짖어 깨운 것이니, 그가 이런 생각을 갖게 된 것은 얼마든지 이해가 된다.

　나는 문 선생의 이 글을 읽고부터 민가에 부쩍 관심이 많아져서, 이후에는 이런 책들을 눈에 띄는 대로 거의 다 샀다. 여러 번을 읽고 나니, '들판의 거친 사내'의 입에서 나오는 말들이 '얼굴 하얀 위선자'의 입에서 나오는 것보다 훨씬 더 사람의 피를 뜨겁게 한다는 사실을 확실히 깨닫게 됐다.

　올 한해에만도 상해에서 명·청시기의 민가선집 두 권이 출간됐다. 하나는 상해출판공사에서 출판한『명청민가선집 갑집(明淸民歌選集 甲集)』이고, 다른 하나는 상해고전문학출판사가 펴낸『명청민가선집 을집(明淸民歌選集 乙集)』이다. 내용은 모두 명조와 청조 명가(名家)들의 문집에서 가려 뽑은 것이다. 일반인으로서는 그간 이런 문집들을 구해 보기가 쉽지 않았던 만큼, 선집은 꽤나 진귀한 것이라

할 만하다. 두 책에서는 질박하면서도 직접적인 감정들이 툭툭 종이 밖으로 뛰쳐나오니, 그 진솔함이 사랑스럽기도 하고 무섭기도 하다. 예를 들어보자.

등잔 아래, 등잔 아래서	燈兒下 燈兒下
등잔 아래서 등왕보살(燈王菩薩) 부르나이다	燈兒下叫了聲燈王菩薩
어제 밤	昨夜晚
세 사람 무슨 얘기 나누었기에	三人說的什麼話
오늘 밤	今夜晚
당신과 나만 있고 그는 없나요	有你有我無有他
고개를 들어	抬起頭來
심지를 자르고	剔剔燈花
등불이 꺼지고 나니	剔滅了燈
너무도 보고프고 너무나 무서워요	又害相思又害怕
죽도록 그리웁고 죽도록 무서워요	又害相思又害怕

이별 직후의 심정을 그린 것이 어쩌면 이렇게도 애절할까! 이런 노래도 있다.

선방은 고요한데	禪堂寂寞
상사병은 갈아대니	相思病兒磨

목탁은 치는 둥 마는 둥	木魚兒懶捶
경전은 이미 덮었거늘	經本兒合
뭔 정신으로 염불을 하랴	有什麼心腸念彌陀
출가인은 온갖 고통 다 받으며	出家人受盡千般苦
늙었거니, 신은 어디 있으며	到老來哪有個神
신선이 되랴	神仙做
뭔 잿밥을 먹겠다고 염불은 개뿔!	吃什麼齋來念什麼佛

　　이 불쌍한 사람은 번뇌가 일어 성질이 뻗친 나머지 불교의 계율마
저도 발로 차버리고 말았다. 또 어떤 노래들은 말이 자못 지혜롭고
진지하여 사람 마음을 울린다.

　　(남자)

천산만수 지나 아씨 집에 왔건만	千山萬水到姐家
문은 닫혀 있고 아씨는 집에 없네	姐兒閉門不在家
석회를 집어 들고 문 위에다가	拿塊石灰門上畫
복사꽃과 연꽃을 그려 놓고는	畫朶桃花與荷花
문신 보살님이여	門神老菩薩
우리 아씨 오거들랑 말해주세요	姐兒回來說與她
아아	哎喲
우리 아씨 오거들랑 말해주세요	姐兒回來說與她

(여자)

아씨가 술 마시고 집에 돌아와 보니	姐兒吃酒轉回家
뮤 위에 난 데 없이 두 송이 꽃이라	觀見門上兩朵花
님께서 오실 줄을 알았더라면	早知寃家來到此
이 술 마시러 가지 말 것을	這酒不該去吃它
문신 보살님께선	門神活菩薩
아무 말 안 해주시니	又不會說話
어쩌나 어쩌지	細思量
서둘러 좇아감이 제일 좋겠네	不如去趕他

두 수의 노래 중 특별한 것은 후자이다. '아씨'의 마음과 성정의 아름다움을 백묘(白描)의 수법으로 영롱하게 건져 올리는 데 단 46자만을 사용한 것이다.

어떤 노래에는 욕설이 나오는데, 하도 적나라하여 여지를 남기지 않는다. 이는 정인군자(正人君子)가 싫어하는 '직설'이지만, '직설'이야말로 '진실'의 기초이기도 하다. 아래의 시가 좋은 예다.

아무리 생각해도 너무 분해서	又是想來又是恨
혼자 나지막이 중얼거리네	自己沉吟
한 조각 거짓으로	一片的假意
이제껏 속여 왔으니	哄奴到如今

진심이 어디 있으랴	何從有眞心
날 만나서	見了我
마음 녹이는 온갖 달콤한 말들	花言巧語將情盡
어쩜 그리 혀에 발랐는지	假意溫存
고작 그런 핑계로 발뺌하나요	不過是那宗事兒將奴混
오가는 귀신까지 속일 순 없지	瞞不了過往神
생각만 하면	思想起來
몰려오는 비참	一陣陣的淒慘
가슴이 아파	一陣陣的傷心
눈물이 옷깃 적시네	淚珠兒濕衣襟
아마 우리 인연 다하여	想必是咱二人的緣法盡
다른 임이 생긴 거겠지	另有心上人
어쩔 도리가 없어	沒奈何
가슴 치며 너에게 묻노니	手拍胸膛將你問
이것이 꿈이냐 생시냐	是假還是眞

상해고전문학출판사에서는 근자에 또 『명대가곡선(明代歌曲選)』을 간행했다. 풍몽룡(馮夢龍) 등 10여 인의 작품을 수록했는데, 이는 전문 작가의 시인지라 아무래도 『민가선(民歌選)』 같은 생동감은 없는 듯하다. 하지만 '모아놓은' 민가들과 '창작된' 시를 참고하면서 보는 것도 흥미로울 것이다.

소설의 속편

― 김용

최근에 독자들로부터 『천지괴협(天池怪俠)』이라는 책이 내가 쓴 작품이 맞는지 아닌지를 묻는 여러 통의 편지를 받았다. 말은 물어본다고 했지만, 편지를 보면 그들은 누군가 내 이름을 사칭해 그 책을 지었다는 사실을 이미 알고 있었다. 비록 천지괴협이 『서검은구록(書劍恩仇錄)』(이하 『서검』)에 등장하는 주요 인물이고, 이 책에 진가락(陳家洛), 곽청동(霍靑桐), 무진(無塵), 이원지(李沅芷), 상씨쌍협(常氏雙俠), 조반산(趙半山) 등의 인물이 등장하며, 『서검』이 끝나는 데서 작품이 시작하는데다가, 표지에 내 이름까지 찍혀 있기는 하지만, 문장의 풍격만은 어쩔 수 없이 전혀 달랐기 때문이다. 어떤 독자 한 분은 이런 책 몇 권을 내게 부쳐 오기도 했다. 그 책들을 보니 건륭황제는 스스로를 '고왕(孤王)'으로 일컫고 이원지는 자기를 '첩'이라고 하는가 하면 어떤 나이든 협객은 '노신(老身)'이라고 자칭하는 등, 인물들이 모두 창극이라도 하고 있는 것 같아 정말이지 무척 재미있었다.

소설이나 희극의 속편을 쓰는 것은 매우 보편적인 흥밋거리이다.

군이 훌륭한 작품만 가지고 속편을 쓰는 게 아니어서, 평범하고 따분한 작품이라도 사람에 따라서는 신이 나서 펜을 놀려가며 속편을 써내려갈 수 있다. 미국의 『Blackboard Jungle(阿飛舞)』(1955, 폭력교실)이 무슨 훌륭한 영화 작품이던가? 『Creature from the Black Lagoon(黑湖妖譚)』(1954, 검은 산호초의 괴물)에 무슨 가치가 있던가? 그럼에도 불구하고 결국은 두 영화의 속편이 만들어졌다. 우리나라 옛 소설 가운데서는 아마도 『제공전(濟公傳)』[43]의 속편이 가장 많을 것이다. 그러나 사실 『제공전』이 그다지 빼어난 작품은 아니다. 『칠협오의(七俠五義)』[44]의 뒤에는 『소오의(小五義)』(작자 미상)와 『속소오의(續小五義)』(1891, 작자 미상)가 있었고, 『금고기관(今古奇觀)』[45] 다음에는 『속금고기관(續今古奇觀)』이 나와서 모두 어느 정도 유행하기는 했다. 그러나 내가 보았던 『구속소오의(九續小五義)』나 『오속금고기관(五續今古奇觀)』은 퇴폐적이고 따분하기나 할 뿐 그 안에서 별

---

43 『제공전(濟公傳)』: 원제는 『제공전전(濟公全傳)』. 청나라 문인 곽소정(郭小亭)이 지은 장편 신마소설(神魔小說)이다. 주요 내용은 제공화상(濟公和尚)이 천하를 주유하면서 겪는 기이한 사건들이며, 악을 징치하고 곤란에 처한 사람들을 구제하는 주제를 구현하고 있다. "飛來峰", "斗蟋蟀", "八魔煉濟顚" 등의 고사가 널리 알려져 있다. 소설의 주인공인 제공(濟公, 1148~1209)은 활불로 일컬어졌던 전설적인 실존 인물이다. 이 소설은 근대 이후 여러 편의 영화와 드라마로 만들어졌다.

44 『칠협오의(七俠五義)』: 청나라 석옥곤(石玉昆, 19세기 중엽 북경에서 활동)이 지은 『삼협오의(三俠五義)』를 근대 유월(俞樾, 1821~1907)이 개작한 소설이다. 『삼협오의』는 중국 무협소설의 비조로 일컬어진다.

45 『금고기관(今古奇觀)』: 명나라 포옹노인(抱甕老人)이 지은 단편 백화소설 선집으로, 풍몽룡(馮夢龍, 1574~1646)의 『삼언(三言)』과 능몽초(凌濛初, ?~1644)의 『이박(二拍)』에서 주로 가려 뽑은 것이다.

다른 것을 찾아볼 수 없었다. 그때 나는 참 이상스러운 생각이 들었다. 그저 재미로 쓰는 거라면 왜 별도의 소설 한 편을 쓰지 않는 걸까? 속편의 수준이 이렇게 떨어지는데도 어째서 끊임없이 계속되고 있는 걸까?

숫자로 보면 아마도 속편은『홍루몽(紅樓夢)』이 가장 많을 것이다. 현재 유행하고 있는 120회본의 뒤쪽 40회 분량은 고악(高鶚, 1758~1815)이 이어 지은 것이다. 그리고 수많은 속편들 가운데서 아마도 고악의 것이 가장 정채로울 것이다. 비록 예법과 봉건제도에 대한 그의 식견이 조설근(曹雪芹, 약 1715~1763)의 풍부한 저항정신에는 한참 못 미치지만, 그는 마침내 원작의 비극적 구성을 계승해 냈다. 가령 '향기로운 영혼을 기다리다 유오아(柳五兒)는 잘못된 사랑을 이어받다' 등의 몇 단락은 섬세하면서도 생동감이 넘쳐, 원작에 못지않다. 그 밖의 속편인『홍루원몽(紅樓圓夢)』,『홍루후몽(紅樓後夢)』,『속홍루몽(續紅樓夢)』 등은 어느 하나 엉망 아닌 것이 없다. 어디에선가는 가보옥(賈寶玉)의 영혼이 저승을 떠돌면서 임대옥(林黛玉) 등을 구해 살려내고, 한 사람이 여덟 명의 처첩을 거느린다-임대옥과 설보차(薛寶釵) 외에 습인(襲人), 청문(晴雯), 자견(紫鵑), 방관(芳官) 등-고 하며, 또 어디서는 가보옥의 아들 가계(賈桂)가 출장입상(出將入相)하여 부귀영화를 누린다고도 한다. 내가 본『홍루몽』속편은 8, 9종인데, 듣기로는 10여 종이나 된다고 한다.

『수호전』의 속편으로는 진침(陳忱, 1615~1670)의『수호후전(水滸

後傳)』이 잘 된 것으로 꼽힌다. 이 작품은 혼강룡(混江龍) 이준(李俊)이 바다 밖으로 나가 왕이 되고 양산박 영웅들의 사업을 발전시키는 이야기를 서술하고 있는데, 다만 문필의 기백만큼은 어쩔 수 없이 시내암(施耐庵)에는 크게 못 미친다. 유중화(俞仲華, 1794~1849)의 『탕구지(蕩寇志)』[46] 같은 경우, 전반부에서 진려경(陳麗卿)[47]이 고아내(高衙內, 고구(高俅)의 양자)를 조종하는 한 단락을 빼면 나머지는 취할 만한 것이 없다.

『삼국연의(三國演義)』는 이미 사마염(司馬炎)의 천하통일까지 씌어졌으므로, 사실 더 이상 이어갈 만한 것이 없다. 그럼에도 누군가 『반삼국(反三國)』[48]을 썼는데, 촉(蜀)을 한껏 드높여 위(魏)와 오(吳)를 섬멸하는 내용으로 그리고 있다. 우선은 역사적 사실에 어긋날뿐더러 지나치게 맥락 없이 쓰여 있어, 이 책은 유행하지 못했다.

---

46 『탕구지(蕩寇志)』: 도적 소탕 기록이라는 뜻의 『탕구지(蕩寇志)』는 1826년에 초고가 지어지고 1847년에 완성된 속편 『수호전』이다. 작자 유중화(俞仲華)는 김성탄과 마찬가지로 송강(宋江)을 부정적으로 묘사하고 있으며, 내용은 김성탄 『수호전』의 70회 이후부터 시작된다. 송강 등이 장숙야(張叔夜)에게 사로잡히는 과정을 그리고 있다. 초각본의 제목은 '결수호전(結水滸傳)'이다.

47 진려경(陳麗卿): 『탕구지(蕩寇志)』의 여주인공으로, 진희진(陳希眞)의 딸이자 축영청(祝永清)의 아내이면서, 경령뢰부통할팔방뢰차비강참숭구천뇌문사자아향신녀원군(瓊靈雷府統轄八方雷車飛罡斬崇九天雷門使者阿香神女元君)의 탁생으로 설정되어 있다.

48 『반삼국(反三國)』: 정확한 명칭은 『반삼국지(反三國志)』 또는 『반삼국연의(反三國演義)』이다. 민국 시기 주대황(周大荒)이 1924년부터 1930년까지 『민덕보(民德報)』에 연재하였다. 전체적으로 유비를 높이고 손권은 눌렀으며 조조는 깎아내렸다. 조운(趙雲)과 마초(馬超)의 역할이 크다. 두 사람이 유비를 도와 삼국을 통일하는 것으로 귀결된다.

일부러 원작과 상반되게 쓰는 번안 작품들도 대개는 속편이라고 하겠는데, 주로 결말 정도가 달라지곤 한다. 『서상기(西廂記)』를 뒤집은 『동상기(東廂記)』(청대 양세형(楊世瀅) 작)는 수준이 너무 낮다. 『금서상(錦西廂)』(주공노(周公魯) 작)은 비교적 나은 편인데, 줄거리는 복잡하지만 말도 안 되는 장면이 꽤 많다. 어떤 부분에서는 장군서(張君瑞)가 최앵앵(崔鶯鶯)과 헤어져 과거시험을 치러 갔더니 감독관을 맡은 백거이(白居易)가 '달 밝은 보름 밤'을 시제로 냈고, 장군서가 최앵앵의 시 "담장 밖 꽃 그림자 흔들, 고운 님 오신 겐가 隔墻花影動, 疑是玉人來"[49]를 적었으나 결국은 당연히 떨어졌다고 하는 식이다. 『비파기(琵琶記)』[50]를 뒤집어 쓴 『후비파(後琵琶)』도 있다. 이 책에서는 『비파기』의 주인공인 채옹(蔡邕)의 죽음을 묘사하였고, 선인으로 설정된 조조(曹操)가 흉노 땅에 가서 채문희(蔡文姬)를 속환해 온다는 이야기[51] 등이 실려 있다.

『도화선(桃花扇)』은 후조종(侯朝宗)과 이향군(李香君)이 출가하여

---

49 최앵앵이 시녀 홍랑을 시켜 장군서에게 보낸 편지에 적혀있는 시로 3본(本) 2절(折)에 나온다.

50 『비파기(琵琶記)』: 원나라 말기 고명(高明)이 지은, 중국 문학사에 있어 대표적인 작품으로 꼽히는 희곡이다. 채옹(蔡邕)과 조오랑(趙五娘)이 혼인하고 이별했다가 다시 만나는 곡절을 그리고 있다. 채옹은 후한 시대의 문인으로 192년 동탁이 살해되자 그 죽음을 슬퍼하다가 투옥되어 죽었다.

51 문희는 채옹의 딸인 채염(蔡琰)의 자이다. 위중도(衛仲道)와 결혼했다가 사별하였다. 195년 흉노에 납치되었고, 좌현왕의 측실이 되어 쌍둥이를 낳았다. 207년, 채옹의 후계자가 없는 것을 아까워한 조조가 몸값을 지불하고 그녀를 돌아오게 했다. 동사(董祀)에게 다시 시집갔다. 그녀의 곡절 많은 삶은 이후 여러 이야기로 전승되었다.

수행하는 것으로 끝을 맺는데,[52] 『남도화선(南桃花扇)』(고채(顧彩) 작)에서는 두 사람이 백년해로를 한다. 역사 기록을 살펴보면 후조종은 출가하지 않은 것으로 보이므로, 고채의 이 작품 내용에는 오히려 어느 정도 사실적 근거가 있다고 하겠다. 그러나 재능이 미치지 못한 탓에 읽어봐도 별 재미를 느낄 수 없다.

두서없이 생각해 보면, 나는 셀 수 없이 많은 옛 소설과 희곡들을 읽었다. 『설당(說唐)』 이후로는 『나통소북(羅通掃北)』으로부터 『설인귀정동(薛仁貴征東)』, 『설정산정서(薛丁山征西)』, 그리고 『설강반당(薛剛反唐)』까지를 내리 읽었다.[53] 『양가장(楊家將)』은 양노령공(楊老令公)으로부터 양육랑(楊六郎), 양종보(楊宗保), 양문광(楊文廣)까지 이어지다가 더는 계속할 수 없게 되자 다시 『적청평서(狄靑平西)』와 『오호평남(五虎平南)』이 나타났다.[54] 『서유기(西游記)』에는 『서유보

---

52 『도화선(桃花扇)』: 청나라 때 공상임(孔尙任, 1648~1718)이 지은 희곡으로, 후조종(侯朝宗)과 이향군(李香君)의 애틋한 이별 사연을 그리고 있다. 후방역(侯方域, 1618 ~1655, 조종(朝宗)은 자)은 명말청초 산문 3대가, 명말 4공자의 하나로 일컬어진다. 이향군(1624~1653)은 남경(南京) 말릉교방(秣陵教坊)의 명기(名妓)로 진회 8절(秦淮八絶)의 하나로 꼽혔다.

53 모두 당나라 초기의 여러 전쟁을 역사 배경으로 삼고 있는 소설이다. 『설당』과 『설인귀정동』에는 설인귀(薛仁貴)가 주인공으로 활약하는데 고구려의 연개소문이 그에 대적하는 중요 인물로 등장한다. 『나통소북(羅通掃北)』은 『설당후전(說唐後傳)』의 전반부인 『설당소영웅전(說唐小英雄傳)』의 속칭이다. 나통(羅通)은 당태종을 도와 전쟁을 수행하는 인물의 이름이다. 『설정산정서(薛丁山征西)』는 설인귀 아들의 활약담이고, 『설강반당(薛剛反唐)』은 설정산이 억울하게 죽고 나서, 그의 셋째 아들 설강(薛剛)이 벌이는 복수를 다룬 이야기이다.

54 『양가장(楊家將)』은 북송 말기 양씨 집안의 명장이 출중한 창술로 집안과 국가

(西游補)』(동설(董說) 작)가 있었다. 『서유기』는 훌륭한 책이고, 『설
당』은 문학적 가치가 떨어지며 『양가장』은 가장 못하다. 그러나 좋
고 니쁘고를 떠나서 어쨌든 누군가는 붓을 들어 이어가고 있다. 『서
검』이 기왕 옛 소설의 체재를 빌려 쓰고 있으니, 내용이야 뭐라 말할
것이 없지만 속편이 나타나는 현상 자체는 전통에 부합하는 일이지
싶다. 다만 표지에 내 이름을 사인하신 그 작가께서는 겸손이 너무
지나치셨던 듯하다.

를 지켜내는 이야기이다. 양노령공(楊老令公)은 명장 양업(楊業)의 존칭이다. 양육랑
(楊六郎)은 양업의 여섯째 아들 양연소(楊延昭), 양종보(楊宗保)와 양문광(楊文廣)은 양
연소의 아들이다. 『적청평서(狄靑平西)』는 장수 적청(狄靑)의 서역 정벌담이고, 『오호
평남(五虎平南)』은 그 속편으로 적청을 포함한 다섯 장수가 남방을 평정하는 이야기다.

성탄절 단상

– 김용

  성탄절 밤이다. 적막한 밤, 세인트 존스 성당의 종소리와 풍금 소리가 멀리서 은은하게 들려온다. 빨간 촛불을 보면 꽤나 친밀했던 많은 사람들이 떠오른다. 동북 지방에 있는 동생, 인도네시아에 있는 친구······. 이 양초는 정말 아름답다. 꽃무늬 하나를 매우 정교하게 새긴 거푸집에서 태워 만든 것으로, 멀리 북쪽에 사는 한 친구가 누군가에게 간절하게 부탁하여 내게 전해 주었다. 몹시 아끼느라, 매년 성탄절 밤에만 한 마디씩 태우면서 보물로 여겨 잘 간수하고 있다.

  나는 기독교도가 아니다. 다만 이 명절에 대해서는 어릴 적부터 호감을 가지고 있다. 사탕과 케이크를 먹을 뿐 아니라 선물도 받을 수 있으니, 실로 좋은 일이다. 중학교에 다닐 때, 아버지께서 성탄절을 맞아 내게 찰스 디킨스의 『크리스마스 선물 A Christmas Carol』 한 권을 주셨다. 지극히 평범한 이 작은 책은 어느 서점에서든지 구입할 수 있다. 그런데도 나는 지금껏 성탄절이 돌아올 때마다 늘 몇 대목씩을 들추어 읽고 있다. 나는 한 해, 한 해가 지날수록, 이 책이 위대하고 따뜻한 마음으로 적어낸 훌륭한 작품임을 더욱 깊이 깨달게 되었다.

이야기의 주인공은 런던의 수전노 스크루지이다. 그는 아무에게도 호감을 갖지 못했으며, 특히 자신의 종업원을 가혹하게 대했다. 어느 해 성탄절 밤에 죽은 친구의 영혼이 방문하여, 곧 세 명의 크리스마스 유령이 찾아와 그를 데리고 여행을 떠날 것이라고 말해준다. 약속한 시간이 되자 과연 유령들이 찾아왔다.

첫 번째 과거의 유령은 스크루지를 그가 태어났던 동네로 데려갔다. 유령은 어린 시절의 그가 얼마나 고독했는지를 보여주고, 그가 사랑하던 여동생을 보여주고, 그가 약혼녀보다 돈을 더 사랑하여 결국 애정이 파탄에 이른 모습을 보여주었다. 두 번째 현재의 유령은 그에게 남들이 어떻게 서로를 사랑하고, 가난 속에서도 얼마나 즐겁게 크리스마스를 보내는지를 보여주었다. 세 번째 미래의 유령은 그를 데리고 미래의 어느 크리스마스로 가서, 그의 외롭고 쓸쓸한 죽음을 보여주었다. 그에게 관심을 갖는 친구나 가족은 단 한 사람도 없었다. 이런 일들이 스크루지의 뻣뻣하고 차가웠던 마음을 녹였고, 그는 친절하고 따뜻한 사람으로 변하게 되었다.

디킨스의 글은 매 단락마다 짧지만 강렬한 묘사로 사람들을 격동시켜 눈물이 넘쳐흐르는 것을 참지 못하게 한다. 영국인들은 일찍이 이 소설을 바탕으로 영화를 만들었는데, 너무 무미건조하게 만들어서 아무런 감정도 느낄 수가 없다. 사실 이 얇디얇은 소설 안에는 수많은 갈등과 재미, 수많은 웃음과 눈물이 가득 차 있다. 오누이 간의 우애, 남녀 간의 사랑, 부모 자식 간의 정, 친구와의 우정 등이 이 아름다운 명절에 특별히 깊고 두텁게 드러나 있다.

그러나 오 헨리의 단편 「크리스마스 선물」을 원작으로 한 미국 영화 『아름다운 인생 This wonderful life』(1954)은 패얼리 그래인저(Farley Granger, 1925~2011)와 진 크레인(Jeanne Crain, 1925~2003)의 열연으로 많은 이들을 감동시켰다. 남편은 무척이나 아끼던 시계를 팔아 아내에게 줄 머리핀을 샀고, 아내는 그녀의 가장 큰 자랑거리였던 머리카락을 팔아 남편에게 줄 시곗줄을 샀다. 가난한 부부의 사랑이 더할 나위 없이 잘 표현되어 있다.

나는 일찍이 미국의 단편 소설작가 데이먼 러니언(Damon Runyon, 1880~1946)의 『산타클로스 聖誕老人』[55]를 번역한 적이 있다. 이야기 속 마음씨 착한 강도는 보석 한 꾸러미를 훔쳐다가 자기 애인의 할머니가 걸어놓은 크리스마스 양말 속에 넣어둔다. 할머니는 죽음을 앞두고 있었다. 그녀는 한평생 산타클로스가 자신의 양말 속에 선물을 넣어 줄 것으로 믿다가, 임종을 맞이해서야 오랜 소망을 이룬 것이다. 강도가 산타클로스 옷을 입고 있었으므로 그를 죽이려고 숨어있던 상대 패거리는 끝내 그를 알아보지 못했고, 그는 도망쳐 목숨을

---

[55] 『산타클로스 聖誕老人』: 데이먼 러니언의 단편소설로 원제는 『춤추는 댄의 크리스마스 Dancing Dan's Christmas』이다. 이 작품은 일주일에 한 번 발행되는 *Collier's*라는 미국 잡지에 1932년 12월 31일 발표되었으며, 우리나라에서는 권영주가 번역한 데이먼 러니언의 단편소설 선집인 『데이먼 러니언』(현대문학, 2013)에 실려 소개되었다.

건질 수 있었다. 아슬아슬하면서도 익살맞은 짤막한 이야기에 지나지 않지만, 등장인물의 내면에는 선량함과 따뜻함이 담겨 있다.

우리는 금전과 물질을 매우 중요하게 여기는 사회에 살고 있다. 우정과 선의는 늘 이해관계와 지폐에 적힌 숫자에 의해 파괴된다. 많은 사람들이 잠자리에서 일어나면서부터 주판, 계산기, 금전등록기, 붉은색 녹색의 지폐를 모시고 살며, 세상에서 가장 중요한 것이 마권과 복권이라고 생각한다. 설날은 정말 좋은 명절인데도, 사람들은 이를 "돈 많이 버세요"라는 말과 맺기를 좋아한다. 붉은 봉투에 담아놓은 것은 '라이시'[56]이고, 꽃을 사와 꽂는 것은 행운을 바라는 행위인데, 모두 재물 운수를 점치기 위한 것이다. 돈을 버는 것은 물론 나쁘지 않으며, 금전과 물질은 결코 가볍게 여길 수 없는 것들이다. 그러나 어쨌든 모든 사람이 단 하루라도 가족 간의 사랑과 친구 사이의 우정을 깊이 생각하고 이해득실과 금전을 따지지 말았으면 한다! 중국인들의 '중추절'이 바로 그런 아름다운 명절이니, 이는 '함께 어우러짐'과 '월병'을 통해 나타난다. '청명절'과 '중양절'도 좋은 명절이어서, 사람들은 이미 세상을 떠난 가족과 친구들을 보고 싶어 여행을 떠나고 그들을 기념한다. 외국인의 크리스마스도 바로 그런 명절이다. 모두

---

56 라이시[利是]: 일종의 '세뱃돈'을 가리키는 광동 말이다. 행운이 잇따르기를 바라는 뜻을 담아, 주로 정월 초하루부터 대보름 사이에 이를 건넨다. 어린 아이들은 물론 결혼하지 않은 어른들도 받을 수 있으며, 지역에 따라서는 직장에서 사원들에게 이를 나눠주는 풍습도 있다.

들 예쁜 카드와 선물을 주고받으며, 사회 전체가 따뜻하고 즐거운 분위기에 빠져든다.

크리스마스는 본래 고대 로마의 풍요로운 수확을 기념하는 날이었다. 뒷날 기독교도들이 종교적 의미를 더했을 뿐, 사실은 예수가 탄생한 날도 아니다. 만약 사람들이 이 날을 평화를 상징하는 날 정도로 받아들인다면, 나는 이슬람교도나 불교도, 그리고 무신론자까지도 모두 매우 즐겁게 보낼 수 있으리라 생각한다.

수수께끼에 대하여

– 김용

양우생 형이 자신의 수필[57]에서 인도의 양대 역사시를 언급했는데, 그 두 편의 역사시에는 오랜 세월 수많은 사람들의 지혜가 쌓여있으니 비할 바 없이 진귀한 신화이자 문학이라 할 만하다. 그러나 인도에는 이밖에도 상당히 긴 신화들이 많이 있다. 허지산(許地山, 1894~1941) 선생이 번역한 『스무날 밤의 질문』(A Digit of the Moon: Balataparaktasasini)도 그 중의 하나이다. 이 책의 제목은 '홍안월(紅顏月)'이라고도 하는데, 한 아름다운 소녀의 얼굴이 점점 붉어진다는 뜻으로 그녀가 점차 사랑에 빠져듦을 나타낸다.

이야기를 간단히 소개하면 이렇다. 잘 생기고 용감한 국왕 일애(日愛, 인도 성의 신)[58]는 원래 여성을 혐오했는데, 어떤 여인의 초상화를 본 뒤로는 그만 그녀에게 넋을 다 뺏기고 말았다. 미랑(媚娘)이라는 이름의 여인이 너무도 아름다워, 얼마나 많은 남성들이 그녀에게

---

57 뒤에 있는 「세상에서 가장 긴 서사시」 참조.

58 인도의 서사시로 소개된 「홍안월」과 여기 등장하는 일애(日愛), 미랑(媚娘)의 인도어 원명은 찾지 못했다. 강호 현자의 가르침을 기다린다.

구혼했는지 알 수 없을 정도였다. 그녀는 구혼자들에게 하나의 조건을 걸었다. 21일 동안 밤마다 하나의 문제를 내서 자기가 대답하지 못하면 그와 결혼하기로 말이다. 모든 남성이 실패를 거듭했고, 일애 왕도 19일 밤이 지나도록 19개의 문제를 냈지만 그녀는 척척 답을 맞혔다. 미랑은 그야말로 지혜의 화신이었던지, 아무리 어려운 문제로도 그녀를 꺾을 수 없었다. 일애 왕이 고민을 거듭하던 중에 문득 그녀가 절대로 답을 낼 수 없는 문제 하나가 번뜩 생각났고, 미랑은 결국 그와 결혼하게 됐다. 과연 어떤 문제였을까? 문제는 이런 것이었다.

"옛날에 어떤 왕이 한 공주를 사랑했습니다. 그 공주는 자기가 풀수 없는 문제를 내는 사람과 결혼하기로 약속했지요. 자, 말해 봐요. 그는 그녀에게 과연 어떤 문제를 내야 했을까요?"

그녀는 온 세상의 모든 문제 가운데 오직 이 문제에만은 대답할 수 없었다. 그 아름다운 여인은 즐거운 마음으로 답을 내지 못했다. 그리고 말했다.

"사실 당신이 이 문제를 생각해내지 못했더라도 상관이 없어요. 내일 마지막 날 밤이 되면 당신이 제 이름이 뭐냐고 묻더라도, 저는 짐짓 대답하지 않으려 했답니다."

그녀 또한 진작부터 왕에게 마음을 빼앗겼던 것이다.

글자 채우기 놀이가 널리 유행하는 까닭은, 사람들이 수수께끼를 좋아하는 것과 상관이 있어 보인다. 파티나 단체 여행 중 놀이 시간에 우리는 종종 친구들에게 소소하고 재미있는 문제를 내고는 한다.

이를테면 이런 것들이다.

"쟁반에 스무 개의 사과가 있어서 스무 명에게 하나씩 나눠줬는데, 쟁반에는 아직도 사과 하나가 남았습니다. 어떻게 된 일일까요?"

"스무 번째 사람이 쟁반까지 가져갔기 때문입니다."

"어른과 아이가 들어왔습니다. 옆에 있던 사람이 아이에게 '너의 아빠야?'라고 묻자 아이는 그렇다고 했습니다. 그런데 다시 어른에게 '얘가 아들인가요?' 했더니 아니라고 했습니다. 어떻게 된 일일까요?"

"아이는 딸이었습니다."

우리나라의 수수께끼는 변화무쌍하여, 농촌에서 유행하는 수수께끼 가운데는 지혜가 반짝이는 것들이 많다. 그중에 유수미(流水謎)[59]라는 양식이 있다. 하나하나 헤아리다 보면 압운(押韻)이 있는 대창(對唱)이 되는데, 형식이 매우 활발하고 신선하다. 나는 이런 민가식 체재를 배운 적이 있어서, 영화 「비둘기 아가씨 小鴿子姑娘」[60]를 위해 수수께끼 노래 한 곡을 만들었다. 계속해서 문제를 내고 맞히고 다시 문제를 내는 동안, 속내의 애정이 드러나게 되는 형식이다. 이번 노동학교의 자선공연에서 장성합창단이 이걸 연습하여 보여줄까

---

59 유수미(流水謎): 한자에서 일부 획을 빼거나 더하여 새로운 글자를 지칭하는 내용을 숨겨, 상대방에게 맞힐 것을 요구하는 일종의 수수께끼이다. 이를테면 "흐르는 물은 가고, 나무 막대기가 오는[流水去, 木頭來] 것은 무엇이지?" 정답은 '梳(빗)'이다. '流' 자에서 물[水]을 버리고[去] 나무 막대기[木頭]가 새로 왔기 때문이다.

60 『비둘기 아가씨』: 1957년에 개봉된 영화다. 김용이 시나리오를 쓰고, 정보고(程步高)가 감독을 맡았다. 영어 제목은 「The fairy dove」이다. 비둘기 요정의 도움으로, 촌민들을 괴롭히는 한 수전노를 물리치고 마을이 평화를 찾아가는 내용이다.

했으나, 연습시간이 부족하여 무대 위에 올리지 못했다.

곧 상영될 영화 「난새와 봉황의 화음 鸞鳳和鳴」[61]에도 스후이(石慧)가 목욕하면서 부르는 수수께끼 노래 한 곡이 들어 있다. 이 영화를 연출한 원앙안(袁仰安) 선생과 이 노래에 대해 처음 이야기를 나눌 때, 목욕 중에 부르는 노래이기 때문에 조금이라도 야한 구석이 있어선 안 된다는 말을 듣고 나는 일순간 머리가 굳어버리는 느낌이었다. 그러다가 문득 어렸을 적 고모가 나에게 낸 수수께끼 하나가 떠올랐다.

"씻을수록 더러워지는 건 뭐게?"

답은 '물'이었다. 그래서 '닦을수록 젖는 것은 수건'이고 '씻을수록 작아지는 건 비누'라는 두 대목을 보탠 다음, 자신을 희생하여 남을 예쁘게 한다는 의의까지 덧붙였다. 노래는 형편없었어도 뜻은 제법 훌륭했던 듯하다. 대체 얼마나 오래 전에 어디에 살던 어떤 똑똑한 양반이 '씻을수록 더러워진다'는 이런 절묘한 발상을 해 낸 걸까.

우리나라에는 좋은 수수께끼가 이루 다 헤아릴 수 없을 만큼 많다. 다음 노래를 보자.

등잔 아래 낙엽이 후두두둑 지는데   燈兒下金錢卜落

---

61 『난새와 봉황의 화음』: 1957년에 개봉되었으며, 영어 제목은 「The Story of Harmony」이다. 빚쟁이에게 강제로 딸을 시집보내려는 아버지에 맞서 집을 나간 여주인공 왕월아(王月娥, 石慧 역)가 사랑을 찾아가는 내용이다.

이내 쓸쓸한 마음 뉘라서 알아주리	這苦心一一誰知道
봄 왔어도 사람 세월 다 버려졌으니	到春來人日俱抛
그만두려 한들 언제나 마무리할까	欲罷何日能了
타들어가는 마음을 뉘게 하소연하리	吾心正焦, 有口向誰告
우리 사귐 시작 있어도 끝나지 않네	好相交, 有上梢來沒下梢
이미 어두워져 빛은 남기 어려우니	既皂白難留
일도양단 우리 사이 잘라낼 밖에	少不得中間分一刀
이제부턴 이 웬수에게 아니 기댈 터	從今休把仇人靠
온갖 상념 그리움, 모두 내다 버리리	千思萬想, 不如撒去了好

이 노래는 정인을 원망하는 노래가 분명한데, 실은 그 안에 1부터 10까지 열 개의 숫자를 감추고 있었을 줄이야![62]

알파벳을 사용하는 서양 사람들의 글자 수수께끼[字謎]는 우리나라 것에 비해 절묘하지가 못하다. 영어의 글자 수수께끼는 대개 동음(同音) 내지 동의(同義)에서 착안한 것이다. 이를테면 전자의 예로, "노총각은 왜 언제나 옳은가?"라는 물음의 답은 "그는 끝내 아가씨를 찾지 못하기 때문"이다. ('never miss taken'의 발음이 '결코 틀리지 않

---

62 下에서 卜을 탈락시키면[落] 一, 一 둘을 종으로 겹치면 二, 春에서 人과 日을 버리면[抛] 三, 罷에서 能 자가 구실을 못하니 四, 吾에서 口가 있어도 소용없으니 五, 交에서 위의 가지는 그대로 두고[有] 아래 가지를 없애면[沒] 六, 皂에서 白이 남기 어려우니 七, 分에서 刀를 분리해내지 않을 수 없으니 八, 仇에서 人에 기대지 않겠다고 했으니 九, 千에서 삐침[撒](ノ)을 버리는 게 좋다고 했으니 十이 남는다.

는다'는 뜻의 'never mistaken'과 동일함) 후자의 예로는 이런 게 있다. "변호사는 왜 딱따구리와 같은가?" "그들의 Bill은 모두 매우 길기 때문이다." (Bill에는 '청구서'라는 뜻 외에 '새의 부리'라는 뜻도 있음.) 변호사를 조롱하는 수수께끼가 또 있다. "변호사와 불면증 환자의 공통점은?" "그들은 모두 이쪽으로 누웠다가(lie) 저쪽으로 누웠다가(lie) 한다." (영어의 'lie'에는 '자려고 눕다'라는 뜻 외에 '거짓말을 하다'라는 뜻이 있음)

영어 수수께끼에는 글자의 형태를 가지고 노는 것도 있다. 영어 단어 가운데 가장 긴 것은 무엇일까? 답은 'smiles'이다. 스펠링의 앞뒤 글자 사이에 1mile이나 들어 있기 때문이다. 논쟁을 벌일 때 S자가 왜 가장 위험할까? S자는 단어(word)를 칼(sword)로 바꿀 수 있으니까 그렇다. 알파벳을 배열할 때 왜 B가 C 앞에 오는 걸까? 먼저 사람이 '존재(be)'하고 나야, 그를 '볼(see)' 수 있기 때문이다.

중국의 글자 수수께끼와 견주면 이런 것들은 너무 깊이가 없다. '무변낙목소소하(無邊落木蕭蕭下)'는 두보의 유명한 시구이다. 이 시구가 가리키는 한 글자는 무엇일까? 답은 '왈(曰)'이다. 육조(六朝) 시대 동진(東晉)의 후속 국가는 송(宋), 제(齊), 양(梁), 진(陳)이었고, 제나라와 양나라 황제의 성씨가 모두 소(蕭)였으므로, 소소(蕭蕭)의 아래라고 하면 진(陳)이 된다. 진(陳)에서 변 획이 없으면 동(東)이고, 동(東)에서 나무를 탈락시키면[落木], '왈(曰)' 자가 남는다. 이런 수수께끼는 보통 사람의 머리로는 정말이지 생각해내기 힘든 것이다.

시를 읊거나 대련을 짓는 일

– 백검당주

　양우생과 함께 무협소설의 회목(소제목)에 대해 이야기를 나눈 적이 있다. 그는 내가 여기에 지나치게 마음을 쓴다고 했다. 나는『풍호운룡전』의 회목은 시종일관 4, 7구, 즉 11자를 한 짝으로 하되, 앞에는 4자 뒤에는 7자를 사용하기로 미리 정한 것이라고 말해주었다. 그래서 매회의 제목은 자수도 같고, 형식도 비교적 가지런할 뿐만 아니라, 대우의 사용도 더할 나위 없이 솜씨를 들였고, 읽어보면 소리가 꽤나 청량하다. 이미 옛 소설의 형식을 사용했으니, 회목에 대해 조금 더 알아보는 것도 괜찮을 듯하다.

　무협소설 작가 중 환주루주(還珠樓主)[63]는 회목에 상당히 신경을 쓰는 편이다. 하지만 백우(白羽)[64]는 옛날 방식의 회목을 쓰지 않는

---

　63 환주루주(還珠樓主, 1902~1961): 이름은 이수민(李壽民), 필명이 환주루주이며 '현대 무협소설의 왕'이라 불렸다. 대표작으로『촉산검협전(蜀山劍俠傳)』이 있으며, 북파오대가(北派五大家) 중의 한 사람이다.

　64 백우(白羽, 1899~1966): 원래 이름은 궁만선(宮萬選)이며 죽심(竹心)으로 개명했다. 1940년대에 활약했던 중국 무협소설 작가이다. 대표작으로『십이금전표(十二金錢鏢)』,『무림쟁웅기(武林爭雄記)』,『투권(偸拳)』 등이 있다.

다. 그가『녹림호걸전(綠林豪傑傳)』을 홍콩에서 발표했을 때의 회목은 모두 몇몇 친구들이 대신 정해준 것으로 글자 수도 일정하지 않았다.

하나의 회목은 한 쌍의 대련이니, 거기에는 평측과 대우 등 자기 규범이 있다. 이런 조충전각의 소기(小技)는 쉽다고 하면 매우 쉬운 것이지만, 어렵다고 하면 매우 어려운 점이 있다. 남에게 규범을 보여줄 수는 있어도 그걸 솜씨 있게 해내기란 어렵기 때문이다. 규범은 죽은 것이니 지극히 간단하다. 말을 교묘하게 하는 데에는 일정한 범위도 없고 경계도 없다. 글자 하나를 놓기 위해서 "몇 가닥 수염을 잡아 뽑는다"[65]고 했을 정도인데, 하물며 한 글자가 아님에랴! 한 쌍의 훌륭한 대련은 평생 잊히지 않지만, 수많은 엉터리 대련은 한 글자도 기억나지 않는다. 문자와 연애는 억지로 쫓겨서 되는 게 아니다.

대련은 짧게도 할 수 있고 길게도 할 수 있으니, 다섯 자 일곱 자 짧은 것에서부터 백 수십 자에 이르는 긴 것도 있다. 지금까지 긴 대련 중에 유명한 것으로는 아마 곤명(昆明)의 전지(滇池)에 있는 대관루(大觀樓)의 글이 아닌가 한다. 지은 사람은 손염옹(孫髯翁)[66]인데, 여기 옮겨보아도 괜찮을 듯싶다. 위짝과 아래짝은 각각 다음과 같다.

---

65 당나라 노연양(盧延讓)의 시「고음(苦吟)」에 "吟安一個字, 撚斷數莖鬚"란 구절이 있다.

66 손염옹(孫髯翁, 1685~1774): 염옹(髯翁)은 그의 자이고, 이름은 미상. 곤명 대관루에 180자의 대련을 남겨 '천하제일장련(天下第一長聯)'이라 불렸다.

五百里滇池

5백 리 전지(滇池)에

奔來眼底

풍경은 눈 아래 달려오고

披襟岸幘

흥 넘치니 옷깃 헤쳐 두건 올려 쓰고

喜茫茫空闊無邊

끝없이 툭 트인 광경 기쁨에 젖네

看東驤神駿

동쪽엔 머리 치켜든 천리마요

西翥靈儀

서쪽엔 신령스런 그림 솟아오른다

北走蜿蜒

북쪽에는 산맥이 꿈틀거리고

南翔縞素

남쪽에는 흰 새들 날아오르네

高人韻士

덕 높은 군자에 운치 있는 문사

何妨選勝登臨

명승을 가려 골라 올라가 보니

數千年往事

수천 년 역사

汪到心頭

옛 사연 가슴 가에 밀려드누나

把酒凌虛

강개하여 술잔 들고 허공에 올라

歎滾滾英雄誰在

그 많던 영웅들 어디 있나 탄식하노라

想漢習樓船

한나라 수군 누선을 훈련하였고

唐標鐵柱

당나라는 쇠기둥 박아 영토를 표시하였지

宋揮玉斧

송나라는 옥도끼를 휘둘렀으며

元跨革囊

원나라는 가죽주머니 차고 달렸네

偉烈豐功

위대한 행적에 넘치는 공업

費盡移山心力

산 옮기는 심력을 모두 사용했으니

趁蟹嶼螺州

게 섬에 소라 고을 이어져 있고

梳裹就風鬢霧鬢

곱게 빗은 삼단 같은 머릿결이요

更蘋天葦地

하늘에는 부평초 땅엔 갈대숲일세

點綴些翠羽丹霞

비취 깃에 붉은 노을 단장했으니

莫辜負四周香稻

누려야 할 건, 사방의 향그런 논

萬頃晴沙

만 이랑 맑은 모래밭

九夏芙蓉

여름날 부용꽃이요

三春楊柳

봄날의 버들이로다

盡珠簾畫棟

예외 없이 구슬발에 그림 기둥

卷不及暮雨朝雲

아침 구름 저녁 비 개이지 않고

便斷碣殘碑

동강나고 지워진 비석이로다

都付與蒼煙落照

푸른 안개 석양에 다 부쳐 보내니

只贏得幾杵疏鍾

남아있는 건, 몇 가닥 종소리

半江漁火

강심의 고깃배 야화

兩行秋雁

두 줄의 기러기 떼에

一枕清霜

베개 맡의 백발이로다

이 180자 중에는 가슴 속의 역사도 있고, 눈앞의 경계도 있고, 움직이는 풍경도 있고, 고요한 풍경도 있으며, 환희도 있고, 감개도 있다. 전지(滇池)에서 노니는 사람이 이 긴 대련을 보면 유흥이 한층 일어나고, 전지에서 노닐고 싶은 사람이 이 대련을 읽으면 가보고 싶은 생각이 솟구칠 것이다. 그러니 누군들 이를 두고 문학의 묘필이라 아니할 것이며, 이것이 시만 못하다고 말할 것인가!

몇 년 전 나는 서호(西湖)를 유람하면서 볼 수 있는 대련을 두루 읽었는데, 그 중 둘이 아직까지 가슴 언저리에 남아있다. 한 짝은 악비(岳飛) 사당에 있는 "청산은 다행히도 충신 뼈를 묻었고, 백철은 죄도 없이 간신 이름 새겼도다 靑山有幸埋忠骨, 白鐵無辜鑄佞臣"[67]이고, 다른 한 짝은 삼담인월도(三潭印月島)[68]에 있던 "봄 물 위에 구슬 한 알 녹색으로 떠있고, 석양은 열다섯 자 땅 붉게 적시네 春水綠浮珠一顆, 夕陽紅濕地三弓"(湖心亭)이다. 대구가 정교하기로는 당연히 후자가 더 아름답다. 형상이 생동하고 색조가 환상처럼 아름다우며 비유가 우아하니, 이 14자는 그야말로 상품(上品)이라 하겠다.

---

67 묘궐(墓闕) 아래 뒤로 두 손을 묶인 채 무릎 꿇고 있는 네 사람의 철제 상이 있으니, 악비를 모함했던 진회(秦檜), 왕씨(王氏), 장준(張俊), 만사괘(萬俟卨)이다. 이 문구는 묘역 입구의 문 좌우에 쓰인 주련이다.

68 삼담인월도(三潭印月島): 호심정(湖心亭), 완공돈(阮公墩)과 함께 서호의 세 섬으로 일컬어진다. 섬 남쪽 호수 안에 세 기의 석탑이 서있고, 그 복부에는 등거리로 다섯 개의 원통이 파여 있다. 달 밝은 밤 입구에 얇은 종이를 바르고 안에 등불을 켜면, 둥근 입구 모양이 호수에 새겨져 많은 달빛이 생긴다. 서호뿐 아니라 중국을 대표하는 명승지로, 1위안 지폐의 도상이기도 하다.

항주 악비 무덤 입구 양쪽 기둥에 새겨져 있는 대련.

대련을 지을 때는 평측과 허실을 고려해야 한다. 이쪽이 평성자면 저쪽은 반드시 측성자여야 하고(7자 구에서 "1, 3, 5는 따지지 않고, 2, 4, 6은 분명해야 한다."는 것은 유연성을 고려한 예외 조항이다[69]), 이쪽이 허자(虛字)이면 저쪽도 반드시 허자여야 하며, 이쪽이 실자(實字)면 마땅히 저쪽도 실자를 놓아야 한다. 이 규칙은 매우 엄격하다. 내 생각에, 문자에 기대어 밥 벌어 먹는 사람에게 있어 이런 작은 일에 주의하는 것은 절대로 나쁘다고 할 수 없다. 정말 쓰잘 데 없는

---

[69] "一三五不論, 二四六分明."은 옛날 7언 율시에서 대구를 지을 때, 평성과 측성 안배에 적용되던 규칙이다. 즉 일곱 글자 중에서 첫 번째, 세 번째, 다섯 번째 글자는 평성과 측성 모두 쓸 수 있되, 두 번째, 네 번째, 여섯 번째 글자의 경우는 평측을 분명히 지키게 한 것이다. 형식주의가 자연스러운 생동감을 지나치게 억압하는 것을 방지하려고 글자 운용에 유연성을 부여한 것이다.

것[牛角尖]이 아니라면, 마음을 기울여보는 것도 괜찮겠다.

중국의 문자는 단음 문자이기 때문에, 평성 아니면 측성이다. 평성은 높이 올리괴[揚] 측성은 낮게 짐긴다[抑]. 이러한 평성과 측성 글자를 조직하여 이루어지는 문구와 문장은, 조직이 잘 되었는가 아닌가에 따라 문장의 유려함과 껄끄러움에 직접 영향을 끼친다. 어떤 문장은 입에 붙어 맑고 깨끗한 소리가 되는 반면, 어떤 문장은 혀에 걸리곤 하는데, 그 차이는 대부분 음운의 문제이다.

크게는 한 편의 문장에서, 작게는 신문의 한 줄 표제에 이르기까지, 음률에 정통한 사람이 지은 글은 그렇지 못한 사람이 쓴 글에 비해 붓 아래서 소리가 훨씬 잘 울려나온다. 소리와 정감은 또한 본래 서로 관련이 있는 것이니, 그것은 성나 미친 듯한 거대한 파도가 바다에 속해있고, '대강동거(大江東去)'를 부르는 데에는 철판동파(鐵板銅琶)가 제격인 것과 같다.[70]

그리고 많은 사람들이 이런 경험을 했을 것으로 생각되는데, 어릴 적 읽었던 당시(唐詩) 한 수가 늙도록 친숙하게 기억나거나, 한 번밖에 읽지 않은 「아방궁부(阿房宮賦)」나 「이릉답소무서(李陵答蘇武書)」가 10년 뒤에까지 반나마 기억되는, 그런 일 말이다. 반면 요즘 나온 시

---

70 소동파의 사(詞)는 당대 유영(柳永)의 사와 비교되곤 하였다. 사람들은 유영의 사를 두고, 17, 8세 소녀가 홍아(紅牙)를 가지고 박자를 맞추며 '楊柳岸曉風殘月'을 부르는 것에, 동파의 사는 관서의 거한이 동비파(銅琵琶)와 철작판(鐵綽板)을 연주하며 '大江東去'(「念奴嬌・赤壁懷古」)를 부르는 것으로 비유했다. 즉 호방하고 기세 넘치는 가락을 가리킨다.

는 한 수를 여러 번 읽었는데도 그 중 한 구절도 외워지지 않는 것도 있다(현대시를 무시하는 것은 아니다). 이는 예전에 외웠느냐 그렇지 않았느냐와 관련 있지만, 옛 시문이 음률을 중시하여 사람들이 쉽게 암송할 수 있게 한다는 데 이유가 있다. 저명한 작가 노사(老舍)[71]는 글을 쓰는 사람들에게 반드시 운문을 섭렵할 것을 권장했다. 중국의 운문이 문장 공부에 있어 고도의 단련을 가능케 해서만이 아니라, 운문이 그만큼 엄격하게 음률에 주의하는 것도 한 가지 이유였을 것이다. 이 방면으로 중국에는 예로부터 허다한 입문서가 있었지만, 사람들이 마음을 두지 않거나 중시하지 않았을 뿐이다.

---

[71] 노사(老舍, 1899~1966): 본명은 서경춘(舒慶春)으로 소설가이자 극작가이다. 1924년부터 1930년까지 영국 런던대학에 유학하면서 『장씨의 철학 老張的哲學』 등 장편소설 세 편을 발표했다. 1966년 문화대혁명이 막 시작될 때, 홍위병들에게 '반동적인 학술 권위자'로 몰려 비판과 박해를 당한 뒤 북경의 한 호수에 몸을 던져 자살하였다. 대표작으로는 소설 『낙타 시앙즈』 외에 『사세동당(四世同堂)』, 『초생달 月牙』 등이 있고, 희곡으로는 『찻집 茶館』, 『생일(生日)』 등이 있다.

괴련(怪聯) 한담

– 양우생

백검당주가 쓴 대련(對聯)에 관한 글을 보고, 흥미로운 사건 하나가 떠올랐다. 24년 전 청화대학(淸華大學) 입학시험의 국어 과목 문제 중 하나가 '손행자(孫行者)' 세 글자에 짝을 맞춰 대련을 짓는 것이었는데, 한 학생이 '호적지(胡適之)'로 짝을 맞춰 지어 한때 사람들 입에 오르내렸다. 호적이 대만에 간 사실을 가지고 변화에 능한 제천대성(齊天大聖)에 짝을 맞췄으니, 확실히 말로 표현하기 힘들 만큼 오묘했다.[72] 하지만 글자의 짜임새를 두고 평가하자면, '조충지(祖沖之)'로 짝을 맞춰 지은 다른 학생만 못하다. 이 대련은 손(孫)과 조(祖), 행(行)과 충(沖), 자(者)와 지(之)로 짝을 맞췄으니,[73] 그야말로 하늘이 빚어낸 듯 절묘한 솜씨다. 조충지(祖沖之)는 남북조 시대의 대 수학자로, 그는 세계에서 제일 먼저 소수점 이하 일곱 개의 수까지 원주

---

[72] 자유자재로 자기 몸을 변신하는 『서유기』의 손오공과 이 무렵 대륙을 떠나 대만으로 간 호적(胡適)의 변절을 짝 지웠다는 뜻이다.

[73] '孫(후손)'과 '祖(조상)', '行(동사, 외적 행동)'과 '沖(동사, 내적 충만)', '者(허사)'와 '之(허사)'가 각각 조화롭게 짝을 이루면서, 전체적으로 '우주를 횡행하는 허구의 인물'과 '수학에 정교한 역사의 인물'도 훌륭한 짝이 된다는 뜻이다.

율의 정확한 수치를 계산해낸 사람인데, 그 성과는 다른 나라의 수학자에 비해 1천여 년이나 빠른 것이다. (참고로 조충지가 계산해낸 원주율은 3.14159265로, 현재 통용되는 3.1416보다도 더 정확하다.[74])

이 사건은 작지 않은 풍파를 일으켰다. 당시는 백화문 운동이 활기차게 전개되고 있었던 시기로 과거의 잘못을 바로잡는다는 것이 정도를 지나쳐, 많은 사람들이 청화대학에서 학생들에게 대련을 짓도록 한 것을 비판했다. 시험문제를 출제한 사람은 저명한 사학자 진인각(陳寅恪, 1890~1969) 선생이었는데, 그는 이 문제를 낸 이유를 이렇게 해명했다. '대련 짓기는 학생의 국어 이해 정도를 가장 쉽게 알 수 있는 문제이다. 단 몇 글자의 운용에 평측과 허실의 용법이 포함되어 있기 때문이다. 뿐만 아니라 대련은 중국문학만의 특징으로, 다른 나라의 문자로는 절대 할 수 없는 것이다.' 그의 해명이 발표되자 비난은 곧 가라앉았다.

중국에는 수많은 괴련(怪聯)이 있어 이야기하자면 몹시 흥미롭다. 광동의 하담여(何淡如)[75]는 괴련 짓기의 능수이다. 예를 들면

---

74 뒤에 있는 「수학과 논리」 참조.

75 하담여(何淡如): 하우웅(何又雄, 1820~1913)을 가리킨다. 담여(淡如)는 그의 자이다. 광동성 남해현(南海縣) 출신. 글공부를 할 때의 이름은 문웅(文雄)이었는데, 다른 사람을 대신해서 시험을 보러 고사장에 갔다가 감독관에게 발각되는 바람에 학적에서 제명되었다. 청대에는 '공부가 무르익었으면 벼슬을 해야 한다(學而優則仕)'는 인식이 널리 퍼져 있었으므로, 하담여가 학교에서 학적을 잃은 것은 벼슬길이 끊긴 것이나 다름없었다. 이에 그는 자기 이름의 문(文)에서 꼭지 부분을 떼어내 우(又)로 고치고 우웅(又雄)이 되었다. 또 아내의 이름을 인국(人菊)으로 고치고 자신의 자인 담여

술 있으니 달을 불러 함께 마실 수 있고 　　有酒不妨邀月飮

돈 없으니 어찌 구름 얻어 삼킬 수 있나 　　無錢那得食雲呑

라든가

공문에서 도리가 영화를 다투는 나날 　　公門桃李争榮日

법국에선 하란이 이익을 겨루는 시절 　　法國荷蘭比利時

등은 보통사람의 상상을 초월한다. 운탄(雲呑)[76]은 본디 명사이지만, 그는 이를 가져다가 월음(月飮)에 짝지었고, 법국(法國, 프랑스), 하란(荷蘭, 네덜란드), 비리시(比利時, 벨기에)는 세 나라 이름을 붙여 옛 시구의 짝처럼 사용했다. 아무 상관도 없는 말들을 가져다가 착 들어맞는 짝으로 만들어낸 것이다. 어르신들 말씀을 들어보면 하담여는 사람됨이 풍취가 넘쳤다고 한다. 한번은 그가 여러 사람을 따라 왁자지껄한 신방(新房)에 들어갔는데, 누군가가 신랑에게 천(天)과 지(地) 두 글자로 시구를 짓되 천(天)으로 시작해서 지(地)로 끝내라고 요구했더란다. 신랑이 머뭇머뭇 대답을 못하고 있을 때, 그가 입

(淡如)를 끼워 넣어, '인담여국(人淡如菊)'이라는 시 구절을 취하기도 했다. 1862년에 거인(擧人)이 되었다.

　76 운탄(雲呑): 편식(扁食)이라고도 한다. 광동, 광서 지역의 전통 음식 가운데 한 가지이다.

에서 나오는 대로 중얼거렸다.

날 새도록 자넨 그 사람을 어루만지게   天光你重摩人地[77]

사람들이 웃음을 터뜨리고는 어지러이 신방에서 물러나면서 신랑
에게 '天光你重摩人地'의 재미를 보러 가라고 했다.

마군무(馬君武)[78] 선생이 광서대학교 교장으로 있을 때 계극(桂劇)[79]
을 열심히 제창하였는데, 명배우 소금봉(小金鳳)[80]은 그의 수양딸이
었다. 마군무 선생은 나이가 들었어도 풍류를 사랑하여 물의를 빚곤
했다. 그가 계림(桂林)의 환호로(環湖路)에 살 때 집 대문에 한 짝의
시구를 써놓았다.

---

77 광동어로 천광(天光)은 아직 날이 새지 않은 상태를, 인지(人地)는 3인칭 단수를
나타내는 인가(人家)의 의미이다.

78 마군무(馬君武, 1881~1940): 중국인 최초로 독일 공학박사 학위를 받은 정치 활
동가이자 교육가. 대하대학(大夏大學: 지금의 화동사범대학)과 광서대학을 설립하고
초대 교장을 맡았다. 본명은 도응(道凝), 자는 후산(厚山), 군무(君武)는 그의 호이다.
광서성 계림에서 태어났다. 1902년 일본에 머물던 당시 손중산과 친교를 맺고 1905년
에는 중국동맹회 결성에 참여하기도 했다.

79 계극(桂劇): 계림(桂林)·유주(柳州) 일대에서 유행하는 광서(廣西) 지방 전통극.

80 소금봉(小金鳳): 중국의 계극 배우 윤희(尹羲, 1920~2004)를 가리킨다. 본명은
소정(素貞)이고, 소금봉은 예명이다. 광서성 계림 사람. 4세에 예술을 배우기 시작했
다. 처음에는 남자 무술을 익히다가 낙상을 당한 뒤로 여자 역을 맡았다. 항일전쟁
시기에 진보적 연극인 『양홍옥(梁紅玉)』을 공연한 것이 국민당 당국을 자극하는 바람
에 공연 금지를 당하기도 했다. 구양여천(歐陽予倩)의 가르침을 계승한 그녀의 연기는
일취월장하여 관중들에게서 높은 평가를 받았다.

나무를 심는 것은 아름다운 자제를 기름과 같고 　　種樹如培佳子弟

집터로 잡은 곳은 좋은 산수와 짝을 이룬듯하니 　　卜居恰對好湖山

그런데 누군가 그 구절 위에 각각 네 글자를 더해 이렇게 만들었다.

봄볕이 이원에 가득하니 　　　　　　　　　　　　春滿梨園

나무를 심는 것은 아름다운 자제를 기름과 같고 　　種樹如培佳子弟

구름은 무협에서 일어나 　　　　　　　　　　　　雲生巫峽

집터로 잡은 곳은 좋은 산수와 짝을 이룬듯하네 　　卜居恰對好湖山

당시 계림에는 특찰리(特察里)[81]가 없었고, 상비산(象鼻山) 아래에 선 바로 마군무의 집을 볼 수 있었으니, 아래 구절은 이 즉경을 사용

---

81 특찰리(特察里, 기방): 광서성 특유의 공간이다. 과거 광서 지방은 도덕적 모범 지역으로 손꼽혔다. 그러나 사회적으로 볼 때는 도박이나 윤락 심지어 아편 등의 향락 을 추구하는 사람이 있기 마련이어서, 아무리 금하려 해도 음성적으로 창궐하곤 했다. 이에 광서성 당국은 성내의 여러 대도시에 특찰리(特察里)를 설치했다. 금할 수 없어 허락은 하지만 반드시 한곳에 집중되어야 한다는 취지였으며, 대신 무거운 세금을 매 겼다. 계림의 특찰리는 문창문(文昌門) 성 바깥으로 정계문(定桂門)까지 이르는 성벽 쪽에 조성되었으며, 도박장, 기방, 흡연장 등이 세워졌다. 이 안에서는 얼마든지 마음 대로 할 수 있지만 특찰리를 벗어날 수 없도록 한 것은, 첫째 탈세를 막고자 함이고 둘째 사회 혼란의 확산을 막으려는 의도였다. 항전의 불길이 날로 거세짐에 따라 난을 피해 계림으로 오는 사람들이 갈수록 많아졌고, 특찰리 또한 번성을 누렸다. 일본의 침탈이 있은 뒤로 1938년 말엽 계림에 무차별 폭격이 이루어졌을 때 특찰리 또한 폭격 을 맞아 큰 불길에 훼손되었다. 이로써 각종 사회 혼란이 계림시 여러 골목으로까지 확산되었다.

하여 마군무를 조롱한 것이다.[82]

마군무가 죽었을 때 소금풍은 그의 연구(聯句)를 끌어다가 한 때에 유행시켰다.

친딸처럼 나를 아껴주시니	撫我若親生
자부의 가슴이요	慈父心腸
대인의 풍도러라	大人風度
몸을 나타내어 설법하시니	現身而說法
도화의 묵은 한이요	桃花舊恨
목란의 새 글이어라	木蘭新詞

위의 연은 그녀 자신이 마군무의 수양딸이었음을 표현했고, 아래 연의 '도화구한(桃花舊恨)', '목란신사(木蘭新詞)'는 구양여천(歐陽予倩)[83]이 엮은 두 편의 새로운 계극(桂劇) 「도화선(桃花扇)」과 「목란종

---

82 '춘만이원(春滿梨園)'은 마군무(馬君武)와 소금풍(小金風)의 심상치 않은 관계를 조롱한 것이다. '이원(梨園)'은 배우들의 거처를 뜻하고, '춘(春)'은 남녀 간의 애정을 의미한다. '운생무협(雲生巫峽)'은 남녀 간의 성관계를 의미하는 운우(雲雨) 고사를 끌어 쓴 것인데, 당시 마군무의 집이 멀리 성 바깥의 '특별구'(당시 광서성 당국이 지정한 기방의 명칭)와 정면으로 마주보고 있음을 일컫은 것이라고 한다(張永超, 「馬君武風流韻事多」,『讀書文摘』, 2008년 12기 참조).

83 구양여천(歐陽予倩, 1889~1962): 중국의 유명한 희극 예술가. 호남성 유양현 사람이다. 1902년 일본에 머물면서 1907년에는 춘류사(春柳社)에 들어가『흑노우천록(黑奴籲天錄)』을 연출했다. 1910년 귀국한 후 신극동지회를 조직했다. 1916년에는 경극 배우로 활동하면서 독특한 무대 표현을 만들어냈다. 1931년에는 '좌맹(左聯)'에 가입했

군(木蘭從軍)」을 가리키며, 소금풍은 바로 여기에 출연하면서 유명해진 바 있다. 이 대련은 계림 명사 용(龍) 아무개가 지은 것이라고 전한다.

적위(敵僞)[84] 시기 양홍지(梁鴻志)[85]와 오용위(吳用威)[86]는 악명 높은 매국노였다. 누군가가[87] 이 두 사람의 이름을 사용하여 대련을 지었다.

맹광이 바람을 피우자	孟光軋姘頭
양홍의 뜻이 꺾이고	梁鴻志短[88]
송강이 싸움에서 지자	宋江吃敗仗
오용이 위엄을 잃다	吳用威消[89]

고, 항전시기에 『충왕이수성(忠王李秀成)』 등의 역사극을 집필하기도 했다.

84 적위(敵僞): 항일전쟁 시기, 일본 침략자와 한간(漢奸), 또는 이들이 합작하여 세운 괴뢰 정권.

85 양홍지(梁鴻志, 1882~1946): 복건성 장락(長樂) 사람이다. 중국 근대의 정치적 인물. 항전 시기에 일본에 투항하여 매국 활동을 벌였다. 전쟁이 끝난 뒤에는 국민정부에 매국 혐의로 체포당했고, 1946년 처형당했다.

86 오용위(吳用威, 1873~1941): 자는 동경(董卿) 호는 극재(屐齋), 양주(揚州) 사람이다. 1938년에 남경 유신정부의 비서장 등을 지냈다.

87 당대의 화가 오호범(吳湖帆, 1894~1968)이 지은 것으로 알려져 있다.

88 양홍(梁鴻)은 후한 시대의 가난한 은자이고, 맹광(孟光)은 그의 아내였는데 부자집 출신이었다. 맹광은 뜻과 태도를 양홍에게 잘 맞추어 현숙한 아내의 모범이 되었다. 이들 부부 사이를 일본 침략군과 한간(漢奸)의 관계로 비유하여, 일본이 딴 마음을 먹게 되면 양홍지 또한 몰락할 수밖에 없음을 말하였다.

89 송강(宋江)과 오용(吳用)은 『수호전』에서 각각 도적 집단인 양산박의 수령과 군사(君師)로 설정된 인물이다. 또한 이들의 관계를 일본 침략군과 오용위의 그것으로 설정하여, 송강이 패하면 오용도 별 볼 일 없듯 일본 침략군이 패퇴하면 오용위도 오갈 곳이 없을 것임을 말하였다.

양홍지와 오용위의 이름을 억지로 나누어 써서 '梁鴻'의 '志'와 '吳用'의 '威'로 변화시켰으니, 참으로 상식을 뛰어넘는 발상이다.

해방 전 나는 광주(廣州)에서

| 이럭저럭 살아가는 타고난 재주가 있어 | 胡混混全憑兩度 |
| 바보처럼 우물쭈물 또 한 해를 보내네 | 戀居居又過一年 |

라는 한 폭의 대련을 보았는데 자못 아취가 있었으니 당시 일반인의 생활상을 말한 것이다.[90]

요즘 홍콩의 신문과 잡지들은 괴련에 관심이 많다. 모 신문사의 문화면에는 때로 좋은 작품이 올라온다. 예를 들면

| 더위에는 짧은 바지 입는 게 맞고 | 怕熱最宜穿短褲 |
| 공적에는 긴 밧줄을 청하려 하네 | 論功還欲請長纓[91] |

---

90 광동어에서 '兩度'는 '타고난 재주 또는 솜씨'를 의미한다. '胡混混(이럭저럭 살아감)'과 '戀居居(바보처럼 머뭇거림)', '全憑(전적으로 거기에만 기대다)'과 '又過(하던 양으로 세월을 보내다)', '兩度(수량사 + 단위)'와 '一年(수량사 + 단위)'이 각각 절묘하게 짝을 이루면서, 당시 광동 사람들의 생활상을 잘 그려냈다는 뜻이다.

91 아래는 당나라 조영(祖詠)의 7언 율시 「멀리 계주 성문을 바라보며 望薊門」의 마지막 구절이다. 원래 문사였던 후한의 반초(班超)가 어느 날 붓을 집어던지고, 군역에 종사하여 긴 밧줄로 남월왕(南越王)을 묶어 끌고 오겠다고 다짐했다는 고사를 끌어쓴 것이다. 위는 홍콩의 날씨가 무더워지면 짧은 바지 즉 반바지[短褲]를 입는 게 좋다는 뜻이니, 옛 시의 한 구절에 당시의 풍속을 짝 맞춘 희작이다. 아래 대련 모두 같은 방식으로 지어진 것이다.

세찬 물소리에 귀신들 일제히 달아나고요 　　水緊一聲齊走鬼

바람에 흩날리는 만 점 꽃잎 시름 돋우네 　　風飄萬點正愁人[92]

적주촌(赤柱村)엔 음식에 집도 있는데 　　　赤柱有食兼有住

정주(汀洲)에는 물결 안개 하나 없구나 　　　汀洲無浪複無煙[93]

헛되이 상장군에 출사표 짓게 하고 　　　　徒令上將揮神筆

전차 타는 패왕은 으레 보이는구나 　　　　慣見霸王搭電車[94]

대낮에 노래 부르며 술에 몸을 맡기고 　　白日放歌須縱酒

---

92 아래는 두보가 758년에 지은 「곡강(曲江)」 첫 수의 두 번째 구절이다. 위의 '水緊'은 광동어에서 '속인다'는 뜻이다. '走鬼'는 3, 40년대 홍콩에서 생긴 말이다. 당시 홍콩에는 광동 각지에서 몰려온 사람들이 생계유지의 수단으로 골목에서 노점상을 운영했다. 홍콩 정부에서는 경찰력을 동원하여 이들을 통제하고 탄압하였는데, 당시 경찰들 중에는 인도나 파키스탄 출신이 많았다. 홍콩 사람들은 외모가 다른 이들을 '紅毛鬼'라고 불렀다. 이들 단속 경찰이 뜨면 "紅毛鬼가 떴다, 빨리 달아나! 紅毛鬼來了, 快走哇!"라고 소리쳤는데, 뒤에는 "달아나, 鬼가 온다. 走哇, 鬼來了!"로 짧아졌다. '走鬼'는 단속 경찰의 등장을 알리는 노점상들의 암호였는데, 뒤에는 노점상을 가리키는 말로 바뀌었다. 그러니 이 구절의 속뜻은 이런 것이다. "경찰 떴다 달아나란 거짓말 울려 퍼지네!"

93 아래 구는 유장경(劉長卿)의 「하구에서 앵무주에 이르러 저물녘 악양루를 바라보며 원중승에게 부치다 自夏口至鸚洲夕望岳陽寄源中丞」의 첫 번째 구절이다. 赤柱 (Stanley)는 홍콩 남부의 지명이다. 원래는 바닷가의 한적한 마을이었으나, 뒤에 홍콩의 행정 중심지가 되면서 번화하였다.

94 위는 이상은(李商隱)의 「주필역(籌筆驛)」 세 번째 구절이다. 주필역(籌筆驛)은 제갈량이 「출사표」를 지은 곳으로 사천성 광원현(廣元縣)에 있다. 아래 구의 패왕(霸王)은 당시 홍콩에서 요금을 내지 않고 전차를 타는 무뢰한들을 가리키던 말이다.

불 끄고 춤을 추면 더듬기에 그만일세　　　　　黑燈跳舞好揩油[95]

서산에는 흰 눈이요 삼성을 지키고　　　　　　西山白雪三城戍

남국에는 홍미라 일곱 솥 열렸구나　　　　　　南國紅眉七鑊開

등은 한 구절 홍콩 속어를 사용하여 옛 사람의 시구를 지은 것인데 매우 흥취가 있다. 다만 '백설(白雪)'과 '홍미(紅眉)' 대련은 경박하다 는 느낌을 지울 수 없다.[96]

---

95 위는 두보의 「관군이 하남 하북을 수복했다는 소식을 듣고 聞官軍收河南河北」의 다섯 번째 구절이다. 아래에서 '흑등무(黑燈舞)'는 불을 끄거나 희미하게 하고 추는 춤, 또는 그런 춤을 추는 곳을 뜻한다. '개유(揩油)'는 상해 지역에서 사용되던 말인데, '허락 없이 여자의 몸을 더듬다'라는 뜻을 지녔다.

96 위는 두보의 「들에서 바라보다 野望」의 첫 번째 구절이다. 여기서 서산(西山)은 성도(成都)의 서쪽에 있는 설산(雪山)을 가리킨다. 삼성(三城)이란 토번(吐蕃)과 접해 있는 송(松, 지금의 사천성(四川省) 송반현(松潘縣)), 유(維, 지금의 사천성 이현(理縣) 서쪽), 보(保, 지금의 사천성 이현 신보궐(新保闕) 서북쪽)에 있었던 세 성을 의미한다. 아래 구에서 '홍미(紅眉)'는 소녀를 지칭한다. '확(鑊)'은 한 때 여성의 성기를 은유하는 뜻으로 사용되었다. 1940, 50년대 홍콩의 성범죄자가 피해자를 강간할 때마다 "솥을 열었다! 開鑊啦"라 외쳤다고 자백했는데, 다음날 신문기사는 "소녀, 하룻밤에 참혹하게 도 일곱 번 잇달아 솥이 열림! 少女一夜慘被連開七鑊"이라는 제목을 달았으며, 피해자 는 '칠확지화'라는 호칭을 뒤집어 써야 했다. 참혹한 성범죄 피해를 희작으로 삼았기 때문에 경박하다고 한 것이다.

대련(對聯) 이야기 또 한 자락

- 김용

백검당주가 「시를 읊거나 대련을 짓는 일」에서 항주의 대련 두 가지를 소개했다. 내가 항주 사람이라 그는 내게 항주에 살 때 본 무수한 대련 중 특별히 인상적인 것이 있느냐고 물었다. 제일 먼저 떠오른 것은 월하노인사(月下老人祠)의 대련이다.

천하의 정 있는 사람들이여　　　　願天下有情人

모두 다 가정을 이루시기를　　　　都成爲眷屬

이는 전생에 정해진 일이니　　　　是前生注定事

잘못 인연 지나치지 마시라　　　　莫錯過姻緣

여기서 위 짝은 「속서상(續西廂)」에 나온다. 이 책을 비평한 김성탄(金聖嘆, 1608~1661)은 처음부터 끝까지 혹평을 가하면서도 마지막의 이 두 구에 대해서만은 찬사를 아끼지 않았다. 이 대련을 보는 사람들은 누구나 기분이 좋아질 텐데, 글 또한 아름답다. (월하노인사에는 99조의 첨사(籤詞, 점괘)가 있다. 모두 경서와 시문에서 가져온 것으로, 아속을 따지자면 이곳 황대선(黃大仙, 홍콩에 있는 사원)의 첨사와 비교 대상이 되지 않는다.) 또 완원(阮元, 1764~1849)이 항주 공원(貢院)을 위해 지은 대련도 있다.

> 붓을 들어 천 마디 글 써 가는데   下筆千言
> 계화 향기 속에서 느티나무 잎 물들어가고   正槐子黃時桂花香裏
> 문을 나서 한번 크게 웃고 보니   出門一笑
> 서호에는 보름달, 잔물결 동으로 밀려오네   看西湖月滿東浙潮來

이 대련은 내가 어릴 적에 외운 것으로, 이후 학교에서 중요한 시험 또는 진학 시험을 보느라 잔뜩 긴장했다가 답안지를 제출하고 나올 때 마음이 풀어지면서 이를 떠올리곤 했다.

백검당주가 소개한 악비 무덤 앞의

> 청산은 다행히도 충신 뼈를 묻었고   青山有幸埋忠骨
> 백철은 죄도 없이 간신 이름 새겼도다   白鐵無辜鑄佞臣

는 서씨 성을 가진 여성의 문장에서 나온 것이다. (육방옹(陸放翁)에게 "청산은 뼈를 묻을 만한 곳이거니와, 백발로 남에게 허리 굽히기 부끄럽네. 青山是處可埋骨, 白髮向人羞折腰."라는 구절이 있는데 또한 자못 풍격이 있다.) 항전시기에 나는 중경에서 학교를 다니고 있었다. 당시는 국민당 정부가 일본에 줄곧 화친을 바랐고, 일부 어용 (禦用) 교수들은 자주 "악비(岳飛)는 정치를 알지 못했고, 진회(秦檜)가 큰 판을 볼 줄 일있다"는 사상을 선전하곤 했다. 헌번은 도희성(陶希聖, 1899~1988)(그는 괴뢰 정부의 지시를 받고 중경에 와서 활동하고 있었다)이 학교에 와서 강연을 하면서, 은근히 이런 이론을 선전했다. 우리 학생들 몇몇은 듣다가 분이 나서 그가 두 번째 강연을 시작하기에 앞서 칠판에 위의 대련을 써놓았다. 그는 이 글을 보고 마음으로 자책했던지, 다시는 그런 화제를 꺼내지 않았다.

예전 우리 집에는 소헌(小軒)이 있었는데, 할아버지가 손님들과 바둑을 두던 곳이다. 그 안에 하나의 대련이 걸려 있었다.

| 인심에 셈이 없어지는 곳 | 人心無算處 |
| 국수도 때론 실수를 하고 | 國手有輸時 |

그때는 그 안에 담긴 묘처를 깨닫지 못했지만, 지금 생각해보면 자못 철리(哲理)가 있다.

백검당주가 일찍이 대련 한 짝을 지었다.

| 뜨거운 피 가득하고 뼈도 많으니 | 偏多熱血偏多骨 |
| 참된 정도 바보짓도 후회 않는다 | 不悔情真不悔癡 |

내가 보고 매우 좋아하자, 그는 화선지에 잘 써서 내게 주었다. 할리우드 거리의 한 가게에 표구를 부탁하여 작은 방 가운데 걸었더니 어느새 우아한 기운이 피어났다.

나는 『서검은구록』과 『벽혈검』을 지을 때 장회의 제목을 크게 고구하지 않고 손 가는대로 쓴다. 평측과 운자를 맞추지 않으므로, 대련이라고 하기는 어렵고 그저 제목일 따름이다. 양우생 형은 나의 "아롱아롱 붉은 촛불 삼생의 약속, 반짝반짝 푸른 서리 만 리를 가네 盈盈紅燭三生約, 霍霍靑霜萬里行" 두 구(앞 구절은 서천굉(徐天宏)과 주기(周綺)의 혼사를, 뒤 구절은 이원지(李沅芷)가 칼을 짚고 여어동(餘魚同)을 쫓아간 일을 묘사한 것이다.)를 매우 칭찬했지만, 백검당 주가 매회 제목을 붙이는 솜씨에 비하면 한참 미치지 못한다.

며칠 전 『대공보』에 문회사(文懷沙)[97] 선생의 「한유(韓愈)와 가도(賈島)」란 글이 실렸다. 선생은 "새는 연못가 나무에 자고, 중은 달 아래 문을 두드려 鳥宿池邊樹鳥, 僧敲月下門"에서 고(鼓) 자가 추(推) 자에 비해 확실히 좋다고 보았다. 거기에 "새 우니 산 더욱 그윽하다 鳥鳴山更幽"는 의경이 들었다는 것이다. '鳥鳴山更幽'는 본래 송나라 왕적(王籍)의 시구이다. 『몽계필담』에 이런 말이 있다. 옛 사람의 시 중에 "바람 자자 꽃 외려 지네 風定花猶落"란 구절에 짝을 채울 수 있는 사람이 없다고 여겨져 왔는데, 왕안석이 '조명산갱유'로 짝을 맞

---

97 문회사(文懷沙, 1910~): 북경 출신으로 호는 연수(燕叟), 필명은 왕이(王耳). 저명한 국학자이고 홍학 연구가이며 서화가이기도 하다. 금석학과 중의학에도 조예가 깊다.

추었다. 왕적(王籍)의 본래 짝은 "매미 소리 요란하니 숲 한층 고요하고, 새 우니 산 더욱 그윽하다 蟬噪林愈靜, 鳥鳴山更幽"로, 앞뒤 구절의 의미가 똑같았다. 그런데 왕안석이 새로 짝을 맞추자 위의 구에는 정중동(靜中動)이, 아래 구에는 동중정(動中靜)이 있어 원래 구절보다 더욱 공교롭게 되었다.

옛날의 율시에는 반드시 대우가 있으니, 좋은 짝이야 다 들 수 없을 만큼 많다. 옛 사람들은 오묘한 대구를 지어 관운을 틔우곤 했는데, 필기소설 중에는 그와 관련된 기록이 매우 많다. 송나라 때 재상을 지낸 사인(詞人) 안원헌(晏元獻)은 "어찌 할 도리 없이 꽃잎 저무니 無可奈何花落去"라는 구절을 지어놓고, 몇 년이나 좋은 짝을 찾지 못했다. 어느 날 저녁 젊은 관리 왕기(王琪)와 산책하다가 이 이야기를 했더니, 그가 이렇게 응대했다. "일찍 알던 제비가 돌아오려나. 似曾相識燕歸來." 안원헌은 마음에 흡족하여 칭찬했고, 이로부터 왕기는 관운에 순풍을 탔다.

나는 예전 강남 고향에 있을 때 설서(說書)[98] 듣기를 좋아했는데, 『삼소(三笑)』를 들으면서 절묘한 대련을 많이 접했다. 탄사(彈詞)[99]

---

98 설서(說書): 즉 야담가(野談家)로, 악기의 반주나 박자를 쓰지 않고 이야기를 들려준다. 그 기원은 송대의 '설화인(說話人)'이며, 대본으로 된 것이 '화본(話本)'이었다.

99 탄사(彈詞): 중국의 이야기로 하는 문예물. 당(唐) 나라의 변문(變文)의 계보에 속하며 원대(元代) 말부터 명대 초에 걸쳐 형성된 것으로 알려진 창(唱)의 하나이다. 강남지방을 중심으로 널리 퍼졌으며 초기에는 작은 북이나 박판(拍板)을 반주로 혼자 하였으나 청나라 때에 와서는 비파(琵琶)나 삼현(三絃)을 사용하여 2, 3인이 한 팀이 되어 노래하였다.

창자가 문징명(文徵明)이 애인을 구하는 사연을 이야기할 때, 상대 아가씨가 대구(對句) 문제를 낸다. "연꽃에서 연뿌리를 얻나요? (어떻게 짝을 얻으시려나요?) 因荷(何)而得藕(偶)?" 문징명이 짝을 맞추었다. "살구가 있으니 매실은 필요 없다오! (행운이 있으니 매파는 필요 없다오!) 有杏(幸)不須梅(媒)!" 이렇게 해서 일이 잘 이루어졌다.

또 김성탄이 참형을 당하기 전에 아들이 "연 씨는 속이 씁니다 (자식 또한 마음이 아픕니다) 蓮(連)子心中苦"라고 읊조리자, 김성탄이 짝을 맞추었다고 한다. "배는 속이 시구나 (아들과 헤어지려니 마음 시려라) 梨(離)兒腹內酸" 두 대구가 하나는 기쁘고 하나는 슬프다. 진짜 있었던 일인지는 알 수 없지만, 쌍관을 맞추는 것은 확실히 쉬운 일이 아니다.

대구를 맞추는 일은 공교로워야 하고 빠르기까지 해야 하니, 천천히 갈고 다듬을 수 있는 다른 문장 형식과 견줄 바가 아니다. 어떤 필기에는 이런 고사가 전한다. 육문량(陸文量)이 절강에서 벼슬하고 있던 어느 날, 교육 업무를 맡은 진진(陳震)과 함께 술을 마셨다. 육문량은 그가 대머리인 것을 보고 대구를 지어 놀렸다.

진교수의 몇 가닥 머리카락　　　　　　陳教授數莖頭髮
어쩔 도리가 없네 (묶을 것도 없네)　　無計(髻)可施

진진이 즉각 짝을 맞추었다.

육대인의 얼굴 가득 수염　　　　　　　陸大人滿臉髭鬚

어찌 이 모양인가 (무슨 수염 이런가)　　何須(鬚)如此

4자 성어로 4자 성어에 짝을 맞추었으니 뛰어난 능력이 있었던 것이다. 육문량이 크게 칭찬하고는 웃으며 말했다.

두 원숭이가 산속에서 나무를 하니　　　兩猿截木山中

원숭이도 마주 톱질을 할 수 있구나　　　這猴子也會對鋸(句)

(원숭이도 대구를 지을 수 있네)

진진이 웃으면서 "저도 봐드리지 않겠습니다. 행여 언짢게 생각하지 마십시오"라면서 짝을 맞추었다.

말 한 필이 진흙에 빠졌으니　　　　　　匹馬陷身泥內

이 짐승이 어떻게 빠져나올까　　　　　　此畜生怎得出蹄(題)

(이 짐승이 어떻게 문제를 낼까)

두 사람은 하루 종일 박장대소하였다.

예전에 이정언(李廷彦)이란 사람이 한 고관에게 백운시(百韻詩)를 올렸는데, 중간에 이런 대구가 있었다. "아우는 강남에서 죽고, 형은 북쪽으로 달아나다. 舍弟江南歿, 家兄塞北亡." 고관이 이를 보고 동정하여 말했다. "자네 집안에 불행한 일이 잇달아 일어난 줄 몰랐네."

그러자 이정언이 손사래를 치며 말했다. "사실 이런 일은 없었습니다. 대우를 정교하게 맞추기 위해 이렇게 지은 것이지요." 짝 맞추기도 이 정도면 형식주의의 극단이라 하겠다.

서화와 음악, 그리고 과학

이극령(李克玲)의 그림을 보다

- 김용

영화감독 정보고(程步高, 1898~1966) 선생이 중국 내륙을 유람하고 홍콩으로 돌아와 한바탕 흥미로운 이야기를 해주셨다. 그 뒤에 우리 일행은 사호화실(思豪畵室)에 가서 젊은 여류화가 이극령(李克玲)[1]의 전시회를 관람했다.

화가들에게는 저마다 특별히 아끼는 소재가 있는데, 이번에 우리는 그녀가 배를 좋아함을 알 수 있었다. 새벽빛이 희미한 가운데 돛을 펼치고 바다로 나서는 배, 석양을 등지고 항구로 돌아오는 배, 한낮의 배부터 늦은 밤의 배까지, 그녀는 다양한 기법으로 '바다, 하늘, 배'라는 세 가지 소재에 담긴 빛과 그림자의 변화를 탐구해 왔다.

홍콩은 햇빛이 강렬하고 날씨가 맑아서, 항구와 배를 소재로 삼으면 중세 이탈리아 베네치아파 화가들의 작품처럼 그림에 청명하고 평온한 정취가 넘쳐흐르기 마련이다. 하지만 그녀가 그린 배는 전혀

---

1 이극령(李克玲): 1950년대 중반 홍콩에서 활동하기 시작한, 김용과 친분이 있었던 여성 화가이다. 이 이상의 정보가 남아있지 않은 것으로 보아 화가로서의 위상이 더 높아지지 않았던 것으로 보인다.

그렇지 않다. 그녀는 주로 동틀 무렵이나 황혼녘의 그 짧은 순간을 포착했다. 「피풍당의 밤 避風塘之夜」² 같은 그림은 짙은 갈색을 주조로 하여, 보는 이로 하여금 폭풍우가 빚어내는 공포와 긴장감을 느끼게 한다. 「밤의 항해 夜航」는 검은색과 짙은 황색의 뱃무리[群船] 위로 반짝이는 붉은 빛이 강렬한 대비를 이룬다. 「청산녹수(靑山綠水)」에는 엘 그레코(El Greco, 1541~1614)의 「톨레토 풍경」과 같은 음산하고 기이한 느낌이 있다. 배들이 마치 유령처럼 느릿느릿 움직이는 듯하다. 표현 기법에 어딘가 기괴한 구석이 있어, 에드거 앨런 포(Edgar Allan Poe, 1809~1849)의 소설이나 윌리엄 브레이크(William Blake, 1757~1827)의 시를 연상케 한다. 「심만의 달밤 深灣夜月」³에 그려진 검푸른 물빛도 이런 인상을 준다.

그녀의 수채화 가운데 내가 비교적 좋아하는 그림은 「아침 햇살 晨曦」, 「자연의 아름다움 自然之美」, 「해가 지다 日落」, 「숲의 새벽빛 森林曉光」 등이다. 빛과 어둠을 깊이 있게 다룬 이 그림들은 모두 필치에 꽤나 호방한 기운이 있다.

정보고 선생은 "그녀의 그림은 동적인 것이 정적인 것보다 낫다"고 하셨는데, 나도 이에 동감하는 바이다. 그녀의 「큰 바람이 분다 大風起兮」나 「나와의 동행 與我同行」은 사방 가득 바람이 몰아치는 듯한 느낌을 준다. 변화무쌍한 날씨를 절묘하게 묘사하는 것이 그녀의 특

---

2 피풍당(避風塘)은 태풍을 피하기 위해 바닷가에 인공으로 가설한 제방.
3 심만(深灣): 홍콩 남안 서쪽에 자리 잡은 항만.

기인데, 구도(構圖)와 필치에 모두 거침없는 기운이 묻어난다.

정물화 가운데 내가 가장 좋아하는 작품은 「글라디올러스 劍蘭」이다. 실제 글라디올러스 꽃은 그다지 부드러워 보이지 않지만, 이 그림은 분홍색을 주조로 삼고 있어 완전히 여성적인 풍격으로 우아하고 사랑스럽게 그려졌다.

인물화는 세 폭만 전시되었는데, 그 중 두 폭이 자화상이다. 세 작품 모두 어린 소녀를 다루고 있음에도 색조가 짙고 어둡다. 자화상 한 폭은 머리를 숙이고 깊이 사색에 잠긴 옆얼굴을 그렸고, 다른 한 폭의 공허한 눈빛에는 그윽하고 고요한 정신세계가 드러났다. 색조의 층차와 변환이 매우 완만해서 숙연하고 온화한 분위기를 자아낸다. 일찍이 위대한 화가들은 자화상을 그리면서 자신의 날카로운 눈동자를 강조해 왔다. 티치아노 베첼리(Tiziano Vecelli, 1490?~1576), 안소니 반 다이크(DYCK, Sir Anthony van, 1599~1641), 게릿 도우(Gerrit Dou, 1613~1675)의 자화상, 폴 고갱(Paul Gauguin, 1848~1903)이 찬장 문에 그린 자화상, 렘브란트(Rembrandt, 1606~1669)가 54세에 그린 자화상 등은 모두 눈빛이 형형하여, 그들이 그 눈으로 얼마나 치밀하게 사물을 관찰했을지를 짐작하게 한다. 그러나 이번에 관람한 두 폭의 자화상에서, 작가는 이와 다른 새로운 방식으로 '그녀는 무슨 생각을 하고 있는 걸까?' 하고 궁금해 하게 만들었다. 작가는 관람객의 주의를 그림 속 인물의 내면에 단도직입적으로 집중시킨 것이다.

그녀는 "꾸짖는 글을 부탁드릴게요!" 하고 말했다. 결점들을 지적해 달라는 뜻이었다.

　그러면 어디, 아쉬운 점을 말해 보자. 우선 이 전시회의 그림에는 생기발랄한 생활이 반영되지 않았다. 그녀는 배 그리기를 좋아했다. 그런데 물가에 사는 사람들의 생활은 실로 풍부한 소재를 제공할 것임에도, 그림 속에는 배만 보일 뿐 사람은 보이지 않는다. 물론 배만 그려도 안 될 것은 없겠으나, 대부분의 그림이 오로지 날씨에 따른 빛과 어둠의 변화만을 보여주고 있어, 아직껏 '습작'이나 '연습' 단계에 머물고 있는 듯 보인다. (이번이 그녀의 첫 전시회이고 그림을 배운 시간이 짧아, 전시된 작품 대부분이 표현 기법의 수련 차원에서 그려졌음은 이해가 간다.) 네덜란드의 화가 반 데 벨데(Van de Velde the Younger) 또한 배를 그렸지만, 그의 〈암스테르담 항구〉에는 수많은 돛이 숲을 이루고 돛대가 가로세로 엮여 있다. 이러한 번영의 이미지에는 당시 네덜란드가 구가했던 상업자본의 기상이 잘 녹아들어 있다. 배만 있고 사람이 없지만, 거기 담긴 함의만큼은 깊고 원대하다. 물론 이제 막 그림을 배우기 시작한 젊은 화가를 위대한 화가와 비교하려는 게 아니라, 본받을 만한 모범 사례 하나를 보여주자는 것이다.

　그녀의 그림에 등장하는 대지(大地)에는 일망무제의 느낌이 없어, 관람객의 상상력 또한 화폭 밖으로 뻗어나가지를 못한다. 모래밭 풍경 沙田風景」은 양쪽 가장자리에 높은 나무가 서 있어, 잔뜩 움츠린 느낌을 지울 수 없다. 「저녁마을 村晩」은 중심부의 집을 왼쪽으로 옮겨 그린다면 대지의 광활함과 저물녘의 고적함이 좀 더 짙게 느껴질

느지 모르겠다.

그녀는 최근 광주(廣州)로 돌아간 여본(余本, 1905~1995, 화가) 선생과 진복선(陳福善, 1904~1995, 화가) 선생한테서 그림을 배웠다고 한다. 그림 공부의 정도를 걸었기 때문인지, 우리는 그녀의 그림에서 재능의 싹을 엿볼 수 있었다. 그녀가 앞으로 풍부한 생활 경험만 더 거친다면, 학식과 기교면에서 끊임없이 성장해 가리라고 본다.

마사총(馬思聰)의 바이올린

– 백검당주

　며칠 전 친척을 만나러 광주에 갔다가, 우연찮게 기분 좋은 일이 있었다. 유명한 바이올리니스트 마사총(馬思聰)[4]의 연주회를 들은 것이다. 연주회가 열린 중산기념당은 모두 알다시피 공간이 매우 넓은데, 마사총의 바이올린 소리는 맨 뒷줄에 앉은 청중에게까지도 또렷하고 구성지게 들렸다. 그가 이번 연주회에서 사용한 바이올린은 5천 위안 가까이 주고 산 것이라고 한다. 이 바이올린은 아주 오래전에 생산된 것으로, 첫 주인은 백계 러시아인이었다. 모르는 사람에겐 이 골동품이 묵은 땔감 정도로 보이겠으나, 마사총의 표현에 의하면 '눈 감고 아무렇게나 켜도 연주가 되는' 정도의 물건이다. 홍콩의 의사 조불파(趙不波)의 동생은 수만 달러를 호가하는 바이올린을 가지고 있다고 한다. 마사총은 그가 최근에 새로 구입한 그 바이올린이 조 선생의 것에 비해 구매 금액은 한참 못 미치지만, 실제 가치는 뒤지

---

　4 마사총(馬思聰, 1912~1987): 광동성 출신의 작곡가이자 바이올린 연주자. "중국 제일의 바이올리니스트"라는 영예를 얻었으며, 1937년에 작곡한 「고향생각 思鄕曲」은 20세기 중국 음악의 경전 가운데 하나로 손꼽힌다.

지 않는다고 하였다.

마사총은 돈이 별로 없었는데, 기억하기로는 항일전쟁 기간 중화(中華) 교향악단에서 지휘자로 있었을 때에도 생활형편이 그다지 좋지는 않았던 것 같다. 가끔 개인 연주회를 열었으나, 대관비 등 비용이 커서 별로 남는 것이 없었다. 다행히 별다른 취미가 없고 심지어 옷차림까지도 부인 왕모리(王慕理)가 신경써준 덕에 그나마 겨우 지낼 만했다. 그 당시 시인 서지(徐遲, 1914~1996)가 그의 경리를 자처했으나, 글쟁이였던 그는 계산에 밝은 편이 아니었을뿐더러 시인 중에서도 가장 '시인 기질'이 강했던 친구였으니, 당연히 좋은 결과는 얻지 못했다. 이런 경제적 상황에서 마사총은 좋은 바이올린을 사고 싶어도 살 수 없었다. 이번 순회 연주회 전까지 사용한 바이올린은 오래 전에 학생이 선물한 것으로 당시 시가로 미화 3천 달러였다. 제자가 선물할 당시 한참을 주저한 끝에 그냥 받지는 못하고, 지갑을 탈탈 털어 5백 달러를 제자에게 주고서야 바이올린을 받았다. 그렇게 해서 작년까지 순회 연주에서 이 바이올린으로 연주했다. 최근 오래된 바이올린을 사고 나서야, 전에 쓰던 바이올린을 상해에 보내 수리를 맡겼다.

그가 이번 연주회에 가져온 새 바이올린은 적지 않은 곳을 거쳐왔다. 광주에 오기 전까지 그는 중경(重慶), 곤명(昆明), 남녕(南寧) 등 대도시에서 연주회를 열었다. 이태 동안 그는 수많은 곳을 다녔다. 국내의 대도시면 거의 연주회를 열었는데, 어떤 곳은 한 번으로 끝나지 않았다. 그의 순회 연주는 대개 두 가지 방식으로 이루어진다. 하나는 정부에서 전적으로 주관하는 것으로 본인은 한 푼도 부담하지 않으나 입장료 수익에는 관여하지 못한다. 다른 하나는 본인이 주관하는 것으로 수입이 얼마가 되든 그에게 다 귀속되었다. 때로는 한 도시에서 두 가지 방식을 겸하였는데, 몇몇 극장에서는 전자의 방식으로 연주회를 연 뒤에 끝나고 나면 다시 후자의 방식으로 공연을 했다. 요 몇 년간 청중이 많아지면서 생활이 안정되었고, 자신의 마음에 드는 바이올린을 살 수 있게 된 것이다. 음악가가 좋은 악기를 얻는다는 것은 장서가(藏書家)가 희귀본을 얻은 것과 마찬가지니, 그 즐거움을 짐작할 수 있겠다.

마사총의 집안은 '음악인 가족'이라 부를 만하다. 남동생 마사굉(馬思宏)도 바이올린을 배웠는데, 현재 미국에 있으면서 자주 연주회를 열고 상도 여러 번 탔다. 여러 누이동생 가운데 마사거(馬思琚)는 천진(天津) 중앙음악학원에서 교편을 잡고, 마사손(馬思蓀)은 홍콩에서 피아노를 가르치다가 몇 년 전 극작가인 남편 마국량(馬國亮)을 따라 상해로 갔다. 마국량이 영화계 일을 할 때 그녀는 음악 작업을 맡았다. 부인 왕모리는 줄곧 마사총의 반주자였다. 그녀의 남동생인 왕우건(王友健)은 첼로 연주자로도 유명한데 현재 중앙음악학원에서 학생들을 가르치고 있다. 이렇게 그의 집안사람들만으로도 작은 악단을 꾸릴 수 있을 정도다. 형님 두 분만 상업에 종사했는데, 일찍부터 프랑스에서 장사를 해왔고, 한 명은 프랑스 부인까지 얻었다. 마사총이 여덟 살 적에 프랑스에 갔던 것도 형님이 그곳에 있었기 때문이다.

전학삼(錢學森) 부부의 글

- 김용

10년 전 가을, 내가 항주에 있을 때 사촌 누이 장영(蔣英, 1919~2012)이 상해에서 항주로 왔다. 그날이 마침 항주 견교(筧橋)[5] 국민당 공군군관학교 1기 졸업식이어서 호씨 교육장(教育長)이 그녀를 독창 가수로 초대하여 나도 견교로 가게 되었다.

장영은 군사학자 장백리(蔣百里)[6] 선생의 딸이다. 당시 국민당 군인 대부분이 선생의 제자였으므로 항공학교의 많은 고위 군관들이 그녀를 '사매(師妹)'라고 불렀다. 그날 저녁 그녀는 여러 곡을 노래했다. 「카르멘」, 「마농 레스코」 등 오페라에 나오는 아리아로 기억한다. 친척이라고 자랑하는 게 아니라, 그녀의 노랫소리는 참 근사했다. 그녀는 벨기에와 프랑스에서 오페라를 배웠고 스위스 국제 콩쿠르에서는 대상을 차지하기도 했다. 하지만 외국에 나가 있는 시간이

---

5 견교(筧橋): 항주 동북부에 위치한 진(鎮)의 명칭, 시 중심으로부터는 10km 정도 떨어져 있다.

6 장백리(蔣百里, 1882~1938): 절강성 해녕(海寧) 사람. 청나라 말기의 수재로, 민국 시기에 저명한 군사 이론가이자 군사 교육가였다.

길다 보니 국내에서는 오히려 잘 알려지지 않았다. 노래할 때 그녀의 성량이 어찌나 큰지 한번 소리를 내질렀다 하면 기와가 흔들릴 지경이라, 실로 오페라 극장에서 공연을 하는 듯한 기세였다. 국내 소프라노 가운데는 드문 경우이다.

그녀는 나중에 중국의 유명한 로켓 전문가 전학삼(錢學森, 1911~2009)과 결혼했다. 전학삼이 미국에서 홍콩을 거쳐 국내로 돌아올 때, 몇몇 신문이 그들의 사진을 게재했다. 십년 전보다 한결 풍채가 좋아진 그녀의 모습을 보면, 성량이 더욱 커졌을 듯했다.

근래에 국내 신문에서 그들 부부가 함께 쓴 「음악사업의 발전에 관한 소견」이라는 글을 보았는데, 그녀의 이름이 앞에, 전학삼이 뒤에 적혀 있었다. 굳이 '레이디 퍼스트' 차원에서 그런 것이 아니라, 어찌 됐든 음악은 장영의 전공이기 때문이리라. 이 글은 서양 음악의 장점을 어떻게 끌어들이고, 우리나라 민족 음악의 유산을 어떻게 계승할 것인가의 문제를 다루고 있었다. 중국의 고유 음악에는 많은 장점이 있어서, 가령 '피리'의 표현 능력은 서양 피리의 그것을 훨씬 능가하지만(서양 피리는 손으로 직접 구멍을 누르는 것이 아니라 기계 버튼을 사용하므로 활음을 연주할 수 없음), 서양 음악 또한 많은 장점이 있으므로 그들의 장점을 배우자면 먼저 서양 음악의 세계적 수준에 도달해야 할 텐데, 아직까지는 수준의 차이가 크다고 보고 있다.

그들은 현재 민족 음악에 대한 관심이 부족하여 칠현금 연주는 후계자가 없을 정도의 위기에 처해 있다고 했다. 또한 중국 가극의 창법과 서양 오페라는 완전히 다른 것인데도, 우리는 이른바 '토속적인 창법'에 대한 연구가 부족한 실정이라고도 했다.

로켓 전문가가 수학에 관심을 갖는 건 당연지사여서, 이 글에는 여러 가지 통계 수치가 들어 있다. 그들은 다음과 같은 가설을 내놓았다.

한 사람이 4주에 한 번 꼴로 음악 공연(오페라, 관현악, 기악 또는 성악)을 관람하는 것은 결코 많은 편이 아니다. 이때 만약 한 연주자가 주당 3회 공연을 하는데, 각각의 연주에 10에서 20명의 연주자가 참여하고, 평균 2천 명 정도의 관중이 음악을 듣는다고 가정해 보자. 중국의 도시 인구는 대략 1억 명 정도이다. 로켓 전문가의 꼼꼼한 계산에 따르면, 1억 명의 음악 생활을 위해서는 8만 3천 명의 음악 연주자가 필요하다. 다시 각 연주자의 평균 연주 생명을 35년으로 잡으면, 각급 음악 학교에서는 은퇴한 예술인을 대체하기 위해 매년 2,370명의 졸업생을 배출해야 한다. 거기에 지방 인구까지 포함하면, 해마다 최소한 5천 명 가량의 음악 학교 졸업생이 있어야 하는 셈이다. 평균 학습 기간을 6년으로 잡으면 음악 학교 재학생은 3만 명 이상이어야 하고, 음악 선생님 한 사람당 10명의 제자를 받는다면 3천 명의 음악 선생님이 필요하다.

그들은 이것이 최소한의 조건임에도 현재의 구체적인 상황은 그로부터 한참 멀리 떨어져 있다고 보고 있다. 그들은 최근에 거행된 제1회 전국음악주간을 언급하면서, 아직까지 아마추어 수준에 지나지 않는다고 평가했다. 로켓 전문가 부부는 음악과 과학을 견주어 이렇게 말했다.

"아마추어 음악도 물론 중요하다. 그러나 누구도 한 나라의 과학기술 발전을 아마추어 과학자에게 맡기려 하지 않듯, 우리나라 음악 예술의 발전을 바란다면 아마추어 음악가들에게 의지할 수는 없는 노릇이다."

나는 이 글을 매우 흥미롭게 읽었다. 그들 부부가 과학자와 예술가의 결합으로 이루어졌듯, 글 또한 과학과 예술을 아우르고 있으니 말이다. 지난날 중국은 자연과학, 예술(서양예술), 체육 등의 분야에서 낙후되어 있었다. 지금 자연과학계에는 전학삼, 화라경(華羅庚)[7] 등이 나왔고, 체육계에는 진경개(陳鏡開),[8] 목상웅(穆祥雄),[9] 장굉(張紘)[10] 등이 나왔으나, 음악계에는 오로지 부총(傅聰)[11]이 있을 뿐이다. 예술 인재를 길러내자면 오랜 시간이 필요하다. (한 사람이 공부하는 시간뿐 아니라, 사회 전체의 문화 및 전통을 축적해야 하기 때문이다.) 이처럼 좋은 여건이 있고 이토록 많은 인구가 있으니, 4, 50년 내에 중국의 파가니니와 리스트가 나타나고, 6, 70년 내에는 중국의

---

7 화라경(華羅庚, 1910~1985): 강소성 상주(常州) 출신의 수학자. 중국 해석수론, 행렬기하학 등의 창시자. 뒤에 있는 「수학과 논리」의 각주 29 참조.

8 진경개(陳鏡開, 1935~2010): 광동성 동완(東莞) 출신의 역도 선수. 중국 운동선수 최초의 세계기록 보유자.

9 목상웅(穆祥雄, 1935~): 천진 출신의 수영 선수. 중국 수영선수 최초의 세계기록 보유자.

10 장굉(張紘): 미상.

11 부총(傅聰, 1934~): 상해 출신의 세계적 피아니스트.

베토벤과 차이콥스키가 나타나지 않겠는가! 역사적인 관점에서 보자면, 그것은 결코 긴 시간은 아닐 것이다. 관건은 현재의 노력에 달려 있다.

페이밍이(費明儀)와 그녀의 노래

- 김용

청초하고 얌전한 용모, 다소곳하게 내려 뜬 눈, 그리고 미소 띤 표정. 이것이 페이밍이(費明儀, 1931~2017)에게서 받게 되는 첫인상이다. 그러나 나는 그녀를 비극적인 장소에서 처음 만났다. 그날은 그녀의 아버지, 영화감독 페이무(費穆)[12] 선생의 출상일이었다. 그녀는 아버지로부터 예술적 재능과 끼를 물려받았는데, 어쩌면 끼의 영향이 더욱 컸는지도 모르겠다.

페이무 선생의 영화 『작은 마을의 봄 小城之春』(1948)을 본 사람들이 밍이의 노래를 듣는다면, 두 사람의 풍격 -우아하고 깔끔하며 애써 꾸미려 하지 않는- 이 서로 닮았음을 눈치 챌 것이다. 이는 소주(蘇州)의 전형적인 정취이다. 강남에 가본 사람이라면 누구나 제비, 수양버들과 살구꽃, 가랑비 속 조각배를 떠올릴 것이다. 나는 밍이의

---

12 페이무(費穆, 1906~1951): 중국의 2세대 영화감독, 2005년 홍콩의 금상장(金像獎)에 의해 중국영화 100년사의 100대 인물 중 하나로 꼽혔다. 그가 만든 『작은 마을의 봄 小城之春』(1948)은 1995년 중국영화 90년 역사의 10대 명작으로 선정됐으며, 2002년 다시 만들어져 개봉된 바 있다.

수많은 노래를 들었다. 음악회에서, 친구들과 응접실 안에서, 그녀가 재능을 처음 선보이던 때부터 그녀의 목소리가 점차 원숙해질 때까지 줄곧 들어왔다.

이번에 홍콩대학과 영국의 헥토르 맥큐러치(Hector Mccyrrach) 씨가 공동 주최한 음악회는 그녀의 고별무대였다. 성악 공부를 계속하려는 그녀가 머지않아 유럽으로 떠난다고 한다. 요사이 홍콩 시국이 어수선한데다 이런저런 말도 많지만 나는 결국 그녀의 노래를 들으러 갔다. 어찌 됐거나 그녀의 부드러운 노랫소리, 재미있는 말소리를 한참 후에나 다시 들을 수 있을 것 같아서 말이다.

이번 음악회에서 그녀의 무대는 3부로 마련되었다. 1부는 헨델의 오라토리오 「유다스 마카베우스」 중 두 곡, 바흐의 곡 하나, 모차르트의 오페라 「피가로의 결혼」 중 한 곡으로 구성되었다. 2부는 서정곡들이었다. 3부에서는 파야(Manuel, de Falla)[13]와 들리브(Clément, Philibert Léo Delibes)[14] 두 사람의 경쾌하고 짧은 노래 두 곡, 중국

---

13 파야(Manuel, de Falla, 1876~1946): 스페인의 작곡가. 스페인의 국민 음악 발전에 이바지한 바가 크며 주요 작품으로 발레곡 『사랑은 마술사』(1915), 『삼각 모자』(1919), 피아노와 관현악을 위한 『스페인의 정원의 밤』(1926), 『하프시코드 협주곡』(1923~1926) 등이 있다.

14 들리브(Clément, Philibert Léo Delibes, 1836~1891): 프랑스 가극 및 발레의 대표적 작곡가. 19세에 최초의 오페레타 『2수의 석탄』으로 데뷔한 뒤, 잇달아 여러 오페라 코미크나 오페레타를 작곡, 그 중 몇 곡은 상당한 성공을 거두어 극음악 작곡가로서 알려졌다. 1863년에 오페라 극장의 반주자, 1865년에 합창 지휘자가 된 뒤 발레 음악의 작곡에도 손대어, 『코펠리아』(1870), 『실비아』(1876)라는 발레 음악의 걸작을 썼다.

명곡 둘, 그리고 마지막에는 청중들의 요청으로 「양관삼첩(陽關三疊)」[15]을 한 곡 더 불렀다. 비교적 섬세한 중국민요를 서정적으로 부르는 것이 그녀의 장기이다. 외국 곡은 감정이 묵직하게 깔리는 노래보다 경쾌한 노래를 잘 부른다.

그녀는 아직 어린데다가 일생을 온실 속 화초처럼 살아왔다. 우리는 예술과 생활의 관계를 이야기한 적이 있는데, 그녀의 노래 선생님은 그녀가 결혼을 너무 빨리 했다고 농담 삼아 핀잔하면서 '실연과 고통의 경험이 없으니' 감정표현에 깊이가 부족한 것이라고 했단다. 웃자는 얘기였지만 일리가 있는 말이다. 우리는 물론 그녀가 실연이나 고통을 겪지 않기를 바라지만, 그녀의 예술적 성숙을 위해서는 다양한 체험과 느낌이 꼭 필요하리라고 본다.

나는 그녀에게서 올봄 중영학회(中英學會) 악단과 광주에서 열었던 음악회에 대한 이야기를 들었다. 그녀는 여태껏 한 번도 그렇게 큰 무대에서 노래를 해본 적이 없다고 했다. 무대에 올라 중산기념당(中山紀念堂) 안을 꽉 채운 수많은 사람들을 보니 어찌나 긴장했던지 노랫소리가 좀 떨렸고, 청중들이 자기 노래를 싫어하지나 않을까 걱정이 되더란다. 하지만 한 곡이 끝나고 우레와 같은 박수 소리가 들리자 마음이 놓여, 그 뒤로는 편안한 마음으로 노래했다고 했다.

사람들은 그녀의 달콤한 목소리를 좋아한다. 물론 그녀보다 노래

---

15 「양관삼첩(陽關三疊)」: 왕유(王維)의 시 「송원이사안서(送元二使安西)」에 곡을 붙인 노래. 마지막 구절 "西出陽關無故人"을 세 번 연속해서 부른다고 하여 생긴 곡명이다.

를 더 잘하는 사람은 없지 않을 것이다. 그러나 그녀처럼 누구나 한 번 듣고는 금세 좋아하게 되는 천부적 목소리를 지닌 사람을 만나기 라 쉬운 일이 아니다. 몸이 좀 야위었다는 점만 빼면, 그녀는 예술적 으로 성장할 수 있는 모든 조건을 갖추었다. 15kg 정도만 더 나간다 면, 그녀의 노래가 더욱 훌륭해지리라고 확신한다. 안타깝게도 그녀 는 위가 안 좋다. 그녀의 남편 허 선생도 위가 그리 좋은 편이 아니 다. 그래서 그 집에는 쌀이 남아돈다. 경제적으로야 좋은 일인지 몰 라도, 예술적으로는 노래할 때의 성량과 울림에 다소 아쉬운 점이 있다.

몸은 비록 야윈 편이지만 입담이 워낙 좋아서, 그녀는 종종 친구들 과 앉아 몇 시간씩 시시콜콜 수다를 떨기도 한다. 재작년 가을, 나는 우연찮게 헨델의 『메시아』 음반을 구하게 되었는데, 그중 소프라노 엘시수데비가 부른 「I know that my Redeemer liveth(내 주는 살아계 시고)」의 음색과 표현기교가 그녀와 완전히 똑같은 것이었다. 내가 신이 나서 얼른 그녀를 불러 들려주었더니, 그녀도 매우 기뻐했다. 그러고는 한참 동안 정신없이 이런저런 이야기를 나누었다.

그녀는 유난히 진한 빨강을 좋아해서, 만날 때마다 붉은 색과 금색 으로 수놓인 이탈리아 침대 시트 얘기를 꺼내곤 한다. 이번에 유럽으 로 노래를 배우러 가는 그녀가 돌아올 때는, 청아하고 부드러운 원래 목소리 외에 그녀가 좋아하는 색깔처럼 찬란함과 화려함이 더해졌으 면 한다.

황빈홍(黃賓虹)의 제화시

- 백검당주

하루는 친구에게 저녁을 대접받았다. 그 친구는 술과 고기뿐만 아니라 다른 음식도 한 가지 준비했는데, 그것은 잘 표구된 여덟 장 산수화와 세로로 된 산수화 두루마리[立軸]였다. 모두 황빈홍(黃賓虹)[16] 선생의 작품이었는데 붓질이 지극히 정교했다. 하지만 나는 이들을 황 선생의 '정품(精品)'이라 말하고 싶진 않다. 내가 보아온 바, 황 선생의 작품 치고 정교하지 않은 것이 없고, 꼭 그렇지 않다고 해도 정품(精品)이니 상품(常品)이니 하는 말로 좋고 나쁘다 가치를 매길 수 없기 때문이다.

여덟 장의 그림은 황 선생이 임신년(1932) 사천(四川)에 들어가서 그린 것이다. 당시 이 그림을 얻은 사람은 이렇게 적었다.

---

16 황빈홍(黃賓虹, 1865~1955): 중국의 화가이자 서화연구자. 안휘성(安徽省) 흡현 (歙縣)의 선비 가문 출신. 향시에 두 차례 낙방하면서 서화(書畵) 예술에 몰두하였다. 남종화를 혁신시키려고 노력하였고, 석고(石鼓)와 종정(鐘鼎) 등 고대문자 탐구와 서화, 전각(篆刻)의 학습을 결합시켰다.

빈홍이 임신년 촉 땅에 왔다. 문학을 논하고 술을 마시는 모임의 분위기가 매우 흥겨웠다. 이것은 그가 여기 온 지 두 달 사이에 그려 준 작품이다. 賓虹千申來蜀, 文酒之會, 譚接甚歡, 此到省兩月畵贈之品也.

서명에는 한 글자만 적었는데 읽을 수가 없었다. 황 선생은 그림 끝에 제를 붙여두었는데, "임신년 섣달 성암(渻葊) 선생 감정 壬申臘月, 渻葊先生鑒正" 등의 글자가 있었다. 이것은 20여 년 전 빈홍 선생의 필묵으로, 내 친구가 근래 북경에서 사온 것이다.

내가 본 황 선생의 그림에는 모두 제사(題詞)가 있다. 제사는 두 종류인데, 하나는 자작시이고 하나는 그의 화론(畵論)이다. 그래서 그의 그림을 보면 '그림 자체[畵面]'에서 얻는 것이 있고, 여백에 적은 시와 화론에서도 얻는 게 있다. 황 선생은 공력이 심후한 화가일 뿐만 아니라 시인이며 중국화의 이론가라고 할 수 있다. 그의 그림을 보면서 제사를 눈여겨보지 않는다면 눈이 있어도 진주를 알아보지 못하는 격이대目不見珠]. 반대로 그림을 보면서 제사까지 음미한다면 그림과 작가에 대한 이해가 한층 깊어질 것이다. 내게는 그림을 살 만한 여윳돈이 없지만, 그의 그림을 볼 기회가 있을 때면, 그림에 있는 시와 화론을 베껴놓곤 한다. 지금 북경에서는 황빈홍 선생 기념관 건립을 계획 중인데, 황 선생이 그림에 적은 시와 화론을 모아 따로 책으로 간행한다면, 그 자체만으로도 예술적 가치가 있을 것이요, 그림을 공부하는 사람에게도 반드시 도움이 될 것이다.

그날 저녁 나는 그림을 보는 김에 그 위의 시들을 차례로 옮겨 적었다. 모두 아홉 수인데 차례대로 아래 소개한다. 제목은 있는 것도 있고 없는 것도 있다.

구곡주(九曲珠) 구멍을 개미처럼 지나왔는데　來徑珠穿蟻

산 오르니 솔가지 다가와 침을 놓는다　　登峰松引針

태양수레 환한 빛 거두어가니　　　　　　清輝回日馭

분음을 아끼는 뜻 틀림없어라　　　　　　應解惜分陰

여러 갈래 고목엔 석양 비추고　　　　　古樹槎牙夕照蒼

겹겹 산엔 저녁연기 서늘하구나　　　　亂山稠疊暮煙涼

높은 다락 나그네는 할 일을 잊고　　　客心高閣原亡賴

먼 하늘 기러기 떼 바라보누나　　　　目斷寥天雁一行

「동릉(銅陵)의 새벽 銅陵曉望」[17]

뫼 빛은 물결치며 사라져가고　　　　　巒光波逝波

구름 안개 천만의 시름이어라　　　　　雲煙千萬愁

---

17 동릉(銅陵)은 안휘성 남부, 장강 하류 연안에 위치한 도시.

세월은 시내처럼 흘러가는데　　　　　歲月如奔泉

산들은 푸른빛을 바꾸지 않네　　　　山色青不改

「경구(京口)에 정박하다 京口舟次」[18]

새벽빛은 젓는 노에 일렁거리고　　　辨曙動征橈

맑은 강엔 이슬비 흩어 내리네　　　澄江灑微雨

관진은 저 멀리 보이지 않고　　　　關津望不極

그 사이엔 물안개만 자욱하도다　　　彌漫隔煙霧

「배 위에서 멀리 북고산을 바라보다 舟中望北固諸山」[19]

날씨는 따스하다 차가워지고　　　　乍暖忽乍寒

빗발은 그쳤다가 다시 내리네　　　雨意斷還續

산들바람 물안개 거두어 가니　　　微風斂輕煙

청산은 목욕을 하고 나선 듯　　　青山如膏沐

---

18 경구(京口)는 강소성 진강시(鎭江市) 중심의 경구구(京口區).

19 북고산(北固山)은 진강시 장강 연안에 있는 산 이름으로, 위에 다경루(多景樓)가
있다.

짙붉은 노을 속의 무르익은 봄날이요   紅絢晴霞爛漫春

꽃과 나무숲에서 멀리 통진 바라보네   花繁林暗望通津

저 물결 따라가면 선계가 나오리니   循流不隔仙源路

이 세상 전쟁 먼지 게서는 모르리라   哪識人間有戰塵

「주포(周浦)의 놀이 周浦紀遊」[20]

정자엔 녹음 짙고 시내엔 물이 가득   綠滿亭皋水滿渠

노 젓는 소리 길게 대숲서 울리누나   櫓聲搖曳出林於

맑은 그늘 이곳에는 나무꾼도 아니 오고   斧斯不到淸陰處

길게 뻗은 언덕에는 가죽나무 늙어가네   拂岸支離壽散樗

「제산(齊山)」[21]

바위 산 솟아있고 호수 물은 고른데   岩岫嶒峋湖水平

여기저기 어촌들은 강성을 마주하네   漁村面面對江城

화창한 긴 협곡에 돌아가는 길 멀어   晴暉十裏人歸遠

가을 빛 하늘에는 외기러기 울고 간다   秋氣橫空一雁鳴

---

20 주포(周浦)는 상해시 동남부의 지명.
21 제산(齊山)은 안휘성 지주시(池州市) 귀지구(貴池區), 장강 남쪽에 있는 산 이름.

황빈홍의 「제산(齊山)」

「86세 때 황산 도화원의 놀이 八十六歲時黃山桃花源紀遊作」[22]

못물의 쪽빛 사이 분홍색 비추이고	潭水拖藍間淺紅
바람결 시내에는 낙화가 떠다닌다	落英輕颺一溪風
가난해도 농사지으며 자연 다 차지하고	歸耕且計貧專壑
깊은 영혼 모두 다 그림 속에 넣으리라	寫出靈源入畫中

---

22 도화원(桃花源)은 안휘성 황산시(黃山市) 둔계구(屯溪區)에 있는 지명.

이밖에, 나도 황선생의 산수화 두 폭을 소장하고 있는데, 그중 한 폭에는 이런 시가 씌어져 있다.

조각구름 무너진 돌 몇 산을 지났던가 　　斷雲崩石幾山過
천리의 시인 마음 뱃노래에 부치노라 　　千里詩情送棹歌
우저산 물가에는 저녁바람 일어나니 　　牛渚磯頭晚風起
나지막한 물소리는 숲속과 같지 않네 　　江聲不似樹中多

다른 한 폭의 시는 다음과 같다.

서늘한 바람소리 사각거리고 　　送爽喧淸籟
해 뜨자 옅은 안개 흩어지누나 　　迎曦破淡煙
산을 에워가는 삼협 길에는 　　峰回三峽路
새들이 먼 하늘로 날아 오르네 　　飛鳥出遙天

이렇게 시 한 수 한 수를 읽으면 그림을 보지 않더라도 그림의 경계가 이미 눈앞에 와있지 않은가! 시를 읽으면 그림을 보는 듯하고, 그림을 보고 있노라면 시를 읽고 있는 듯한 느낌을 주는 것, 이 때문에 황빈홍의 그림이 오래도록 전해질 수 있는 것이다.

제백석(齊白石)의 시

– 백검당주

「황빈홍의 제화시」를 읽은 독자 중에 제백석(齊白石, 1864~1957)[23]도 시인인데 왜 한 번 이야기하지 않느냐고 말한 이가 있었다.

맞다. 백석 선생은 시인일뿐더러, 이렇게 말씀하신 적도 있다.

그림이란 많은 사람들이 감상할 수 있어야 널리 보급되고, 그래야만 좋아하는 사람도 많아진다. 내 생각에는 시(詩)가 제일 중요하고, 두 번째는 인장(印章)이다. 그림은 세 번째이며, 마지막은 글씨이다.

20년 전 선생은 『백석시초(白石詩草)』를 출간했는데 안타깝게도 널리 전해지지 않았고, 나는 뒤늦게 태어난 까닭에 아직 본 적이 없다.

백석 선생은 호남성 상담현(湘潭縣) 출신이다. 농부의 집에서 나고

---

23 제백석(齊白石, 1864~1957): 이름은 황(璜)이고, 백석(白石)은 호인데, 제황(齊璜)이라고도 한다. 가난한 농가에서 태어나 40세 무렵까지 고향에서 소목장(小木匠)을 주업으로 하면서 그림을 그려 팔아먹고 살았다. 화초와 영모(翎毛), 초충류(草蟲類)의 명수가 되었다. 개성주의 양식을 이어받으면서 양주계(揚州系) 화풍을 발전시켰다.

자랐는데 어렸을 때부터 가난했다. 27세가 되어서야 지역의 명사인 호심원(胡沁園, 1847~1914), 진소번(陳少蕃)을 스승으로 모시고 그림과 시를 배웠다. 뒤에 나온 사우(師友)로 왕상기(王湘綺), 번번산(樊樊山), 하오이(夏午詒), 진사증(陳師曾), 라영공(羅癭公), 왕몽백(王夢白), 서비홍(徐悲鴻) 등이 있다. 구학문(舊學問)과 시서화 등에는 뿌리가 있으니 그들로부터 자연스럽게 얻은 바가 적지 않다. 하지만 그의 성취는 아무래도 자신의 천분(天分)과 고학(苦學)에서 온 것이다. 그는 시 「지난 일을 아이들에게 보이다 往事示兒輩」에서 힘들게 공부하던 그의 젊은 시절을 그리고 있다.

책을 걸 쇠뿔 없고 숙연은 늦어져서   掛書無角宿緣遲

스물일곱 되어서야 스승을 모시었지   廿七年華始有師

등잔 기름 없은들 무엇이 문제이랴   燈盞無油何害事

솔불을 밝히면서 당시를 읽었다네   自燒松火讀唐詩

백석 선생에게는 매우 자애로운 할머니가 계셨다. 그러나 그가 여덟 살 때 집이 가난했기 때문에, 할머니는 그에게 이런 말씀을 하셨다. "'사흘 바람 불고 나흘 비가 오는데, 어디 솥 안에서 문장이 끓는 것을 볼 수 있는가! 三日風, 四日雨, 哪見文章鍋裏煮.'²⁴라는 속담이 틀

---

24 사흘 바람 불고~있는가!: '三日風, 四日雨'는 생활이 고생스럽다는 뜻이다. 솥에서 삶아져야 할 것은 문장(文章)이 아니라 생존에 꼭 필요한 쌀과 소금이다. 솥 안에

리지 않구나! 너는 이미 장작을 패고 불을 지필 줄 아는데, 어째서 글자만 익히고 있느냐? 내일 쌀이 떨어지면, 네 생각엔 어쩌면 좋겠니? 불쌍하게도 너는 가난한 집에 잘못 태어났구나!" 그래서 그는 힘들게 공부하면서 가족을 돕는 생활을 할 수밖에 없었다. 이 할머니의 이야기를 읽을 때면 매번 마음이 시큰해지니, 정이 넘치는 그 말에서 온기와 슬픔이 함께 묻어나기 때문이다.

내 생각에 백석 선생의 시는 열여섯 글자로 간추릴 수 있다. "樸素自然, 至情流露, 天眞妙諦, 雅俗共賞(소박하며 자연스러우나 지극한 정성이 흘러나온다. 천진스러우면서 묘한 진리, 우아함과 속됨을 모두 잘한다)" 이러한 시풍은 어린 시절 가정환경과 밀접한 관련이 있다. 그는 고통을 참고 견디며 자신을 키워준 할머니와 어머니를 무척 사랑하였다. 그가 73세에 '회오당(悔烏堂)'이란 인장을 새긴 것은, 돌아간 할머니와 어머니를 그리워하는 뜻이 담겨있는 것이다. 그는 이런 시도 지었다.

소 방울 딸랑이면 할머니 웃으시니	祖母聞鈴心始歡
소년은 소를 몰고 집으로 돌아오네	也曾總角牧牛還
손주는 예전처럼 봄비에 밭을 갈고	兒孫照樣耕春雨
늙은이 쟁기질로 얼굴에 땀 가득해	老對犁鋤汗滿顏

들어가야 할 물건은 바뀔 수 없으니 차라리 살아가기 위한 일을 하는 것이 낫다는 말이다.

그 밖에도 「송수쌍오도(松樹雙烏圖)」에는 다음 시를 적었다.

옛 산을 그리워함 장송만이 아니거니	不獨長松憶故山
성당의 봄 물결은 조용히 일렁이네	星塘春水正潺潺
미인이 먹을 갈아 진하기 칠흑이면	姬人磨墨濃如漆
얼굴에 땀이 범벅 자오(慈烏)를 그리노라	每畵慈烏汗滿顏

그리고 "어머님은 돌아오시지 않으니 이 그림을 그리고 글씨를 써서, 까마귀만도 못한 처지를 부끄러워한다 親老不還, 畵此幷題, 愧不如烏"라고 부기하였다. '성당(星塘)'은 그의 고향 성두당(星鬥塘)을 가리킨다. 봄 밭갈이 풍경을 보고, 어미 까마귀를 보면, 고향과 부모를 그리워하지 않은 적이 없다는 감정이 짙게 드러난다.

백석 선생은 때때로 어머니를 그리워했을 뿐만 아니라 고향 집도 생각하였다. 그의 그림 「꿈에 집으로 돌아가니 扶夢還家」에는 이런 시를 적었다.

옛 집에 바람 불면 벽에서 소리 났고	老屋風來壁有聲
나무하고 꼴 벨 땐 가짜 병사 줄이듯이	删除草木省疑兵
꿈결에 대담하게 집으로 돌아가니	夢中大膽還家去
아이들 웃으면서 뛰쳐나와 맞이하네	且喜兒童出戶迎

그는 어머니로부터 깊은 사랑을 받았기에, 자신이 부모가 되자 아이들을 유난히 더 사랑했다. 그는 76세에 낳은 막내아들의 이름을 질근(耋根)이라 지었다. 노인이 아이를 학교에 보내는 그림을 그리고, 그 아래에 시를 적기도 했다.

여기저기 아이들 있어	處處有孩兒
아침이면 장난을 치네	朝朝正要時
늙은이는 마땅치 않아	此翁真不是
선생님께 너를 보낸다	獨送汝從師
글자 알면 그르게 되지 않으니	識字未爲非
엄마 곁 떠났다가 다시 오거라	娘邊去複歸
두 줄기 눈물을 흘리지 마렴	莫教兩行淚
여인의 붉은 치마 모두 젖을라	滴破女紅衣

모두 조탁하지 않은 졸박한 시지만, 자식을 아끼는 마음은 지면 위에 넘쳐난다.

백석 선생은 소박했던 시골 생활을 영원히 잊지 못했다. 그의 제화시(題畫詩)에는 다음 작품도 있다.

「배추 白菜」

조상들 세세연년 풀뿌리 캐드시니   先人代代咬其根

산 밭에 배추 심고 문 깊이 닫았도다   種菜山園深閉門

중년에도 태평세월 얻지 못하나   難得中年太平日

포의의 선비라고 사람들 존중하네   人知識字布衣尊

「겨자 芥菜」

갓 싹을 모종하자 뜰 온통 푸르거니   手種新蔬青滿園

한겨울 되어서도 뿌리를 캐어 먹네   冬天難舍掘其根

어느 해가 되어야 청평복을 누려볼까   何年仍享清平福

바구니 팔에 끼고 새싹을 자르노라   著履攜籃剪芥孫

「오이 심고 다시 성당의 옛집을 떠올린다 種瓜復憶星塘老屋」

푸른 하늘 호의로 봄바람 보내오니   青天用意發春風

어느 결에 이내 머리 하얗게 세었구나   吹白人頭頃刻工

오이 밭 뽕나무 숲 예전과 똑같건만   瓜土桑陰俱似舊

이제는 아무도 날 아이로 안 부르네　　　　無人喚我作兒童

「토란 芋」

농사와 나무하기 늙은이 일이거니　　　　叱犢樵鋤老夫事

늘그막에 취미란 내버려 두었어라　　　　老年趣味休相棄

집 안에는 소똥이 산처럼 쌓여있고　　　　自家牛糞正如山

토란 굽는 화롯가 향기가 진동하네　　　　煨芋爐邊香噴鼻

　백석 선생의 시에는 지금까지 말한 두 종류 외에도 예술을 논하고
세상을 풍자한 것들도 많으니, 이는 다음에 이야기하기로 한다.

다시 제백석의 시에 대하여

– 백검당주

백석 노인의 인장과 그림에는 모두 독창성이 있으니, 그 힘으로 일가를 이룰 수 있었다. 그의 성공은 오랜 시간의 고통스러운 수련을 거친 것이다. 그는 혼자서 전각을 막 배우던 과정을 이렇게 말했다.

내가 전각을 배울 때, 새긴 뒤에는 갈았고, 다 갈리면 다시 새겼다. 객실이 온통 진흙투성이가 되어, 작업을 하기 위해서 여기저기 팔방으로 옮겨 다녀야 했으니, 방안이 온통 연못 바닥이 되었다.

이에 관한 시도 있다.

석담의 옛날 일은 마음이 어린이라	石潭舊事等心孩
돌 가는 서실에는 물마저 흥건했지	磨石書堂水亦災
비바람 치는 날엔 나막신 질질 끌며	風雨一天拖雨屐
우산을 받쳐 들고 적니로 날아갔지	傘扶飛到赤泥來

석담파(石潭埧, 상담시(湘潭市) 상담현(湘潭縣)의 마을 이름) 적니
곤(赤泥坤)에 살았을 때의 모습을 그린 것이다. 인장을 새기느라 집
아이 오통 진흙이 되었을 풍경을 그려보면, 그 과정의 어려움도 알
수 있고, 얼마나 거기에 빠져 있었는지도 상상할 수 있다.

그림을 배우는 즐거움과 고통은, 백석 노인이 예술을 논한 시에 잘
나타난다. 아래는 산수화에 제한 시이다.

10년을 나무 심어 숲 이룸은 쉽나니	十年種樹成林易
그림으로 숲을 이룸 평생에 어렵노라	畵樹成林一輩難
머리는 깨어지고 두 눈이 침침한들	直到髮枯瞳欲瞎
뉘라서 마음으로 비온 뒤 산 보려나	賞心誰看雨餘山

또 이런 시도 있다.

큰 잎새 거친 가지 다 그려 살려내니	大葉粗枝亦寫生
붓 한 자루 기대어 늘그막을 보내누나	老年一筆費經營

이런 구절도 있다.

붓질 한 번 하기까지 생각은 백 번 천 번	下筆安詳費苦思

이런 구절에서는 그의 진지한 태도를 볼 수 있다.

백석 노인은 고학(苦學)을 주장하였으니, 오로지 베끼느라 창조성을 발휘하지 못하는 예술 태도는 극력 반대했다. 그는 벗에게 아래 시를 보낸 적이 있다.

비단 3천 장에 한 집안 분 화선지라	素絹三千紙一屋
갖가지 괴이한 것 배 속으로 들어왔네	百怪塊然來我腹
초충초목 어떤 것이 나에게 없으랴만	蟲魚草木吾豈無
언제나 바보처럼 화고 세 뭉치를 짊어지네	畫稿三擔向其愚

그림에 이런 시를 적기도 하였다.

산 밖엔 누대요 구름 밖은 봉우리라	山外樓臺雲外峰
천고에 화인들은 부화뇌동 따라하네	匠家千古此雷同
가슴속의 산수가 천하에 기이하니	胸中山水奇天下
베껴내는 솜씨는 내어다 버리게나	删去臨摹手一雙

그는 전각을 논하면서 "가슴속엔 한인(漢印)이 들어있지만, 팔 아래에 더 이상 한인(漢印)은 없네 胸中有漢印, 腕底無漢印"라 하였고, 그림을 논하면서는 "같지 않으면 세상을 속임이요, 너무 똑같으면 세

속에 영합함이라 不似則欺世, 太似則媚俗"라고 하였다. 전자는 전통을 학습하되 자기만의 풍격이 있어야 함을 설명한 것이고, 후자는 형사(形似) 신사(神似) 모두 중요하지만, 객관적인 사물의 규율을 벗어나지 않으면서 주관의 이상을 표현해야 하고, 진실에서 출발하되 거기에 국한되면 안 된다. 생활에서 나오되 생활을 베끼면 안 되며, 창조력을 훈련하여 진실보다 더 높은 예술적 진실을 만들어내야 함을 말한 것이다.

백석 노인의 풍유시에 대해서는 많은 사람들이 알고 있다. 「오뚜기 노인 不倒翁」 그림에는 세 수의 시를 적었다.

아이들 장난감인 엉뚱한 늙은이라	能供兒戲此翁乖
넘어져도 도움 없이 재빨리 일어나네	打倒休扶快起來
눈썹 위 머리에는 오사모를 얹었으니	頭上齊眉紗帽黑
간 쓸개 없더라도 관직은 지녔어라	雖無肝膽有官階
오사모에 흰 부채 엄연한 관리지만	烏紗白扇儼然官
부도옹은 애초에 진흙으로 빚었거니	不倒原來泥半團
그대를 가져와서 깨뜨려 속을 보면	將汝忽然來打破
온 몸 어디에도 심장 쓸개 보이잖네	通身何處有心肝[25]

---

25 이 시는 명나라 여행가로 유명한 서문장(徐文長)의 시 「부도옹(不倒翁)」의 "烏紗玉帶儼然官, 此翁原來泥半團. 忽然將你來打碎, 通身上下無心肝."을 거의 그대로 가져온 것이다.

가을부채 부쳐대는 두 뺨은 희멀겋고　　秋扇搖搖兩面白

번듯한 검은 관포 온몸에 둘렀구나　　官袍楚楚通身黑

우습다 그대 모습, 어떻게든 일어나선　　笑君不肯打倒來

가슴속에 한 점 흑색 없다고 자신하는　　自信胸中無點墨

　이는 예전의 거들먹거리면서 양심이란 찾아볼 수 없는 관리들을
두고 온전한 데가 없는 사람들이라고 욕한 것이다.

제백석(齊白石)의 「부도옹(不倒翁)」

일본이 투항하기 1년 전 그는 한 폭의 게 그림을 그리고 그 위에
적었다.

곳곳이 진펄 있는 마을이거니	處處草泥鄉
어디를 찾아가면 좋단 말인가	行到何方好
지난해엔 너희들 자주 뵈더니	往歲見君多
올해에는 어디로 갔단 말이냐	今歲見君少

일본 도적놈들의 종말이 임박했음을 은근히 풍자한 것이다. 『영보
재시전보(榮寶齋詩箋譜)』중의 한 회화에서 그린 것은 두 마리 삶은
게인데, 그 위에는 "어째서 가지 않느냐? 何以不行?" 네 글자를 적어,
저 잔혹한 행위를 일삼는 이들에 대한 격분과 조롱을 표현하였다.
앵무새 그림에 적은 시도 있다.

앵무새 말 잘해도 운명은 어그러져	鸚鵡能言命自乖
새장에 갇힐 생각 애초에 없었다오	樊籠無意早安排
사방에 그물일랑 펼치지 아니해도	不須四面張羅網
달콤한 말 지껄이며 스스로 내려오니	自有甜言哄下來

교묘한 말로 세상을 속이는 무리에 대한 조롱이 화살보다 날카롭
다. 「노서투과도(老鼠偷瓜圖)」위에는 이런 시를 적었다.

오이를 훔쳐 와서 부뚜막 위에 놓고	偸得瓜來置灶頭
부엌에서 밤새도록 어째서 다투는가	庖中夜鬧是何由
늙은이 일어나서 등불을 비춰 보니	老夫剔起燈油看
인간 세상 쥐들 모습 그대로 보이누나	照見人間鼠可愁

세상에 날뛰는 쥐새끼 같은 무리들에 대한 혐오를 드러낸 것이다. 사회의 부조리에 대해서도 노인은 통렬하게 비판했다. 또 조국에 대한 애정도 필묵 사이에 드러난다. 「포도등충상(葡萄藤蟲傷)」에는 이런 시를 적었다.

자주 빛 포도넝쿨 벌레가 먹었으니	紫乳蒼莖苦蝕侵
도끼 같은 어금니 크기는 벌침이라	蠹牙如斧大蜂針
드넓은 중국 땅의 지금 사정 어떠한가	漢家廣地今何似
하물며 산골집의 포도넝쿨 한 줄기야	何況山家一架藤

그는 또 1926년 호패형(胡佩衡, 1892~1962)의 「산천풍경장권(山川風景長卷)」에 이런 시를 적었다.

그대의 책을 보니 시절이 눈물겹네	對君斯册感當年
조각난 술잔 같은 세상은 가련해라	撞破金甌世可憐
등불 아래 두세 번 눈물을 닦고 보니	燈下再三揮淚看

중화엔 이와 같은 온전한 산천 없네　　　　　中華無此整山川

일본 도적떼가 강제 점거하던 시기에 그는 「중도도연정망서산(重到陶然亭望西山)」이란 사(詞)에서 노래했다.

도성에는 학만이 울어대는데　　　　　城郭未非鶴語
부들 숲엔 안개가 끝이 없구나　　　　　菰蒲無際煙浮
서산은 그대로니 걱정을 마라　　　　　西山猶在不須愁
태평시절 이제 곧 절로 오리라　　　　　自有太平時候

뜨겁게 조국을 사랑하기 때문에, 일본 도적떼가 항복하고 조국이 태평한 시기를 되찾기를 간절하게 바란 것이다. 그가 지은 것으로, "장년 난관 많았다고 말하지 마오, 이제 곧 태평시절 보게 되리니! 莫道長年亦多難, 太平看到眼中來"라는 구절도 전한다. 노인은 침중한 어조로 탄식하면서 속으로 마음을 달랜 것이다.

백석 노인은 사우(師友)에 대해서도 똑같이 지극한 정을 표현하였다. 진사증(陳師曾, 1876~1923, 미술가, 예술교육자)이 죽자 시를 지어 애도하였다.

그대여 어찌 이리 급하게 가시는가　　　　　哭君歸去太勿忙
벗 모임 쓸쓸하니 마음이 아픕니다　　　　　朋黨寥寥心益傷

어찌하면 오늘날 고인을 살려내고   安得故人今日在

술잔 앞에 칼 뽑아 제황을 죽이려나   尊前拔劍殺齊璜[26]

또 서비홍(徐悲鴻, 1895~1953, 현대미술가)에게 보낸 제화시에서
는 이렇게 말했다.

소년은 그저 좋아 산수를 그렸거니   少年好寫山水照

사람들 칭찬이야 티끌만큼 바랐을까   自娛豈願世人稱

내 화법 신선해도 세상은 욕하지만   我法何鮮萬口罵

마음을 주는 이는 강남의 서생일세   江南傾膽獨徐生

매란방(梅蘭芳, 1894~1961, 경극배우)에게 준 시에는 "지금이야 낙
백하여 장안을 떠돌지만, 다행히도 매랑의 이름 석 자 알았다오 而今
淪落長安市, 幸有梅郞識姓名"라는 구절이 있다. 모두 진지하고 순실
한 말들이다.[27]

---

26 제백석은 뒤에 이름을 황(璜)으로 바꾸었다. 하지만 여전히 '치바이스'로 불린다.
2017년 예술의전당 서예박물관에서 개최한 〈한중수교25주년기념특별전-치바이스(齊
白石)〉가 그 예이다.

27 원문에는 이 뒤로도 제백석의 산수화에 붙여진 제화시가 다섯 수나 소개되어
있다. 특별한 미감이나 정취에 대한 설명 없이 시만 단순 나열되어 있는데다가, 문장
이 다소 지루해지는 감이 있어 번역에서 제외하였다.

수학과 논리

― 양우생

수학은 매우 중요하고도 아주 흥미로운 과학이다. 수학은 과학의 영역 안에서 '순수과학'으로 일컬어진다. '순수이론'을 다루는 과학이라는 뜻이다. 그러나 모든 기술과 과학은 수학을 기초로 삼아야 한다. 수학을 못하는 학생은 자연과학을 잘할 수가 없다. 심지어 일부 사회과학의 경우 깊이 들어가 연구를 하자면, 그 또한 훌륭한 수학적 기초를 필요로 한다. 가령 경제학 같은 것이 그렇다. 그래서 사람들은 '철학은 모든 사회과학의 어머니요, 수학은 모든 자연과학의 어머니'라고 말하는 것이다.

많은 사람들이 수학은 무미건조한 과학이라고 잘못 알고 있지만 사실은 그렇지 않다. 가령 수학을 논리(일종의 추리과학)에 응용하면 언제나 아주 재미있는 결론을 얻을 수 있다.

사람들은 평소 틀림없는 사실을 대할 때면 "1은 1이고 2는 2"라고 말한다. 이는 마치 불변의 진리인 듯 보인다. 그러나 교묘한 수학적 조작을 하고 나면, 1은 2와 같다거나 혹은 1은 어떤 수와도 같다는 것을 증명해 낼 수 있다. 믿지 못하겠다면 아래의 계산식을 보자.

가령 A=B라면 $A^2=AB=B^2$이므로 $A^2-B^2=AB-B^2$이고, 이를 인수분해하면 $(A+B)(A-B)=B(A-B)$가 되며, 양변을 $(A-B)$로 나누면 A+B=B 즉 2B=B를 얻을 수 있다. 따라서 2=1이다.

이 계산식에서는 단지 중학생도 다 배워 알고 있는 기본적인 공식을 응용했을 뿐이다. 바로 '두 수의 제곱의 차이는 두 수의 차와 두 수의 합을 곱한 것과 같다'는 것이다. 그러나 뜻밖에도 1이 2와 같다는 결론을 이끌어냈다. 그 비밀은 어디에 있는 걸까? 비밀은 바로 A-B=0이라는 지점에 있었다. 어떤 수에든 0을 곱하면 0이 된다. 그러므로 $(A-B)$를 써서 양변을 나누어 얻게 되는 답안은 오류이다.

중국 전국시대에 공손용자(公孫龍子)라는 이름의 매우 유명한 궤변론자가 있었다. 그는 수없이 많은 궤변 명제들을 알고 있었는데, 사실은 수학적 방법을 응용해서 논리를 만들어 일반인들의 개념에 혼란을 일으킨 것이었다.

그는 "한 자 방망이, 날로 반씩 취해도, 만세토록 닳지 않네"라는 논제를 가지고 있었다. 한 자 길이의 나무 방망이를 매일같이 절반씩 취하는데 영원히 다 나눌 수가 없다니, 처음 듣는 사람들은 깜짝 놀라며 이상스럽게 생각했다. 사실 맞는 말이기는 했다. 2분의 1에 해당하는 선을 아무리 계속해서 그어도 끝이 있을 수 없고, 그 뒤에는 '무한소(無限小)'가 있기 마련이다. 무한소 또한 엄연한 수치가 아닌가!

공손용자의 또 다른 논제는 더욱 심한 궤변이었다. "날아가는 화살은 움직이지 않는다"는 것이었다. 공간과 시간을 모두 무한히 작은 점으로 나눌 수 있다면, 날아가는 화살은 매 순간 공간의 특정한 위치를 차지하게 된다. 그건 다시 말해서 그 위치에 멈춰 선다는 뜻이다. 이 논제와 위에서 말한 '한 자 방망이'라는 논제는 모두 수학에 있어서의 무한소 개념을 응용한 것이다. 하지만 위의 논제는 말이 되도 이 논제는 사실상 말이 되지 않는다. 아무리 무한히 짧은 시간 동안에라도 날아가는 화살은 운동을 하기 때문이다.

응용수학이 논리에 이르게 되면 언제나 형식논리를 낳게 된다. 즉 내적 본질의 발전을 소홀히 하고 표면적 현상에만 주의를 기울이는 것이다. 그러나 형식논리적 인식을 버릴 수는 없으며, 모든 형식논리가 다 잘못된 것은 아니다. 예를 들어 'A가 B보다 크고 B가 C보다 크면 A는 반드시 C보다 크다'는 논리는 진리에 부합한다. 변증논리 또한 형식논리로부터 발전되어 나온 것이다. 그래서 또 사람에 따라서는 형식논리를 기초논리로, 변증논리를 고급논리로 부르기도 한다.

고대 중국에도 수많은 걸출한 수학자들이 있었다. 내가 앞의 글에서 언급했던 조충지(祖沖之)[28]가 좋은 예이다. 그는 서양 수학자들보다 1천 년 먼저 원주율을 추산했다. 또한 고대 중국의 『구장산술(九章算術)』이라는 책에서는 평방(平方, 제곱)과 입방(立方, 세제곱)의

---

28 조충지(祖沖之, 429~500): 원주율(圓周率)을 계산하여 3.1415926 ⟨ π ⟨ 3.1415927, π≒355/113을 알아내었다. 그의 아들 항지(恒之)는 장형(張衡), 유휘(劉徽)의 연구를 계승하여, 체적비(體積比)를 단면적비(斷面積比)에서 구하는 방식으로 구(球)의 체적 공식을 산출한 바 있다.

문제를 제기하기도 했다. 조충지는 『구장산술』의 산법에 근거해서 1천 5백여 년 전에 벌써 일반적인 이차방정식과 삼차방정식의 올바른 근을 구해 냈다. 그리고 직각삼각형에서 빗변의 제곱은 나머지 두 변의 제곱의 합과 같다는 사실 또한 중국의 수학자들이 일찍이 추산했던 것이다. 그런데 중국의 봉건사회가 너무 길어지다 보니 생산과 발전이 더뎠고, 그것이 일반과학의 신속한 발전을 가로막아 수학 또한 국제적 수준에 뒤떨어지고 말았다. 하지만 우리나라의 근대 수학계에는 걸출한 인재들이 아주 많이 등장했다. 예를 들어 독학으로 성공한 화라경(華羅庚)[29] 교수는 퇴루소수(堆壘素數)[30] 연구에 관한 한 세계 최고의 권위자이다. 최근 몇 년 동안 우리나라는 '과학을 향한 대진군(進軍)'이라는 기치를 내걸고 몇몇 주요 과학 부문에 있어서는 12년 내에 국제적 수준을 따라잡도록 하였으니, 수학의 발전 또한 물론 기대해 볼 만하다.

---

29 화라경(華羅庚, 1910~1985): 강소성(江蘇省) 출생으로 15세에 다른 학업을 중단하고 수학을 독학하였다. 수학상의 업적『퇴루소수론(堆累素數論)』은 1941년에 완성되었으나 출판이 되지 못하였고, 1946년에 소련에서 출판하였다. 그밖에『수론도인(數論導引)』(1957) 등의 저서가 있다.

30 소수의 삼각 계산법에 대한 이론이다. 고전 수학에 대한 해석이면서 독창적인 이론으로 인정받고 있다. 이 이론의 중요한 출발점은 삼각 계산법에 대한 비노그라도프의 평균값정리(Vinogradov's mean-value theorem)를 다시 정의하여 정확도를 높인 데 있다. 이 이론은 웨어링과 골트바흐의 가설을 명확하게 정리했으며, 웨어링의 문제(Waring's Problem)의 해의 개수에 관한 점근공식들을 제공한 것으로 평가받는다. 영어로는 'Additive Theory of Prime Numbers'로 번역되었다. 이 글과 뒤에 나오는 「원주율 추산」의 내용은 한양대 수학교육과 오병근 교수께서 검토해주었다. 덕분에 몇몇 오류를 바로잡고 내용의 정확성을 기할 수 있었다. 지면을 빌려 감사드린다.

원주율 추산

– 김용

양우생 형은 앞서 「수학과 논리」라는 글에서 조충지의 원주율에 대해 언급한 바 있는데, 듣기로는 세계적으로 크게 앞섰던 정밀한 계산이라고 한다. 이는 수학사에 있어 매우 흥미로운 사안이다.

원둘레와 직경의 비례가 얼마인가 하는 것은 실생활에서 흔히 접하게 되는 문제인데, 중국 초기의 수학 서적인 『주비산경(周髀算經)』[31]에서 '둘레가 3이면 지름이 1'이라고 해서 원주율(즉, 원둘레와 지름 사이의 비율)이 3이라고 말했다. 전설에 따르면 이는 주나라 초기의 상인들이 계산해 낸 것이라고 한다. 만약 전설이 틀리지 않았다면 그것은 기원전 12세기의 일이다.

---

[31] 원주: 현존하는 『주비산경』은 동한 말 혹은 위진 연간에 조군경(趙君卿)이 주석한 것으로, 원저자와 집필 연대 등은 모두 불분명하다. 이는 아주 오래된 고서로, 책 이름에 '산(算)'이라는 한 글자가 들어 있고 책 전체가 숫자들로 가득 차 있기는 하지만 사실은 고대의 천문서적이다. 이 책은 또 예로부터 『산경십서(算經十書)』 가운데 하나로 알려져 왔다. 『산경십서』에는 『주비산경』, 『구장산술(九章算術)』, 『해도산경(海島算經)』, 『손자산경(孫子算經)』, 『오조산경(五曹算經)』, 『하후양산경(夏侯陽算經)』, 『장구건산경(張邱建算經)』, 『오경산술(五經算術)』, 『집고산경(緝古算經)』, 『수술기유(數術記遺)』 등이 포함된다.

그리스 사람들은 기원전 3세기의 위대한 물리학자 아르키메데스가 처음으로 원주율을 응용하기 시작했다고 말한다. 목욕을 하다가 아르키메데스의 원리를 발견한 그 사람을 말한다. 그래서 그리스인들은 원주율을 '아르키메데스 값'이라고 부른다.

중국의 유명한 교량 전문가이자 전당강(錢塘江) 대교를 설계한 모이승(茅以升, 1896~1989) 선생은『원주율약사(圓周率略史)』에서 이렇게 말했다. "서양 수학에서는 다들 이 원주율이 인도에서 흘러온 것으로 알았고, 서로 왕래가 있었던 아라비아에서 또한 인도에서 만든 것으로 알고 있었다."

초기의 투박한 원주율을 먼저 발견한 것은 대체 어느 민족 사람들이었을까? 내가 생각하기에 3대 1로 비례하는 원주율은 자와 줄만 가지고 대충 재 봐도 가늠할 수 있을 듯하다. 실제로 사용해야 할 쓸모가 생겼을 때, 수많은 민족들이 모두 측량을 거쳐 비율대로 계산할 수 있었으리라. 그러니 과연 누가 먼저 발견했는가는 실로 말하기 어려운 것이다. 정밀한 계산에 이른 것은 그보다 나중의 일이다.

우리가 조충지 선생이 정밀한 원주율을 계산해 냈다고 말하는 것은『수서 · 율력지(隋書 · 律曆志)』의 기록에 근거를 둔 것이다. 책에는 이렇게 적혀 있다.

고대의 계산법에서는 원둘레가 3일 때 원지름은 1이라고 하였으니 그 셈이 성글어 정확하지 않았다. 유흠(劉歆), 장형(張衡), 유휘(劉徽),

왕변(王蕃), 피연종(皮延宗) 등이 각각 새로운 비율을 내놓았으나 절충에 이르지는 못했다. 송대 말엽 남서주종사사(南徐州從事史) 조충지는 다시 정밀한 산법을 개척했다. 원지름 1억을 1장(丈)이라고 가정했을 때, 원둘레의 최댓값은 3장(丈) 1척(尺) 4촌(寸) 1분(分) 5리(厘) 9호(毫) 2초(秒) 7홀(忽)이 되고 최솟값은 3장 1척 4촌 1분 5리 9호 2초 6홀이 되며 정확한 수치는 최대치와 최소치의 양끝 사이에 놓인다. 정밀한 비율은 원지름이 113일 때 원둘레는 355이고, 간략한 비율은 원지름이 7일 때 원둘레가 22가 된다. 또한 면적과 부피에 관한 계산법을 고안하였으니, 사각형과 원에 겸하여 참고할 수 있다. 요지가 정밀하여 산술가 가운데 최고이다. 저술한 책의 제목은『철술(綴術)』인데, 학술을 맡은 관리가 그 심오함을 능히 궁구하지 못한 까닭에 버려두고는 돌아보지 않았다.

여기에 약간의 설명을 덧붙이면 이해하기 쉬울 것이다. 우리나라 역사상 가장 먼저 수학적 방법을 사용하여 원주율을 추산한 사람은 한대(漢代)의 대학자 유흠(劉歆, 기원 23년에 왕망(王莽)에게 죽임을 당함)으로, 그의 원주율은 3.1547이었다. 장형(張衡, 78~139, 동한 때 사람)은 중국의 저명한 천문학자였는데, 그의 원주율은 √10 또는 92/29였다. 유휘(劉徽, 기원 250년 전후 출생, 263년의 저술로 주석 작업을 진행한『구장산술주(九章算術注)』가 있음)는 할원(割圓)법을 써서 추산해 냈다. 즉 원 안에 육각형을 하나 그리고 차츰 변의 수를 늘려 가면 이 다변형과 원은 점점 더 접근하게 되는데, 다변형의 변의 길이를 계산해서 96변형까지 계산이 이르렀을 때 원주율은 3.14 가 되었다. (또 누군가는 유휘가 할원법에 있어 절묘한 정밀 가공법을 제공했다고 여겨, 자신이 192변형까지 분할한 몇몇 어설픈 근사치들로 간단한 가중평균을 구해 마침내 유효숫자 4자리의 원주율 π =3927/1250＝3.1416을 얻어냈다. 이러한 결과는 유휘 본인이 밝힌 것과 정확히 일치하는데, 만약 원을 분할하는 방식으로 이런 결과를 계산해 내려면 3072변형까지 나눠야 한다.) 왕번(王蕃, 219~257)의 계산은 '142/45＝3.155'였고, 피연종(皮延宗)(기원 455년 무렵 사람)의 원주율은 확인되지 않는다. 이엄(李儼)의『중국산학사(中國算學史)』에 따르면 조충지에 앞서 하승천(何承天, 370~447)이 있었는데 그의 원주율은 22/7 즉 3.1428이었다. 이런 원주율들은 모두 정밀하지 못한 것들이다.

조충지는 남북조 송나라 때 사람이다. 그가 산출한 원주율은 『수서(隋書)』에 따르면 3.1415927보다 작고 3.1415926보다 커서 3.14159265로 산정 가능하며, 정밀하게는 355/113, 대략 22/7이라고 말할 수 있다. 서유럽인 가운데 이렇게까지 정밀하게 계산한 사람은 천여 년 이후(1573년) 독일의 발렌티누스 오토(Valentinus Otto)인데, 그 또한 소수점 아래 여섯 자리까지 셈했을 뿐이다.

조충지의 아들 조환지(祖暅之) 역시 대 수학자로, 그는 원구의 면적과 부피를 계산하는 공식을 발견했다. 그러나 그들의 추리방법이 당시로서는 너무 정교하다 보니, 문화교육 업무를 담당하는 관리가 전혀 이해를 못한 나머지 이를 버려둔 채 거들떠보지 않았다.

문화가 오랜 된 여러 나라 가운데 중국의 수학은 그리 발달한 편이 못 된다. 우리나라의 수학은 언제나 실용에 사로잡혀서, 실용과 무관하고 비교적 추상적인 추론과는 거의 접촉하지 않았다. 눈에 띄게 공헌한 것은 원주율이 아니었나 싶다. 내가 중학교에서 공부할 때 내게 수학을 가르쳐주신 분은 장극표(章克標) 선생이었다. 그는 소설을 써서 이름이 나 있었고 사람됨이 익살맞아서, 친구들이 종종 그와 장난을 치기는 했어도 그의 수업을 열심히 듣지는 않았다. 그는 예전에 『수학 이야기 數學的故事』라는 책을 한 권 썼는데, 그 안에는 어떤 유럽 청년이 아주 많은 시간을 들여서 원주율을 소수점 아래 6백여 자리까지 계산해낸 이야기가 실려 있었다. 이런 원주율은 물론 실생활에는 아무런 도움이 되지 못한다.

소설 『서검은구록』을 쓸 때, 나는 진가락(陳家洛)의 출신에 대해 좀 더 알아보기 위해 일찍이 그의 조상인 해녕(海寧) 진씨(陳氏) 관련 기록을 살피다가 그의 부친 진세관(陳世倌)과 동년배인 진세인(陳世仁, 1676~1722)이라는 인물을 발견했다. 강희황제 때 한림을 지낸 그는 뜻밖에도 수학의 대가였다. 저서로 『소광보유(少廣補遺)』 한 권이 남아 있는데, '급수(級數)'에 대한 연구가 꽤 있으며 인용한 내용들 중에는 예전 사람들이 누구도 언급하지 않았던 공식들이 많이 보인다. 책에서는 줄곧 홀수와 짝수, 제곱과 세제곱의 급수 등을 연구해 놓았다.

영화와 연극

영화 「세레나데」와 원작 소설

– 김용

당신은 내가 쓴 『서검은구록』[1]이나 『벽혈검』[2]을 읽은 독자일 수도 있고, 최근 황후극장과 평안극장에서 상영하고 있는 영화 「세레나데 Serenade」[3](1956)를 봤을지도 모르겠다. 이 영화는 미국의 한 성악가 이야기로 우리 무협소설과는 아무런 공통점이 없다. 그러나 우리 연재란은 세상만사 다루지 않는 이야기가 없으므로 오늘 나는 영화 한 편을 얘기하려 한다. 어쩌면 내일 백검당주는 광동의 샥스핀을 논하고, 양우생은 변태 심리를 다룰 수도 있다.

이 모든 것이 서로 전혀 관련이 없는 것이긴 하나 수필과 산문 특별란은 제약이 없는 이야기일수록 산뜻하고 즐거울지도 모르겠다.

---

1 『서검은구록』: 1955년 김용이 쓴 최초의 무협소설로 홍콩의 『신만보(新晚報)』에 연재되었다. 건륭 연간의 반청단체 홍화회(紅花會)를 이끈 진가락(陳家洛)이 주인공이다.

2 『벽혈검』: 1956년 김용이 쓴 무협소설로 명나라 말기에 활약한 원숭환(袁崇煥)의 아들 원승지(袁承志)가 주인공이다.

3 「세레나데 Serenade」: 미국 소설가 제임스 케인(1892~1977)의 소설 『Serenade』(1936)를 1956년 워너 브라더스사(Warner Bros.)에서 제작한 영화. 홍콩에는 『상사곡(相思曲)』으로 번역 소개되었다.

「세레나데」는 미국 작가 제임스 케인(James M. Cain)이 1937년에 지은 동명 소설을 각색한 것이라고 한다. 나는 3, 4년 전에 이 소설을 읽었는데 지금에 와서 생각해 보니 소설과 영화 간에 무슨 관련이 있는지 알 수가 없다. 뒤에 소설을 다시 한 번 들춰봤지만 여전히 무슨 관련이 있는지 모르겠다.

당신은 영화를 본 후에 틀림없이 그냥 통속적인 이야기라 여길 것이다. 일찍이 얼마나 많은 미국영화가 이런 식의 이야기를 사용했는지 알 수 없다. '한 예술가가 어떤 귀부인에게 발탁되어 유명해진다. 두 사람은 사랑에 빠진다. 귀부인은 예술가를 버리고, 그는 깊은 상처를 받는다. 그러나 또 다른 진실한 사랑이 그를 구원한다.' 그러나 소설의 스토리는 이와 전혀 다르다.

케인과 헤밍웨이의 작품은 많이 닮았다. 이 두 사람에 스콧 피츠제럴드와 윌리엄 포크너를 더한 이들 미국 일류 작가들은 서구의 근대 소설에 상당한 영향을 미쳤다. 케인은 살짝 헤밍웨이를 모방하였고, 소재와 풍격, 모든 면에서 비슷하다. 소설 『세레나데』는 문장이 간결하면서도 힘이 있다. 격렬한 감정과 거칠고 과격한 성격 묘사는 물론 성적(性的) 묘사에서도 거리낌이 없는 것도 헤밍웨이와 매우 닮았다. 그러나 사회적 의미에서 대다수 헤밍웨이의 작품보다 낫다.

영화 속 여주인공(사리타 몬티엘이 배역을 맡은 후아나)은 부잣집 아가씨이지만, 소설에서는 매춘부이다. 영화 속 교회 장면에서 장엄하고 엄숙한 가운데 남자 주인공 데미안 빈센티 역의 마리오 란자가 경건하게 「아베마리아」를 부른다. 하지만 소설에서 데미안은 교회에서 이 매춘부를 강간하고, 후아나도 더는 거부하지 않는다. 이 두 개의 예만으로도 당신은 영화와 소설의 풍격이 확연히 다르다는 것을 알 수 있을 것이다. 혹시 영화가 조금 더 고상하다고 생각하시나? 나는 조금도 동의하지 않는다.

소설 속의 후아나는 멕시코 인디언 출신의 매춘부로, 남자주인공 데미안은 그녀와 동거(절대 결혼이 아니다)를 하다가 몰래 그녀를 미국으로 데려간다. 데미안은 공연과 영화 양쪽에서 대스타가 된다. 영화제작자 윈스톤은 후아나를 몹시 미워한다. 혹시라도 관객들이 그녀의 과거를 알게 되어 데미안의 흥행성적에 타격이 될까봐 전전긍긍한다. 그래서 이민국에 그녀를 고발하여 추방시키려 한다. 후아나와 데미안은 서로를 진심으로 사랑하고 있었다. 그녀는 그들의 진실한 사랑이 금전, 명예, 그리고 인종차별에 의해 파괴되는 것을 원하지 않았다. 그래서 어느 파티에서 투우용 검으로 윈스톤을 찔러 죽인다. 데미안과 그녀는 과테말라로 도망간다.

결말은 매우 비참하다. 데미안은 점점 피폐해져, 날마다 싸구려 사창가에서 지낸다. 후아나는 결국 그를 떠나 다시 매춘부가 되고, 경찰에 쫓기다 죽음을 당한다. 꽤나 묵직한 스토리이다. 열악한 사회가 어떻게 한 천재 성악가를 망가뜨리고, 어떻게 한 선량한 소녀를 죽이고, 어떻게 순결한 사랑을 파괴하는가를 고발하고 있다. 하지만 할리우드는 이 묵직한 이야기를 결국은 여자가 모든 일의 화근이 된다는 진부한 공식으로 바꾸어 놓았다.

소설 속 한 단락(소설은 1인칭 시점으로 서술된다)은 할리우드에 대한 작가의 생각을 말해줄 뿐만 아니라, 할리우드가 왜 지금의 방식으로 문학 작품을 망가트렸는지에 대해 설명하고 있다.

나는 할리우드를 싫어한다. 그들이 음악가를 대하는 방식과 그녀를 대하는 방식이 마음이 들지 않기 때문이다. 그들에게 노래란, 돈을 받고 파는 상품에 지나지 않는다. 연기, 시나리오, 음악 등 그들이 사용하는 모든 것이 이러하다. 이 모든 것은 본래 그 자체로 가치가 있는 것일 수도 있는데, 이점에 대해 그들은 한 번도 생각해 본 적이 없다. 그들 생각에 본연의 가치를 지닌 것은 영화제작자뿐이다. 그들은 브람스와 어빙 벌린(Irving Berlin)⁴간에 무슨 차이가 있는지 전혀 모른다. 그들은 성악가와 유행가를 흥얼거리는 사람들의 차이도 전혀 알지 못한다. 어느 날 밤 2만여 명이 큰 소리로 유행가를 부르는 사람의 노래를 듣고 싶다고 외칠 때, 그들은 비로소 두 사람의 차이를 이해할 것이다. 시나리오 팀에서 써 준 줄거리를 훑어보는 것 외에 그들은 책도 안 읽는다. 심지어는 영어도 할 줄 모르면서 음악, 노래, 문학, 대화 및 촬영 전문가라고 자부한다. 그 근거는 단 하나, 누군가 그에게 클라크 게이블(William Clark Gable)⁵을 빌려줘서 영화 한 편을 찍었는데, 그게 성공했

---

4 어빙 벌린(Irving Berlin, 1888~1989): 러시아 태생의 미국 작곡가이자 작사가.
5 클라크 게이블(William Clark Gable, 1901~1960): 미국 할리우드의 영화배우이자,

기 때문이다.

소설가 케인이 할리우드를 무시하는 바람에 그들도 그의 소설에 폭력을 행사했는데, 그 장소가 교회가 아닌 촬영장이라는 점이 다를 뿐이다.

브로드웨이의 뮤지컬 배우이다. 전성기의 그는 '할리우드의 제왕'으로 불렸다.

쾌락과 장엄, 프랑스 영화인의 중국사람 이야기

- 김용

그제 점심 한 친구의 식사 초대 자리에, 프랑스 영화제작자 알렉산드레이 엠누치키네 씨와 프랑스 영화협회 대표 P. 카우로우(Caurou) 선생 등이 모여 앉았다. 베이징의 프랑스영화주간 행사에 참석했다가 막 돌아온 그들은 홍콩을 거쳐 귀국길에 오를 참이었다.

엠누치키네 씨는 키가 크고 예술가다운 풍모가 물씬 풍겼으며, 카우로우 씨의 인상은 매우 세련되고 진실해 보였다. 그들은 먼저 이곳의 여러 우파 성향 신문들이 자신들의 말을 왜곡 보도한 것에 대해 이야기를 나누었다. 그리고 엠누치키네 씨는 "중국이 어찌나 환대를 해주는지, 무슨 말로 감사해야 좋을지 모르겠습니다" 하고 말을 이어갔다. 계속된 파티와 구경에 대해서는 말할 것도 없다면서, 그는 특별한 경험 한 가지를 예로 들었다. 그가 중국 입국을 신청했을 때, 중국 외교기관은 수속 절차를 최소화할 테니 이름과 여권번호만 전보로 알려주면 된다고 했단다. 비자와 사진은 물론 지문 날인(미국 이민국의 규정과 같은)은 더더욱 필요 없다고 했다는 것이다. 외국 손님에 대한 이런 절대적인 신뢰와 존중에 그들은 매우 만족했다.

엠누치키네 씨는 중국도 아름답지만 중국 사람들은 더 매력적이라고 했다. 그에게 가장 인상 깊었던 것은 중국 사람들의 유쾌함과 마음속 깊은 자존감으로, 이 때문에 자기도 모르게 즐겁고 편안해진다고 한다. 그는 중국 사람들은 자기들 나라와 문화, 미래 생활에 대한 자부심으로 충만해 있으면서도, 전혀 잘난 체하거나 부풀리지 않는 것 같다고 했다. 그는 홍콩에 오기 하루 전에 광주 중산공원으로 산책을 나갔다가, 사람마다 그토록 평온하고 점잖은 모습에 매우 강한 인상을 받았다고 했다. 이는 유럽과 미주의 어떤 대도시에서도 볼 수 없는 광경이라는 것이다. 그는 다른 신민주주의 국가에도 네다섯 곳 다녀봤지만, 중국인이 가장 즐거워 보이더라고 했다. 이는 결코 중국 사람들 듣기 좋으라고 하는 말이 아니라면서, 체코와 서독 등지에서도 자기 생각을 솔직하게 말했다고 했다. 카우로우 씨는 그건 아무래도 예전부터 영국이나 프랑스만큼 높은 생활수준을 경험한 체코와 독일의 국민들이, 혁명 후에도 중국처럼 놀랄 만큼 두드러진 변화를 겪은 건 아니라서 그럴 거라고 덧붙였다.

엠누치키네 씨의 말이 맞다. 그가 1921년에 중국에 왔을 때 본 모습과 오늘날의 중국은 비교조차 할 수 없다. 카우로우 씨는 올 2월에도 베이징에 갔었고, 이번이 두 번째였다. 그는 올봄에 본 인상이 너무 좋아서 자신이 혹시나 편견을 가지고 잘못 본 건 아닐까 했는데, 이번에 두 친구도 의견을 함께하고 있어 자신이 제대로 봤다는 걸 확신하게 됐다고 했다.

엠누치키네 씨는 영화 「팡팡 라 튤립(Fanfan.la.Tulipe)」(1952, 홍콩에서는 「육진비룡(肉陣飛龍)」으로 번역), 「로라 몽떼(Lola Montes)」(1955), 「사해일심(四海一心)」 등의 제작자로, 그는 중국 영화에 대해 이렇게 논평했다. 그가 막 홍콩에 왔을 때 발표한 내용이 몇몇 기자들에 의해 잘못 보도되었는데, 영화의 전문 기술을 모르는 그들로서는 오해할 법도 하다고 했다. 또 그는 기술을 분석하면서도 매우 솔직하게 말했다. 그는 중국 영화는 기술적인 면에서 두 가지 단점이 있다고 보았다. 첫 번째는 녹음으로, 깨끗하기만 할 뿐 분위기가 없다고 했다. 「사해일심」에서는 모두 950가지의 소리를 이용하여 배경의 느낌을 표현한 데 반해, 중국영화에서는 흔히 배우들이 마이크 앞에서 말하는 소리만 들을 수 있다는 것이다. 이점은 그의 말이 맞다.

그가 지적한 두 번째 단점은 화면 구성에 관한 것이었다. 그는 중국 영화가 편집에 별로 신경을 쓰지 않는 듯하다고 했다. 「팡팡 라 튤립」에는 모두 1,250개의 컷이 있어서 어떤 장면은 필름이 겨우 50cm밖에 안 쓰였을 정도로 짧은데, 중국영화는 대개 하나의 장면을 너무 길게 늘인다는 것이다. 우리는 그에게 화면이 짧으면 예술적으로는 확실히 구성의 효과를 내기가 용이하겠지만, 중국영화의 주요 관객은 농민들로 그들 대부분은 이전에 영화를 본 적이 없는지라 영화기법이 지나치게 화려하고 복잡하면 감상에 어려움을 느낄 거라고 말해 주었다. 그는 잠시 생각하더니, 사회적인 의미에서는 그 또한 분명히 고려할 점이겠다고 했다.

이번 대화는 매우 즐거웠다. 서로의 의견을 교환했을 뿐 아니라, 앞으로의 협력 계획에 대해서도 이야기를 나누었다. 누군가 스후이(石慧, 1934~ : 홍콩의 여배우)에게 농담조로 "그 사람은 왜 자꾸 시아멍(夏夢, 1933~2016: 홍콩의 여배우) 얘기만 하고 스후이 얘긴 안하는 거야?"라고 말해서 모두 웃었다. 프랑스어로 '매력적이다, 사랑스럽다'는 뜻인 Charmant(샤르망)의 발음이 '시아멍(夏夢)'과 비슷해서, 프랑스 사람들이 중국과 중국인을 크게 칭찬하는 대화 중에 '샤멍', '샤멍' 소리가 끊이지 않았기 때문이다.

젊은 시절의 스후이(石慧, 좌)와 시아멍(夏夢).

「모비 딕 無比敵」에 담긴 의미

- 김용

이번 올림픽(1956년 호주 멜버른 - 역자)에서 소련의 장거리 선수 블라디미르 쿠츠(Vladimir Kuts)는 경쟁자들을 모두 멀찌감치 따돌리는 압도적인 기량을 뽐내며 1만 미터와 5천 미터 두 종목에서 잇달아 우승했다. 마침 요즘 영화 「모비 딕 無比敵」(Moby Dick)[6]이 상영 중이라서, 이곳의 몇몇 신문이 쿠츠에게 '모비 딕'이라는 별명을 붙여주었다.

이 영화를 보고 좀 더 깊이 생각해보려 한 사람이라면, 분명 다음과 같은 문제들에 이르렀을 것이다. '모비 딕'은 대체 무슨 뜻일까? 그것은 무엇을 상징하는가? 이 영화의 주제는 무엇인가?

영화는 미국 소설가 허먼 멜빌(Herman Melvill, 1819~1891)의 동명 소설『모비 딕』을 각색한 것으로, 꼭 필요한 부분에 한해 조금씩 보

---

6 「모비딕」: 원제는 'Moby Dick', 1851년에 간행된 허먼 멜빌(Herman Melville)의 소설로, 한국에는 '백경(白鯨)'으로 번역되기도 하였다. 여기서는 1956년 미국의 모울린(Moulin) 영화사에서 출시한, 존 휴스턴(John Huston)이 감독하고, 그레고리 펙(Gregory Peck)이 주연을 맡은 영화를 가리킨다. 중국어로 음차한 '無比敵'에는 '적수가 없다'는 뜻이 들어있다.

태거나 뺐을 뿐, 원작에 상당히 충실한 편이다. 이 소설은 세계문학에서도 높은 위치를 차지하고 있으며, 특히 미국에서는 손에 꼽을 만큼 뛰어난 작품으로 평가받는다. 영국 당대의 유명한 소설가인 서머셋 모옴(W. Somerset Maugham, 1874~1965)은 고금의 위대한 소설 10편을 열거하면서, 『모비 딕』을 톨스토이의 『전쟁과 평화』, 발자크의 『고리오 영감』, 디킨스의 『데이비드 코퍼필드』 등 9대 걸작과 나란히 세웠는데, 이 가운데 미국 소설로는 『모비 딕』이 유일하다. 물론 모옴의 이와 같은 극단적인 고평이 꼭 정확한 것은 아니겠으나, 이 소설이 걸작임에는 의심의 여지가 없다.

이야기는 포경선의 선장 에이허브(Captain Ahab)가 커다란 흰 고래 '모비 딕'을 찾아 복수하는 과정을 그리고 있다. 선장은 일찍이 이 흰 고래의 공격을 받아 온몸이 상처투성이가 되고 한쪽 다리마저 잃었다. 이 때문에 그는 이 산처럼 큰 흰 고래를 미친 듯이 찾아 헤매고, 그의 이런 광기 어린 욕망이 배의 모든 선원들에게까지 번져, 결국은 커다란 비극적 결말을 맞이하게 된다. 포경선은 모비 딕의 공격을 받아 전복되고 선장과 선원 모두가 바다 속에 수장됐으며, 가까스로 탈출한 한 사람이 이 놀라운 이야기를 풀어낸 것이다.

이 이야기가 말하고자 하는 바는 대체 무엇일까? 100여 년 이래 일찍이 많은 비평가들이 저마다의 해석을 내놓았다. 뉴튼 아빈(Newton Arvin, 1900~1963)은 '고래 뼈로 만든 의족을 달고 있는 선장은 포부만 거창했지 육체적으로는 무능력한 남성을, 모비 딕은 독단적인 부모를 상징하며, 선장의 증오는 인간의 내면에 잠재해 있는 부권에 대한 반항'이라고 보았다. 이는 프로이트 학파의 문예 심리학에 입각한 해석이다. 또 엘러리 세지윅(Ellery Sedgwick, 1872~1960)은 '선장 에이허브는 경건하고 진실한 인간을, 모비 딕은 우주의 거대한 비밀을 상징한다'고 말했다. 즉 에이허브가 모비 딕을 쫓는 것은 천지간의 오묘한 비밀을 부지런히 탐색하는 인간을 의미한다는 것이다. 한편 루이스 멈포드(Lewis Mumford, 1895~1990)는 '모비 딕은 죄악의 화신이고, 에이허브와 그의 충돌은 선악의 다툼이며, 소설의 결과는 선이 패하고 악이 승리한 일대 비극'이라고 생각했다. 이 밖에도 입장이 다른 수많은 견해가 있다.

모옴은 이런 모든 종류의 상징 해석에 반대했다. 그의 생각에 『모비 딕』은 그저 한 권의 감동적인 소설일 뿐이고 작가는 본래 별다른 주제나 교조(敎條)를 내세우려고 한 것이 아니므로, 일체의 해석은 견강부회에 지나지 않는다는 것이다. 상징에 대해 말하자면, 모비 딕이 '악'을 상징한다 해도 되지만, '선'을 상징한다 해서 안 될 것이 무엇인가? 모비 딕은 대해(大海)에서 자유롭게 헤엄치고 있는데 그 잔인한 미치광이 선장이 밤낮을 안 가리고 고래를 쫓아대니, 선장이야말로 '죄악(罪惡)'의 표상이 아닌가. 그러니 이 소설을 볼 때에는 다만 사람의 마음과 눈을 즐겁게 하는 빛나는 예술품으로 받아들이면 그만이지, 그 안에 담긴 의미까지 깊이 파고 들 필요는 없다.

1956년에 개봉된 그레고리 펙 주연 「모비 딕」의
포스터

　우리에게 있어, 이처럼 형식주의나 유미주의적 관점에서만 문학
명작을 보는 것은 확실히 성에 차지 않는다. 우리는 보통 '이 소설이
진짜 걸작이라면 거기에는 반드시 각별한 의미가 있어야지, 한갓 모
험 이야기 따위나 서술했을 리가 없다'고 여긴다. 또 '설령 작가의 목
적은 사람의 마음을 감동시킬 이야기를 하나 만들어내는 것이었다
해도, 작품은 어쨌거나 만고불변의 깊은 뜻을 담고 있을 것'이라고
생각한다.

　『모비 딕』은 읽기 어려운 책으로, 내가 보기에는 모옴이 말한 열

편의 소설 중에서도 난해한 축에 속한다. 작가는 의식적으로 17세기 영어를 사용했다. 가령 'building'을 'edifice'의 뜻으로 쓰거나, 'near'라고 하지 않고 'in the vicinity'라고 한 것, 'show' 대신 'evince'를 사용한 것 등을 예로 들 수 있다. 어떤 경우에는 문장 하나가 한 페이지에 달하기도 한다. 이 소설을 읽다 보면 정말이지 골치가 지끈거릴 지경이지만, 고래 떼를 만나는 장면에 대한 묘사 등 감동적인 부분은 정말 견줄 데 없이 아름답다. 내 생각에, 이 작품을 세계 10대 명작 가운데 하나로까지 꼽는 것은 지나친 과장이다. 우리나라의 『수호전』이나 『홍루몽』만 해도 최소한 이 작품보다는 위대하다. 하지만 이 소설을 읽은 뒤에는, 확실히 걸작이라는 느낌을 지울 수 없었다. 이 소설은 아직 중문으로 번역되지 않았는데, 듣자하니 주후량(周煦良, 1905~1984) 선생이 지금 번역 작업 중이라고 한다.

멜빌이 어렸을 때 부친의 사업이 파산하여, 그는 작은 가게의 점원이 되었다가 뒤에는 포경선 선원으로 일해야 했다. 72세가 되도록 오래 살았지만, 일생동안 뜻을 얻지는 못했다. 문학작품은 대개 작가의 환경과 심리상태를 얼마간 반영하기 마련이다. 멜빌은 계속되는 실망과 좌절로 말미암아 사회와 주위 사람에 대해 일종의 격분하는 정서를 갖게 됐다. 이 소설에서 그는 극도의 분노와 죽을힘을 다했던 정신세계를 자기도 모르는 사이에 생동감 있게 묘사해냈다. 이를테면 선장 에이허브에게서 우리는 작가의 그림자를 볼 수 있다. 이는 가보옥(賈寶玉)에게서 조설근(曹雪芹)을 볼 수는 있지만 가보옥이 조설근이 아닌 것과 같은 이치이다. 어쩌면 그것이야말로 다른 어떤 '상징적 우언(寓言)'보다도 진실에 더 가까이 다가간 것이 아닐까?

『모비 딕』의 뛰어난 점

- 김용

두 사람의 학생 독자가 내게 편지를 보내와 「모비 딕」의 의미에 대해 의견을 나누었다. 그들은 모두 영화만 보고 소설은 읽지 못했다면서, 영화에는 별 대단한 점이 없더라고 했다. 영화가 소설의 내용을 별로 바꾸지 않은 것이라고 하면, 허먼 멜빌의 이 소설이 어떻게 '세계 10대 소설'의 하나가 될 자격이 있겠느냐고 물었다.

이는 꽤 의미 있는 문제 제기이다. 내가 보기에는 영화가 소설의 줄거리만 사용했지, 소설의 정신을 살려내지는 못하다 보니 그런 문제가 발생했을 듯하다. 영화의 줄거리는 완전히 원작에서 가져왔으면서도 원작의 주요 정신을 제대로 표현해내지 못했다면, 이는 결코 우수한 개작이라고 할 수 없다. 『모비 딕』의 이야기는 매우 간단한데, 만약 소설의 주인공인 선장 에이허브의 영혼 깊은 곳까지 다다르지 못한다면, 이 바다 위 모험 이야기가 제아무리 사람을 감동시키는 것이라 하더라도, 거기에서 무슨 대단한 예술적 가치를 찾을 수는 없을 것이다.

멜빌의 일생은 매우 불행했다. 그가 아주 어렸을 때 아버지가 파산했기 때문에, 누군가의 밑에 들어가 일을 배우지 않으면 안 되었다. 그는 친척집에 맡겨졌다가 나중에는 포경선에서 일했는데, 그때 두 차례나 태평양의 식인종 마을이 있는 섬에 표류하기도 했다. 멜빌은 그때의 경험을 살려 두 편의 소설『타이피족』과『오무』를 지었다. 얼마 후 매사추세츠 주 대법관 쇼의 딸과 결혼했지만 살림 형편은 늘 넉넉지 못했고, 그는 미국 사회에서 끝내 자신의 뜻을 펼칠 수 없었다.

그의 전기를 보면, 그는 일생 동안 주로 장인의 수당과 유산, 아내의 저축, 처남의 원조에 기대어 근근이 지냈다. 훗날 그는 항구 해관의 검사원이 되었는데, 하루 임금이 고작 4원(元)에 지나지 않았다. 대작가의 나날은 담배와 화물을 검사하는 것으로 허비되었고, 이렇게 20년을 지내는 동안 그가 받은 인세는 한 해에 100원(元)을 넘기가 어려웠다. 그에게는 마음 맞는 벗도 없었고, 아내와의 사이도 데면데면했다. 그의 장남은 18세 되던 해에 권총으로 자살했고, 둘째는 갑자기 가출했다가 객사하고 말았다. 어쩌다가 그런 일이 일어났는지는 알 수 없지만, 그의 가정생활이 얼마나 비참했을지는 충분히 짐작할 만하다.

『모비 딕』은 그가 32세 되던 해에 지은 작품이다. 그 뒤로도 불행한 날들이 더 이어지기는 했지만, 세상은 이미 그에게 너무도 잔혹했다. 왜 세상일과『성경』의 말씀은 이토록 크게 다른 걸까? 멜빌과 가까운 벗이었던 미국의 대 소설가 호손(『주홍글씨』의 작가)은 멜빌에 대해 일찍이 이렇게 말했다. "그는 신을 믿지 않았지만, 자신의 무신관에 대해서도 매우 불안해했다. 그는 사람됨이 매우 충실하고 용감하여 무신앙에까지 이르렀지만, 자신의 무신관에 편안하지도 못했다." 이 몇 마디는 그의 정신 상태를 잘 표현하고 있다. 그는 사회와 세계와 인생과 우주 시스템에 대해 극도로 예민하게 고민했던 것이다.

극렬한 고통 속에서 강렬한 반항이 폭발했다. 그는 선장 에이허브의 저항하는 영혼을 매우 감동적으로 묘사했는데, 그 정신 깊은 곳에는 증오와 반항심이 가득했다. 소설 속 에이허브 선장은 이렇게 말한다.

"수감자가 감옥의 벽을 깨뜨리지 않고 어떻게 밖으로 나갈 수 있겠는가? 내게 이 흰 머리 고래는 나를 꼼짝 못하게 가두고 있는 감옥이다. 그놈은 나를 괴롭히고, 학대하지. 난 그놈에게 광폭한 힘이 있다는 걸 알아. 불가사의할 정도로 악독한 힘. 내가 증오하는 건 바로 그런 불가사의한 것들이야. …… 만약 태양이 나를 모욕하면, 나는 태양을 깨부술 거야. 이걸 모독이라고 말하지 마, 형제들아. 태양이 이렇게 한다면 우리도 똑같이 그렇게 하는 거지. 이건 매우 공평한 거야, 모든 사물에는 서로에 대한 질투가 가득 차있거든."

이야말로 강렬한 분세질속의 외침이 아닌가! 멜빌의 이 작품에는 구성상의 결점이 있다. 의도적으로 자신의 학문을 뽐내느라, 해양과 고래 등에 관한 논의와 역사를 끼워 넣은 것이 적지 않다. 문체 또한 순정하지가 않다보니, 그 스스로도 이 작품의 주제가 무엇인지를 정확히 알지 못한다. 그럼에도 그는 매력적인 이야기를 지어냈고, 더욱 중요한 것은 선장 에이허브가 지닌 절박한 저항의 영혼을 그가 그려냈다는 사실이다. 선장은 증오와 복수심으로 인해 점차 미치광이로 변해가지만, 우리는 이 책을 읽을 때 자기도 모르게 경탄하고 그를 동정하게 된다. 배 안의 모든 선원이 그랬던 것처럼 말이다.

모옴은 이 소설을 그리스 비극 및 섹스피어의 희곡에 견주었다. 에이허브의 비극은 규모와 깊이 면에 있어 『오이디푸스 왕』, 「리어왕」, 「오셀로」 등의 이름난 비극에 견줄 만하다. 그들은 운명에 맞서 싸웠으나 끝내 파멸하고 말았다. 다만 『모비 딕』에서 묘사한 것이 인생살이에서 실제로 겪을 법한 상황은 아니다. '흰 고래'는 일종의 환상 속 존재인데, 이 때문에 그의 예술적 역량은 얼마간의 저평가를 면할 수 없다.

그레고리 팩이 에이허브 선장의 정신을 전혀 드러내지 못하면서, 우리는 소설이 지녔던 비극의 힘을 영화에서는 느낄 수 없었다. 하나의 거대한 정신이 잔혹한 운명에 억눌려버린 비극 말이다. 그는 우리를 미망과 혼란에 빠트렸을 뿐이다.

광동인과 중국영화

– 백검당주

왕인미(王人美, 1914~1987, 배우) 등이 북경에서 광주까지 미녀를 물색해, 그들을 영화배우로 양성할 준비를 하고 있다는 기사가 신문에 났다. 곳곳에 미녀가 있다고, 특히 광동에 아주 많다고 감히 말할 수는 없지만, 중국 영화사를 살펴보면 영화인 중에는 광동 사람이 일찍부터 많았다. 이 말로 내가 특별히 광동 사람에게 아첨하는 것이 아니냐는 이야기를 들을까 걱정되기도 하지만, 그건 엄연한 사실이다.

중국의 초창기 영화사 가운데 하나가 '명성공사(明星公司)'인데, 조주(潮州) 사람 정정추(鄭正秋, 1889~1935)와 그의 친구 장석천(張石川, 1890~1953)이 공동으로 운영했다. 정정추는 감독이면서 배우였다. 중국 최초의 유성 영화 『가녀홍모란(歌女紅牡丹)』(1931)은 명성공사에서 제작한 것으로 주인공은 바로 광동 여인 호접(胡蝶, 1908~1989)이다. 그 시기 주목을 받던 여배우 완령옥(阮玲玉, 1910~1935), 장직운(張織雲, 1904~1975), 양내매(楊耐梅, 1904~1960) 등도 모두 광동인이다. 감독 겸 마술사 장혜충(張慧沖, 1898~1962) 역시 광동인으로, 완령옥은 바로 그의 형수였는데, 나중에 차상(茶商) 당계산(唐季珊)과 재혼했다.

홍콩의 영화배우 여훤(黎萱)과 여갱(黎鏗)의 어머니이자, 영화감독 여민위(黎民偉, 1893~1953)의 아내였던 임초초(林楚楚, 1904~1979)는 그 자신 배우였고 동시에 현모양처였다. 그런데 이들은 모두 신회(新會) 사람이다. 여민위는 홍콩에 '민신영편공사(民新影片公司)'를 창립했고 그 후 상해 '연화영업공사(聯華影業公司)' 설립자 중 한사람이 되었다. 모두 영화 제작사였다. 또 한 명의 연화영업공사 설립자인 나명우(羅明佑, 1900~1967)의 본적 역시 광동이다.

1939년에 출시된 영화『목란종군(木蘭從軍)』에서 화목란 역을 맡아, 삽입곡「달빛은 어디 있나요? 달빛은 뉘 집을 비춰주나요? 月亮在哪里, 月亮在哪厢」를 부른 진운상(陳雲裳, 1919~2016), 여러 차례 '대스타' 장익(張翼, 1909~1983)과 함께 작업했던 여작작(黎灼灼, 1905~1990) 모두 광동 사람이다.

현재 중국 본토의 유명 감독 중 채초생(蔡楚生), 정군리(鄭君里), 사도혜민(司徒慧敏) 모두 광동이 본적이다. 상해와 광동 지역의 북경어 사용 영화에 출연한 배우 중 풍철(馮喆), 풍림(馮琳) 남매와 위위(韋偉), 최초명(崔超明) 역시 모두 광동인이다.

신중국(중화인민공화국 수립 이후의 중국)의 첫 번째 컬러 다큐멘터리인『8.1운동회(八一運動會)』(1952)의 총감독이 바로 사도혜민이다. 최초의 컬러 무대극 영화인『양산백과 축영대 梁山伯祝英臺』는 편집, 연출, 연기 방면에서 보편적인 갈채를 받았으니, 그 영상미는 누구나 보면 확인할 수 있다. 이 영화의 촬영감독이 누구인가? 바로 황소분(黃紹芬)으로 그 역시 광동 사람이다. 황소분은 아마도 중국 제일의 컬러 영화 촬영감독인 듯하다. 페이무(費穆)가 감독하고 매란방이 주연을 맡은 『생사한(生死恨)』(1948)의 촬영감독 역시 그이기 때문이다.

촬영감독을 말하자면 나군웅(羅君雄)은 홍콩 영화계에서도 특출한 인물이다. 그의 촬영에는 깊이와 입체감이 있다. 국외까지 범위를 넓혀 보자면 두 명의 명성 높은 광동인이 있다. 한 명은 할리우드의 황종점(黃宗霑)이고 다른 한 명은 러시아의 진옥란(陳玉蘭)이다. 황종점은 『Body and Soul』(1947, 홍콩에선 '무적권왕(無敵拳王)'으로 번역됨) 등을 찍어 몇 차례의 촬영상을 수상했다. 작년에 홍콩에서 방영된 오스카상 수상작 『The Rose Tattoo』(1955, 한국에서는 '추억의 장미', 홍콩에서는 '과부춘정(寡婦春情)' 또는 '장미문신(玫瑰紋身)'으로 번역 소개됨)은 장면의 변화가 많으면서도 고르고 깨끗해 모든 화면마다 영화의 감정을 풍부하게 담아냈다. 이 작품의 촬영감독 역시 이 사람이다. 진옥란은 진비사(陳丕士) 변호사의 여동생이다. 작년에 홍콩에서 방영된 러시아 컬러 영화 『로미오와 줄리엣』은 바로 그녀의 걸작이다. 이 영화를 찍어 스탈린 문예장려금을 받기도 했다. 갈리나 울라노바(1910~1998, 러시아 최초의 최고 수석 발레리나)의 발레는 부드럽고 우아한, 한편의 아름다운 시이다. 물론 진옥란의 춤에도 시가 있다고는 하겠으나, 그녀가 보여준 것은 빛과 그림자와 빛깔 정도라 하겠다.

영화 음악 작곡자로는 섭이(聶耳)와 승성해(冼星海)가 유명한데 승성해가 바로 광동인이다.

위에서 언급한 광동 사람 중에서도 중산 사람이 특히 많다. 내가 아는 것만으로도 최소 7~8명 이상이 된다. 한 가지 방언으로 찍은 영화로 말할 것 같으면 거의 '광동어 영화'만 있다고 할 정도로 그 역사가 길고 업적이 성대하다. 듣건대, 매년 제작되는 편수로 말하자면 '광동어판'이 세계 4강 중 하나다. 이 '4강'은 바로 미국판, 인도판, 일본판 및 광동판을 말한다. 몇 년 전, 광동판은 세계 2위에 오르기도 했으니 매년 제작되는 편수가 많아 할리우드에 버금간다. 광동판 영화에 종사하는 사람들까지 모두 포함해 따져보자면 중국 영화계 중 광동인이 많다는 말은 아마도 틀림이 없을 것이다.

세 편의 경극을 보고

- 김용

마연량(馬連良, 1901~1966), 유진비(俞振飛, 1902~1993), 장군추(張君秋, 1920~1997) 등이 잇따라 중국 대륙으로 돌아간 뒤 홍콩에서는 좋은 경극을 보기가 어려워졌다. 그러나 최근 세 편의 경극이 홍콩 경극계의 모든 열성팬들을 하나로 모았다. 각 작품마다 고유한 특색이 있어 사람들을 만족시킨다.

분국화(粉菊花, 1900~1994)는 유명한 여자 무사역의 배우지만 지금은 나이가 많아서 이미 격투 연기로는 더 이상 관중을 사로잡지 못한다. 볼만한 것은 분국화 자신이 연기한 경극 「신안역(辛安驛)」[7]이 아니라, 그녀의 제자 진호구(陳好逑)가 연기한 '양배풍(楊排風)'[8]과 소방방(蕭芳芳, 1947~), 진보주(陳寶珠) 두 사람의 「동방부인(東方夫

---

7 명나라 때 간신 엄숭에게 화를 입은 병부상서 조항(趙恒)의 자녀 조미용(趙美蓉) 조경룡(趙景龍) 남매와 비녀 나안(羅雁)이, 역시 부친이 엄숭에게 해를 입은 뒤 어머니와 함께 신안역(辛安驛) 근처에서 객점을 운영하며 살아가는 주봉영(周鳳英)과 만나 펼쳐지는 사연을 담고 있다.

8 설화 속 인물로 그의 이야기는 여러 소설과 영상물로 만들어졌다. 이야기 속에서 그녀는 양(楊)씨 집안의 처자로, 성격이 활달하고 소화곤(燒火棍)을 잘 다루며, 요나라 군사를 크게 물리친다.

人)」[9]이다. 진호구는 월극단원으로 그녀가 무대 위에서 내뱉는 대사는 우리처럼 만다린어도 알고 광동어도 아는 다른 지역 사람들로 하여금 서로 쳐다보며 할 말을 잃게 만들지만, 창과 곤봉을 다루는 솜씨와 몸놀림만큼은 자못 민첩하고 힘이 있다. 소와 진 이 두 아이의 '동방부인'은 특히 연기하기가 힘든 것이다.

지난 2년 간 소방방이 곤봉을 휘두르고 검무를 추면서 무술을 연마하는 광경을 자주 접하다보니, 그녀가 곤봉을 바닥으로 떨어뜨려 발을 찧는 모습 또한 여러 번 봐야 했다. 나는 이번 무대에 서는 그녀가 좀 걱정스러웠지만, 활발하고 민첩한 솜씨로 연기를 해냈다. 다만 여러 성인 배우들이 오히려 그녀를 못 따라가는 건 아닐까 걱정이었다. 최근 들어 그녀의 어머니는 딸이 키가 계속 자라 영화 속 아역을 맡기에는 적당치 않다고 자주 말해왔다. (아역과 소녀 역할 사이에는 매우 애매한 차이가 나는 연령대가 있다. 한때 이름을 날렸던 마가렛 오브라이언도 10살 이후로는 영화를 못 찍다가 작년에야 비로소 소녀로 등장하는 영화를 찍었으나 전혀 주목받지 못했다.)

이번 공연을 보면서, 방방이 경극 공부에 전념한다면 앞으로 가능성이 매우 크다는 생각이 들었다. 다만 동방부인 같은 이런 분위기의 역할을 아이는 아직 배우지 않는 게 좋겠다. 무대 위의 정식 공연에

---

9 『홍예관(虹霓關)』이라고도 한다. 수나라 말기 천하가 혼란해 호걸들이 어지러이 일어났을 때, 홍예관(虹霓關)을 지키던 수나라 장수 신문례(辛文禮)의 아내인 동방부인(東方夫人)의 무예, 그리고 왕백당(王伯黨)과의 애정 관계를 담고 있다.

서 아이가 성인 역할을 하는 것은 우리나라(중국) 연극의 특수한 형식이다. 서양 연극에서는 이런 경우가 없으니, 그들은 리얼리즘을 중시하기 때문이다. 말채찍으로 말 한 필을 대신하고 두 손을 모으면 문을 닫는 걸로 간주하는 우리나라의 연극 상황에서나, 관중들은 연아홉 살의 두 아이가 전쟁터에서 병사를 호령하는 대장군이라는 사실을 받아들일 수 있다. 진사사(陳思思, 1938~2007)는 진보주가 맡은 왕백당(王伯當, 『수당연의(隋唐演義)』 속의 영웅 인물)에 매우 흡족했던 모양이다. 내 생각에 그녀의 마음속에서 무대 위의 아이는 이미 잘생기고 멋진 청년장군이었던 것 같다.

왕정화(汪正華) 극단 공연의 하이라이트는 왕정화의 「문소관(文昭關)」[10] 및 이원룡(李元龍)과 엽검추(葉劍秋)의 「패왕별희(霸王別姬)」[11]였다. 며칠 전 왕정화 형을 만났는데 그는 며칠 후에 상해로 돌아가 상해경극원 공연에 합류하기로 결정했다고 했다. 작년 가을 그는 상해에 돌아가서 상해희극학원의 많은 동창들을 만났는데, 그들의 행복한 모습과 예술적으로 크게 발전한 것을 보니 너무나도 부럽고 자신이 부끄러웠다고 했다. 왕정화와는 수년 전부터 알고 지내 왔는데,

---

10 오자서(伍子胥) 이야기로, 『일야수백(一夜鬚白)』이라고도 한다. 초나라 평왕의 핍박을 받아 달아나던 오자서가 소관(昭關)에서 은사 동고공(東皐公)을 만나 그의 도움을 받아 탈출한다. 뒷날 오자서가 초나라를 깨뜨리고 그 집을 찾아가니 동고공은 이미 떠나 없었다고 한다.

11 진나라 말 초(楚)와 한(漢)이 패권을 다투던 시기, 마지막 전투에서 패한 서초패왕(西楚霸王) 항우(項羽)가 사랑하는 여인 우미인(虞美人)과 헤어지는 사연을 담고 있다. 1993년 영화로 만들어지면서 세계적으로 유명해졌다.

그는 매우 온순한 사람이다. 여기에서는 무대에 오를 기회도 많지 않고 다른 일은 할 줄 아는 게 별로 없어서 몇 년을 우울하게 지냈다. 상해경극원에는 주신방(周信芳), 기옥량(紀玉良), 언혜주(言慧珠), 이옥여(李玉茹), 동지령(童芷苓) 등 유명한 배우들이 많으니, 돌아가 그들과 함께 일하면 발전이 빠를 것이다.

그저께 그가 나를 리젠트[麗晶]로 불러내 차를 마셨다. 몹시 들떠서 미래 이야기를 하다가, 그의 같은 반 동창이었던 장미연(張美娟, 본명은 장정연(張正娟)으로 현재 전국 최고의 여자 무사 역 배우이다. 최근에는 소련에서 공연하고 있다.)과 상해의 황정근 이야기도 했다. 또 대만에서 매우 불행하게 지내는 고정추(顧正秋) 이야기도 나누었는데 - 대만 법원은 그녀를 임현군(任顯群, 1912~1975, 대만의 정치인)의 아내로 인정하지 않으면서도, 임과의 관계를 고려해 그녀의 재산을 몰수하지도 않았다 - 이야기가 여기에 미쳐서는 그의 얼굴에 어두운 기색이 비쳤다.

이원룡 형이 배운 것은 황파(黃派)[12]의 남자 무사 연기[武生]로, 이번 패왕 연기에는 무생의 곡조를 쓰고 정(净)[13] 창법을 쓰지 않았다. 양소루(楊小樓: 무생)와 김소산(金少山: 정)의 두 가지 창법을 비교하자면 나는 양의 예술성이 김보다 훨씬 높다고 생각한다. 웅대하고 위풍당당한 기백과 흉금의 비분강개함에 있어서, 김소산은 결코 미칠

---

12 황파(黃派): 경극의 한 유파인 황월산(黃月山) 파.
13 정(净): 경극의 배역 중 얼굴에 여러 가지 무늬를 그려 넣은 역할.

바가 못 된다. (물론, 이것은 양과 김의 차이지, 무생의 창법이 꼭 정보다 좋다는 것은 아니다.) 원룡 형이 '힘은 산을 뽑아내고, 기개는 세상에 뒤덮는다 力拔山兮氣蓋世'는 구절을 부를 때도 약간 양의 느낌이 난다.

마치중(馬治中) 극단의 주요 작품은 「좌채도마(坐寨盜馬)」, 「연환투(連環套)」[14]와 「옥당춘(玉堂春)」[15]이다. 두이돈(竇爾墩, 1683~1717)[16] 역의 두 사람은 내가 제일 좋아하는 구파(裘派)[17]의 창법을 구사했다. 황천패(黃天霸)[18] 역의 마치중과 심장령(沈長齡)의 소리도 좋았다. 나는 일찍이 「중국 민간예술 만담」이라는 글에서, 「도어마(盜禦馬)」와 「연환투」를 한 편의 『두이돈』으로 개편하면 좋겠다고 건의한 바 있

---

14 두 편 모두 청대 소설 『시공안(施公案)』에서 내용을 가져온 것이다. 강희 시절 녹림객 두이돈은 황삼태(黃三太)에게서 부상을 당하고, 하간부(河間府)를 떠나 장가구(張家口) 밖 연환투(連環套)에 자리를 잡는다. 10년 뒤 복수를 위해 황삼태의 아들 황천패(黃天霸)와 무예를 겨루는데, 그 과정에서 황제가 하사한 천리마가 중요한 소재로 활용된다.

15 「옥당춘(玉堂春)」: 중국 전통 경극의 하나로, 그 내용은 『경세통언(警世通言)』 권24, 「옥당춘낙난봉부(玉堂春落難逢夫)」에서 가져온 것이다. 명나라 시절 명기 소삼(蘇三)이 이부상서의 아들 왕경륭(王景隆)과 만나 정이 들어 평생 해로를 약속했다가, 예기치 않은 일로 헤어져 온갖 곡절을 겪은 끝에 다시 만나 부부가 되는 이야기이다. 옥당춘(玉堂春)은 왕경륭이 소삼에게 붙여준 이름이다.

16 뛰어난 용력으로 항청 운동에 가담했다가 처형당한 인물로, 청대의 협의 공안 소설 『시공안전전(施公案全傳)』과 『팽공안(彭公案)』, 그리고 본문의 몇몇 경극 주인공으로 등장한다.

17 구파(裘派): 경극의 한 유파인 구성융(裘盛戎) 파.

18 청대 소설 『시공안(施公案)』의 주요 인물이며, 경극 『연환투』와 『악호촌(惡虎村)』에도 등장한다. 역사상의 실존 인물로 강희제를 구해준 인연으로 본인은 물론 자손들이 청대에 높은 벼슬에 올랐다.

다. 이번 공연은 옛날 것을 크게 손대지 않았지만, "하간부 녹림의 본채가 되었으니, 예서 뺏은 물건 분배를 하네 河間府爲寨主, 坐地分贓" 등의 구절은 구성융의 곡조에 맞춰 "하간부 녹림의 본채가 되어, 폭리(暴吏)를 물리치고 백성들 보살피누나 河間府爲寨主, 除暴安良"로 바뀌었다.

「옥당춘」의 경우 무대 위 네 인물은 별반 인상적인 움직임을 보여주지 못했다. 오직 소삼(蘇三) 한 사람의 노래 솜씨만으로 관객의 마음을 사로잡으려 했지만, 제대로 실력을 갖추지 않고서는 감동을 주기는 힘들다. 소삼 역의 황베티(黃蓓蒂) 양은 홍콩 차차차댄스대회 우승자인데, 그녀는 이 공연을 하고 난 다음 경극이 결코 차차차댄스처럼 그렇게 쉬운 게 아님을 분명히 알았을 것이다. 만약 그녀가 그토록 자신만만하게 이런 난제를 택하지 않고 비교적 쉬운 것을 불렀다면, 분명히 훨씬 나았을 거라는 생각이 든다.

사진 촬영에 대하여

– 김용

　사진 촬영으로 말하자면, 홍콩은 아마도 전 세계에서 가장 편리한 곳 가운데 하나가 아닐까 한다. 첫째는 기자재 값이 싸다. 홍콩에서는 독일의 카메라나 영미(英美)의 필름 등을 원산지에서보다도 더 싸게 수입할 수 있다. 둘째는 날씨가 좋고 풍경이 아름답다. 날씨가 맑은 날이 아주 많고 높은 산이 있는가 하면 넓은 바다가 있다. 예전에 어떤 중국화 화가는, 홍콩에는 북종(北宗) 화풍의 산도 있고 남종(南宗) 화풍의 산도 있는데 전국 어디를 가도 보기 드문 경우여서 정말이지 풍경화를 그리기에는 안성맞춤이라고 했다. 회화에 맞춤하다면 당연히 촬영에도 제격이다. 이처럼 빼어난 조건들 때문인지 근년 들어 홍콩 촬영가들의 국제적 명성이 날로 높아지고 있으며, 어느 나라의 살롱 대회에서든 거의 빠짐없이 홍콩 사람의 작품이 입선된다. 최근 성 요한 대성당에서는 홍콩 촬영 살롱의 입선작들을 전시했는데, 실로 아름답기 짝이 없는 훌륭한 작품들이 많았다. 홍콩이 각종 예술이나 스포츠 가운데서 진정으로 국제적 수준에 도달한 것은, 현재로서는 사진 촬영 한 가지 정도가 아닐까 한다.

촬영은 예술인가, 아닌가? 사진작가들은 보나마나 예술이라고 말할 것이다. 그러나 엄격하게 말해서 그것과 진정한 예술 사이에는 거리가 있다. 그래서 현재 많은 사람들은 그것을 일종의 '반예술(Semi-Art)'이라고 생각한다. 이른바 예술이란 사람이 창조해 낸 일종의 작품으로서 이를 통해 사상과 감정을 표현할 수 있어야 한다. 시인은 한 편의 시를 써서 노동의 영광을 찬양하고, 음악가는 한 곡의 노래를 만들어 사랑의 감정을 펼쳐내고, 화가와 조각가는 화폭이나 조각상 안에 물체의 미적 아름다움과 자신의 관점을 표현한다. 소설가, 극작가, 영화 연출가는 사회의 슬픔과 기쁨, 만남과 헤어짐 등을 묘사하는데, 이러한 작품들에는 모두 풍부한 창작의 자유가 있어서 작가의 사상과 감정을 얼마든지 깊이 있게 표현해 내고 감상자의 공감을 불러일으킬 수 있다. 그러나 아직까지 한 장의 사진은 사상과 감정을 제대로 표현해 내는 도구가 되지 못하고 있다. 물론 사진 안에도 사상과 감정이 담겨 있기는 하다. 하지만 일반적으로 말해서 이는 단지 '포함'일 뿐 '표현'이라고 할 수는 없다. 따라서 완정한 예술 작품이라고 말하지 못하는 것이다.

가령 아리따운 여인을 제재로 삼았을 때, 화가는 자신이 그녀를 그리고 싶은 대로 얼마든지 그릴 수가 있다. 혹 이 여인이 외모는 비록 아름답지만 영혼은 오히려 추악하다고 하면, 뛰어난 화가는 그녀의 입가에 어린 미소 가운데에 한 줄기 사악한 선을 더해 넣거나 그녀의 예쁜 눈가에 기분 나쁜 색채를 칠해 넣을 수 있다. 심지어는 초상화

위쪽에 독사라든가 지네 같은 것들을 그려 넣어도 된다. 그러나 사진 작가에게는 이러한 자유가 없다. 그는 단지 괴상한 각도를 취하고 조리개를 좁혀 일종의 저조도로 촬영을 하거나, 혹은 암실에서 작업을 할 때에 무언가를 덧붙일 수 있을 뿐이다. 그러나 어떻게 하더라도 그는 진정한 '창조'를 할 수는 없으며, 이미 다 만들어진 물건을 있는 힘껏 '손볼' 수 있을 뿐이다.

연극과 영화 또한 몇 가지 지점에서 말하자면 창조에 제한을 받는다. 연출가의 사상과 느낌은 배우를 통해서 표현되어 나와야 한다. 배우가 훌륭하면 예술 창조는 원만하게 이루어지지만, 배우가 형편 없으면 연출가의 예술적 의도는 표현되어 나오지를 못한다. 고든 크레이그(Edward Gordon Crai, 1872~1966)는 영국의 저명한 연출가[19]로 소련의 대 극작가인 스타니슬랍스키(1863~1938, 러시아의 연출가이자 배우)는 일찍이 그에게 소련으로 와서『햄릿』을 연출하도록 요청하기도 했다. 고든 크레이그는 배우들을 자기 뜻대로 할 수 없음에 대해 늘 탄식하면서 연극에 있어 가장 이상적인 배우는 꼭두각시라고 말하기도 했다. 꼭두각시라야 연출가의 창조에 지장을 초래하지 않는다는 것이다. 이런 식의 견해는 물론 지나치게 극단적이다. 배우

---

19 원주: 그는 영국의 유명한 여배우 앨런 테리(Dame Ellen Terry, 1847~1928, 영국 빅토리아 시대의 대표적인 여배우)의 아들이다. 버나드 쇼(George Bernard Shaw, 1856~1950, 아일랜드의 극작가 겸 소설가)가 앨런 테리에게 보낸 연서는 문화예술계에 널리 알려져 있다.

의 연기는 그 자체로 일종의 예술이며, 그들의 예술과 연출가의 예술이 결합됨으로써 완정한 연극 예술이 이루어지는 것이다.

조금 더 가볍게 생각해 보면, '안배(安排)' 또한 물론 예술이라고 말할 수 있다. 수많은 사람들이 꽃꽂이, 요리, 의상 디자인, 실내장식부터 심지어 이발이나 사교활동까지도 예술이라고 말하지 않는가? 이런 것들과 비교하자면, 촬영에는 창조나 감정 표현 등의 요소가 훨씬 많이 들어 있다.

친구들 가운데 대략 절반 이상은 카메라를 가지고 있다. 그 중 극소수가 열심일 뿐, (나 자신을 포함해서) 사람들은 그저 재미삼아 가지고 놀 뿐이다. '위타섭(爲她攝, 그녀를 위해 찍는다)'이라는 이름의 독일제 카메라가 있다. 그다지 유명한 편은 아니라지만, 그 이름은 이곳에서 카메라를 가지고 노는 많은 사람들의 목적이 무엇인지를 잘 설명해 주고 있다.

파금(巴金)의 소설과 광동의 다섯 배우

– 백검당주

『중국영화』 3호에 실린 「청년 독자들에게 보내는 편지 - 영화 『춘(春)』과 『추(秋)』에 대하여」를 읽었다. 이 글은 홍콩에서 촬영한 두 작품의 연출자부터 배우, 복장, 배경에 이르기까지를 하나하나 서술했고, 일리 있는 평가와 정곡을 찌르는 비평 등을 담고 있으며, 각신(覺新)과 극정(克定)이 어떻게 일생을 마쳤는지에 대해서도 잘 설명해 놓았다. 이 글은 그 두 소설의 원작자가 직접 쓴 것이어서, 다른 사람이 말을 전하는 것에 비해 진술이 한결 정확하다.[20] 『중국영화』라는 이 잡지는 해외에서는 잘 유통되지 않으므로, 그 가운데 몇 토막을 소개하면 독자들이 꽤 흥미로워할 듯하다.

『춘』과 『추』의 배우에 대해 원작자는 이렇게 말했다.

---

20 파금(巴金, 1904~2005)의 세 장편소설 『가(家)』(1933)와 『춘(春)』(1938)과 『추(秋)』(1940)는 보통 '격류(激流) 3부작'으로 불린다. 셋은 앞뒤로 연결되어 있으면서도 각각 독립된 구조를 갖고 있는 연작소설이다. 1920년대 이후 사천성 성도(成都)의 몇 대째 관리를 지낸 지주 대가족 고씨(高氏) 집안에서 벌어지는 신구 갈등과 각성, 그리고 비극적 사건들을 다루고 있다. 이중에서 『추』는 1942년에, 『춘』은 1953년에 영화로 만들어졌다.

"우선 오초범(吳楚帆, 1911~1993) 선생부터 이야기를 시작해야겠는데, 그의 외모로는 절대 각신[21] 역을 맡을 수 없다. 만약 각신이 그런 우람한 몸매를 가졌다면, 사사건건 남에게 양보하고 물러설 리가 없다. 남들이 그를 봤을 때, 설령 백 번 양보하여 물러서지는 않더라도 최소한 그를 함부로 업신여기고 모욕하지는 못했을 것이다. 하지만 각신은 언제나 남들 앞에서 머리를 숙이고, 무슨 일에나 남들을 배려하며, 억울한 일을 당하더라도 치욕을 참아낸다. 남들에게 이리치이고 저리 치이면서도 고통을 꾹 참아내고, 한숨을 푹 내쉬는 것으로 외로움을 달랜다. 자신의 행복이 남들에 의해 하나하나 깨져 나가는 것을 보면서도, 그는 그래도 좋은 마음을 품고 막연히 미래를 기다린다. 오초범 선생은 이 모든 것을 정확하고 자연스럽게 연기해 냈다. 심지어 그가 다른 사람을 도와 자신이 사랑하던 사람을 호랑이 입에 밀어 넣고 방안에 홀로 숨어 상실감에 눈물 흘릴 때, 관객들은 그의 그 거인 같은 몸집마저 잊고 말았다. 그의 고통과 몸부림은 관객으로부터 동정을 받았고, 관객은 그를 대신해 진심으로 걱정해 주면서 줄곧 그의 손을 잡아끌어 용감하게 일으켜 세우려 했다. 그는 마침내 일어섰다. 이 장면이 관객들로 하여금 얼마나 기쁜 탄식을 자

---

21 집안 어른인 고씨 노인의 장손이다. 머리로는 신사상과 신사조를 받아들이면서도 의식 깊은 곳에 뿌리 깊은 전통 관념(孝)을 떨치지 못해 끊임없이 번민하는 우유부단한 면모를 보인다. 이러한 그의 태도로 사랑했던 두 여인 - 하녀 명봉(鳴鳳)과 아내 서각(瑞珏) - 을 비참한 죽음으로 몰아넣는다.

아내게 하고, 오랫동안 참았던 울분을 토해내게 했던가."

원작자는 혜(蕙)[22] 누이 역을 맡은 백연(白燕, 1920~1987)에 대해서는 다음과 같이 말했다. "내 머릿속에는 언제나 혜의 이미지가 남아 있다. 특히 그가 미친 듯이 두 손을 내저으며 혼례복을 안 입겠다고 꽃가마에 안 오르겠다고 울고불고 하던 그 장면이……." 그는 또 "나는 백연 여사의 연기에 박수를 보낸다. 그는 사람들에게 귀엽고 다정한 소녀의 모습을 보여줌으로써, 감독이 그녀의 성격을 처리하는 과정에서 생겨난 결점을 덮어주었다."고도 했다.

취환(翠環)[23] 역의 홍선녀(紅線女, 1924~2013)에 대해서도 높이 평가했다. "나는 지금까지도 그녀가 다리 어귀에서 비통하게 노래하던 장면과 절망적인 심정으로 호수에서 마지막 돌아갈 곳을 찾던 장면을 잊을 수 없다. 나는 홍선녀 여사가 보여준 무언의 연기에 감사한다. 그녀는 내게 한 순결한 소녀의 내면, 불운한 자에 대한 동정, 악한 세력에 대한 저항과 행복에 대한 갈망을 보여주었다. 그녀가 두 하녀와 함께 부둥켜안고 자신의 운명에 대해 탄식할 때, 농촌 출신의

---

22 혜(蕙)는 『봄』에서 아버지 주백도(周伯濤)의 명에 따라 불합리한 운명에 순종하며 고통스러운 결혼생활을 감내하다가 숨지는 인물이다.
23 각신의 아내는 집안의 미신 때문에 서양 의원에게 가지 못하고 출산하다가 비참하게 죽는다. 설상가상으로 하나 있는 아들마저도 병에 걸려 죽자, 각신은 삶의 의지를 모두 상실한 채 사촌 누이 주혜(周蕙)의 구애도 거절한다. 취환(翠環)은 이런 각신을 가여워하다가 사랑하게 되는 하녀이다. 각신은 다섯째 숙부로부터 취환을 보호해주기 위해 비로소 집안 어른들에게 저항하기 시작하는데, 이로부터 고씨 집안은 급속도로 흩어진다.

우리 집 젊은 보모는 참지 못하고 눈물을 터트렸다. 우리는 흔히 '마음과 마음이 서로 통한다'는 말을 한다. 그녀의 연기는 정말이지 관객의 마음과 배우의 마음을 하나로 이어 놓는다. 그녀가 장광설을 늘어놓지 않고 관객을 '마음으로 대하므로', 탄식 한 마디나 눈빛 한 줄기, 간단한 동작 하나 혹은 짤막한 말 한 마디로도 관객의 마음을 움직일 수 있다. 그녀의 연기는 전개가 부자연스러웠던 극본 속의 비극을 잊게 해준다."

장활유(張活游, 1910~1985)가 맡은 각민(覺民)[24] 역과 주지성(周志誠, 1909~1956)이 맡은 다섯째 숙부 극정(克定)[25] 역에 대해 원작자는 다음과 같이 말했다.

"관객은 긍정적 인물로 등장하는 각민을 반긴다. 그러나 나는 그의 매끈한 양복에서 왠지 모를 불편함이 느껴진다. 만약 그가 말을 좀 줄이는 대신 실천을 더 했더라면 '벽란(劈蘭)'[26] 외에도 동생들을 격려하는 방법이 더 있었을 테니, 얼마든지 관객에게 더 깊은 인상을 남

---

24 각신(覺新)의 세 형제 중 둘째로, 미망과 방황 끝에 전통 관념과 가족 중심의 효 의식을 거부하고 저항을 선택한다.

25 고씨 노인의 다섯째 아들로 각신 형제의 숙부가 된다. 아버지가 남긴 서화를 몰래 팔아 유흥비로 쓰거나, 상중에도 여배우를 집안에 끌어들여 음란한 짓을 일삼는다.

26 벽란(劈蘭): 여러 사람이 모여 밥을 먹거나 간식을 사 먹을 때 비용을 지불하는 방식의 한 가지로, 얼마간의 오락적 성격이 담겨 있다. 종이 위에 사람 숫자대로 난초 잎을 그리고, 각각의 잎줄기 아래에는 얼마를 낼 것인지를 몰래 적어두는데, 그 가운데 한 군데는 돈을 내지 않도록 한다. 이를 종이로 덮어두고 자리에 모인 사람들이 잎줄기를 하나씩 고른 다음, 거기 적힌 금액대로 돈을 낸다. 일종의 '사다리타기'에 해당한다.

겼을 것이다."

그는 또 이런 말도 했다.

"내가 깊은 인상을 받은 영화 속 인물이 한 사람 더 있으니, 바로 다섯째 나리 극정이다. 그를 보면 일종의 혐오감이 든다. 그는 내 소설 속의 그 부잣집 도련님이 아니다. 극정이 비록 먹고 마시고 계집질하고 도박을 하는 등 못하는 짓이 없기는 하지만, 그는 타고난 괴물이 아니요 망나니 건달 또한 아니었다. 혹자는 나쁜 짓을 하는 사람은 생기기도 꼭 못되게 생겼으리라고 생각한다. 우리 집 꼬마 아들은 영화를 볼 때 스크린에 사람이 나오기만 하면 그가 좋은 사람인지 나쁜 놈인지를 묻는데, 극정을 보고는 묻지도 않고 그를 가리키면서 '나쁜 놈'이라고 말했다. 얼굴이 그렇게 생겼기 때문이다. 그러나 실생활은 항상 그렇게 간단한 것만은 아니다."

원작자는 각신과 극정의 이후 운명에 대해 이런 말을 했다.

"진실한 삶 속에서 각신은 취환처럼 자신에게 관심을 주는 사람을 찾지 못했고, 새로운 삶을 얻지도 못했다. 마침내 '복종철학'과 '무저항주의'가 그를 죽음의 길로 떠나보냈다. 그는 자신이 이미 '파산'의 길에 들어섰음을 알게 됐을 때, 아내와 나이어린 아들딸 다섯을 남겨둔 채 조용히 독약을 먹고 목숨을 끊었다. 궤짝 안에는 달랑 십 몇 원이 남아 있었다. 1931년의 일이다."

다섯째 숙부 극정은 훗날 거지 생활을 하다가 1940년 감옥 안에서 병들어 죽는다.

원작자는 『춘』과 『추』 두 영화의 각색이 자신의 원작품과 거리가 있다고 보았다. 그러나 그는 '개인적인 느낌을 제쳐두고 일개 평범한 관객의 입장에서' 말한다면, 자신의 전체적인 인상은 다음과 같다고 했다.

"두 영화에는 결점도 있지만, 뛰어난 점 또한 있다. 두 영화는 어쨌거나 '일종의 예술적 재창조'에 해당한다. 그 안에 연출자와 배우들 자신의 무언가가 담겨 있을뿐더러 그들 각자가 얼마간 자신만의 창의성을 발휘했으니 말이다. 분명히 말해둘 것은, 이런 영화들은 결코 흠 잡을 곳 하나 없이 정확하고 교육적 의미로나 가득 찬 논문이 아니며, 사람의 마음을 뛰놀게 하는 극예술이라는 사실이다. 설령 영화의 특정한 대목이나 혹은 심지어 이야기 전체가 마음에 안 차더라도, 끝까지 보다 보면 전연 아무런 감동이 없을 수 없다."

어느 여배우의 이야기로 시작하다

- 김용

며칠 전 영화계에 있는 친구로부터 식사 초대를 받았다. 우리는 전국 5대 인기배우 가운데 한 사람으로 꼽힌 오초범 선생을 어떻게 축하해줄까 궁리하다가, 나중에는 홍콩의 어느 유명 여배우가 미국에 갔던 이야기를 나누게 되었다.

영화계에 전해지고 있는 이야기는 이렇다. 촬영 스케일이 크기로 이름난 미국의 한 영화감독이 홍콩에 제법 호소력 있는 중국 여배우가 있다는 소문을 듣고는 그녀를 초청해 카메라 테스트를 받도록 했다. 그녀는 여러 경로를 통해 난민의 신분을 얻어 가까스로 미국에 도착했다. 그러나 불행하게도 감독은 그녀가 왠지 중국인 같지가 않고 서구적 분위기가 너무 짙다고 보았다. 그래서 그녀에게 몇 개월 시간을 줄 테니 '중국인이 되는 법'을 전문적으로 배워올 것을 요구했다. 얼마간의 공부 끝에 다시 카메라 테스트를 했으나, 여전히 중국인 같지가 않았다. 미국에서 영화배우가 되리라던 그녀의 꿈은 그렇게 날아가 버렸다.

그녀는 분명 중국인이었다. 그러나 감독은 억지로 배워서라도 중국인이 되어오라고 했으며, 배워 온 후에도 여전히 그녀가 제대로 배우지 못했다고 생각했다. 이 무슨 웃기는 소리란 말인가? 그러나 가만히 생각해보면, 여기에는 분명히 몇 가지 시사점이 담겨 있다.

외국인이 스크린에서 보고 싶어 하는 중국인은 동양미가 있는, 중국적 특징이 분명한 인물이다. 서구형 여인이라면 미국에도 얼마든지 많지 않은가? 그렇다면 그 미국 감독은 이 여배우에게 민족 고유의 풍격이 없음을 꺼린 게 아닐까? (물론, 그 미국 감독이 상상하는 중국인이 진정한 중국인이라는 뜻은 아니다.)

일본 국적의 영국인 문학비평가인 고이즈미 야쿠모(小泉八雲, 1850~1904)[27]는 일찍이 어느 강연에서 말했다. 세계 문학사에 남의 나라 문자로 위대한 작품을 쓴 작가는 아마 없을 것이다. 영어와 프랑스어는 매우 비슷하며, 많은 영국인은 어려서부터 프랑스어를 한다. 그러나 프랑스어로 문학 걸작을 써낸 영국 작가는 아무도 없다. 물론 평범한 문장을 대충 쓰자면야 어려울 것 없겠으나, 문학 작품 속 수많은 미묘한 지점을 표현해 내기란 실로 힘든 일이다. 마음으로는 이해하지만 언어로 나타낼 수 없는 경우가 많은데, 그것이 바로 외국 작가로서는 해결할 수 없는 부분이다.

---

27 그리스 출생의 영국인으로 원래 이름은 Lafcadio Hearn이었다. 1890년 일본에 건너와 일본 여인과 결혼했고 후에 귀화했다. 와세다대학에서 영문학을 강의했으며, 「마음(心, こころ)」, 「괴담(怪談, かいだん)」, 「영혼의 일본인 靈れいの日本にほん」 등 일본에 관한 영문 인상기(印象記)와 수필, 소설을 발표했다.

내가 『서검은구록』을 썼던 일을 돌이켜보면, 청대를 배경으로 삼은 이 소설에서 나는 현대적인 어휘와 사고방식을 피하고자 각고의 노력을 기울였다. 가령 나는 '생각이 들다[轉念頭]', '곰곰이 따지다[尋思]', '남몰래 궁리하다[暗自琢磨]' 하는 말로 '생각하다[思想]'나 '고려하다[考慮]' 등을 대신했고, 또 '유의하다[留神]', '조심하다[小心]' 같은 표현으로 '주의하다[注意]'를 대체하기도 했다. 이 소설은 오락성 짙은 통속물에 지나지 않는다. 그러나 내 생각에, 설령 프랑스나 독일의 한학자들이 나도 잘 모르는 『상서(尙書)』, 『초사(楚辭)』, 『시경(詩經)』 등을 깊이 연구했다고는 해도, 대신 그들은 '유념하다'와 '주의하다' 사이의 미묘한 차이를 분별해 내지는 못할 터이다. 아무려나 통속소설도 이러할진대 진정한 문학저작으로 말할 것 같으면 이는 훨씬 더 중요한 문제라고 할 수 있다.

나는 몇 년 전에 유백승(劉伯承, 1892~1986) 장군이 문예 문제에 관해 언급한 글을 읽은 적이 있는데, 지금까지도 강한 인상이 남아있다. 그는 러시아에 머물던 당시에 늘 회과육(回鍋肉, 야채를 넣은 삼겹살 볶음으로 사천 요리)이 먹고 싶었다고 한다. 러시아에는 고기가 없었을까? 물론 있었다. 그것도 아주 좋은 고기가 말이다. 그러나 아무래도 고향의 회과육만은 못했던 것이다. 그는 이것을 민족 고유 양식의 문제라고 보았다.

작년 추석, 영화계 친구들의 만찬 모임에서 있었던 일이다. 모두가 무대에서 신나게 춤을 추고 있을 때, 소진(蘇秦)이 갑자기 큰 소리로 내게 물었다.

"자네가 추는 게 '백화착무(百花錯舞)'인가?"

주변 사람들이 하하 소리를 내며 크게 웃어댔다. 그들은 모두『서검(書劍)』의 주인공 진가락(陳家洛)이 '백화착권(百花錯拳)'[28]을 구사할 때 초식 하나 하나가 모두 틀려 보였음을 알고 있었기 때문이다. 그보다 십여 일 전에는 중련공사(中聯公司) 사장 유방(劉芳) 형과 몇몇 친구들이 함께 밥을 먹었는데, 그때 그가 내게 이런 이야기를 들려주었다.

그가 영화배우 이신풍(李晨風)과 찻집에 앉아『서검』에 관한 이야기를 나눌 때의 일이다. 화제가 이 소설을 영화화하자면 어떻게 찍는 게 좋을까 하는 데까지 이르렀는데, 뒤에 가서 갑자기 소설 속 어떤 영웅의 별호가 생각나지 않더란다. 그때 찻집의 여종업원과 옆자리에 앉았던 손님이 대화에 끼어들어 그에게 알려주었다는 것이다.

나는『서검』에 무슨 대단한 의의가 있다고는 결코 생각지 않는다. 그러나 이 책에 대해 언급하거나 내게 편지를 보내 온 사람들 중에는 은행장, 변호사, 대학 강사 그리고 손수레를 끄는 노동자도 있었다. 일흔, 여든이 다 된 할머니가 계셨는가 하면 여덟, 아홉 살 난 꼬마들

---

28 백화착권: 김용의 소설『서검』에서 진가락의 스승 원사소(袁士霄)가 여러 사람의 권술(百花)을 하나로 융합하여 창안해낸 새로운 권술의 이름이다. 초식 하나하나가 각 문파의 정통 수법과 같은 듯 달랐으므로, 얼핏 보기에는 잘못[錯] 구사하는 것으로까지 보였다. 본문의 '백화착무'는 김용의 친구가 김용의 형편없는 춤 솜씨를 농담 삼아 비웃은 것이다.

도 있었다. 남부 여러 지역에서 이 책은 방송 소재로 쓰였고 길거리의 얘깃거리가 되었다. 이 책에서 무슨 가치를 찾자면, 그것은 아마도 '민족 고유의 양식' 한 가지 정도일 것이다. 우리나라 문화 가운데서도 유구한 전통을 자랑하는 무협소설은 당대(唐代)의 『규염객전(虯髯客傳)』과 『섭은랑(聶隱娘)』으로부터 시작되어 오늘날에 이르고 있다. 우리는 『삼검루수필(三劍樓隨筆)』을 쓰면서 고전 작품의 형식을 흉내 냈는데, 중국 독자들의 심리에 맞아 떨어진 단 한 가지 이유가 있다면 바로 이 점일 것이다.

현시대 작가들의 문학작품과 『칠협오의(七俠五義)』, 『설당(說唐)』 등의 고전 작품을 동일선상에 두고 작품의 주제의식이나 문학적 가치를 논하는 것은 물론 부적절하다. 그러나 대다수 사람이 아무리 읽어도 물리지 않는다고 느끼는 쪽은 아무래도 얼마간의 옛 소설들일 것이다. 희곡, 건축, 춤, 음악 등이 모두 민족 고유의 양식을 중시하고 있다. 그런데 현시대의 일반 소설이 취하고 있는 주요 형식은 오히려 외부에서 들어온 것이다. 그러한 형식도 물론 좋겠지만, 옛 소설의 형식 또한 충분히 활용할 만하다. 우리의 무협소설이 비록 표현이 거칠고 내용에는 황탄한 면이 있음에도, 문화적 수준이 높은 분들 또한 이를 아주 좋아하신다. 여기에는 무협소설이 민족 고유의 양식이라는 것 말고는 달리 이유가 없어 보인다. 나는 감히 이러한 의견을 내놓으며, 선배 제현들께 삼가 질정을 청하는 바이다.

춤에 관한 잡설

– 김용

경극 하는 사람들은 흔히 '연극하는 사람은 미치광이고 연극을 보는 사람은 얼간이'라고 말한다. 이 두 마디의 의미는, 연극하는 사람이 극에 빠져들어 그의 희로애락이 극중의 인물과 완전히 하나가 되면 연기가 생생해지고, 열심히 극을 보는 사람 또한 그로부터 큰 감동을 받게 된다는 것이다. 이른바 '미치광이'란 연극계의 거장인 러시아의 스타니슬랍스키(1863~1938)가 말한 '역할 속으로 들어간다'는 것이리라. 내 생각에 이 두 마디는 연극에 대한 정확한 의미를 도출해냈을 뿐만 아니라, 그 표현 자체가 더할 나위 없이 생동감 있고, 깊이 있으며, 아름답다.

나는 모든 예술적 표현이 다 마찬가지라고 생각한다. 영화『환락의 가무 歡樂的歌舞』에서 「열 분 누님 十大姐」[29]을 춘 그 열 분의 누이들이 그렇게까지 즐겁고 상냥하지 않았다면, 우리를 감동시킬 수

---

29 운남(雲南) 지역 전통 민요의 제목으로, 열 명의 누이들을 차례로 호명하며 그들의 외모와 생활을 노래하는 방식으로 구성되어 있다. 춤곡으로 연창될 경우 보통 10명의 무희가 등장한다.

있었겠는가? 춤사위가 운남의 동백꽃처럼 그토록 찬란했겠는가? 나는 매우 훌륭한 춤을 볼 때마다 몹시 흥분해서 손바닥과 등허리가 땀으로 흠뻑 젖고 나의 심장 뛰는 소리를 듣곤 한다. 감정이 고조되면 견디기가 힘들고, 긴장감이 팽배하면 한 자리에 편히 서있지도 앉아있지도 못한다. 어쩌면 당신도 이렇게 흥분할지 모르겠다. 아니, 당신은 유쾌하고 평온하게 감상할지도 모르겠다. 하지만 결국은 동작과 박자의 아름다움에 젖어들 것이다.

「환락의 가무」 공연 포스터(좌), 러시아 최초의 수석 무용수 갈리나 울라노바

최근 몇 년간, 영화 『로미오와 줄리엣』(1954) 중에서 결혼 다음날 아침 이별 장면에서 갈리나 울라노바(1910~1998, 러시아, 줄리엣 역)가 춘 발레, 『백조의 춤곡』(1957)에서 마야 플리세츠카야(1925~ , 러시아)가 보여준 한마당의 2인무, 『호프만 이야기』(1951) 중 로버트

호프만이 촛농을 보석으로 바꿀 때의 그 멋진 턴,『세 편의 사랑 이야기』(1953)에서 모이라 시어러(1926~2006, 스코틀랜드)가 열연한 죽기 직전 환상의 춤, 거기에 중국민간예술단이 이곳에서 공연한『찻잎을 따며 나비를 좇다 采茶撲蝶』,『환락의 가무』속「십대저」등을 봤다. 모두 평생 잊을 수 없는 아름다운 경험이었다.

중국은 한·당 이후 오늘에 이르러서야 비로소 진정한 대국다운 풍모를 갖게 되었다. (송, 명은 모두 너무 약하고 기백이 부족했다.) 역사 기록으로 볼 때 당대 이후 춤 예술은 점차 쇠퇴하다가 오늘날에 와서야 다시 발전하기 시작했다. 춤이 비록 국가경제나 국민생활과 관련된 큰일은 아니지만, 의외로 국운과는 관련이 있는 듯하다.

신문사의 편집인은 종종 독자들한테서 온 편지를 나에게 전해주면서 대신 회신하라고 하는데, 이런 편지들의 질문은 홍콩의 어느 발레 학교가 제일 좋은가 하는 것들이다. 나는 항상 몇 개의 주소를 그들에게 알려주곤 하지만, 어느 한 곳을 소개해 줄 수는 없다. 왜냐하면 질문하는 사람의 의도를 알 수 없기 때문이다. 만약 딸의 자세를 조금 더 아름답게 하기 위해서라면, 춤의 기본상식을 약간 배우게 하거나 혹은 먼저 발레의 기초를 어느 정도 다지게 한 다음 런던이나 베이징으로 보내 계속해서 깊이 익히도록 할 경우, 어느 학교에서든 그들의 바람을 이룰 수 있으리라고 생각한다. 만약 걸출한 무용가로 키워내고 싶다면, 이곳의 환경은 취약하다. 전에 나는 울라노바의 글 몇 편을 번역해서 이곳 신문에 실었는데, 그 글들을 통해 한 명의 무용가를 배출해내는 일이 결코 기술 전수만으로 되지 않음을 알 수 있었다. 기술만 배우자고 하더라도, 이곳의 모든 학교는 규모가 너무 작아 일정 기간 배우다가 한계에 부딪히고 만다.

친구 하나가 이곳의 한 발레학교에서 몇 년을 배우다가 뒤에 다른 곳으로 옮겨가서 배웠다. 그녀는 문득 이전의 교사 이야기를 꺼냈다. 예전 선생님은 예술가적 기질이 강해 자주 사람들을 곤혹스럽게 했지만 가능한 한 학생들이 자유롭게 창의력을 발휘할 수 있도록 북돋웠는데, 지금의 교사는 항상 "이봐요, 제발 자기만의 스텝 좀 발명하지 말아요."라고 한다고 했다. 엄격한 훈련이 예술에 꼭 필요한 것이기는 하지만, 창의력은 당연히 더욱 중요하다 할 것이다. 어떻게 하면 이 두 가지를 조화롭게 하며 배울 수 있을까? 뛰어난 재능과 훌륭한 수양을 겸비한 교사가 필요하다. 그런 교사만이 이 문제를 해결할 수 있다.

이곳에서 발레를 배우면, 모든 시간과 에너지를 여기에 쏟아 부을 수가 없다. 보통 일주일에 세 번 수업, 한 번 수업에 한두 시간을 배울 뿐이다. 매란방 선생이 어떤 글에서 최근 일본에서 오정원 선생과 만난 일을 언급했는데, 그도 오래 전부터 바둑을 배우고 싶었지만 훗날 어떤 사람이 경극 연구에 영향을 미칠 거라며 말려서 결국 바둑 배우기를 포기했다고 했다. 춤을 배우는 데에도 이런 전념과 각고의 노력이 필요하다. 예술의 길은 장미로 깔려있어 향기롭고 아름답지만, 앞으로 나아갈 때는 당신의 두 발을 찌르는 수많은 가시를 밟아야 한다.

또 다른 어려움은 상대적으로 작은 것이지만 결코 사소한 문제는 아니다. 바로 이곳의 무용학교에는 남학생이 극소수라는 점이다(심지어 없다). 이렇다 보니 남자의 도움이 필요한 모든 춤은 다 출 수가 없다. 허리를 들어 곧장 올려주는 동작에서 남자 무용수가 없다면, 울라노바나 마코트 폰테인(1919~1991, 영국)이라고 해도 허공에서 우아하고 완만한 수많은 동작을 할 수 없을 것이다.

고당(高唐) 선생은 최근 「산기(散記)」에서 자신의 딸아이가 나중에 베이징에 가서 발레를 배우기를 바란다고 했다. 만약 이 꼬마아가씨의 춤 소질이 그녀 아버지의 시를 짓는 재능에 견줄 만하다면, 그녀는 성취가 있을 것이다. 『환락의 가무』의 공연을 보고 북경의 무용학교가 이곳에 부족한 일체의 모든 여건을 갖추고 있음을 알 수 있었기 때문이다. (혹, 안무가의 상상력이 아직은 그다지 풍부하지는 않아도, 시간이 좀 지나면 분명히 나아질 것이다!)

바둑과 장기

바둑 잡담

- 김용

  며칠 전 나는, 어떤 사람이 손중산(孫中山, 1866~1922) 선생의 상해 옛 집을 방문하고 쓴 글 한 편을 읽었다. 글에서는 중산 선생의 거실에는 서적과 지도 외에 바둑판 한 벌이 놓여 있었는데, 바둑은 그가 일하고 책을 읽는 겨를에 즐기는 유일한 오락이었다고 했다. 그분과 같은 혁명 위인이 국가의 대사를 궁리하던 여가에 등불 아래서 친한 벗 한둘과 뚝, 뚝 바둑을 두느라 돌을 쥐고 생각에 잠긴 모습을 상상해 보면, 정말이지 감명 깊은 한 폭의 명화가 아닐 수 없다.

  바둑은 장기에 비해 복잡하기 이를 데 없는 두뇌 게임이다. 장기는 서른 두 개의 알이 두면 둘수록 줄어들지만, 바둑의 삼백 예순 한 개 착점에는 점차 돌이 많아지다가 중반에 이르면 복잡하게 얽히고 만다. 한 수 한 수가 전체에 영향을 미치는데다 사면팔방 몇백 개의 바둑알은 한 알 한 알이 서로 연관을 맺고 있어 복잡하기가 한이 없고 흥미 또한 끝이 없다. 내가 아는 이들 중에 바둑을 배워 1, 2년쯤 두고 난 뒤로는 침식도 다 잊을 정도로 좋아하지 않는 사람이 없다. 옛사람들은 그것을 '나무 여우'라고 불렀는데, 바둑판이 나무로 만들어졌고 그것이 마치 한 마리 여우처럼 사람에게 달라붙기 때문이다. 내가 무협소설 『벽혈검』(1956)에서 목상도인(木桑道人)이 바둑에 깊이 빠져 온갖 방법을 다 동원해서 바둑 친구를 찾는 것을 썼는데, 생활 속에도 분명 이런 부류의 사람이 있다.

섭감노(聶紺弩)[1] 형이 홍콩에 있을 때 항상 양우생(梁羽生)과 나를 찾아와 바둑을 두었는데, 우리 세 사람의 바둑 실력은 매우 떨어졌지만 흥취만은 대단해서 한번 두었다 하면 몇 시간을 넘기곤 했다.

바둑이라는 이 물건이 재미있기는 한데, 지나치게 복잡하고 너무 많은 시간이 든다. 배우고 연구하는 데에도 물론 시간을 들여야 할뿐더러, 보통 한 판을 두자고 해도 한두 시간쯤은 예사로 써야 한다. 일본의 정식 경기에서는 바둑 한 판을 흔히 여러 날로 나누어 치르고 날마다 몇 시간씩을 둔다. 신문에 바둑 한 판의 과정을 게재하는 것이 마치 장편 연재소설과도 같아서, 날마다 수십 수씩을 싣고 중대한 고비에 이르러서는 딱 끊어버리는 바람에 바둑 팬들은 그 다음날 이 신문을 사서 찾아보지 않을 수가 없다. 그래서 일본 바둑의 큰 경기는 모두 여러 큰 신문사들이 주최하는데, 이것은 일본의 신문들이 판로를 넓히는 중요한 방법이 된다. 우리나라에서는 바둑을 두는 데 걸리는 시간이 너무 길다 보니 근래에 장기만큼 유행하지 못하고 있다. 사람들이 갈수록 바빠지고 있기 때문이다.

---

1 섭감노(聶紺弩, 1903~1986): 근대 중국의 시인이자 산문작가. 하북성 경산(京山) 출신으로, 이야(耳耶), 이아(二鴉), 소금도(簫今度) 등의 필명을 사용했다.

광동 사람 가운데는 바둑을 좋아하는 사람이 드물고, 홍콩에서는 정말로 보기가 쉽지 않다. 절강성 일대에서는 바둑 바람이 거세게 불고 있어 비교적 규모가 큰 찻집에는 언제나 바둑을 두고 있는 사람이 있고 중고등학교나 대학교의 기숙사 안에서도 많은 학생들이 둘러선 채 바둑을 구경하곤 한다. 그 풍경은 마치 여기 사람들이 장기를 구경하는 것과 같다.

　　장기는 인도에서 전해져 왔지만(일설에는 중국에서 자체적으로 발명했다고 하지만 각종 자료를 살펴보면 인도 전래설이 비교적 근거가 있음), 바둑은 중국인이 발명한 것이다. 고서에서 말하기를, 요(堯) 임금의 아들 단주(丹朱)가 어리석은데다 불량스러운 구석마저 있어 이를 크게 걱정한 요임금이 바둑을 만들어 그를 가르치면서 그가 놀이를 하는 동안 지능이 발달하기를 바랐다고 한다. 이러한 설을 꼭 믿을 수만은 없는 것이, 단주라는 사람이 실제로 존재했는가 하는 것이 하나의 문제이고, 고서에 적힌 바에 따르면 단주는 전혀 나아지지를 않았다는 것이 또 다른 문제다. 그러나 바둑의 유래가 오랜 된 것만은 사실이어서, 『맹자』(「고자 상」)에는 일찍이 혁추(奕秋)가 다른 사람에게 바둑을 가르친 고사가 전해지는데, 열심히 배우지 않은 한 사람은 마음 한구석에 기러기나 따오기 잡을 생각에만 빠져있어 바둑을 제대로 배우지 못했다고 했다. 대략 1천 7백여 년 전에 고려와 백제(한국)를 거쳐 일본으로 전해졌는데, 현재 일본에서는 우리나라에 비해 더욱 크게 발전해 있다.

며칠 전에 북경에서 출판된 일본어판 잡지 『인민중국(人民中國)』을 봤다. 거기에는 바둑을 소개하는 글이 한 편 있었는데, 범서병(範西屛, 1709~?, 이름은 세훈(世勳))과 시정암(施定庵, 1710~1771, 이름은 양하(襄夏))의 대국 한판을 덧붙여 소개하였다. 청대 건륭 가정 연간의 바둑 대국수인 범서병과 시정암은 기력(棋力)의 높기가 고금에 드물어 현대의 오청원(吳淸源)에 이르러서야 겨우 그들에 미칠 정도이다.

지난달 신문에는 상해문사관(上海文史館)² 관원들의 명단이 실렸는데, 그 가운데 유체회(劉棣懷, 1897~1979), 위해홍(魏海鴻), 왕진웅(汪振雄) 등 세 분은 모두 유명한 바둑인이다. 우리나라의 또 한 분 바둑 선배인 고수여(顧水如, 1892~1971) 선생은 북경에 계시다. 유체회를 예전에는 중국 최고수라고 일컬었지만, 최근 상해에서 거행된 명인전에서는 위해홍의 성적이 가장 좋았다. 아마도 유체회가 연로해서 기운이 많이 쇠퇴한 탓이리라. 위해홍이 예전 무한(武漢)에 있을 때 사람들이 그에게 '도부수(刀斧手)'라는 별명을 지어준 것을 보면 그가 싸움바둑을 잘했음을 알 수 있다. 왕진웅은 항일전쟁 시기에 계림에서 바둑연구사를 주관했다. 당시 아직 중학교에 다니던 나는 그와 몇 차례 천 리 아득한 편지를 주고받았다. 왕 선생의 필력에는 힘이 있었는데, 매번 편지마다 바둑에 관한 이야기는 아주 적었고 언제나 내게 부지런히 공부하라는 격려를 해 주었다. 나는 한 번도 이

---

2 상해문사관(上海文史館): 정확한 이름은 상해문사연구관(上海文史研究館)으로, 사남로(思南路) 39~41호에 위치해 있다.

선배 선생을 뵌 적이 없지만 10여 년 동안 줄곧 그분을 떠올리곤 했다.

진의(陳毅, 1901~1972) 장군은 바둑을 좋아하기로 유명한 사람이었는데, 기력(棋力)이 어떠한지는 알지 못한다.

양관린(楊官璘)의 끝내기에 대하여

- 양우생

　광주-상해-온주 장기고수 친선대회가 지난달 20일에 시작해서 이
달 4일에 끝났다. 스물 네 차례의 악전고투 끝에 광주가 또 승리를
거두었다. ('또'라고 한 것은, 광주의 양(楊), 진(陳) 콤비가 외지 팀을
상대로 싸워 일찍이 져본 적이 없기 때문) 점수는 28대 20으로, 절묘
하게도 지난번 광주-홍콩 대회의 점수와 똑같았다. (작년 겨울 광주-
홍콩 장기대회에서 광주의 양, 진이 28점을, 홍콩의 증(曾), 여(黎)는
20점을 얻음.)

　이번 장기대회의 개인 점수는 좀 특별한 데가 있다. 가령 마작을
가지고 비유하자면 한 사람이 '독식'한 국면이었다. 원래 24국 경기의
전체 점수가 48점이고 네 기사가 각각 12점을 얻어야 하므로, 12점을
넘으면 이기고 12점이 안 되면 진 것이 된다. 이번에 양관린(楊官璘,
1925~2008)은 18점을 얻었고 진송순(陳松順, 1920~2015)은 10점을 얻
었다. (따라서 팀 단위로 말하자면 양, 진 팀이 이겼지만 개인 점수로
따지면 진송순은 진 것) 주검추(朱劍秋, 1909~1994)는 12점, 심지혁
(沈志奕, 1916~1988)은 8점을 얻었다. 양관린이 승리를 독식했고, 주

검추는 겨우 평균에 맞췄으며 진(陳)과 심(沈)은 패했다.

양관린의 이번 성적은 지난 홍콩 대회보다 더 좋아졌다. 12국을 치르면서 단 한 차례도 지지 않고 6승 6무를 기록했다. 1952년부터 따지면 최근 4년간 양관린은 장기 기단에 있어서 결코 깨지지 않을 기록을 세운 셈이다. 양파(楊派) 태극권의 조사인 양로선(楊露蟬, 1799~1872)은 일찍이 화창(花槍, 옛날 무기의 일종으로 술이 달린 짧은 창) 한 자루를 가지고 화북 지방을 주유하며 각 문파의 무술 고수들을 꺾어 당시 사람들이 '양무적'이라 일컬었다고 한다. 장기 기단에 있어 양관린의 눈부신 성적은 그의 본가와 마찬가지로 '양무적'이라 부를 만하다.

이번 24국의 기보를 밀어놓고 보니 지난 일 한 가지가 생각난다. 금년 봄에 홍콩-대만 장기대회가 시작된 다음날 나는 나비 전시회를 구경하러 광주에 도착했는데, 그날 저녁 영남문물관(嶺南文物宮)에 가서 양관린을 만나 장기를 두었다. 처음 두 판은 그가 한 수를 양보해서 내가 모두 졌고, 다음 두 판에 그가 두 수를 양보해서 두었더니 전황이 비교적 치열해졌다. 셋째 판에 내가 졌다. 넷째 판 싸움이 중반에 이르렀을 때 형세를 논하자면 내가 우위를 점하고 있었는데, 양관린은 이번 판이 분명 비긴 장기지만 내가 내리 세 판을 졌으니 비겼다는 말을 하기가 미안쩍다는 것이다. 옆에서 관전하고 있던 왕란우(王蘭友)가 말했다.

"비기는 장기가 무슨 재미가 있어! 박살내라고!"

그래서 우리 두 사람이 힘을 합쳐 그를 두들겼는데, 뜻밖에도 양관린이 서서히 난국을 풀어내더니 결국은 부지불식간에 그가 선수를 뺏어갔고, 나는 병(兵)을 하나 더 가지고 끝내기에 들어갔으면서도 결국 그 판마저 지고 말았다. 그 후로 나는 진송순과도 네 판을 두었는데, 네 번 모두 선을 잡았고 점수는 내가 2패, 1승, 1무였다. 그때 나는 이런 느낌이 들었다. 양관린의 끝내기는 여간 노련한 게 아니어서 2년 전에 비해서도 한결 조예가 깊어졌고, 진송순의 끝내기는 예전부터 원래 전국 최고였는데, 다만 내가 보기에 지금 양관린의 끝내기는 이미 진송순을 넘어선 듯했다.

　다음날 양관린이 내게 밥을 대접하며 홍콩-대만 장기대회에 대한 이야기를 나누었다. 그는 홍콩 신문에 실린 첫날 시합의 결과를 본 뒤였다. (홍콩-대만 장기대회에서 홍콩이 대승을 거두기는 했으나, 첫날의 두 판에서는 홍콩이 당연히 이길 경기를 이기지 못했고 오히려 대만이 모두 이겼음.) 그는 대만 기사의 장기 솜씨에 대해 이렇게 평가했다.

　"대만은 끝내기가 부족해!"

　그는 대만 장기 솜씨는 선이 굵은 기풍을 갖고 있어서 끝내기 실력이 많이 떨어지고, 초반 싸움 또한 그리 정교하지 못하며, 중반의 변화에는 그나마 취할 것이 좀 있다고 했다. 그는 여자건(黎子健)을 두고 무척 애석해했다. 첫날 저녁에 여자건은 홍을 쥐고 공격해 들어갔다. 원래는 절대적인 우위를 차지하고 대만 선수를 무난히 이길 수 있었으나, 지나치게 신중했던 나머지 도리어 몇 수를 잘못 두는 바람에 대만에 반격의 기회를 주어 정말 안타깝게 지고 말았다. 양관린은 여자건이 원래 훌륭한 일류 기사인데, 실전에 임해서는 흥분을 가라앉히지 못하니 애석하다고 말했다.

주(朱), 심(沈)과 겨루었던 이때의 대결 이후로 그의 끝내기 솜씨가 다시금 진일보했음을 확인할 수 있었다. 예를 하나 들면 그가 주검추와 대국을 펼쳤는데(앞에서 말했던 그 대국이 아님) 끝내기에 들어갔을 때 주검추는 두 마(馬)와 병(兵)이 있었고 양관린은 마(馬)와 포(砲)와 졸(卒)이 있었으며 쌍방 다 사(士)와 상(象)이 모두 살아 있었다. 이 대국은 비길 가능성이 무척 높았지만 양관린이 잠식책(蠶食策)을 써서 주검추의 사와 상을 깨뜨리고 마침내 졸로 '화심(花心)'을 차지한 채 '외통수'를 만들었다.

끝으로 진송순을 이야기해 보자. 진송순의 기력(棋力)은 매우 높아서 원래 주검추보다도 위에 있었다. 이때 진 것은 몸이 아픈 채로 대국에 임했기 때문일 것이다. (왕란우에 따르면 그의 폐병은 아직 낫지 않았다고 함.) 전국을 다 둘러보아도 양(楊), 진(陳) 두 사람은 최강의 콤비였다. 증익겸(曾益謙, 1929~)은 일찍이 내게 말하기를, 자신이 이의정(李義庭, 1937~2014)과 짝을 이루면 혹시 해볼 만할까 다른 사람이라면 그들을 흔들어놓기가 쉽지 않으리라고 했다. 증익겸과 이의정의 근황을 보면 그 말이 그리 과장된 것만은 아니다.

바둑 성인 오청원(吳淸源)

– 양우생

김용 형이 앞에서 바둑에 관한 여러 가지 이야기를 하다가 바둑 명인 오청원(吳淸源, 1914~2014)의 이름을 언급한 바 있다. 오청원은 12세에 벌써 두각을 나타냈고, 13세에는 국내에 상대가 없었으며, 15세에 일본으로 건너가, 20세에는 바둑의 새로운 포석을 창안해 냈다. 그는 올해(1956년) 43세로, 일본에 머문 28년 동안 일본의 고수들을 모두 무릎 꿇려 '고금일인자(古今一人者)'로 일컬어졌다. 비록 바둑이 홍콩에서 크게 유행하지는 않지만, 그처럼 예술 분야에서 최고의 경지에 이른 인물에 대해서는 독자들에게 소개할 만한 가치가 있을 것이다.

오청원이 처음 두각을 나타낸 이야기는 매우 흥미롭다. 그의 아버지는 북양군벌(北洋軍閥) 단기서(段棋瑞, 1865~1936)의 수하에서 '부원(部員)'이라는 하급 관직을 맡고 있었다. 집안 형편이 매우 곤궁하다 보니 몇 차례 대국해 본 경험을 믿고 종종 남들과 내기 바둑을 두곤 했다. 이를테면 홍콩의 직업 장기꾼 같은 사람들과 한 판에 은화 1, 2원씩을 걸곤 했다. 한번은 그의 아버지가 어떤 뚱보와 판돈

5원을 걸고 바둑을 두었다. 30년 전에 이만한 판돈은 무척 큰 것이었다. 오청원의 아버지가 긴장을 한 탓이었는지 혹은 본래 실력이 그만 못했는지 모르겠지만, 어쨌거나 중반에 이르기도 전에 그에게 기세를 내주고 말았다. 그는 미간을 찌푸리고 화장실에 다녀온다고 핑계를 대고는, 화장실에 숨어 한숨을 내쉬면서 '한 수'로 타개할 방법을 생각했다.

오청원의 아버지가 화장실에 가서 한참이 되도록 돌아오지 않자, 그 뚱보가 더 기다리지 못하고 옆에 있던 구경꾼들에게 그가 핑계를 대고 도망쳤다며 욕을 해댔다. 이때 곁에 있던 오청원이 차갑게 말했다.

"제가 아버지 대신 몇 수 둬도 될까요?"

그때 오청원은 겨우 열두 살짜리 꼬마였고 아직껏 다른 사람과 정식으로 대국을 한 적도 없었으므로, 뚱보가 크게 웃으며 물었다.

"네가 지면, 아빠가 졌다고 인정할까?"

"내가 질 줄 어떻게 아는데요? 내가 지고 나면 그때 가서 다시 말해도 늦지 않잖아요. 전 돈이 없으니까 옷을 벗어서 줄게요."

뚱보가 본래 승부욕이 강한데다, 요런 꼬맹이가 자기 따위는 추호도 안중에 없다는 듯 구는 꼴을 보고 저도 모르게 화가 나서 바둑을 계속 두어 나갔다. 오청원은 꼬마들이 공기놀이하듯 별다른 고민도 하지 않고 툭툭 바둑알을 놓았는데, 10, 20수가 지나지 않아 대세가 뒤집어지고 승패가 뒤바뀌어 버렸다. 뚱보가 승복하지 않고 그와 다시 한 판을 두면서 10원을 걸었으나 결국은 또 지고 말았다. 이 일이 있고 난 뒤 아버지가 그에게 물었다.

"너한테 바둑을 가르친 일이 없는데, 대체 언제 배운 거냐? 어떻게 이렇게 겁이 없어?"

"날마다 아빠가 바둑 두는 걸 봤더니 안 배웠어도 되던데요! 전 분명히 이기겠다 싶을 때만 손을 움직여요!"

그 뒤로 오청원은 '바둑 신동'으로 유명해졌다. 이를 알게 된 단기서가 특별히 사람을 시켜 오청원을 찾아 바둑을 두러 갔다. 기력이 매우 높았던 단기서는 스스로 7단이라고 뽐냈는데, 대략 일본의 4단 정도에 해당했다. 첫 번째 대국에서 오청원은 감히 그를 이길 수가 없었다. 그러나 그의 실력을 알아본 단기서가 말했다.

"겁내지 마라. 네가 나를 이겨야 내가 기쁘겠다."

그러고 나서 다시 두자, 과연 번번이 오청원이 이겼다.

단기서가 오청원을 인정해 주면서 가정 형편은 훨씬 좋아졌다. 아버지도 승진하면서, 그는 한결 마음 편하게 바둑을 둘 수 있었다.

1926년 일본의 이노우에 고헤이[井上孝平, 1877~1941] 5단(일본의 바둑 급수는 모두 9단으로 나뉘며 5단이면 이미 꽤 높은 단수에 이른 것)이 중국을 유람하러 왔다가 북경의 청운각(靑雲閣) 다루(茶樓)에서 오청원과 바둑을 두었다. 오청원이 흑을 잡아(바둑에서는 흑을 쥔 사람이 먼저 두며, 바둑에서 흑을 두는 것은 장기의 선수와 같음) 이겼다. 다음은 6단인 이와모토 가오루[岩本薰, 1902~1999](현재 8단)가 오청원에게 두 점을 접어준 채 두었고, 오청원이 또 이겼다. 이어 하시모토 우타로[橋本宇太郎, 1907~1994] 4단(현재 9단)이 오청원과 몇 차례 대국을 펼쳐 서로 승패를 나눠 가졌으니, 그때 오청원은 겨우 13세였다!

　예전에 일본은 바둑 단수 평정이 매우 엄격했다. 실력 외에 경력까지 따져 그저 그렇다 싶으면 입단할 수가 없었다. 실력만 가지고 말하자면, 단과 단 사이에는 대략 3분의 1점 정도의 차이가 있어서, 9단이면 초단에게 석 점을 접어줘야 했다. 오청원이 고단자들과 승부를 주고받은 소식이 일본에 전해지자, 일본의 바둑 기사들은 경악을 금치 못했다. 당시 일본의 8단 '준명인(準名人)'(9단은 '명인')이자, 현재 명예 9단인 세고에 겐사쿠[瀨越憲作, 1888~1972]가 오청원의 기보를 보고는 천재라며 감탄하고, 마침내 그에게 일본으로 건너와 바둑 유학을 하도록 비용을 대주었다. 오청원이 곧 세고에 겐사쿠를 스승으로 모셨으니, 이때 나이가 겨우 15세였다.

　오청원이 일본에 도착한 뒤, 일본 기원은 그에게 겨우 '3단격'(그러니까 단지 3단의 자격을 갖추었을 뿐 아직 정식 3단으로 치지는 않겠다는 것이었는데, 사실 그의 실력은 그보다 훨씬 뛰어났음)을 주었다. 그가 일본에 도착한 지 오래지 않아 본인방(本人坊) 슈사이[秀哉, 1874~1940]와 잇달아 세 차례 대결을 가졌다. 기원의 규칙에 따르면 기원에 들기 전에 반드시 시험을 치러야 했고, 3단과 9단의 대결은 '2, 3, 2' 접바둑이었다. 즉 첫 판은 두 점, 둘째 판은 석 점, 셋째 판은 두 점을 접고 두는 것이었는데, 오청원이 내리 세 판을 승리했다. 계속해서 일본 기원의 3단부터 6단까지 소장 기사들과 10국 대결을 가졌다. 모두 맞바둑이었고, 10국을 마친 결과 오청원이 9승 1패의 성적을 거두어 일본 기원에 충격을 안겼다. 이듬해 그는 처음으로 일본 바둑계의 '오오테아이[大手合]'(오픈 대회)에 참가해서 전승을 거두어 4단으로 승단했고, 19세에 다시 5단에 올랐다. 20세 때 그는 새로운 포석을 만들어 내서 이전까지의 '금변은각석두자(金邊銀角石肚子)'의 관념을 깨뜨렸다. (이전까지 바둑을 둘 때는 변을 차지하는 것을 제일 중요시했고, 다음은 귀를 중시했으며, 중앙은 가장 주목을 못 받았으므로 '변(邊)은 금이고, 구석[角]은 은이며, 중앙[肚子]은 돌'이라는 말이 있었음.) 일본 바둑계는 그를 '귀재(鬼才)'로 칭하면서 그가 일본의 기성(棋聖)으로 일컬어졌던 본인방 도사쿠[道策, 1677~1702]의 환생이 아닐까 의심했다. 도사쿠는 일본 사람들에 의해 '11단'의 실력으로 찬양을 받던 인물이었으니, 최고의 등급인 9단보다도 두 단이나 더 높다는 말이었다. 이것으로도 일본 사람들이 오청원을 얼마나 높이 평가했는지를 알 수 있다.

일본 내에 더 이상 적수가 없었음에도 오청원의 9단 승단은 상당히 늦었고(1950년 2월에서야 일본 기원은 그에게 정식으로 9단을 줌), 그의 후배인 후지사와 구라노스케[藤澤庫之助]가 오히려 그보다 먼저 9단의 존위에 올랐다. 평론가들은 이를 두고 일본 기원의 '인색함'이 드러난 것이라고 보았다. 오청원이 일본 국적을 갖기는 했으나, 아무래도 중국 사람이었기에 일부러 그를 내리누른 것이다.

그러나 천재는 결코 억누를 수 없는 법이어서, 오청원은 후지사와와 함께 9단이 되었고 두 영웅이 결승 18국을 펼쳐 오청원이 대승을 거두었으며(성적은 오청원의 14승 3패 1무), 특히 제1국은 '불계'승이었다(불계승이란 대국이 다 끝나기를 기다리지 않고 경기 중간에 분명한 승리를 인정하는 것). 기원에 들어간 기사들의 집계산은 매우 정밀하고 정확해서, 때로는 한두 집을 지고 있으면서도 경기 중간에 싸움을 멈추고 '불계'패를 인정한다. 오청원이 후지사와를 이기기 전에 일본에는 '오청원 격파 연구회'라는 바둑 모임이 생겨났다. 어떻게 하면 오청원을 깨트릴 수 있겠는지를 전문적으로 연구했지만, 결국 그를 격파하지는 못했다.

오청원은 바둑을 매우 빨리 두었다. 예전 일본 고수들이 대국을 벌이면, 한 사람에게 24시간씩이 주어졌다. 오청원이 후지사와와 겨루었던 당시에는 한 사람 앞에 13시간씩의 제한 시간을 두었다. 지금은 10시간인데, 오청원은 종종 5, 6시간만을 써서 끝내버리곤 한다. 오청원이 후지사와에게 졌던 그 바둑에서는 그가 7시간 15분을 썼던 것으로 기억한다. 후지사와는 12시간 59분을 사용하면서 제한 시간까지 고작 1분을 남겨놓고 있었으니, 그야말로 젖 먹던 힘까지 다 쓰고서야 그 한 판을 겨우 이겼던 것이다.

금년 7월 매란방 선생이 일본에 공연을 하러 갔다가 오청원을 만났다. 오청원은 그에게 우리나라의 바둑 영재들을 일본에 유학하도록 보내주면 자신이 책임지고 성심껏 지도하겠노라는 뜻을 문화 당국에 전해 달라고 부탁했다.

매란방과 오청원 두 예인의 만남에는 또 한 가지 재미있는 일이 있었다. 오청원이 말했다.

"제가 30년 전에 북경의 대방가호동(大方家胡同: 동성구(東城區) 조양문(朝陽門) 남소가(南小街)에 있음) 이(李) 선생님 댁에서 뵌 적이 있답니다."

"맞아! 그때 자네가 어떤 노선생과 바둑을 두고 있던 게 생각나네. 그 양반은 반나절을 생각하다가 겨우 한 점을 두는데, 자넨 그저 사탕도 먹고 땅콩도 씹고 하느라 안중에도 없는 것 같았어. 그렇지?"

30년 전의 일을 두 사람 모두 이처럼 또렷하게 기억하고 있으니, 그들의 기억력이 정말 탄복할만하다!

역사적인 바둑 한판

– 김용

"호외요, 호외! 딸랑, 딸랑! 신문이요!"

1933년 2월 5일, 도쿄 거리 곳곳에서는 신문팔이들의 외침소리와 방울소리가 울려 퍼졌다. 그들은 『호치신문[報知新聞]』[3] 호외를 사라며, 수많은 독자들에게 한 가지 '중대한' 소식을 알리는 중이었다. 오청원(吳淸源)과 기타니 미노뤼[木谷實, 1909~1975]의 공식 바둑 경기에서 두 사람이 모두 자신들이 창안한 '신포국법'(일본에서는 '신포석법'으로 부름)을 사용했다는 것이다. 기타니가 선수(先手)를 잡아 석 점을 모두 5선으로 달렸고, 오청원은 석 점을 4선으로 달려 '3연성(三聯星)'을 이루었다. 이는 바둑계에 전무후무한 착수법이었다. 바둑에 흠뻑 빠져 있던 일본인들이었으므로, 이 사건이 신문 호외로 나올 법도 했다.

---

3 호치신문[報知新聞]: 1894년에 창간하여 1949년까지 간행된 신문. 도쿄 5대 신문 중 하나였다.

일본의 청년 바둑인 기타니는 오청원과도 친하게 지내는 사이였으며, 두 사람은 공동 연구를 통해 새로운 포국 체계를 만들어냈다. 간단히 말하자면, 그것은 포국에 있어 변이나 귀를 고수하지 않고 바둑판 전체를 덮어씌우는 것이었다. 그들이 『신포석법』⁴이라는 책을 공동 집필해 출판한 뒤 서점 문 앞은 장사진을 이루었고, 잠깐 동안 무려 5만권의 책이 팔려 나갔다. 얼마 후 일본 바둑계에는 '오청원류'(즉 '오청원파')로 불리는 사람들이 나타났다.

일본 바둑계에는 종전부터 본인방(本因坊) 제도라는 것이 있어왔다. 본인방이란 곧 바둑계의 지존으로서, 앞선 한 사람이 죽거나 은퇴하고 나면 당대에 기력이 가장 높은 다른 한 사람이 이를 이어받았으므로 명망이 높고 두터웠으며 존엄과 영광은 비할 데가 없었다. 당시 일본의 본인방은 슈사이[秀哉, 1874~1940]였다. (그의 본명은 타무라 야스히사[田村保壽]이고, '슈샤이'는 본인방에게 붙이는 존호였으니, 이를테면 황제의 연호와 비슷한 것이다. 나중에 이와모토 가오루[岩本薫, 1902~1999]가 본인방이 되어서는 본인방 '쿤와[薰和]'로 불렸고, 하시모토 우타로[橋本宇太郎, 1907~1994]는 본인방 '쇼위[昭宇]'라고 했다.) '신포석법'이 큰 파문을 일으켰으니 본인방은 당연히 그에 대한 의견을 표명해야 했는데, 이 노선생은 전혀 다른 생각을 가지고 있었다. 새로운 것을 채택할 이유가 없다고 본 것이다. 두 유파의 의

---

4 『신포석법』: 정확한 제목은 『위기혁명(圍棋革命)·신포석법(新布石法)』(1934)이다.

견이 갈렸으니, 가장 좋은 방법은 각 유파의 최고수가 한판 승부를 벌이는 것이었다.

슈사이는 명성을 유지하기 위해 이미 아주 오랫동안 바둑을 두지 않고 있었는데, 이제 형세가 급박하게 돌아가고 보니 전장에 나서지 않을 수 없게 되었다. 그야말로 일본 바둑 역사상 가장 중요한 일대 사건이었다. 그때 오청원의 나이 22세였다.

흑을 쥔 오청원이 첫 수부터 기묘한 수를 두었다. 3, 3에 돌을 놓은 것이다. 이는 그때껏 다른 사람들이 사용한 적이 없는 수로, 훗날 '귀괴수(鬼怪手)'로 불리기까지 했다. 깜짝 놀란 슈사이가 고심에 고심을 거듭한 끝에야 대응 방법을 결정했다. 몇 수 지나지 않아 오청원이 다시 한 차례 기묘한 수를 두었다. 이번이 더 기묘했다. 바둑판 한가운데의 '천원(天元)'에 돌을 놓은 것이다. 계속되는 기묘한 수에 골치가 아파온 슈사이는 곧 '중지'를 외쳤고 잠시 휴전 팻말이 걸렸다. 기보(棋譜)가 발표되어 나가자 바둑계가 발칵 뒤집혔다. 보수적인 사람들은 오청원이 본인방에게 불경을 저질렀다고 말했다. 기묘한 수를 사용한 데에는 희롱의 뜻이 담겨 있다는 것이었다. 그러나 일반인들의 생각은 달랐다. 이는 신구 두 유파의 대결전인 만큼 오청원이 신파의 대표적인 수를 꺼내든 것이니 아무 문제될 것이 없다는 판단이었다.

이번 바둑 대결은 쌍방 각자에게 13시간을 쓸 수 있도록 규정하고 있었다. 그러나 슈사이에게는 한 가지 특권이 있었으니, 바로 언제라도 '중지'를 외칠 수 있는 것이었다. 오청원은 흑을 쥐고 먼저 시작했으므로 이 권리가 없었다. 슈사이는 대응책이 안 보일 때마다 곧 '중지'를 외쳤다. '중지' 이후에는 시간을 계산하지 않았으므로 그는 집에 돌아가서 며칠 동안이라도 생각을 할 수 있었고, 묘책이 떠오르기를 기다렸다가 다시 시합에 임했다. 슈사이가 계속해서 중지를 요청하는 바람에 이 바둑은 4개월여나 이어졌다. 바둑 시합의 경과는 날마다 신문에 발표되었고, 바둑 팬들은 오청원이 시종 우세를 점하고 있다는 것을 분명히 알아볼 수 있었다. 일반 바둑인들은 권위와 우상이 무너져 내리는 모습에 은연중에 쾌감을 느끼다가도, 일본의 최고수가 마침내 중국 청년 기사에게 패했다는 걸 생각하면 풀이 죽는 것이었다. 일본의 바둑 팬들은 이 넉 달 동안 흥분도 되고 근심도 되는, 무척 모순된 심정에 사로잡혔다.

사회 인사들도 물론 관심을 기울였지만, 본인방의 집 안에서는 더욱 긴장하고 있었다. 슈사이는 최측근 제자들을 불러 모아 불철주야 회의를 열어가며 반격할 방법을 논의했다. 슈사이가 본인방을 맡은 지 이미 오래 됐으므로 허다한 고수들이 모두 그의 문하에서 배출되었고, 이번 바둑 대결에서 그들 모두는 당연히 영욕을 함께하고 있었다. 그러므로 이번 바둑은 사실 오청원 한 사람이 본인방파(당시 '방파'로 일컬음) 수십 명의 고수들과 맞서 싸우는 셈이었다. 145번째 수를 두었을 때 판세는 이미 결정이 나 있었고, 오청원은 좌하귀에 큰 세력을 형성했다. 슈사이가 이미 어떻게 해볼 도리가 없게 된 것을 보고 나자 그들의 회의는 점점 더 빈번해졌다. 제160수는 슈사이의 차례였다. 그는 돌연 사납고도 기묘한 한 수를 둠으로써 오청원의 세력 범위 안으로 크게 들이쳤다. 마지막 계가 결과 슈사이가 한 점(두 집)을 이겼고, 사람들은 마침내 한숨을 내쉬었다. 비록 체면이 깎인 승리이긴 했지만, 어쨌든 본인방의 존엄은 가까스로 유지되었다.

이 일은 이렇게 해서 별 문제없이 지나갔으나, 10여 년이 흐르고 제2차 세계대전이 끝난 뒤에 일본 바둑계의 원로인 세고에 겐사쿠[瀨越憲作, 1989~1972]가 어떤 언론과의 좌담회에서 갑자기 비밀 하나를 털어놓았다. 그 유명한 제160수는 슈사이가 생각해 낸 게 아니라, 슈사이의 제자인 마에다 노부아키[前田陳爾, 1907~1975]가 올린 의견이었다. 이 소식이 다시금 커다란 파문을 일으켰다. 이때 슈사이는 이미 죽은 뒤였지만, 그의 제자들은 스승의 위명이 손상됐다고 여기고는 세고에를 몰아붙여 일본 기원의 이사직에서 물러나게 했다.

여러 해가 지난 후, 누군가 오청원에게 물었다.

"그때 당신은 이미 승산을 쥐고 있었는데, 결국 왜 지고 말았던 겁니까?"(슈사이가 기묘한 제160수를 꺼내기는 했어도, 오청원은 여전히 이길 수 있었으므로 물은 말) 오청원이 웃으며 말했다.

"지는 게 나았으니까요."

참으로 현명한 말이었다. 사실상 그가 만약 그 바둑에서 이겼더라면, 그 후로는 일본에서 발을 붙일 방법이 없었을지 모른다.

최근 일본의 바둑 잡지에서 오청원이 마에다 노부아키와 현임 본인방 다카가와 가쿠[高川格, 1915~1986]에게 크게 이긴 대국을 보았다. 놀랍게도 마에다는 그 옛날 오청원이 창안한 '귀괴수'를 거듭해서 쓰며 두 수를 놓았다. 만약 노스승이 살아 계셨더라면, 그가 감히 이처럼 '정통에 어긋나는' 짓을 하지는 못했을 것이다.

장기 역사에 새 장이 열리다-전국 장기대회를 앞두고 씀

– 양우생

갑자기 무슨 변수가 생기지만 않는다면, 모레(12월 15일) 북경에서 전국 장기대회가 시작된다. 장기 기단에 있어 공전의 큰 행사이니, 역사상 전국 규모의 대회는 이번이 처음이다.

과거에도 전국에 명성을 떨친 '기왕(棋王)'이 있었고 '국수(國手)'라는 영광스러운 호칭을 획득한 사람들도 있었지만, 어쨌거나 전국 규모의 공인경기를 거쳐서 얻은 것은 아니었으므로, 전국 최고인지 그렇지 않은지에 대해서는 함부로 말하기 곤란한 부분이 있었다. 지역 우승자 또한 명성 높은 고수들이 겨루어 얻은 것이기는 하지만, 한 단계 한 단계 승리하여 올라가는 대회를 거쳐 배출된 것은 아니었다. 가령 20여 년 전에 홍콩에서 거행된 화동-화남 장기대회의 경우 화남의 선수는 풍경여(馮敬如)와 이경전(李慶全)이었는데, 풍경여는 당시 광동성 단식 장기대회 3위였고 이경전은 마지막 입상자였다. 1위 황송헌(黃松軒)과 2위 노휘(盧輝)는 모두 참가하지 않았다. 나는 풍(馮)과 이(李) 두 사람의 장기 솜씨가 황(黃)과 노(盧)에 못 미친다고 말하려는 게 아니라(사실상 풍경여의 실력은 황송헌보다도 높을 듯), 각

지역의 '정식' 우승자들이 겨루지 못했음을 밝히려는 것이다.

예전에는 교통이 불편하기도 했고, 각 성(省)마다 군벌들이 할거하고 있었다. 게다가 이름 높은 고수들이 명성을 유지하려 시합을 회피하는 바람에, 사실상 전국 규모의 큰 대회를 거행할 수가 없었다. 이번 전국 장기대회는 먼저 각 성(省)과 도시에서 공정한 선발전을 거쳐 대표를 선발했으므로, 제아무리 유명한 기사라 해도 선발전에 참가해야만 대표의 자격을 얻을 수가 있었다. (가령 양관린은 7승 3무의 성적으로 광주시 11명의 선수들 가운데 1등을 차지하고 전국 장기대회 광주 대표로 선발돼 참가했음.) 따라서 이번 대회를 거쳐 탄생하는 '기왕'이야말로 명실상부한 전국 기왕이 될 것이다.

중국의 장기가 크게 유행하고는 있지만 아직껏 엄밀한 조직이나 평가, 선발 제도 등을 갖추지는 못하고 있다. 일본 바둑은 단을 아홉으로 나누는 제도와 기원의 조직이 있어서, 중국의 장기에 비하면 조직이 매우 정밀한 편이다. 우리가 장기 고수들을 말할 때 비록 '일류 중에서 으뜸[一流頭]'이니 '이류 중에서 꼴찌[二流尾]'니 하는 표현들을 사용하지만, 무슨 기준에 근거해서 '일류'와 '이류'를 나누는 것인가. 그저 사람마다 자기 나름의 견해가 있을 뿐이지 대중이 공인하는 분급 기준은 없는 실정이다. 이번 전국대회가 끝나고 난 뒤 장기 기원 조직이 생겨날지 어떨지는 알지 못하겠다. 다만 바라건대 이를 계기로 장기 운동을 한 단계 새롭게 끌어올리고, 조직이나 등급 평가에 있어서도 새로운 제도가 마련되었으면 한다.

나는 홍콩의 여러 장기 고수들과 알고 지내는데, 전국대회에 관한 이야기를 나누다 보면 그들은 모두 흥분하곤 한다. 우리도 함께 조직과 등급 평가의 문제를 토론한 적이 있었는데, 내게는 아직 익지 않은 견해가 하나 있다. 이번 대회의 상위 입상자 열 사람에게 기원 회원 또는 장기 명인이라는 호칭을 부여해 정식으로 기원을 조직하고, 정부가 프로 기사를 길러 다른 예인들과 동등한 지위를 보장해 줌으로써 전문적으로 장기 기예를 연구하게 하는 한편, 정기적으로 공식적인 시범 경기를 개최해 장기 팬들의 요구에 부응토록 하는 것이다. 사실상 정부는 현재도 프로 기사를 양성하고 있다. 예를 들어 양관린(楊官璘)과 진송순(陳松順)이 광주문화공원(廣州文化公園)에서 일을 맡고 있고, 노휘(盧輝)는 광주문사관(廣州文史館)에 몸담고 있다. 그들은 모두 장기라는 한 가지 재주로 국가의 배양을 받고 있는 것이다.

평가 및 선발 제도에 관해서도 나는 또 한 가지 나름의 견해를 갖고 있다. 일본의 9단 분단제를 본받아 전국 우승자를 9단으로 하고, 각 단 사이에 3분의 1 걸음 정도 차이를 두는 것이다. 즉 9단은 초단에게 마(馬) 하나 또는 세 수를 양보할 수 있다. 2단에게 두 판은 마(馬) 하나를 양보하고 한 판은 두 수를 양보한다. 3단에게 두 판은 두 수를 양보하고 한 판은 마 하나를 양보한다. 4단에게는 두 수를 양보한다. 5단에게 두 판은 한 수를 양보하고 한 판은 두 수를 양보한다. 6단에게는 줄곧 선(先)을 양보하고, 7단에게는 세 판 가운데 두 판 선을 양보하며, 8단과는 교대로 선을 잡는다. 마 하나 이상을 양보해야 하는 수준은 입단할 수 없다. 이는 어디까지나 아직 완성되지 않은 개인적인 생각일 뿐이고, 전국대회 위원회에는 아마도 한층 주도면밀한 계획이 있을 것이다. 한편으로는 홍콩 장기 친구들의 의견도 많이 들어 보았으면 하는 바람이다.

등급 평정 제도를 확립하게 되면 분명한 장점이 따를 것이다. 즉 누구에게 프로 기사의 자격이 있는지를 확정할 수 있을 것이다. 위에서 설명한 분급 방법을 가지고 말하자면, 5단 이상은 '고단'으로 부르며, 기원에 들어가서 '연구원'이 되도록 하고, 각 현(縣)과 시의 문화궁(文化宮)에서 장기를 지도할 수 있는 자격을 갖게 할 수 있다. 3단 이상은 기원 소속의 기사가 될 수 있다. 현재까지는 아직 대회를 치른 적은 없지만, 내 견해로는 양관린은 9단 자격이, 홍콩의 증익겸(曾益謙)과 상해의 하순안(何順安) 등은 8단 자격이 있다.

체스에는 'Chess Grandmaster', 'Chess Master' 등의 호칭이 있고, 3년에 한 차례씩 세계 대회를 거행한다. 중국의 장기에 비하면 제도 또한 엄밀하다. 체스에 관해서는 뒤에 가서 다시 한 편의 글을 쓰기로 한다. 체스 챔피언의 탄생 또한 매우 흥미로운 이야깃거리이다.

이번 전국 장기대회의 챔피언으로 가장 기대되는 사람은 양관린이다. 그런데 너무 기대를 받고 있어서, 나는 그가 심리적으로 긴장한 나머지 도리어 실수를 범하지 않을까 걱정이 되기도 한다. 하지만 그는 수천 번의 대국을 온몸으로 치러온 기사이다. 아마도 나의 걱정은 기우에 지나지 않을 것이다.

남방과 북방의 장기 기단

- 양우생

전국 장기대회가 한창 치열하게 진행 중이어서, 전국 각지의 훌륭한 기사들이 북경에 운집했다. 여기에서는 남북방 기단의 흥망과 여러 대가의 특징을 말해 보려 한다.

근대 장기 기단의 성쇠를 말하자면 흥미로운 현상 한 가지를 발견하게 되는데, 바로 북쪽에서 시작해 남쪽으로 내려가더라는 점이다. 4, 50년 전에는 북경이 전국 장기 기단의 주도권을 쥐고 있었다. 당시 경사(耿四), 엽의(葉儀)가 나란히 국수로 불리다가 맹문선(孟文宣)이 나오자 더욱 명성이 자자해졌다. 맹문선은 북경성의 '명문가 공자'로, 줄곧 많은 기객(棋客)을 뒷바라지하였다. 그는 매일같이 고수들과 승부를 겨루면서 여러 대가의 장기 솜씨를 집대성하여 북방 기단에 20년 동안 군림했다. 그 후에는 화동(華東)[5] 지역에서 대단한 기사들이 잇달아 나왔는데, 특히 양주(揚州)가 유명했다. 왕호연(王浩然), 장금

---

5 화동(華東): 산동성, 강소성, 절강성, 복건성, 안휘성, 강서성 등 중국의 동쪽 지역을 일컫는 말. 아래 나오는 화남은 광동(廣東), 광서(廣西), 해남(海南), 홍콩, 마카오 등 중국의 남쪽 지역을 가리킨다.

영(張錦榮), 주환문(周煥文)이 앞장서고 주덕유(周德裕), 두국주(竇國柱), 주검추(朱劍秋)가 뒤를 이었으니, 각각 '선후삼웅(先後三雄)'으로 일컬을 만했다!

왕호연의 장기는 부드러우면서도 치밀해서 남방의 종진(鍾珍)이나 이경전(李慶全)과 비슷한 면이 있다. 맹문선이 그와 북경에서 열흘 동안 격전을 치르기로 약속하고 50국을 두었는데, 결과는 정확히 비기고 끝이 났다. 듣기로는 왕호연의 실력이 본래 맹문선(孟文宣)보다 '반 쉬半先' 정도 높았는데 현지 사람인 맹문선에게 일부러 양보했다고도 하고, 두 사람이 50국을 둔 가운데 맹문선이 선을 잡은 것이 30국이어서 그렇게 됐다고도 한다. 왕호연의 제자인 장금영은 '느림보 국수'로 불린다. 한번은 그가 자기 스승과 대국을 벌였는데, 장기 한 판을 이틀 동안 두었다. 그가 장기를 느릿느릿 두면서 '부드러운 것이 강한 것을 이긴다'고 주장하는 바람에, 장기계에서는 그를 두고 '태극파의 비조'라는 또 하나의 별칭을 만들어냈다. 장금영의 푸르름은 쪽에서 나왔으나 쪽빛보다 더 푸르렀으니, 훗날 스승과 열 판을 맞붙어 놀랍게도 다섯 판을 이겼다. 제자의 기력이 마침내 스승을 '한 쉬一先' 이상으로 넘어선 것이다. 이러한 정황은 근래의 이의정(李義庭), 나천양(羅天揚)과도 매우 비슷했다. (이의정은 비록 스승과 정식으로 시합한 적이 없지만, 그들이 치른 대국을 분석해 보면 이의정 역시 나천양보다 한 수 정도 높았음.) 주환문은 주덕유의 아버지로 기력이 장금영에 못 미쳤는데, 그는 장금영에게 번번이 패하다가 울분을 견디지 못해 죽고 말았다. 훗날 주덕유는 전심전력으로 행마와 포진[炮局]을 연구해서 장금영을 크게 물리치고 비로소 아버지를 대신해 원한을 풀었다. 주덕유는 근대의 장기 명인으로 일찍이 홍콩의 『화남일보(華南日報)』에서 장기 칼럼을 편집했다. 화남 사람들은 그를 잘 알고 있으므로 여기서는 길게 말할 필요가 없을 듯하다. 주검추는 지난달 광주 경기에서 진송순(陳松順)을 물리치고 양관린(楊官璘)에게 져서 점수 기록부의 손익에 정확히 균형을 맞추었다. 기세와 위풍이 여전하다. 두국주는 이제 벌써 기단의 원로가 되어 이번 전국대회에서 심판을 맡았다.

선후삼웅이 출현함으로써 양주는 마침내 북경을 대신하여 기단에서의 지위를 차지했고, 2, 30년 전 전국에서 장기 수준이 가장 높은 도시가 되었다. 얼마 후에는 광주가 떨쳐 일어나, 화남(華南) 4대천왕 - 황송헌(黃松軒), 풍경여(馮敬如), 노휘(盧輝), 이경전(李慶全) - 의 명성과 위세가 혁혁했다. 그들은 저마다 특기가 있었으니 황송헌의 중포협마(中炮夾馬), 풍경여의 단제마(單提馬), 노휘의 오칠포(五七炮), 이경전의 병풍마(屛風馬)[6]는 모두가 일세의 절기였다. 게다가 장기

---

6 네 가지는 모두 포진(布陣) - 중국에서는 보통 포국(布局)이라고 한다 - 의 방법이다. 중포협마(中炮夾馬)는 마(馬)를 전면에 배치하고 포(砲)는 중앙에 두는 방법으로, 한국 장기의 원앙마와 비슷하다. 단제마(單提馬)는 마 하나는 전진 배치하고 하나는 일반적인 위치에 두는 포진법이다. 병풍마(屛風馬)는 포를 가운데 궁 앞에 두고 두 마를 좌우 대칭으로 벌려 세우는 방법이다. 오칠포(五七炮)는 두 개의 포를 장기판의 오른쪽에서(대국자 기준) 다섯 번째와 일곱 번째 줄에 포진시키는 방법이다. 이는 대한장기협회 김승래 회장의 설명에 따른 것이다. 김승래 회장은 중국 장기의 포진법은

괴물 종진(鍾珍, 진송순의 스승)과 증전홍(曾展鴻, 증익겸(曾益謙)의 아버지로 현재 홍콩에 있음) 등은 세찬 기풍으로 이미 양주의 기세를 능가했다. 최근에 이르러서는 양관린이 나타나 남북을 휩쓸면서 쳤다 하면 이기고 싸웠다 하면 승리를 거뒀다. 이번 전국대회에서 큰 호응을 얻고 있는 그의 장기 실력은 앞선 '국수'를 뛰어넘었다. 그러므로 지금으로 말하자면, 광주야말로 전국에서 장기 수준이 가장 뛰어난 지역이다.

남북방의 장기 솜씨에는 각각의 특징이 있다. 대체로 말하면 북방은 수비에 능하고 남방은 공격을 잘한다. 그러나 예외도 있어서 가령 북방의 고수 사소연(謝小然)은 어떤 대국에서 46차례의 후수로 반격을 가해 양관린을 잡았는데 공세가 무척 거셌다. 남방 이경전, 진송순의 수비 장기도 아주 유명하다. 이번에 북경 선수 후옥산(侯玉山)은 '사상국(士象局)'을 잘 두는데, 선을 잡은 첫 수로 상을 올리는 행마법이 굳건하면서도 심상치가 않다. 5등 이내로 선발된 것으로 보인다. (북경의 또 다른 고수인 장덕괴(張德魁)는 장기 명성이 후옥산보다 위에 있으나, 연로한 탓인지 이번 북경 선발전에서 후옥산에게 패했음.)

서북 변방 신강(新疆)의 기사들은 어떨까? 아직껏 신강 기사들의 대국을 기보로 본 적이 없으므로 그들의 실력은 오리무중이다. 이번

물론, 한중일 세 나라 장기의 특징에 대해서도 상세하게 설명해주었다.

에 우루무치[烏魯木齊] 대표인 회족 농민 납금원(納金元)이 후수로 하순안(何順安)을 물리쳐 기단을 발칵 뒤집어 놓은 걸 보면 서북쪽의 장기 실력이 이미 상당히 높아진 듯하다. 신강의 기사들은 자못 괴이쩍은 수를 둔다고 한다. 가령 '후수원앙포국(後手鴛鴦炮局)' 같은 것은 서장의 라마승이 발명한 것이다. 상해의 주위원(周慰元)이 일찍이 이 포국을 써서 양관린을 괴롭혔고, 양관린이 마음을 다 쏟아 연구한 끝에야 마침내 파해법을 생각해냈다.

홍콩에서는 최근 몇 년 동안 기풍이 크게 일어났고 많은 인재가 나왔다. 가령 조열강(曹悅强) 같은 사람은 한 시대의 준걸이다. 다만 그가 큰 대회 경험이 많지 않아 등급을 어찌해야 할지는 아직 확정할 수가 없다. 개인적인 견해로는 그가 '8단'의 기력을 가졌고 하순안 등과 해볼 만할 듯하다.

여러 나라의 장기에 대하여

— 김용

전국 장기대회 결승전이 열리던 날 저녁, 친구들 모두는 양관린(楊官麟)이 과연 전국 장기 챔피언이 될 수 있을 것인가를 두고 몹시 긴장해 있었다. 판세는 매우 미묘했다. 얼마 후 양관린이 마침내 제2국에서 이의정(李義庭)을 힘겹게 물리쳤으며 하순안(何順安)이 다시 한번 왕가량(王嘉良)과 싸워 이겼다는 소식이 라디오에서 흘러나왔고, 사람들은 큰 흥미를 느끼며 이런저런 논의를 펼쳤다.

누군가 장기의 기원에 관한 문제를 꺼냈다.

이 문제에 관해 과거에는 인도, 중국, 아라비아, 페르시아 등을 꼽는 여러 가지 학설이 있었지만, 최근의 고증에 따르면 인도인이 최초로 장기를 발명했음이 증명되었다. 장기를 발명한 사람이 실론의 왕후라고 하는 전설이 있는데, 이 전설이 비록 근거가 충분치 못하기는 하지만 중국이나 서구, 소련의 학자들 모두가 문헌이나 옛 문물 등을 통해 장기가 인도에서 기원했다는 확증만큼은 얻고 있다.

우리나라의 전설에 의하면 장기는 순임금이 발명한 것이라고 한다. 순의 동생인 상(象)이 몹시 못되어 몇 번이나 순을 살해하려고 했다.(『孟子』에도 나옴) 훗날 순이 상을 유폐시켰으면서도 한편으로는 그가 쓸쓸할까 염려한 나머지 장기를 제작해서 주어 오락거리로 삼도록 했다. 장기[象棋]에서 말의 '상(象)'이라는 글자는 순의 동생을 뜻한다는 것이다. 이 전설은 이미 믿을 수 없는 것으로 증명이 되었다. 그러나 상임협(常任俠, 1904~1996) 선생이 왕국유(王國維, 1877~1927)의 고증에 근거하여 추정했거니와, 이 전설을 통해 장기가 우리나라에 들어오게 된 경로를 가늠해 볼 수는 있다. 그는 상이 순의 친동생이 아니라 우리나라 남쪽 코끼리가 살았던 지역(가령 태국, 미얀마 등지)의 지도자라고 보았다. 상과 순이 일찍이 형제 동맹을 맺고 다른 민족들과 싸워 이기기는 했으나, 뒤에 가서는 두 사람 사이에 또한 충돌이 발생했다. 장기는 인도에서 나와 태국과 미얀마 등을 거쳐 중국에 전해졌을 가능성이 매우 높다. 근년 들어 화남(華南) 지방에서 장기 명인들이 배출되어 전국에서 가장 많은 인재들이 몰려 있는 듯하다. 이것이 비록 장기가 화남 지역에 먼저 전해진 것과 별다른 관계가 있지는 않겠으나, 천여 년 전 화남 사람들이 중원의 인사들에 앞서 장기를 배웠다는 것은 지금 생각해 봐도 어쨌든 흥미로운 일이다.

안수(晏殊, 991~1055, 북송의 문인)가 쓴 『유요(類要)』에서는, 장기가 삼국시대 위한(魏漢) 초기(조비와 제갈량의 시대)에 중국에 유입됐다고 말하고 있다.

현대 장기의 형식은 송나라 때에 이르러서야 비로소 제정되었다. 송나라 때 이학자 정호(程顥)는 장기를 읊은 시에서 이렇게 말했다.

바둑 장기 즐거운 놀이라지만	大都博棄皆戲劇
장기로도 도리어 용병 배우네	象戲翻能學用兵
차와 마엔 주나라 전법 남았고	車馬尚存周戲法[7]
호위 무사 한나라 관명 갖췄지	偏裨兼備漢官名[8]
팔방 군사 에워싼 장군 귀하고	中軍八面將軍重
강 너머에 늘어선 보졸 날래라	河外尖斜步卒輕[9]
장기판에 기대어 웃음 짓나니	卻憑紋揪聊自笑
유비 항우 영웅들 한가론 다툼	雄如劉項亦閑爭

그의 시에서는 '포(包)'를 언급하지 않았으니, '포'라는 병기는 나중에 더해진 것이다. 중국인들이 화약과 화기를 발명한 뒤에야 비로소 장기판 위에 반영되었음은 물론이다.

옛날 인도의 장기는 마작과 같이 네 사람이 두었다. 한 사람씩 먼저 주사위를 던져서 나온 숫자대로 말을 두었다. '장수'가 죽은 한 사람은 대국에서 물러나고, 남아있던 말들은 승자에게 포로로 귀속되

---

7 희법(戲法)은 전승에 따라 전법(戰法)으로 되어 있기도 하다. 말과 전차를 앞세운 고대 중국의 전술로 보아, 어떤 경우든 의미는 전법으로 보는 게 옳을 듯하다.

8 편비(編裨)는 장수를 가까이서 보좌하는 지휘관을 의미한다. 중국 장기에서는 한국 장기의 초(楚)와 한(漢)의 자리에 장(將)과 수(帥) 말이 놓인다. 이들 좌우에는 각각 사(土)와 사(仕) 말이 호위하는데, 편비는 이들 말을 지칭하는 것이다.

9 중국의 장기판에는 가운데 하(河)가 놓여있는데, 이는 역사적으로 큰 강을 경계로 삼았던 나라들 사이의 대치 형국과 전술이 반영된 것으로 보인다. 가운데 하(河)를 경계로 양 편의 병(兵)과 졸(卒)이 늘어선 상태에서 대국이 시작된다.

며, 포로는 한 등급을 낮추어 사용한다. 네 사람 가운데 두 사람을 추려낸 뒤에는 두 사람이 다시 승부를 가른다. 송나라 때 사마광이 일찍이 고안한 '칠국기(七國棋)'는 일곱 사람이 합종연횡을 할 수 있었으며, 승리한 사람은 포로를 차지해 자신의 세력을 강화했다. 오늘날 일본의 장기(將棋)에서도 상대방의 말을 포로로 잡아 자기가 사용할 수 있다. 이러한 규칙들은 모두 인도의 장기에서 유래했다. 군사적으로 생각해 볼 때 적군 포로를 이용하다니, 그렇다면 중국 장기와 체스는 비교적 인도주의적인 게 아닐까.

유럽과 아메리카에서 유행하고 있는 체스와 인도 장기 사이의 공통점은 두 가지 모두 64개의 칸이 있고 칸 가운데에 말을 놓는다는 점이다. 중국 사람들은 한 가지 영리한 방법을 생각해 냈다. 말을 칸 가운데에 두지 않고 선과 선이 교차하는 곳에 놓은 것이다. 그러기로 하고 장기판에 선 하나를 더 그었더니, 말을 둘 수 있는 위치가 64개에서 90개로 늘어났다. 내 생각에 이것은 혹시 바둑에서 영감을 얻은 것이 아닐까 한다. 바둑에서는 원래 선과 선이 교차하는 곳에 바둑알을 둘뿐더러, 장기판이 공교롭게도 바둑판 칸 수의 4분의 1이기 때문이다.

인도 장기가 유럽에 전해진 뒤로 말들의 이름이 조금 달라졌다. 가령 '사(士)'는 '황후'가 되었고 '상(象)'은 '주교(主敎)'가 되었으며(러시아는 달라지지 않았음) '차(車)'는 '포대(砲臺)'(혹은 '선박')가 되었다. '황후'가 원래는 힘이 매우 약하지만 유럽에서는 이를 가로, 세로,

대각선으로 날아다닐 수 있는 천하무적으로 고쳐 '차'보다도 훨씬 강하게 됐다. 어쩌면 이것이 유럽 사람들의 '레이디 퍼스트' 정신과 관련이 있는 건지도 모르겠다.

한국의 장기는 중국의 장기가 변화해서 나온 것이다. 한국전쟁 때에 포로로 잡힌 미국의 딘(Dean) 장군이 이 장기를 배워서 포로로 잡혀 있던 동안에 날마다 자신을 지키던 간수들과 장기를 두며 소일했다고 한다.

이밖에도 말레이시아 장기, 미얀마 장기, 태국 장기 등이 있고, 현대 인도의 장기(총 3종이 있음)는 대강은 서로 비슷하면서도 또 다른 부분이 있다.

프랑스의 한 학자[10]는 장기에 관한 글 한 편을 썼는데, "구미 사람들은 흔히 체스가 세계성을 띤다고 생각하겠지만, 사실 그것이 성행하는 지역에는 세계 인구의 40%가 살고 있을 뿐"이라고 적고 있다. 어쩌면 장기를 둘 줄 아는 중국인의 숫자가 전 세계 체스 인구보다도 많을지 모른다.

---

10 프랑스의 한 학자: 원문에는 '布阿葉'으로 표기되어있는데, 실명을 확인하지 못해 이렇게 처리해두고 강호 현자의 질정을 기다린다.

기사들의 실력에 대하여—삼가 하로음(何魯蔭) 선생께 답함

– 양우생

전국 장기대회 개최에 앞서 나는 수필 한 편을 적어 장기 운동에 대한 의견을 밝히고 당대 장기 기사들의 실력에 대해서도 이야기한 바 있다. 며칠 전 편집자가 하로음(何魯蔭) 선생의 편지 한 통을 내게 전해 주었다. 그는 장기계의 조직을 강화하고 평가 및 선발 제도 등을 수립하자는 등의 내 제안에 찬성의 뜻을 표하면서, '장기계 공통의 염원'이라고 말했다. 한편 그는 다른 견해 몇 가지를 제기하기도 했다. 기단의 선배인 하 선생께서는 줄곧 장기 예술에 대한 고견을 피력하셨고, 나는 이를 깊이 흠모해 왔다. 그러나 일부 견해에 대해서는 나는 감히 무작정 동의할 수만은 없다.

20여 년 전 홍콩에서 열린 화동-화남 장기대회의 경과와 정황을 하 선생께서 자세히 알고 계셔서 그의 도움으로 다수의 감춰진 사료들을 보충했다. 또 그렇게 보충한 사료를 통해, 당시 화남의 두 선수가 우승자나 입상자의 자격으로 참가한 것이 아니며 사실상 풍경여(馮敬如)와 이경전(李慶全) 두 사람은 화남의 '정식 우승자'도 아니었음을 입증했다. (광동성 장기대회는 그 이후의 일) 그렇다면 내가 그 장기대회는 "정식 우승자들의 대결로 볼 수 없다"고 한 말도 틀린 말은 아닐 것이다. 그러나 "이는 주제에서 벗어난 말참견"이라고 하신 하 선생의 따뜻한 가르침에는 감사할 따름이다.

하 선생께서는 내가 '홍콩의 장기 기단을 한마디로 무시했다'고 여기시는 모양인데, 이는 다소 지나친 꾸짖음이 아닌가 싶다. 나는 그렇게 한마디로 홍콩 기단을 무시한 일이 없을뿐더러 오히려 특별히 중시해 왔다. 12월 23일 나는 「남방과 북방의 장기 기단」이라는 글에서 홍콩 기단에 대해 이렇게 언급한 바 있다. "홍콩은 최근 몇 년 동안 기풍이 크게 일어나고 많은 인재가 나왔다." 이건 절대로 '무시'한 것이 아니지 않은가? 또 하 선생께서 내 말을 인용하신 그 몇 마디를 가지고 얘기해 보자. "내 개인적인 견해로 보건대 양관린은 9단 자격이 있고, 홍콩의 증익겸(曾益謙)과 상해의 하순안(何順安) 등은 8단 자격이 있다고 할 수 있다." 양관린을 꼽은 뒤에 곧 홍콩의 증익겸을 언급한 것 또한 바로 홍콩 장기 기사들을 존중한 것이다.

나는 양관린에게 9단의 자격이 있다고 생각한다. 이는 그가 여러 해 동안 쌓아올린 전적을 근거로 평가한 것이다. 1952년부터 지금에 이르기까지 그는 국내 여러 고수들과 실력을 겨루어 왕가량(王嘉良)에게 단 한 차례 졌을 뿐이다. 이러한 성적은 장기 기단에서 둘도 찾아볼 수 없는 것 아닌가? 사실상 전국 장기 챔피언이기도 한 그를 '9단'으로 일컫는다고 해서 '지나친 영예'라고 할 수는 없을 것이다.

내 생각에 나와 하 선생의 의견이 갈린 지점은 아마도 기사들의 실력을 평가하는 기준의 문제에 있지 않을까 싶다. 나는 기사의 실력을 평가하자면 마땅히 그의 전체 전적을 살펴야지 특정인과의 한두 경기를 봐서는 안 된다고 생각한다. 가령 이번 전국 장기대회에서 왕가량은 1승 1무로 양관린을 물리쳤지만 그것이 곧 그의 장기 실력이 양관린보다 위에 있음을 뜻하는 것은 아니다. 전체적인 성적으로 따졌을 때 그는 여전히 양관린에게 못 미친다. (이때 그는 준우승을 차지했음.)

하 선생은 재작년 홍콩-광주 장기대회를 언급하셨다. 그때 증익겸과 양관린이 비겼는데도 내가 양은 9단에 세우고 증을 8단에 둔 것을 가지고, 나의 견해에 크게 문제가 있다고 생각하신 듯하다. 나는 하 선생께서 증익겸을 두고 '당대의 저명한 고수'라고 하신 말씀에는 동의한다. 그러나 양관린에 비하자면 그의 전적은 아무래도 다소 부족한 감이 있다. 그때 홍콩-광주 장기대회의 점수를 보면, 양관린이 15점을 얻어 우승을 차지했고, 진송순(陳松順)이 13점으로 준우승, 증익겸은 11점을 얻어 3등에 이름을 올렸으며, 여자건(黎子健)은 9점으로 4등이었다. 내가 증익겸의 이름을 양관린 아래에 둔 것은 그들의 전체 성적에 근거를 둔 것이지, 두 사람이 비겼던 경기 한 판만을 보고 그렇게 한 것이 아니다.

일본 기원의 평가 선발 제도는 매우 엄격하다. 오청원(吳淸源) 이전에는 전국에 9단이 한 명 있을까 말까였고 심지어 어떤 시기에는 전국적으로 기력(棋力)이 높은 사람들도 겨우 6, 7단에 이름을 올렸

을 뿐이다. 제2차 세계대전 이후 일본 기원은 젊은 세대를 격려하고
자 오청원 이외에 네 명의 9단을 지명했다. 그러나 그들은 오청원과
'승강전'을 치러 모두 강등 당했다. 나는 중국이 만약 장기 기원을 조
직할 것 같으면, 조직 초기에는 평가 선발 제도 또한 반드시 일본처
럼 엄격하게 해서 9단은 최대 한 사람으로 해야 한다고 생각한다. 나
는 「장기 역사에 새 장이 열리다」에서 전국 챔피언이라야 9단으로
불릴 자격이 있음을 이미 설명했다. 가령 8단 9단을 남발해서 열 몇
명씩 헤아릴 것 같으면 9단이 길에 넘쳐나서 별로 귀할 것이 없을
터이다.

하 선생은 또 홍콩-대만 장기대회를 언급하셨다. 그 대회에서 대만
팀은 먼저 '홍콩연합'과 싸우고 뒤에 가서는 '홍콩선발'과 겨루었다.
홍콩 쪽에서는 증익겸, 이지해(李志海), 소천웅(蘇天雄), 여자건, 간
문효(簡文孝), 조열강(曹悅強), 양경전(梁慶全), 완웅휘(阮雄輝), 백낙
혁(白樂弈), 하성무(何醒武), 진항여(陳恒汝) 등의 기사들이 경기에
참가했다. 홍콩-대만 장기대회에서는 (두 차례를 모두 계산에 넣을
때) 증익겸의 성적이 좋았다. (증익겸은 열 차례 경기에 나서 단 한
차례만 지고 누적 점수 16점을 받았다. 열 번의 대국으로 얻을 수
있는 최대 점수는 20점이므로, 백분율로 따지면 80%를 얻은 것이다.
그 다음으로 조열강은 열두 차례 대국에서 두 번만 패하고 19점을
얻었다. 열두 번의 대국에서 최대로 얻을 수 있는 점수는 24점이므로
백분율로는 79%를 얻은 셈이다.) 대만팀과 광주팀은 서로 맞붙은 적

이 없다. 그러나 누적 점수로 보면 증익겸이 광주-홍콩 장기대회에서
는 11점을 얻고(그 대회에서는 한 사람이 열두 차례의 대국을 치렀
고, 12점을 얻어야 겨우 평균을 맞춤) 홍콩-대만 장기대회에서는 1위
에 이름을 올렸으니, 두 팀 사이의 실력 차이는 꽤 컸다고 말할 수
있다. 홍콩팀이 비록 대다수의 경기에서 대만팀을 격파하기는 했지
만, 여전히 만족스럽지는 못했다.

증익겸은 최근의 저작인 『장기의 정수』에서 양관린을 '국수'로 높
였는데, 그는 내가 쓴 『수필』을 보고는 내게 이렇게 말했다. "내 이름
을 양관린 뒤에 두는 것은 인정하지 못할 것이 없습니다. 하지만 내
실력이 숱한 사람들과 다를 바 없다고 말한다면 나는 납득하지 못하
겠습니다." 양, 증 두 사람은 모두 나의 친구들이다. 돌이켜 보건대
설마 하 선생 말씀처럼 남의 비위나 맞추려고 일부러 양관린을 들어
올리고 증익겸을 깎아내리기야 했을까.

광주에서는 조만간 전국의 우수한 기사들을 초청해 시범경기를
치를 것이다. 하 선생께서 홍콩의 우수한 기사들을 광주로 내보내
장기를 겨뤄보게 하신다면, 승패나 득실 같은 것은 다음 일이고, 서
로를 살펴 연구해서 장기 실력을 함양하는 데 분명 큰 도움이 될 것
이다.

장기 기사들의 실력에 대한 판단에는 사람마다 자기 나름의 견해
가 있는 법이므로(나의 견해는 전체 전적을 근거로 함), 나는 하 선생
의 다른 견해를 존중한다. 나 또한 억지로 동의를 구하지 않겠으며,

최근 몇 년간 홍콩 기사들이 장기 실력에 있어 거둔 뛰어난 성취에
대해 나 역시 깊고 깊은 경의를 표한다.

꿈과 이야기

꿈의 변장

- 양우생

    며칠 전 홍콩대학의 선생으로 있는 친구 하나가 나를 찾아와, 허지산(許地山, 1894~1941) 선생에 대해서 이야기하고 선생이 홍콩에 있을 때 쓴 그 괴상한 책 『점술 연구 扶乩之硏究』[1]에 관해서도 이야기를 나누었다. 저명한 학자인 허지산 선생은 일찍이 '낙화생(落華生)'이라는 필명으로 얼마간의 소설과 산문을 썼다. 그의 소설은 선미(禪味)가 농후하다는 것이 특색이니, 그 속에는 불경의 현묘한 이치가 녹아 있다. 항일전쟁 시기에 그는 홍콩대학에서 교편을 잡았는데, 『점술 연구』는 바로 그때 쓴 것이다.

    일반인들이 이를 '괴상한 책'으로 여기는 것은 그 책이 정신활동의 영역을 다루고 있는데다 진술이 꽤나 현묘한 때문이다. 이를테면 부계(扶乩, 점술의 일종)를 행하는 '계수(乩手, 무당)'가 일자무식인 경우라도 그는 옛 시와 사 등은 물론 심지어 영어나 프랑스어로 된 시까지 써낼 수 있다고 한다. 허지산의 설명에 따르면 그건 일종의 '정

---

    1 『점술 연구 扶乩之硏究』: 책의 정확한 제목은 『扶箕迷信的硏究』(1941, 商務印書館)이다. 이 책은 1997년 같은 출판사에서 다시 간행되었다.

신교감' 현상이다. 만약 옆에서 보고 있는 사람들 가운데 옛 시를 이해할 수 있는 사람이 없으면 계수는 옛 시를 적어내지 못하고, 옆에 있는 사람들 누구도 영어를 모르면 계수는 영어를 적어내지 못한다. 계수가 자신의 문화적 수준을 뛰어넘어 무언가를 써내는 것은, 그의 정신이 감응하여 일종의 반 혼수상태에서 다른 사람의 지혜를 받아들이기 때문이다.

이런 식의 설명은 분명 괴상하기는 하다. 나는 '부계'의 경험이 없으므로 또한 이런 말을 믿지는 않는다. 그러나 이 이야기를 시작으로 우리는 한 가지 재미있는 화제에 도달했으니, 바로 정신영역의 연구에 관한 것이다. 이러한 연구는 최근 들어 자못 성행하고 있고 또한 차츰 과학적 해석에 부합하는 측면이 있다. 꿈의 해석에 관해서는 적지 않은 심리학자들이 전문저서를 냈지만, 그 가운데 저명한 것으로는 프로이트의 『꿈의 해석』이 단연 으뜸이다.

프로이트의 학설에 유심론적 관점이 적지 않기는 하지만, 어쨌거나 그는 최초로 완정한 체계를 세워 정신활동을 해석한 사람이다. (근대적 정신분석학은 바로 그가 창안한 것이다.) 프로이트가 인류에게 새로운 세계(정신세계)의 창을 열어주었다고 말하는 사람도 있다. 새로운 심리학에서는 그의 비과학적 관점들을 비판하면서도 한편으로는 과학에 부합하는 관점들을 받아들이기도 했다. 프로이트에 관한 비판은 학문적인 과정이 될 것 같아 이곳에서 다루지 않으려 한다. 여기에서는 다만 그의 『꿈의 해석』 가운데서 보이는 흥미로운 제목, '꿈의 변장'에 대해 얘기해 볼 것이다.

그의 이론에 따르면 모든 사람의 정신영역 안에는 '잠재의식'이 존재한다. 잠재의식이란 간단히 말해 사람들이 표현해 내지 못한 채 마음 깊은 곳에 감춰두고 있는 의식을 뜻한다. 가령 성적 욕망이나 물건을 훔치고 싶은 욕망, 아버지를 혐오하는 생각들처럼 도덕 관습에 의해 허용되지 않는 것들이다. 이러한 욕망들은 억압을 당하기 때문에 근본적으로 정상적인 의식 안에 존재할 수가 없으며(즉 생각하려 해도 생각할 수가 없다), 심지어 자기 자신조차 알지 못한다. 프로이트는 인류의 의식을 바다에 표류하는 거대한 빙산에 비유했다. 거대한 빙산의 10분의 9는 물 밑에 숨겨져 있고, 단지 10분의 1만이 수면 위에 드러나 있는데, 수면 아래 감춰진 10분의 9가 바로 잠재의식인 것이다.

억압당한 욕망이 의식 가운데서는 표출되어 나오지 못하지만, 꿈속에서는 종종 나타나게 된다. 그러나 도덕 관습 등에 의해 정신적인 '제재작용'이 가해지기 때문에, 이러한 욕망들은 꿈속에서 또한 그 본래의 적나라한 면모대로 나타날 수가 없다. 프로이트는 정신활동을 제압하는 도덕관념을 '정신의 문지기'라고 비유했다. 꿈 또한 문지기의 검사를 거쳐 문제가 없어야만 통과할 수가 있다. 따라서 잠재의식을 드러내는 꿈은 '변장'을 해야 '검사'를 통과하기가 쉬운데, 이것이 바로 꿈속의 현상들이 이상야릇하고 해석하기 힘들게 되는 이유이다. 욕망들이 변장을 거치는 탓에 본래의 생김새는 감춰진다. 유럽의 심리학자 대다수가 프로이트의 이러한 학설을 채택했다. 예를 들어 변심리(變心理) 연구로 유명한 콘클린(E. S. Conklin)은 꿈에 대해 "억압당한 욕망의 은밀한 표현"이라고 정의했다. 내 개인적인 견해로는 '꿈의 변장'에 관한 일부 현상들을 해석할 때는 이 정의를 인용할 수 있겠으나 모든 꿈을 다 아우르지는 못할 듯하다. 독자들께서 흥미를 느끼신다면, 장차 각종 꿈에 대해 다시 다뤄 보기로 하겠다.

이러한 이론에 따르면 꿈속에서 맹수와 격렬히 싸우는 것은 흔히 자기 아버지에 대한 증오를 나타낸다고 한다. 아버지야말로 우리에게 두려움을 느끼게 하는 위엄의 대명사이기 때문이다. 꿈속에서 푸른 하늘에 올라가 별과 달을 따는 것은 일종의 성적 욕망이라고 한다. 앞서 『칠검』에서도 '꿈의 분석'을 한 대목 쓴 적이 있는 바, 모완련(冒浣蓮)이 계중명(桂仲明)에게 꿈을 해석해 주어 그의 기억을 회복하게 하려 했다. 이때 사용한 해몽의 원리가 바로 프로이트의 『꿈의 해석』에 근거를 둔 것이었다. 현대 심리학자들은 '꿈의 변장'이라는 학설이 성립될만한 것인가 그렇지 않은가에 관해 아직껏 논의 중이다. 무협소설 안에서 큰마음 먹고 정신분석적 학설을 응용해 보았는데, 독자 여러분께서는 재미가 있으셨는가 모르겠다.

황량몽(黃粱夢)에서 깨어나니 삼생이 지났더라

– 양우생

'황량몽(黃粱夢)'[2] 이야기는 가짜다. 그러나 서구의 유명한 꿈 이야기 하나는 진짜다. 19세기 초, 유럽에서 심리학 연구 붐이 일기 시작했을 때 프랑스의 몇몇 심리학자들이 한 가지 실험을 했다. 당시 실험대상으로 참가한 사람의 이름은 '마리'였다. 그는 부드럽고 은은한 조명불빛 아래서 잠시 잠을 청했다. 옆에서 지켜보던 심리학자들은 그의 코고는 소리가 들릴 때마다 얼른 그의 목덜미를 두드려 잠을 깨우고는 그에게 꿈을 꾸었는지, 어떤 꿈이었는지를 물었다. 심리학자들은 그가 이 짧은 순간 동안 꿈에서 경험한 시간이 얼마나 되는지 알고 싶었던 것이다. 그들은 마리가 풀어놓은 이야기를 듣고는 크게 놀랐다. 그는 꿈에서 프랑스 대혁명에 참여했고, 파리에서 항전을 벌였으며, 아주 긴 공포의 시간을 겪은 뒤에 단두대에 오르기까지 했다. 심리학자들이 그의 목덜미를 때린 그 순간이 그의 꿈속에서는 단

---

2 황량몽: 당나라 때 노생(老生)이 한단으로 가는 길에 도사 여옹(呂翁)을 만나 그 베개를 빌려 베고 자면서 일생의 영화(榮華)를 꿈꾸었다는 데에서 나온 말로, 흔히 인생과 영화(榮華)가 덧없음을 비유한다.

두대의 작두가 내려와 목을 베는 순간으로 변했던 것이다!

이렇게 많은 일들을 어떻게 그렇게 짧은 시간 동안 꿈꿀 수 있었을까? 이는 지난 백여 년이 지나도록 심리학자들이 명확히 해명하지 못하고 있는 부분이다. '꿈의 속도'에 관해서는 몇 가지 학설이 존재한다.

첫째, 꿈속 심리작용의 속도는 매우 빠르다. 때문에 꿈속의 심리활동은 눈 깜짝하는 사이에도 반세기를 경험하는 것이다. 둘째, 꿈에는 대개 일정한 체계가 없다. 모두가 하나의 '단편적 활동'에서 또 다른 하나의 '단편적 활동'으로 뛰어 넘는 것이다. 예를 들어, 꿈을 꾼 사람이 친구 갑과 함께 찻집에 앉아 차를 마시고 있었는데, 장면은 갑자기 교회로 뛰어 넘어가 을 양과 결혼을 한다. 결혼식이 한창 진행 중인가 싶더니, 꿈은 또 다시 히말라야 산을 지나고 있는 비행기 안으로 바뀌기도 한다.

꿈은 이렇게 서로 연결시킬 수 없는 '심리활동 영화'와 같고, 또는 한편 한편이 독립된 그림과도 같다. 그런데 꿈에서 깨어난 사람은 꿈속의 일들을 체계적으로 서술하려고 해서, 종종 자신도 모르게 짧고 무의미한 꿈들을 연결시키는데, 그러면 서술할 때에는 어쩔 수 없이 약간씩의 불가피한 수정을 거치게 된다. 이는 토막토막의 장면들을 진술 가능한 하나의 이야기로 만들기 위한 작업이다. 이처럼 이야기들을 더하고 더해 차례로 연결시켜 말하려다 보니, 꿈속에서 경험한 시간이 아주 길고 무척 많은 일들을 했다고 착각하게 되는 것이다.

심리학자 에거(Egger)는 또 다른 실험을 했다. 한 사람에게 정해진 시간 내에 마음대로 이런저런 생각을 하게 한 다음 자신이 생각한 항목들을 기록하게 하자, 깜짝 놀랄 만큼 많은 것들을 적어냈다. 이로써 에거는 꿈속 의식의 속도가 반드시 깨어있을 때보다 빠른 것은 아니라는 결론에 도달했다.

이러한 몇 가지 학설에는 저마다 일리가 있다. 과연 어떤 학설이 정설로 설 만한 것인지는 아직까지 정해진 바가 없다. 어쨌거나 사람을 놀라게 하는 '꿈의 속도'는 일종의 흥미로운 심리현상임에 분명하다. 여러분은 자신의 꿈을 기록해 본 적이 있는가?

이상한 꿈은 이상할 게 없다

– 양우생

꿈의 내용은 대개 황당무계하다. 그래서 사람들은 꿈이란 하늘을 나는 말[天馬]처럼 어디에도 얽매이지 않는 것이라고 생각한다. 19세기 독일의 낭만파 작가 노발리스(Novalis, 1772~1801)는 이렇게 적었다.

꿈속에서 우리는 한 세계를 차지하니
환상은 마음 가는 대로 자기의 그물을 짜네
모든 것 풀어 녹여 신비로운 안개를 만들지
근심과 즐거움, 생명과 죽음
난 그대와 꿈속을 함께 건넌다네.[3]

---

3 노발리스의 미완성 소설 『하인리히 폰 오프터딩엔(Heinrich von Ofterdingen)』 (한국어 제목은 '푸른 꽃')의 제2부에 실린 장편 시에서 발췌한 것으로 보인다. 이 소설은 중세를 배경으로 전설의 기사 오프터딩엔의 신비로운 모험을 그렸다. 인용 시에 해당하는 한국어 번역은 다음과 같다(노발리스 지음, 이유영 옮김, 『푸른 꽃』, 범우사, 2003 참조).

세계는 꿈이 되고, 꿈은 또다시 세계가 되어
일어나리라고 믿었던 일들이

사실 꿈을 '신비로운 안개'라고 이해한 것은 단지 시인의 상상일 뿐이다. 꿈은 사람의 나이나 생활 경험 등과 관련이 있다. 심리학자 키민스(Charles William Kimmins, 1856~1948, 영국의 교육심리학자)는 일찍이 수천 가지 꿈을 자세히 연구한 끝에, 나이에 따라 많은 꿈의 내용이 달라짐을 발견했다. 예를 들면 신선 꿈을 꾸는 것은 대개 아동기이고, 사랑 꿈은 청춘기이며, 가난한 고아는 꿈속에서 종종 부모를 만나 장난감을 얻는가 하면, 노인들은 지나간 추억을 자주 꿈으로 꾼다. 꿈에 무엇을 보는가는 사람에 따라 다른 것이다.

꿈을 연구한 책의 한 장에서는 전문적으로 '꿈의 분류'를 시도했다. 그 가운데 신기한 것이 '예지몽(Premonitory Dreams)'이다. 이는 중국에서 말하는 '몽참(夢讖)'에 해당한다. 꿈에서 본 일이 일종의 '징조'가 되는 것이다. 어떤 사람이 꿈에 비행기를 타려는데 공항 근무자가 승객의 이름을 하나하나 부르다가 하필 13번째로 그의 이름을 불렀고, 그가 막 비행기에 오르려는 순간 갑자기 십여 구의 불타버린 시체가 들려 나오는 게 보여 마음속으로 깜짝 놀랐다고 한다. 원래 그는 다음날 비행기를 타고 어디론가 가야 했지만, 이런 이상한 꿈을 꾼 탓

비로소 저쪽에서 이루어짐을 보았다.
이제야 비로소 공상이 자유로이 지배하고
그 공상의 뜻에 따라 실[絲]은 비단을 짜니
여기서 감추어진 것이 저쪽에선 펼쳐져
오묘한 연기 속에 끝없이 흔들렸다.
우수와 환희, 죽음과 삶이 여기서는
가장 깊은 마음속의 공감 속에 존재한다.

에 급히 날짜를 바꾸었다. 결국 그 비행기는 진짜 사고를 당했고 12명이 죽었다. 이 꿈이 사실이었는지 아닌지는 알 길이 없지만, 설령 사실이라 하더라도 그 안에 무슨 신비하거나 괴상한 요소가 담긴 것은 아니다. 심리학자들은 이렇게 해석한다. 사람은 자신이 평소 관심을 갖고 있는 일을 꿈으로 꾸기 마련인데, 길몽이 됐든 흉몽이 됐든 각양각색의 꿈을 꾸다 보면 우연히 들어맞는 경우가 있다. 즉 꿈속의 내용과 향후 그에게 일어나는 사실이 서로 일치할 때가 있는데, 이렇게 되면 꿈을 꾼 당사자는 이를 일종의 '징조'라고 믿고 주변 사람들 또한 덩달아 그렇게 생각한다. 사람은 누구나 신기한 일을 퍼트리기 좋아하는 심리를 갖고 있기 때문이다. 사실 더 많은 꿈이 뒤이어 발생하는 사건과 전혀 들어맞지 않음에도, '흥미진진한 이야기'를 멈추는 사람은 없다.

우리는 또 이런 종류의 꿈 이야기도 자주 듣는다. 객지에 나와 살던 자녀가 집에서 온 편지를 받고 부모가 편찮으시다는 사실을 알게 된 뒤로 '이상한 꿈'을 꾼다. 꿈속에서 부모가 몇 월 며칠에 돌아가시는 모습을 봤는데, 결국 그날 실제로 부모가 돌아가신 것이다. 이쯤 되면 지극히 사랑하는 사람과는 아마도 영혼으로 맺어진 모종의 심오한 관계가 있는 모양이라고 생각하게 된다. 그러나 사실은 이 또한 일종의 우연에 지나지 않는다. 자녀가 부모에게 관심을 갖는 것은 지극히 자연스러운 일이며, 그들이 편찮으시다는 소식을 알고 난 뒤로는 '길몽'과 '흉몽' 가운데 흉몽의 비중이 커질 수밖에 없다. 이렇게 해서 '몽참'이 맞아떨어지게 되는 것이다.

그러나 또 다른 '이상한 꿈'들은, 꿈속 내용이 뒤에 벌어지는 일과 그대로 맞아떨어지기도 한다. 어떤 사람이 꿈속에서 자신이 '맹장염'을 앓는 모습을 보았는데, 수술을 하면서 배를 절개하는 바람에 몹시 아파 잠을 깼다. 물론 그는 매우 건강한 상태였고, 수술을 할 필요도 전혀 없었다. 그러나 얼마 지나지 않아 뜻밖에 실제로 배가 아프기 시작했다. 이런 꿈은 어떻게 설명해야 할까? 실제로 어떤 증상들은 꿈속에서 먼저 발견된다. 사람이 수면을 취하고 있는 동안에는 신경이 민감하게 지각하므로, 염증이 발생하기 전 단계의 초기 증상은 흔히 수면 중에 나타나며 이것이 자극이 되어 꿈을 꾸게 된다. 그러나 염증 증상이 심해지기 전까지는 깨어 있을 때의 의식을 교란시키지 못한다. 즉 깨어 있을 때에는 이러한 정도의 염증은 감각이나 지각을 만들어내기에 부족한 것이다. 이런 꿈을 '전구(前驅) 증상으로서의 꿈(Prodromic Dreams)'이라고 한다. 꿈이 뒤이어 다가올 '증상'을 미리 나타낸다는 뜻이다.

그밖에도 '집단몽(Collective Dreams)'이라고 부르는 이상한 꿈이 있다. 이 꿈은 두 명 이상이 비슷한 시간에 같은 꿈을 꾸는 것을 가리킨다. '집단몽'은 많은 사람이 동일한 상황에서 잠을 자면서 거의 같은 꿈을 꾸게 되는 것이다. 가령 어떤 황폐한 집에 서둘러 주둔하게 된 많은 병사들이 그곳에 얽힌 전설을 들었다. 그 집에 귀신이 있다는 것이다. 아니나 다를까 그들은 저녁에 잠을 자다가 깜짝 놀라 깨게 됐다. 그들 대다수는 꿈에서 귀신이 자기들 가슴 위에서 뛰는 모습을 보았다고 말했다. 귀신에 관한 이야기를 듣고 난 이 병사들은 잠을 잘 때 분명 다들 두려운 마음을 품고 있었을 것이다. 또한 그들 모두가 한곳에 몰려 있었고 공기가 제대로 통하지 않아 하나같이 불편함을 느꼈을 터이다. 이처럼 불편한 느낌이 일종의 자극을 만들어 냈고, 그래서 잠을 잘 때에 그들의 마음속에 남아 있던 귀신에 관한 이야기를 불러일으킨 것이다.

몇 가지 '이상한 꿈'을 이야기해 보고 나니, 꿈이 비록 종종 허무맹랑하게 나타나기는 해도 그것이 분명 현실 생활과 관련이 있음을 말할 수 있게 되었다. 꿈은 절대로 '이유 없이 생겨나지 않는다'.

사랑과 신의

– 양우생

　중국 신화에서 월로(月老)는 혼인을 담당하는데, 그의 '법보(法寶)'는 한 가닥의 붉은 실이다. 부부의 인연이 이루어짐을 나타내는 '붉은 실로 발을 묶는' 전고는 월로 신화에서 나온 것이다. 그리스 신화에서 사랑을 주관하는 신은 큐피트라는 어린 아이다. 그의 법보는 화살인데, 누군가 가슴에 그의 화살을 맞으면 곧 뜨거운 사랑의 불길이 타오르게 된다. '월로'는 아주 엄숙하고 진지한 반면 큐피트는 매우 익살스럽다. 두 신을 비교해 보자면 큐피트가 더욱 '사람'에 가까운 듯하다.

　큐피트 신화는 아주 흥미롭고 재미있다. 그의 어머니는 미의 여신 비너스이다. 큐피트는 태어난 후로 더 이상 자라지 못했으며, 언제나 두 개의 작은 날개를 가진 어린 아이의 모습이었다. 이에 두려움을 느낀 비너스가 지혜의 신을 찾아가 물었다. 지혜의 신이 대답했다.

　"사랑은 열정 없이 성장할 수 없다!"

　비너스는 온갖 방법을 찾아 고쳐보려 했지만 소용없었다. 그녀가 열정의 신 안테로스를 낳은 후에야 큐피트는 겨우 미모의 소년으로 자라났다. 그러나 열정의 신인 동생과 떨어지면, 그는 다시 어린 아이의 모습으로 돌아가게 된다.

큐피트의 장난은 보통이 아니어서, 항상 천상의 대신(大神)들을 조롱하곤 했다. 태양의 신 아폴로는 여러 신들 중에서도 잘생긴 남자였다. 그는 태양의 신일뿐만 아니라 의약, 음악, 시가 및 모든 미술의 신이었다. 이러한 '신'은 소녀들의 환심을 쉽게 얻기 마련이다. 그러나 큐피트가 그에게 장난을 쳐 짝사랑의 고통을 맛보게 했다.

한번은 아폴로가 자신의 금 화살로 인간에게 해를 끼친 독사를 쏘아 죽이고 신나게 집으로 돌아가는 길이었다. 아폴로는 큐피트가 자기의 활과 화살을 가지고 노는 모습을 보고 말했다.

"얘야, 활과 화살을 갖고 함부로 장난치지 마라!"

큐피트가 헤헤 웃으며 말했다.

"당신의 화살은 다른 물건을 맞췄지만, 제 화살은 바로 당신의 가슴을 맞출 거예요!"

그리고는 사랑을 불러일으키는 화살 하나와 사랑을 거절하는 화살 하나, 두 개의 화살을 꺼내더니 첫 번째 화살은 아폴로의 가슴에, 두 번째 화살은 하신(河神) 페네이오스의 딸 다프네의 가슴에 쏘았다. 그 후 아폴로는 다프네에게 푹 빠졌으나 다프네는 오히려 연애할 마음이 전혀 없었다. 그가 그녀의 뒤를 쫓았지만, 그녀는 바람보다도 빠른 속도로 달아났다. 마침내 아폴로가 그녀를 따라잡으려는 순간, 그는 그녀의 호흡을 느꼈고, 그녀의 머리카락이 그의 얼굴 위로 가볍게 나부꼈다. 기력이 다한 그녀는 곧 쓰러질 것만 같았다. 그녀가 아버지를 부르며 말했다.

"살려주세요, 살려주세요! 땅을 열어 저를 숨겨주세요, 아니면 화를 부르는 저의 이 몸을 다른 모습으로 바꿔 주세요!"

그녀가 말을 하자마자 그녀의 온몸에 즉각 변화가 일어났다. 그녀의 몸은 나무줄기가 되었고, 머리카락은 푸른 잎, 손은 나뭇가지, 발은 뿌리가 되었다. 그녀는 영원히 그윽한 향기를 내뿜는 월계수로 변한 것이다.

이 신화는 태양과 이슬이라는 자연현상을 적고 있다. 아폴로는 태양의 신, 다프네는 이슬의 신으로, 태양이 이슬의 아름다움에 매혹되어 그녀를 가까이 쫓으려 하지만, 이슬은 그녀의 열정적인 애인이 두려워 달아나 숨은 것이다. 태양의 열기가 그녀에게 닿자 그녀는 소멸되었다.

남자의 광기어린 정열은 항상 수줍은 소녀를 놀래어 물러서게 한다. 독자들 중에도 이러한 경험을 한 사람들이 있을 법하다.

큐피트는 다른 사람들에게 장난을 치곤했는데, 나중에는 그 자신 또한 사랑의 화살을 맞게 된다. 그의 사랑 이야기는 아주 재미있다. 지상에는 너무도 아름다운 여인 프시케가 있었고, 지상 사람들은 그녀를 '미의 여신'이라 불렀다. 이를 듣고 크게 화가 난 비너스는 프시케의 아름다움을 질투한 나머지 자신의 아들인 큐피트에게 프시케를 죽이도록 했다. 큐피트는 활과 화살, 독약을 가지고 깊은 밤 몰래 프시케의 침실로 들어갔다. 그 순간 한 줄기 달빛이 그녀의 얼굴을 비추었고 비할 곳 없이 사랑스러운 얼굴이 드러났다. 큐피트는 크게 놀라 자신이 가지고 있던 사랑의 화살에 찔리고 말았다. 그는 그녀를 사랑하게 되었고, 이 무고한 여인에게 해를 끼치지 않겠노라고 맹세했다. 비너스는 이 계획이 실패로 돌아간 것을 보고 또 다시 갖은 방법을 동원해서 프시케를 고통스럽게 했다. 더 이상 견딜 수 없게 된 프시케는 절벽 위에서 뛰어내려 자살하려 했다. 그때, 큐피트가 '서풍(제피로스)'을 불러 그녀를 구해내서 아름다운 섬으로 데리고 갔다. 밤이 되자 큐피트가 다가와 그녀에게 사랑을 속삭였다. 프시케는 그를 볼 수 없었지만 그의 부드러운 목소리를 사랑하게 되었고 결국 고백에 응했다. 큐피트는 그녀의 모든 요구에 따라주었고, 그녀의 두 언니까지 데려와 함께 있게 해주었다. 다만 낮에는 결코 그녀를 만나주지 않았다. 그녀의 두 언니가 말했다.

"네 애인은 분명 아주 못생긴 괴물일 거야, 그렇지 않고서야 어째서 낮에는 너를 만나지 않겠어?"

그녀들은 프시케에게 칼 한 자루와 등불을 머리맡에 숨겨두었다가, 그가 잠들었을 때 몰래 불빛으로 비추어 보고, 만약 그가 진짜 괴물이라면 칼로 그를 찔러 죽이라고 시켰다. 프시케는 그 계획대로 따랐다. 불빛이 큐피트의 얼굴을 비추는 순간, 원래 그는 미소년이 아니었던가! 그녀는 기쁘고 자랑스러웠다. 등을 더 가까이 기울여 보려는 그때, 뜨겁게 달궈진 등 기름 한 방울이 큐피트의 어깨 위로 떨어졌다. 깜짝 놀라 잠에서 깬 큐피트가 창밖으로 날아가 버렸다. 그가 소리쳤다.

"안 된다고 하지 않았소. 믿음이 없으면 사랑도 있을 수 없는 법, 당신의 신의는 이제 사라져 버렸소!"

그 후 또 다시 많은 고통을 겪은 후에야 프시케는 그녀의 애인과 재회했으며, 원래의 사랑을 되찾을 수 있었다.

그리스 신화에는 인간미가 넘치며 아름다운 이야기가 상당히 많이 있다. 이는 풍부하고 우수한 문학유산이다. 몇천 년 동안 수많은 시인과 예술가들이 모두 그리스 신화를 자신들의 소재로 삼았다.

수선화 이야기

– 양우생

새벽녘 영아(影娥) 연못가 차디찬데
影娥池上曉凉多[4]

비단 버선 걸음에도 물결은 일지 않네
羅襪生塵水不波[5]

하룻밤 푸른 하늘 꿈이었던가
一夜碧雲凝做夢

깨어보니 달빛만 밝기도 하다!
醒來無奈月明何

이는 원대 시인 정학년(丁鶴年, 1335~1424)이 읊은 「수선화」의 명구이다. 수선화는 중국 시인들의 상상 속에서 줄곧 청아하고 수려하며 세속을 초월한 선녀로 비유되었다. 예를 들어, 청대의 대시인 정암(定庵) 공자진(龔自珍, 1792~1841)이 쓴 「수선화부」에서는 수선화를 '낙신(洛神, 낙수의 여신)'의 화신으로 여겼다. 시의 몇 구절은 다음과 같다.

---

4 영아(影娥): 한나라 무제(武帝)가 달을 감상하기 위해 미앙궁(未央宮) 안에 만든 연못 이름.

5 비단 버선 걸음에도: 조식(曹植)이 낙수(洛水) 가에서 자신의 옛 정인 견비(甄妃)를 낙수의 신녀(神女) 복비(宓妃)에 견주어 「낙신부(洛神賦)」를 지었다. 여기에 "물결 타고 사뿐히 걸으니, 비단 버선에 먼지 이네. 凌波微步, 羅襪生塵."라는 말이 나온다.

한 신선이 있으니	有一仙子兮
어디에 사시는지?	其居何處
진짜 아닌 환상(幻像)이	是幻非真兮
물가에 내려왔구나	降於水涯
노랗게 물드는 이마	將黃染額
걸치레엔 힘쓰지 않네	不事鉛華

읽다보면 정말로 달빛이 몽롱한 밤에 사뿐사뿐 걸어오는 낙수의 선녀를 보는 것만 같다. 이 부(賦)는 공자진이 13세 때 지은 것이니, 그의 재주가 실로 놀랍다.

중국의 시에서는 수선화가 선녀로 나타나지만, 그리스 신화 속 수선화는 흥미롭게도 아름다운 남성으로 형상화된다. 수선화의 영문명 'Narcissus'는 본래 고대 그리스의 멋진 청년의 이름이었다.

태어나면서부터 아름다웠던 나르키소스는 물속에 비친 자신의 외로운 그림자를 바라보며 연민을 느끼곤 했는데, 에코(Echo)라는 이름의 선녀가 숲속에서 우연히 그를 보고는 첫눈에 반해 간절히 사랑을 고백했다. 그러나 나르키소스는 그녀를 무시하고 거들떠보지도 않았다. 에코는 본래 활발하고 사랑스러우며 말수도 많은 선녀였으나, 실연을 당한 후로는 온종일 슬퍼하더니 친구들에게서 멀리 떨어져 홀로 숲속을 헤매고 다녔다. 그녀의 아름다운 몸은 괴로움으로 인해 차츰 소멸되어 갔고, 오직 목소리만 남아 산봉우리와 물가로 흩어졌다.

그러다가 그녀는 죽기 전에 여신 비너스를 향해 이 모진 소년에게 벌을 내려달라고 기원했다.

비너스는 바로 사랑의 신 큐피트의 어머니로, 그녀 또한 연애, 아름다움, 웃음과 결혼의 여신이기도 했다. 비너스는 우선 에코가 자중하지 못하고 선녀의 존엄을 훼손시킨 것이 몹시 못마땅했다. 그래서 그녀의 영혼을 깊은 산속 어둡고 구석진 곳에 가두고, 그녀가 들은 마지막 소리만 따라할 수 있게 만들어 다른 선녀들의 본보기로 삼았다. '메아리'를 뜻하는 영어 단어 'echo'는 이렇게 해서 생겨난 것이다. 비너스는 한편으로 에코의 불행한 운명이 가엾기도 했으므로 나르키소스에게 벌을 주기로 했다. 어떤 시인이 이렇게 말했다.

올림푸스 산 위의 흐린 달빛 낮게 드리운 구름
여러 여신들이 몰래 속삭이기를
청컨대, 저 방자하고 오만한 아이에게 화를 내려주세요
그는 정말로 우리 여신들을 무시했답니다.

여러 여신이 비너스를 향해 나르키소스를 벌할 것을 청하는 장면을 묘사한 것이다.

하루는 나르키소스가 또 물가에서 자신의 모습을 비춰보고 있었다. 그는 자신의 아름다운 얼굴에 미혹되었던 나머지, 갑자기 자신의 그림자가 아름답기 그지없는 선녀로 보이는 환각을 경험하게 된다.

그가 그녀를 향해 입을 벌려 말을 건넸지만, 선녀의 붉은 입술이 조금씩 움직일 뿐 아무 소리도 들리지 않았다. 그가 두 팔을 쭉 뻗었더니, 물속에서도 눈같이 새하얀 두 팔이 그를 향해 뻗어 왔다. 그는 허리를 굽히고 손을 내밀어 그녀를 안으려 했지만, 수면에 손이 닿기만 하면 선녀는 순식간에 사라지는 것이었다. 나르키소스는 이 때문에 미쳐버리고 말았다. 밤낮으로 물가를 떠나지 않고, 먹지도 마시지도 잠을 자지도 않았다. 마침내 죽음에 이르는 순간까지도 물속에 비친 선녀가 바로 자기 자신의 그림자라는 사실을 알지 못했다. 에코의 복수였다. 그러나 나르키소스의 아름다운 시신을 가엽게 여긴 여러 신들이 그의 모습을 수선화로 바꾸고, 그의 이름을 따서 꽃 이름을 지어 주었다.

이 신화로 말미암아 심리학에는 '나르키소스 콤플렉스(Narcissus Complex)'라는 용어가 생겨났다. '자기애(自己愛)'라는 뜻이다. 그러나 심리학에서 말하는 '자기애'를 가진 남자가 나르키소스처럼 꼭 아름다운 것은 아니다. 단지 극단적으로 '자신을 사랑할' 뿐이다. 자기애에 빠진 남자는 대부분 심리적으로 몹시 내성적이며, 자존심과 열등감이 모두 매우 강하다.

서양에도 수선화를 소재로 삼은 시가 적지 않은데, 그 가운데 프랑스의 상징파 시인 폴 발레리(Paul Valéry, 1871~1945)의 「수선사」가 유명하다. 이 시는 제1차 세계대전 무렵에 쓰인 것으로, 당시 프랑스 시단에서는 다음과 같이 평론했다.

"세계대전보다 더 중대한 사건이 발생했다. 그것은 바로 폴 발레리가 「수선사」를 발표한 것이다!"

이 장편 시는 매우 오묘한 데가 있어서, 백 명이 보면 백 가지의 서로 다른 해석이 나올 정도라고 한다. 상징파의 시라면, 사실 나도 제대로 감상할 줄 모르지만 말이다. 어쨌거나 당시 프랑스 시단이 발레리의 시를 그토록 추앙했으니, 일종의 퇴폐적 경향이 반영된 것은 아닐까 한다.

그리스 신화 속 수선화 이야기는 너무도 비극적이다. 중국의 신화는 그에 비하면 좀 더 즐겁게 읽을 만하다. 중국에는 이런 신화가 있다.

옛날 옛적 모모(姥姥)라는 이름의 노부인이 살았다. 그녀는 어느 추운 겨울날 밤 꿈속에서 관성(觀星)이 땅에 떨어져 한 떨기 수선화로 변하는 것을 보았는데, 어찌나 아름답고 향기롭던지 얼른 그것을 먹어버렸다. 잠에서 깬 뒤 여자 아이를 하나 낳았더니 매우 총명했으므로, 이름을 '관성'이라고 지어주었다. '관성'은 '천주(天柱)' 아래쪽 '여사성(女史星)'이므로, 수선화를 여사화(女史花)라고도 하고 요녀화(姚女花)라고도 한다. 아름다운 소녀는 하늘나라 별자리의 화신이요 청아(淸雅) 절속(絶俗)한 꽃의 정령이었으니, 시인들의 무한한 상상을 불러일으켰을 법도 하다.

세상에서 가장 긴 서사시

– 양우생

    중국의 옛 시가 가운데 가장 긴 작품은 모두 2,490자로 된 『이소(離騷)』이다. 그리스의 유명한 서사시 『일리아드』는 길이가 18,000행에 30만 자가 넘고, 『오디세이』 또한 15,000행에 30만 자나 된다. (그리스의 양대 서사시로 불리는 『일리아드』와 『오디세이』는 눈먼 시인 호메로스가 지었다고 한다.) 『이소』의 글자 수를 그리스의 양대 서사시에 비교하면, 1백분의 1도 되지 않는다. 그러나 그리스의 『일리아드』도 세상에서 가장 긴 시에 비하면 그리 긴 것도 아니다. 동서고금을 통틀어 가장 긴 시는 인도의 서사시 『마하바라타 Mahabharata』이고, 그 다음이 『라마야나 Ramayana』이다. 이 두 편의 시는 인도의 양대 서사시로도 일컬어진다. 『마하바라타』는 모두 18편으로 되어 있고, 20여만 행의 시구를 담고 있으며, 글자 수는 『일리아드』와 『오디세이』를 합한 것보다 여덟 배나 많다. 그보다 훨씬 짧은 『라마야나』는 겨우 2만 5천 행에 불과하지만, 그 또한 『일리아드』나 『오디세이』보다는 길다. 『마하바라타』의 작가는 브야사(Vyasa), 『라마야나』의 작가는 발미키(Vālmīki)라고 전해진다. 두 사람은 그리스의 호메로스와 마찬가지로 민간의 전설 속에 존재하는 시인이다. 지금까지도 그들이 실존 작가인가를 둘러싼 논쟁이 그치지 않고 있다.

『마하바라타』의 전투 장면을 표현한 그림. 17세기 작품으로 추정된다.

시의 좋고 나쁨은 물론 글자 수의 많고 적음에 달려있지 않다. 그리고 『이소』를 가져다가 앞서 말한 네 편의 거대 서사시와 비교하는 것 또한 온당치 않다. 굴원은 『이소』를 지어 자신의 괴롭고 우울한 심정을 묘사했는데, 그 이면에는 그의 짙은 감성이 담겨 있다. 작품 전반이 그의 생애와 맞물려 있으니, 성격상 서정시에 해당한다. 반면에 앞서 말한 4대 서사시는 모두 민간의 전설을 받아들이고 녹여낸 역사시의 성격을 띠고 있다. 다만 시 한 편이 500만 자에 가까우니, 편폭이 이렇게 길면 소설 중에서도 '장편'으로 치는데 하물며 시임에랴. 더구나 이 4대 서사시는 글자 수가 많기는 해도 문예평론가들로부터 줄곧 "경이로울 만큼 정교하다"는 평가를 받고 있으니, 결코 '왕대랑(王大娘)의 전족 싸개처럼 크기만 크고 냄새는 고약한 물건'이 아니다. 따라서 이 작품들은 모두 양적으로나 질적으로나 고전문학의 보배라 할 만하다.

세상에서 가장 긴 서사시 『마하바라타』의 이야기는 굉장히 재미있다. 그것은 고대 인도의 양대 왕족이 벌인 전쟁 이야기로, 읽어 보자면 마치 무협소설 같다. 작품 속 주요인물 가운데 한 명인 드로나(Drona)는 당대의 무예 고수로, 특히 활쏘기와 전술에 능했다. 어린 시절 그는 인도 어느 왕국의 왕자 드라우빠디(Draupadi)와 좋은 친구 사이였다. 그러나 드라우빠디가 뭔가 사소한 일로 자존심을 건드리는 바람에 그는 분연히 그곳을 떠나고 말았는데, 마침 다른 두 왕가(王家)의 가정교사로 초빙되어 다섯 왕자에게 무술을 가르치게 됐다. 그는 무예를 가르치면서 돈을 받지 않았고, 가르침을 모두 마친 뒤에야 다섯 왕자를 한 자리에 모아 놓고 이렇게 말했다.

"빤찰라(Panchala) 왕국에 가서 드라우빠디 왕을 붙잡아 내게 데려오라. 이것이 내가 너희들의 선생으로서 받고자 하는 유일한 보수다."

왕자들은 전차를 모아 크게 공격해 들어가 드라우빠디를 완패시켰고, 그를 포로로 잡아 스승에게 바쳤다. 드로나는 그의 묶은 것을 풀어주고 웃으며 말했다.

"나는 우리가 어렸을 때 그랬듯 지금도 그대를 사랑한다네. 그대는 나와 예전처럼 친구로 지내고 싶지 않은가?"

그리고 그는 드라우빠디를 석방하여 자기 나라로 돌려보냈다. 그는 복수에 성공했다! 그러나 드라우빠디는 뼛속 깊이 치욕을 새겼다. 그는 귀국하자마자 각지의 신전을 찾아다니며 자신을 위해 복수해 줄 아들을 내려달라고 기도했다. 그 뒤로 이어지는 엄청난 뒷이야기는 생략하기로 한다.

드로나의 성격은 매우 생동감 있게 그려졌다. 그는 무예에 뛰어날 뿐 아니라 권모술수에도 능했다. 그가 여러 왕자들에게 기예를 가르치고 있을 때, 하류계급(당시에는 아리안 왕족이 가장 고귀했다) 출신의 에카라브야(Ekalavya) 왕자가 찾아와 가르침을 구했으나 그는 받아들이지 않았다. 이에 에카라브야는 인사하고 돌아갔다. 그는 깊은 숲속에 들어가 진흙으로 드로나의 상을 만들어 놓고, 공손히 무릎 꿇고 절을 올리며 스승으로 섬겼다. 날마다 진흙상 옆에서 정신을 집중하여 활쏘기를 익히더니, 마침내 인도 제일의 신궁(神弓)이 되었다. 다른 왕자들이 숲을 지나다가 그의 신묘한 활솜씨를 보자니 부럽고도 샘이 났다. 왕자들이 스승의 이름을 묻자 에카라브야가 답했다.

"드로나 선생입니다."

이를 알게 된 드로나가 그를 찾아가 물었다.

"영웅이여, 그대가 진정으로 나의 제자라면 스승에게 예물을 바쳐야 하지 않겠나?"

에카라브야가 공손히 손을 모으며 말했다.

"무엇을 바칠까요? 말씀만 하십시오."

드로나가 말했다.

"나는 그대의 오른손 엄지손가락을 원하네만."

에카라브야는 추호도 망설이지 않고 자신의 엄지손가락을 잘라냈으니, 그는 이로부터 다시는 활을 쏠 수 없게 되었다. 이 일화는 드로나의 마음씀씀이를 굉장히 나쁘게 묘사하고 있지만, 여기에는 고대 인도의 계급관념 또한 반영되어 있다. 하류계급의 왕자는 상류계급의 왕자와 어깨를 나란히 할 수 없었던 것이다.

한편 드로나가 무예를 가르치는 작은 에피소드도 무척 흥미롭다. 그는 나무 꼭대기에 새 모형 하나를 올려놓고 제자들에게 활로 쏘아 맞히게 하면서, 한 사람 한 사람에게 물었다.

"나무 꼭대기에 있는 새가 보이느냐?" "나무가 보이느냐?" "내가 보이느냐?" "너의 형제들이 보이느냐?"

대답은 한결같았다.

"모두 보입니다."

드로나는 다들 물러나라고 소리쳤다. 그때 한 사람이 답했다.

"선생님, 저는 나무 꼭대기의 새 머리만 보입니다."

드로나가 기뻐하며 말했다.

"쏴라!"

그 왕자가 한 발을 쏘자 과연 새 머리가 땅에 떨어졌다. 이 에피

소드는 기예를 익히자면 모름지기 온 정신을 집중해야 함을 말하고
있다.

살부취모(殺父娶母) 콤플렉스

- 양우생

독자들이 이 제목을 보면, 아마 깜짝 놀랄 것이다. '아버지를 죽이고 어머니를 취한다'니, 될 법이나 한 소린가? 그러나 이 말은 심리학에서 흔히 사용하는 용어이며, 특히 프로이트학파는 이를 가지고 종종 젊은이들의 연애 심리를 분석한다. 이 용어의 어원은 유명한 그리스 신화에 바탕을 두고 있다.

'살부취모(殺父娶母) 콤플렉스'는 일명 오이디푸스 콤플렉스로 불린다. 오이디푸스는 테바이의 왕 라이오스와 그의 왕비 이오카스테의 아들이다. 그가 태어났을 때, 신탁(神託)은 '그가 장차 아버지를 죽이고 어머니와 결혼하여 나라를 크게 어지럽히리라'고 예언했다. 깜짝 놀란 라이오스는 신하를 시켜 어린아이를 산 속으로 데려가 죽여 버리도록 했다. 그러나 신하는 차마 그렇게 할 수 없어 그를 죽이지 않고 숲 속에 버려두었다. 아기의 울음소리를 들은 양치기가 그를 코린토스로 데려갔다. 늙도록 아들이 없었던 코린토스의 왕이 그를 아들로 삼고, 오이디푸스라는 이름을 붙여 주었다.

어른이 된 오이디푸스는 어느 날 취객에게 '주워온 놈'이라는 말을 들었다. 그가 국왕의 아들이 아니라는 뜻이었다. 그는 어머니에게 달려가 물었다. 어머니는 우물쭈물 망설이다가 끝내 사실을 말해 주지 않았다. 그는 다시 신전의 사제에게 달려가서 물었다. 사제는 그가 장차 아버지를 살해하고 어머니와 결혼하여 나라를 큰 혼란에 빠트릴 것이라고 말했다. 오이디푸스는 몹시 슬퍼하며, 각지를 유랑하면서 영원히 코린토스로 돌아가 부모님을 뵙지 않겠다는 뜻을 세웠다. 사제의 예언이 실현되는 것을 피하기 위해.

유랑을 하던 그가 테바이 땅에 들어섰을 때, 길에서 어떤 노인이 타고 있는 수레와 부딪쳤다. 수레를 이끌던 호위병이 그에게 길에서 물러서라고 소리쳤고 싸움이 일어나, 오이디푸스는 호위병과 노인을 모두 죽여 버렸다. 그는 그 노인이 바로 테바이의 왕이자 자신의 생부인 라이오스라는 사실을 알지 못했다! 그가 테바이에 도착해 보니, 성 안은 온통 난리법석이었다. 국왕은 강도에게 죽임을 당하고, 큰길에는 또 괴물이 출현했다는 것이었다. 사자의 몸에 새의 날개를 가진 괴물은 스핑크스라고 불렸다. 스핑크스는 큰길을 막고 선 채 지나가는 사람들에게 해괴한 수수께끼를 내서, 답을 말하지 못하는 사람을 잡아먹었다. 아무도 수수께끼의 답을 말하지 못했고, 셀 수 없이 많은 사람들이 요괴의 뱃속으로 들어갔다. 왕비는 이 때문에 "스핑크스를 제거한 사람과 결혼하겠노라"고 맹세했다.

오이디푸스는 국왕을 죽인 강도가 바로 자신임을 알지 못 한 채 스핑크스에게로 달려가 그를 만났다. 스핑크스가 물었다.

"답해 보아라. 아침에는 다리가 넷, 낮에는 다리가 둘, 밤에는 다리가 셋인 동물은 무엇인가?"

오이디푸스가 대답했다.

"사람이다. 어렸을 때는 팔과 다리로 기어 다니고, 커서는 두 다리로 걷고, 늙어서는 지팡이를 하나 더하니까."

그가 정답을 말하고 스핑크스를 깎아지른 절벽 밑으로 밀어 떨어뜨려 죽였다. 왕비는 약속을 지켜 그와 결혼했다. 그들이 아이 넷을 낳은 뒤에야, 오이디푸스는 왕비가 자신의 어머니이고 길에서 죽인 노인이 바로 자신의 아버지임을 알았다. 훗날 이오카스테는 스스로 목숨을 끊었으며, 오이디푸스는 스스로 두 눈을 멀게 하고 숲 속을 떠돌다가 폭풍우가 몰아치던 어느 날 밤 실종되었다.

이것은 그리스의 유명한 비극으로, 플롯은 내가 간추린 것보다 훨씬 복잡하고 화려하다. 심리학자들은 이 신화를 근거로 '오이디푸스 콤플렉스'라는 용어를 창안했다. '콤플렉스'는 잠재의식이 마음속에 만들어낸 매듭이라고 설명할 수 있다. 프로이트는 남자 아이가 아버지를 미워하고 어머니를 사랑하는 콤플렉스를 갖고 있어서, 이로 인해 성장한 뒤 첫 애인을 찾을 때에는 언제나 자기 어머니와 닮은 여성(얼굴이 닮거나 혹은 성격이 닮거나)을 선택한다고 보았다. 여성 또한 첫 애인으로는 자기 아버지와 닮은 사람을 찾는다는 것이다. 이런 견해는 너무나 황당하다. 나는 남녀의 첫사랑 대상에 대해 조사하거나 통계를 내 본 바 없으므로, 그의 견해가 얼마나 맞는 것인지는 모르겠다.

아버지를 죽이고 어머니와 결혼하는 콤플렉스에 대한 얼마간의 근거를 민속학에서 찾아볼 수 있다. 원시인 마을에서는 매년 한 차례씩 '토템 잔치'를 벌이는데, 어떤 민속학자들은 이것을 '살부정서(殺父情緒)'의 발산으로 해석한다. 토템은 원시인 마을의 상징이다. 가령 갑이라는 마을이 곰을 상징으로 삼으면 곰은 곧 갑이라는 마을의 토템이며, 을이라는 마을이 청개구리를 상징으로 삼으면 청개구리가 바로 을이라는 마을의 토템이다. 마을의 주민들은 자기 마을의 토템을 신성불가침의 존재로 여긴다. 누군가 우연히 토템에게 해를 가하면, 극도의 공포 심리에 자기 스스로 깜짝 놀란다. 그러나 매년 한 차례씩 공식적인 토템 잔치를 벌일 때는 평소 존경해 받들던 토템을 죽이고, 다 같이 술을 마시고 춤을 추며 축하잔치를 벌인다. 토템 잔치를 치르고 나면 이듬해의 풍년을 보장받는다. 어떤 민속학자들은 토템이란 추장이 가진 위엄 있는 부권(父權)을 대표하는 것이라고 해석한다. 마을의 야만인들은 이런 권력을 증오하면서도 두려워하여 평소에는 감히 드러내지 못하다가, 일 년에 한 차례씩 토템잔치를 통해 발산한다는 것이다. 나는 민속학을 눈곱만큼도 연구한 바 없지만, 이런 설명은 조금 억지스럽다고 생각한다.

덧붙이는 말: 어떤 원시 마을에는 장모와 사위가 만나서는 안 된다는 금기가 있다. 어머니와 딸은 같은 유형의 사람을 사랑하기 마련

이므로, 장모가 사위를 만나 그를 빼앗아 갈 것을 우려한 때문이다. 이런 설명도 참으로 황당하다. 장모가 자기 친아들 이상으로 사위를 좋아하는 경우는 있지만, 그렇다고 딸의 애인을 빼앗아 갈 수는 없는 법이다.

무협소설을 풍자한 소설

– 양우생

　내가 무협소설을 쓰는 사람이기는 하지만, 이번에는 무협소설을 풍자한 소설에 대해 한번 얘기해 보려 한다. 이 소설의 제목은 『돈키호테』이고, 작가는 16세기 스페인의 대문호 세르반테스이다. 이 소설이 유럽의 무협소설 팬들을 한껏 조롱하고 난 뒤로, 유럽의 무협소설은 자취를 감추고 말았다. 아무도 쓸 엄두가 나지 않았던 것이다.

　서양 무협소설의 정식 명칭은 기사문학(Romance of Chivalry)으로, 중세 시대에 크게 유행한 바 있다. 서양 소설 속의 '기사(Knight)'와 중국 소설 속의 '협객' 사이에는 공통점도 있고 차이점도 있다. 공통점은 모두가 용감무쌍한 호걸로서 횡포한 자를 무찌르고 약자를 도왔다는 점이다. 차이점은 서양의 '기사'라는 호칭은 왕이나 혹은 적어도 공작에게서 부여받는 것인 반면, 중국의 '협객'은 결코 누구에게서 하사받은 것이 아니며 어디까지나 민간의 존경을 뜻하는 호칭이라는 데 있다. 그래서인지 서양의 기사는 언제나 군주에게 충성을 다하며 '성전(聖戰)'을 지키지만(즉 기독교를 옹호하기 위해 싸움), 중국의 협객은 늘 벼슬아치를 비웃고 정의를 지키는 인물로 나타난다. 내가 보기에는 중국의 '협객'이 서양의 '기사'보다 훨씬 훌륭하다.

'기사문학'은 유럽의 봉건제도가 한창 무르익던 시기의 산물이다. 세르반테스의 시대에 이르러 유럽의 상업자본이 일어났고 봉건제도는 점차 몰락했다. 기사의 영웅적인 치적은 이미 역사적인 자취가 되어버렸으며, '기사문학' 또한 전혀 예전만 못하게 되었다. 소설 속의 '기사'는 '악당'으로 전락했고, 16세기 중엽 신흥 상업자본에 바탕을 둔 작가들은 심지어 '기사문학'의 형식을 빌려 '기사'를 공격하기까지 했다. '영웅들'이 말에 실은 것은 '무기가 아니라 술이었다. 창이 아니라 치즈였고, 칼이 아니라 술병이었으며, 표창이 아니라 고기를 굽는 꼬챙이였다'.

그러나 작가들의 이러한 매도와 풍자는 아직까지 별다른 힘을 발휘하지 못했고, 기사문학에 별다른 치명상을 입히지도 못했다. 유럽에는 수많은 '무협소설 팬'들이 남아 있었으며, 그들은 앞선 시대의 영웅 로맨틱스토리에 흠뻑 취해 있었다. 러시아 문학비평가 블라디미르 막시모비치 프리체(1870~1929)는 세르반테스의 『돈키호테』가 나오고 나서야 비로소 "조롱과 냉소를 통해 기사의 세계와 기사의 문학을 매장시켰다"고 했다.

돈키호테는 전형적인 무협소설 팬이었다. 그는 스페인의 작은 마을에 사는 신사로, 나이는 쉰 살쯤 되었고, 얼굴에는 살집이 없었으며, 몸은 장작개비처럼 비쩍 마른 편이었다. 그는 모든 '무협소설'의 초본과 유일본을 수집하느라고 파산한 상태였다. 소설에 빠져 살았던 그는 스스로가 천하무쌍의 협객이라는 환상에 빠진 나머지, '강호를 주유'하며 '약자를 돕고 악당을 응징하기로' 결심했다. 그는 증조부가 남긴 갑옷과 투구를 찾아내서 정성껏 깨끗이 닦고 수선을 했으나, 투구에 뭔가 부족한 점이 있음을 발견했다. 투구가 정수리만 덮을 수 있었지, 얼굴은 가릴 수 없었던 것이다. 일주일을 궁리한 끝에 빳빳한 종이로 마스크를 만들어서 칼로 찔러 보았더니, 단칼에 찢어지고 말았다. 그는 다시 일주일의 노력 끝에 양철 판을 안에 덧댄 마스크를 만들어 냈다. 그러나 이번에는 감히 찔러볼 엄두가 나지 않았다.

갑옷과 투구를 마련하고 나서, 그는 다시 뼈마디가 앙상하게 드러난 말 한 필을 구해다가 로시난테라는 이름을 붙여주었다. '이 말이 지금까지는 평범했으나, 앞으로는 비범하리라'는 뜻을 담고 있는 이름이다. 뭐가 그리 '비범'하다는 걸까? 그야 물론 천하무쌍의 협객인 이 몸께서 타시는 말이니까. 그는 자신의 '명마(名馬)'가 알렉산더 대왕의 말보다도 더 훌륭하다고 생각했다.

세르반테스는 돈키호테의 '첫 출정'을 아주 근사하게 묘사했다. 돈키호테는 어떤 마을의 여관에 도착해서, 그곳의 뚱보 주인을 성채의 총관으로 여겼고, 두 사람의 시골 여인을 귀부인이라고 여겼다. 그는 호기를 잔뜩 끌어올려 시 한 수를 목청껏 읊어댔다.

세상에 이런 협사 다시 없노라

이렇게 미인들의 보살핌을 받다니.

고귀한 돈키호테

처음으로 정든 고향 멀리 떠났더니,

귀부인들 달려와 갑옷을 벗겨주고

공주들은 그의 말을 챙겨주누나.[6]

이런 '협객'은 좌절에 맞닥뜨리기 마련인데, 제일 유명한 것이 풍차와의 싸움이다. 풍차를 거인으로 여긴 그는 창을 꼬나들고 돌진하지만, 결국 풍차에 머리를 부딪쳐 다치고 만다. 세르반테스는 자신의 선배 작가들이 그랬던 것처럼 '기사'들을 매도하거나 하지 않았다. 그는 오히려 돈키호테를 아주 선량하고 마음씨가 인자한 인물로 그려냈다. 그렇게 해야, 16세기가 되도록 기사를 꿈꾸는 것이 얼마나 웃긴 일인지가 더욱 도드라지게 드러났을 것이다.

세르반테스는 가난한 문인이었다. 그의 이 소설은 고작 천 몇 디나르(약 400홍콩 달러)에 팔렸지만, 출판 후에는 한 시대를 풍미했다. 초판이 세상에 나오고 몇 주 만에, 리스본에서만도 복사본이 세 가지

---

6 고향을 떠난 첫날 저녁 여관에서, 성의 지체 높은 귀부인으로 착각하여 돈키호테가 자신의 갑옷을 벗겨주는 두 명의 창녀들에게 불러준 노래로, 2장에 나온다. 원문의 중국어 번역은 다음과 같다. "世上沒有一個俠士, 這樣受過美人們的供養, 像那高貴的唐吉訶德, 第一次離了可愛的故鄉, 貴媛們趨前爲他解甲, 公主們又照料他的馬." 참고로 한국어 번역 하나도 소개한다. "고향을 떠나온 뒤 / 돈키호테만큼 귀부인들의 / 이와 같은 시중을 받은 기사 / 이 세상엔 없으리라 / 규수들은 그를 돌보아주고 / 공주들은 그의 말을 보살피네."(안영옥 옮김, 『돈키호테 1』, 열린책들, 2014, 79~80쪽)

나 등장했다(오늘날 우리의 무협소설이 복사되는 상황과 비슷하다. 예나 지금이나 개탄스럽기가 마찬가지니, 그저 웃음만 나올 뿐). 큰 돈을 벌어들인 출판업자가 그에게 다시 450디나르를 보내 주었다.

바이런은 이 책을 높이 평가하면서, 세르반테스가 미소를 띤 채 기사제도를 흔들어 놓았다고 말했다.

솔직하게 말하자면, 나 자신이 비록 무협소설을 쓰고는 있지만 무협소설이 계속 유행하기를 바라지는 않는다. 그래서 나 또한 무협소설을 풍자하고 있는 이런 소설을 마음에 들어 하는 바이다.

큰 나라는 물의 하류와 같다

– 김용

국가가 크든 작든 그 주권은 동등하다는 개념은 근대 국제법의 기초이다. 그럼에도 실제 국제관계에 있어서는 대국과 소국 간의 차이가 여전히 인정되고 있다. UN 안전보장이사회 5개 상임이사국의 전원일치 원칙이 바로 법리상 대국의 권리를 인정하는 한 가지 예이다. 최근 몇 달 동안 이 문제에 대한 논쟁이 재점화되었다. 우리는 얼마 전에 방대한 분량의 글 한 편을 보았는데, 그 글은 특히 대국의 국수주의나 소국의 민족주가 갖는 편향적 성격에 반대할 것을 주창했다. 글에서는 우리나라 중국이 한(漢), 당(唐), 명(明), 청(淸) 등 네 차례에 걸친 대제국 시기에 변방의 이민족을 자주 괴롭힌 바 있고, 최근 백년간 우리 또한 줄곧 외세의 침략을 받아 경제, 문화적으로 낙후되었다가 이제 상황이 바뀌어 나라가 강대해진 만큼, 대국주의를 각별히 경계해야 한다고 말하고 있었다.

내 생각에 도량과 사고가 이 정도는 돼야 진정한 강대국의 풍모라고 할 것이다. 『노자(老子)』의 다음 몇 구절은 지금 생각하기에도 매우 깊은 의미가 있다. 우리 중국의 고대 철학자는 이렇게 말했다.

큰 나라는 물의 하류와 같으니, 천하가 모이는 곳이요, 천하의 여성에 해당한다. 여성은 항상 고요함으로 남성을 이기니, 고요함으로써 아래에 머물기 때문이다. 그러므로 큰 나라는 자신을 낮춰 작은 나라를 얻고, 작은 나라는 아래에 처하여 큰 나라를 얻는다. 자기를 낮춰 얻기도 하고, 자신을 낮은 곳에 두어 얻기도 한다. 큰 나라는 아울러 기르고자 하고, 작은 나라가 들어가 섬기려 하면, 무릇 둘 다 바라는 바를 얻게 된다. 큰 나라는 마땅히 아래에 처해야 한다.[7]

이 말의 대략적인 뜻은 이러하다. 제일 낮은 곳은 모든 물줄기가 모여드는 곳이다. 큰 나라가 겸손하게 낮추면 천하가 자연히 따르게 된다. 겸손하고 평화로운 나라는 무력을 과시하는 나라에게 고요함을 써서 이긴다. 큰 나라가 작은 나라에 겸손하면 작은 나라의 신뢰를 얻을 수 있고, 작은 나라도 큰 나라에 겸손해야만 큰 나라의 신임을 얻을 수 있다. 큰 나라는 작은 나라를 지배하고자 할 뿐이고 작은 나라는 큰 나라의 침략으로부터 벗어나려 할 뿐이니, 모두 겸손하기만 한다면 각자가 바라는 바를 취할 수 있을 것이다. 다만 작은 나라는 항상 큰 나라의 아래에 있어 겸손하지 않을 수 없으니, 큰 나라만 각별히 겸손하게 낮추면 된다.

---

7 61장 「겸덕(謙德)」. "大國者下流, 天下之交, 天下之牝. 牝常以靜勝牡, 以靜爲下. 故大國以下小國, 則取小國; 小國以下大國, 則取大國. 故或下以取, 或下而取. 大國不過欲兼畜人, 小國不過欲入事人, 夫兩者各得其所欲. 大者宜爲下."

노자의 철학은 줄곧 지대한 주목을 받아 왔다. 임계유(任繼愈, 1916~2009, 중국철학과 종교학의 권위자) 선생 말에 따르면, 중국 고대부터 지금까지 노자에 관한 저서는 몇백 종을 웃돌고 노자에 관한 번역문과 논저는 최근 50년 동안에만도 영어, 독어, 불어 등 여러 문자로 발표된 것이 100여 종인데, 여기에 일본 것은 포함되지도 않았다고 한다. 소련 철학가들은 노자 철학을 높이 평가하면서, 그를 우리나라 고대유물론 사상의 대표적 인물로 보았다. 우리나라의 근대 학자로는 곽말약(郭沫若, 1892~1978), 범문란(范文瀾, 1893~1969), 후외려(侯外廬, 1903~1987), 여진우(呂振羽, 1900~1980), 마서륜(馬敍倫, 1885~1970) 등이 노자에 대해 깊이 있는 연구를 진행했는데, 그들의 연구 결과가 아직까지는 합의를 이루지 못한 상황이다. 후외려와 여진우는 노자를 유심론자로 보았지만, 현재의 추세로는 그를 유물론자로 보는 사람이 많은 편이다. 그러나 그의 철학에 변증법이 풍부하다는 점에 있어서는, 동서고금을 막론하고 의심하는 이가 없다.

『노자』 한 권이 천 자를 넘지 않아 글자 수로는 대략 『삼검루수필』 몇 편에 불과하지만, 그 속에 담긴 심오한 사상은 후대인으로 하여금 끊임없이 파고들어 연구하게끔 한다. 그는 국가가 겸손해야 하는 것처럼 개인 또한 겸손해야 한다고 생각했다.

해놓고도 내세우지 않고, 공을 이루고도 거기 머물지 않는다. 머물지 않기에 없어지지 않는 것이다.[8]

톨스토이의 절묘한 비유에도 이와 비슷한 의미가 담겨 있다. 그는 한 사람을 분수(分數)와 같다고 할 때 분자가 그의 실제 가치라면 분모는 그 자신이 생각하는 가치라고 했다. 그러니 자기 자신이 크다고 여길수록 진정한 가치는 줄어들고, 만약 자신을 무한대라고 여기면 그의 진정한 가치는 영(零)이 된다는 것이다.

역사상 자신을 무한대로 여긴 사람은 결코 적지 않았으며, 특히 제왕 중에 많았다. 서기 401년 중국역사에 흔치 않은 흥미로운 일이 벌어졌다. 남연(南燕, 398~410)의 군주 모용덕(慕容德, 336~405. 재위 398~405)이 신하들과 함께 술을 마시다가 거나하게 취해서는 "나를 고대의 어떤 제왕에 견줄 수 있겠는가?" 하고 묻자, 청주자사(靑州刺史) 국중(鞠仲)이 "폐하께서는 중흥(中興)의 성주이시니 하(夏) 나라를 다시 일으킨 소강(少康)이나 한(漢) 나라를 다시 세운 광무(光武)에 견줄 만하십니다" 하고 아뢰었다. 그러자 모용덕이 시종을 일러 그에게 비단 천 필을 하사할 것을 명했다. 깜짝 놀란 국중은 하사품이 너무 과중하다며 황급히 사양했다. 이에 모용덕이 말했다. "그대도 내게 농담을 했으면서, 나는 그대에게 농담을 하면 안 된단 말이오? 그대의 말이 사실이 아니라서 나도 잠시 그대를 속여 본 것인데, 정말로 상을 내릴 줄 알았소?" 이때 한범(韓範)이 아뢰었다. "천자는 희언(戲言)하지 않는 법이라 했으니, 오늘 군주와 신하의 말은 모두

---

8 2장 「양신(養身)」. "爲而不恃, 功成而弗居. 夫唯弗居, 是以不去."

가 잘못입니다." 모용덕이 크게 기뻐하며 한범에게 비단 오십 필을 하사했다.

국중이 제멋대로 아첨을 하려 했으나, 모용덕이 자기 자신을 그토록 잘 알고 있을 줄 어찌 알았으랴? 게다가 매우 재치 있게 그의 아첨을 받아 넘기지 않았는가. 모용덕은 소수민족인 선비(鮮卑) 족 출신이었으며, 그들은 줄곧 중국 북방에 거주했다. (오늘날의 고증에 따르면 '시베리아'는 '선비의 땅'이라는 뜻으로, '시베'가 '선비'의 음역이라고 한다.) 훗날 중원을 차지한 선비족이 북위(北魏, 386~557)를 세워 번성하기는 했으나, 모용덕 당시만 해도 아직까지 문화의 발전이 보잘것없던 때였다. 그의 이러한 식견과 도량은 결코 쉽지 않은 것이었다.

후기

― 백검당주

'삼검루수필'은 1956년 10월부터 석 달 남짓 연재하였으니, 우리 세 사람이 쓴 글을 모두 모으면 근 100여 주제에 약 14만자가 된다.

우리가 석 달이 넘도록 써내려간 것들을 책으로 인쇄할 때 예전의 차례 그대로 편집했다. 다만 문장의 끝에는 순서대로 세 저자의 이름을 달아 구분할 수 있도록 해두었다. 이렇게 하면 한편으로는 완전히 옛 형태를 따른다는 의미가 있었고, 또 한편으로는 독자의 기호를 고려 할 수 있기 때문이다. 우리가 당면한 현실에서 한 사람이 이해할 수 있는 것에는 늘 한계가 있고 흥미 또한 제각각 다르다. 어떤 한 사람이 쉬지 않고 말을 늘어놓는다면 그 자신도 지루할 뿐 아니라, 다른 사람들도 흥미를 잃게 된다. 내 마음으로 남의 마음을 헤아려 독자 입장에서 말한다면, 어느 한 사람의 글만 보느니보단 몇 사람의 글을 나눠 보는 것이 낫다. 두 가지 이상의 요리를 함께 먹으면 식상할 가능성이 줄어들기 때문이다. 다만 백검당주는 문장을 모아 편집하는 과정에서 몇 편을 삭제했다.

'삼검루수필'이 잇따라 발표된 후, 우리는 많은 독자들의 편지 뿐 아니라 가끔 문장을 받기도 했다. 어떤 것은 우리 글을 보충하는 내용이었고, 우리 말에 동의하지 않는다는 의견도 있었다. 우리는 그것들을 받고 나서 아주 흥분되기도 하고 또 감사하기도 했다. 여러 사람들의 의견을 모두 꺼내어놓고 토의하기 위해 우리는 신문의 편집자에게 그 내용들을 소개했고, 어떤 건 이미 발표되었다. 그 중 고당(高唐) 선생의 「오두마각종상구(烏頭馬角終相救)」(고량분의 속명사 구절), 지금(知今) 선생의 「오한사안시말(吳漢槎案始末)」, 하로음(何魯陰) 선생의 「기단장고이삼사(棋壇掌故二三事)」는 이 책에 함께 실었다. (＊ 본서의 번역에서는 제외) 이는 우리의 부족함을 채워주는 것이기도 하거니와, 문자 인연을 기억하려는 뜻도 있다. 우리 수필의 내용과 관련이 있기 때문에 아울러 담은 것이다. 이러한 삼검루 아닌 분의 글은, 수필의 내용을 얼마간 더 충실하게 해주었으니, 그 분들의 도움을 입은 셈이다.

글을 쓰는 일은 즐겁다. 그러나 때로는 '고통스러운' 일이기도 하다. 어떤 때는 천여 자, 한편의 수필을 쓰기 위해 몇 권의 책을 뒤적거려야 하거나 그보다 적지 않은 자료들을 봐야 한다. 솔직히 말하자면, 글을 빨리 짓는 것은 사실 그리 어려운 일은 아니다. 빠른 경우 한 시간 반 정도면 충분하다. 우리는 전장에 나가기 앞서 말에 기대어 초안을 작성하는 그런 글쓰기를 해본 적은 없다. 하지만 책상 앞에 앉아 글을 쓰는 속도는 조절이 가능한 사람들이다. 문제는 '글을 쓰기[下筆]' 전에 있다. 상당한 시간을 들여 자료를 구성하고 확인해야 한다. 우리는 늘 독자에게 약간이라도 무언가를 제공하기 위해 노력했다. 하여 우리가 성실하고 진지한지 여부를 줄곧 자문했다. 솜씨가 뛰어나고 아니고는 감히 말할 수 없다. 이번에 이 보잘 것 없는 글들이 소중해진 까닭은, 이런 글도 인쇄되기를 원하는 사람이 있기 때문이요, 남양의 신문에도 모두 이러한 종류의 글을 싣고 있음을 보았기 때문이다. 한편 내지에도 역시 누군가 글을 써내어 우리의 부족함을 채워주고 있다. 이러한 상황들도 우리를 격려해주었으니, 덕분에 우리는 얼굴을 덜 붉히면서 담력을 키울 수 있었다. 인쇄되기를 바라는 분들이 있어 책으로 내는 것이다.

내친김에 '신문 문장'의 문제를 이야기해보자. 신문은 천만인이 매일 읽는 간행물이다. 그것은 반드시 보편적이어야 하며, 그렇기 때문에 통속적일 수밖에 없다. 통속은 두 가지 요건을 갖추어야 한다. 하나는 많은 독자들의 관심을 끌기 위해서는 내용이 다채로워야 한다는 점이다. 다른 하나는 고아한 사람이나 속된 사람이나 함께 감상할 수 있어야 한다는 것이다. 그러므로 원고지를 펼쳐놓고도, 왕왕 두려운 건 일필휘지로 써내려가지 못하는 것이 아니라, 반대로 내 이야기에 취해 남이 죽는지 사는지 돌아보지 못하는 게 아닌가 신경 쓰였기 때문이다. 세 검객은 별 재주도 없으면서 신문에 글을 쓰는 일을 맡았으니, 때로 칼을 어루만지고 서로 보면서 탄식하곤 한다. "달콤한 열매인가 아니면 쓴 풀인가, 그 득실이야 마음이 알리로다. 是甘還是苦, 得失寸心知." 농담처럼 들리겠지만 농담만은 아니다.

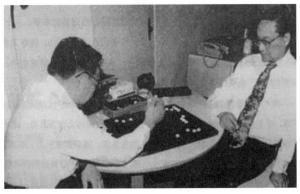

위는 1950년대 『대공보』 사내 농구팀 단체 사진이다. 뒷줄 왼쪽에서 두 번째가 김용, 세 번째가 백검당주이다. 아래는 김용(좌)과 양우생이 바둑을 두는 장면이다. 두 사람 모두 각자의 소설에서 바둑을 주요 소재로 활용했다.

역자 소개

이승수
의미의 조각배로 허무의 바다를 위태롭게 횡단하는 항해자이며, 사림문로(史林文路)의 산책자이다. 길과 사람과 이야기에 관한 몇 편의 글을 썼다. 한양대 국문과에 몸담고 있다.

김성욱
1969년 발해 상경촌(上京村)에서 태어나 소수자로 살았다. 서른 살에 한국에 와 이방인으로 지냈다. 한양대 대학원에서 문학박사 학위를 받고, 청도(靑島) 해양대학을 거쳐 목단강사범대학에서 한국문학을 가르치다가, 2017년 9월 세상을 떠났다. 저서에 『한국 근대문학의 비교문학적 연구』가 있다.

황인건
한양대 국문과를 졸업했다. 북경외국어대학 초빙교수로 있으면서 중국어를 익혔다. 학생식당, 노천찻집, 지하철에서 사람 돌아보기를 좋아한다. 청년들의 글쓰기를 돕는다.

오기연
한국에서 농경민의 후예로 태어나 중문학과 번역학을 전공했다. 결혼 이후 대륙에서 유목민으로 생활하며, 현재 목단강사범대학에서 한국어를 가르치고 있다. 마음속에 늘 동경이라는 양떼를 몰고 다닌다.

김일환
여행과 체험의 기록, 전란과 그 기억을 다룬 글을 몇 편 썼다. 병자호란과 연행(燕行)을 계속 공부하여, 문학과 역사를 아우르고자 한다. 남산 자락 동국대 국문과에서 연구원으로 일하고 있다.

곽미라
옛 글이 좋아 고전을 찾아 읽고 글 쓰는 일을 평생 하려는 삶을 선택했다. 뜨거운 2017년을 보내고 새로운 도약을 준비하고 있다. 동국대에서 강의한다.